❀ | KRÜGER

Paige Toon

Du schenkst mir die Welt

Roman

Aus dem Englischen
von Andrea Fischer

✾ | KRÜGER

Aus Verantwortung für die Umwelt hat sich der S. Fischer Verlag zu einer nachhaltigen Buchproduktion verpflichtet. Der bewusste Umgang mit unseren Ressourcen, der Schutz unseres Klimas und der Natur gehören zu unseren obersten Unternehmenszielen.

Gemeinsam mit unseren Partnern und Lieferanten setzen wir uns für eine klimaneutrale Buchproduktion ein, die den Erwerb von Klimazertifikaten zur Kompensation des CO_2-Ausstoßes einschließt.

Weitere Informationen finden Sie unter:
www.klimaneutralerverlag.de

Deutsche Erstausgabe

Erschienen bei FISCHER Krüger

Die Originalausgabe erschien 2019 unter dem Titel
»If You Could Go Anywhere« im Verlag
Simon & Schuster UK Ltd, London.
© Paige Toon Limited, 2019
Dieses Werk wurde vermittelt durch
die Literarische Agentur Thomas Schlück GmbH, 30161 Hannover.

Für die deutschsprachige Ausgabe:
© 2022 S. Fischer Verlag GmbH,
Hedderichstr. 114, D-60596 Frankfurt am Main

Satz: Fotosatz Amann, Memmingen
Druck und Bindung: GGP Media GmbH, Pößneck
Printed in Germany
ISBN 978-3-8105-3083-7

Für meine älteste Freundin Jane Hampton.
Dies ist für dich, Janiekins!
Alles Liebe, Paigiepoo xxx

Prolog

Und dann sehe ich ihn, eine schwarze Gestalt vor dem Gewitterhimmel.

Kurz keimt Hoffnung in mir auf und verdrängt die mich mit kalter Hand umklammernde Angst, doch das Gefühl ist nur von kurzer Dauer: Er steht am Abgrund, und ich weiß, dass er springen will.

»Warte!«, rufe ich. Der Wind reißt mir die Worte aus dem Mund. Ich rutsche aus und falle auf die Knie. Mit eiskalten Fingern suche ich am glitschigen Felsen Halt und stemme mich wieder hoch.

Wie weit ich gekommen bin: von der trockensten Wüste zu den erhabenen Gipfeln windumpeitschter Berge. Für ihn würde ich bis ans Ende der Welt gehen – und weiter.

Ich weiß immer noch nicht, ob es die geringste Hoffnung gibt, diesen gepeinigten Mann von seiner Entscheidung abzubringen, aber ich muss es versuchen, koste es, was es wolle.

Weiß Gott, wie ich es allein von hier oben hinunterschaffen soll.

Ich atme so tief wie möglich ein, öffne den Mund und schreie, so laut ich kann …

1

Wo würdest du hinfahren, wenn du es dir aussuchen könntest?

Als ich diese Frage zum ersten Mal stellte, war ich dreizehn Jahre alt, und die Sommerferien hatten gerade begonnen. Meine beste Freundin Louise und ich lagen auf der Ladefläche des Geländewagens ihres Vaters und schauten in einen tintenschwarzen Himmel, an dem die Sterne funkelten.

»Keine Ahnung«, antwortete Louise schulterzuckend.

»Nach Adelaide?«

»Da bist du doch sowieso andauernd«, entgegnete ich. »Das ist ja in unserem Bundesstaat.«

»Ich mag Adelaide«, brummte sie. »Da ist es so schön grün.«

Wenn man in einem Teil des Landes lebt, wo es wie auf dem Mars oder dem Mond aussieht, ist Farbe ein ausschlaggebendes Argument.

»Nein, jetzt mal ehrlich«, setzte ich nach. »Wenn du dir aussuchen könntest, wo du hinfährst. Egal, wohin! Hab mal ein bisschen Phantasie!«

»Hab ich doch gesagt, ich *weiß es nicht*. Wo würdest du denn am liebsten hin?«

Okay, sie hatte mich gefragt ... »Nach Frankreich, Holland, Deutschland, Tschechien, Österreich, Italien und Spanien.« Ich ratterte die Liste herunter, die ich auswendig gelernt hatte, froh, mich nicht zu verhaspeln.

»Das sind doch die Länder, die im Reisepass deiner Mutter stehen«, gab Louise zurück. »Du hast ja Phantasie!«

»Ich würde überall hinfahren«, versicherte ich ihr beschämt, weil sie mich durchschaut hatte. »Bloß nicht hier bleiben.«

»Warum willst du denn aus Coober Pedy fort? Es ist doch die Opal-Hauptstadt der Welt!« So lautete der Werbeslogan der Stadt.

Louise hatte recht. Aber Coober Pedy lag mitten im Nirgendwo.

Wenn man den Namen der Stadt bei Google Maps eingibt, erscheint eine gewaltige orangebeige Sandfläche in Südaustralien, durchzogen von den cremefarbenen Schlangenlinien der Höhenzüge, von ausgetrockneten Bächen und Wasserläufen. Die Gegend sieht aus wie eine Marmorfläche oder wie die Darstellung von Blutgefäßen im menschlichen Körper.

Zoomt man heraus, erscheint noch mehr Landschaft. Erst wenn man zwei Mal verkleinert, tauchen Namen von anderen Städten auf.

Im Norden liegt Oodnadatta, im Osten William Creek und im Süden Tarcoola. Im Westen findet sich der Tallaringa Conservation Park, und das war's. William Creek scheint zwar nah zu sein, die Fahrt dahin dauert trotzdem sechseinhalb Stunden. Als ich beim letzten Mal nachgeguckt habe, lebten dort zehn Menschen.

Auch jetzt, so viele Jahre später, ist Coober Pedy noch die Opal-Hauptstadt der Welt. Nach dem Ergebnis der Volkszählung von 2016 wohnen hier fast 1800 Menschen, aber Louise gehört nicht mehr dazu. Mit siebzehn ist sie mit ihrer Familie nach Adelaide gezogen. Sie hat längst aufgegeben, mich zu fragen, ob ich sie besuchen komme.

Und ich habe längst aufgegeben, die Frage zu stellen: *Wo würdest du hinfahren, wenn du es dir aussuchen könntest?*

Jetzt will sie mir jedoch nicht mehr aus dem Kopf gehen. Als Jugendliche habe ich alle damit genervt und hundert verschiedene Antworten bekommen.

Ich hatte mal vorgehabt, mir nach dem Vorbild meiner Mutter die ganze Welt anzusehen und meine eigenen Spuren zu hinterlassen. Aber jetzt bin ich siebenundzwanzig und war noch nirgends; nicht mal außerhalb des Bundesstaates, in dem ich geboren wurde.

All das wird sich nun ändern, und ich bin mir nicht so sicher, wie ich das finde.

Die Hand meiner Großmutter ist kalt. Sonst konnte ich meine Wärme immer auf sie übertragen, aber das geht nun nicht mehr. Ihre pergamentartige, zarte Haut ist von Leberflecken übersät. Ihre weißen Haare sind so ausgedünnt, dass man den Ansatz sieht. Sie ist zu einem gänzlich anderen Menschen geworden, nur noch der schwache Abklatsch der eindrucksvollen Frau, die mich großgezogen hat.

Wo würdest du hinfahren …

Schluss mit dem Kopfzerbrechen! Ich habe keine Ahnung, wo ich hinfahren würde! Ich kenne mich nicht mehr aus! Seit meiner Geburt hocke ich in diesem Nest, und obwohl ich bald frei bin, fühle ich mich wie betäubt.

Eine Hand legt sich auf meine Schulter. »Sie ist gegangen, Angie«, sagt Cathy liebevoll, Nans Pflegerin, die inzwischen meine Freundin geworden ist. »Es tut mir leid.«

Ich streichle die spröde Hand meiner Großmutter. Erleichterung steigt in mir auf und verdrängt die Trauer, die ich eigentlich empfinden müsste. Es ist, als würde eine Blase in mir anwachsen, bis – *plopp!* – eine Nadel voller Schuldgefühle sie zum Platzen bringt und Scham mein Herz erfüllt.

Jetzt kann ich fahren, wohin ich will. Nie habe ich mich verlorener gefühlt.

2

Als ich nach draußen gehe, umfängt mich die Hitze wie ein Schwall warmer Luft aus einem Heißluftofen. Eigentlich wird es bald Winter, doch das ist der Wüste egal.

Ich kann mir nicht vorstellen, dass Menschen freiwillig in eine Sauna gehen, doch das soll es wahrhaftig geben: Dort sitzen sie in kleinen Holzhäusern und schöpfen Wasser auf glutrote Steine, um heißen Dampf zu erzeugen. Dann ziehen sie ihre Sachen aus und schwitzen. Mit Absicht. Zur Entspannung.

Aada hat mir das erzählt, Laszlo auch. Aada ist Finnin und Laszlo Ungar, nur zwei von über fünfundvierzig Nationalitäten, die in unserer Multikulti-Stadt leben.

Ich fand es immer faszinierend, was die Menschen zu berichten hatten, die von weither zu uns gezogen waren. Ich hing ihnen an den Lippen, saugte die Geschichten der Orte auf, aus denen sie kamen oder die sie besichtigt hatten. Ich dachte immer: Eines Tages sehe ich mir das alles selbst an. Das war zu den Zeiten, als diese Träume noch nicht weh taten, als die Sehnsucht noch nicht so groß war.

Eine Hütte ganz aus Holz! Schon die Vorstellung eines Gebäudes aus Holz ist mir fremd; hier gibt es nur wenig Bäume. Der erste »Baum« in Coober Pedy bestand aus Altmetall und wurde neben dem Aussichtspunkt aufgestellt, damit die Kinder etwas zum Herumklettern hatten. Als ich einmal im Sommer versuchte, ihn zu erklimmen, verbrannte ich mir die Hände.

Warum denke ich an Sauna und Bäume aus Metall? Stehe ich unter Schock? Es ist ja nicht so, als sei ich nicht darauf vorbereitet gewesen, dass ich meine Großmutter irgendwann verliere. Alzheimer hat sie mir schon vor Jahren genommen, nachdem uns ein Grubenunglück Großvater raubte.

Die beiden waren die einzigen Eltern, die ich je gekannt habe, die einzige Familie, die ich je hatte. Und jetzt sind sie nicht mehr da.

Türangeln quietschen, meine Nachbarin Bonnie kommt von ihrer überdachten Veranda. Als sie mein Gesicht sieht, weiß sie Bescheid.

»Oh, Angie«, murmelt sie. Sie tritt durch das Törchen, das nun nicht mehr abgeschlossen werden muss, in meinen Vorgarten und nimmt mich in die Arme. »Es tut mir so leid! Willst du rüberkommen? Ich mache dir eine Tasse Tee.«

Ich schüttele den Kopf, das Verantwortungsgefühl lastet noch schwer auf meinen Schultern. »Das geht nicht. Cathy ...«

»Na los, geh!«, unterbricht mich Cathy.

Ich weiß nicht, was ich in den letzten Tagen ohne sie gemacht hätte. Sie versteht den Tod auf eine Weise, wie ich es wohl nie können werde.

»Ich warte hier auf Bob«, fügt Cathy hinzu.

Bob ist der Bestatter.

Er kommt, um Nan mitzunehmen.

Plötzlich ist der überwältigende Wunsch zu fliehen größer als alles andere. Ich kann mir nicht vorstellen, dass ich mich je wieder überwinden kann, unser Haus zu betreten. Ich weiß, dass ich muss, aber am liebsten würde ich weglaufen.

Ich werfe Cathy ein Dankeschön zu und folge Bonnie benommen in ihr Haus.

Meine Nachbarin stellt das Wasser auf. Die Uhr an der Wand zeigt halb zwölf. Bonnies Mann Mick kommt bald zum Mittagessen.

Ich kenne Bonnie und Mick schon mein Leben lang – sie waren eng mit meinen Großeltern befreundet, und jetzt sind sie meine guten Freunde. Mick ist Anfang sechzig, groß und gertenschlank. Er hat einen glänzenden Kahlkopf und einen buschigen Schnauzbart. Bonnie ist kleiner und deutlich knuddeliger. Sie hat rosige Apfelbäckchen, die knallrot werden, wenn sie etwas getrunken hat. Früher hat sie in einem Pub in Coober Pedy gearbeitet, heute führt sie ein ruhigeres Leben, während Mick noch keine Anstalten macht, kürzer zu treten. Nach wie vor liebt er das Hochgefühl der Opalsuche, und nicht ohne Grund: Die Jagd nach Bodenschätzen hat ihn einigermaßen wohlhabend gemacht – wohlhabend genug, um sich ein eigenes Heim zu leisten und seinen beiden erwachsenen Kindern unter die Arme zu greifen.

Weniger als die Hälfte der Bevölkerung von Coober Pedy wohnt in normalen Häusern. Die anderen – auch Bonnie, Mick und ich – haben unterirdische Behausungen, die wir »Dugouts« nennen: in den Felsen gehauene Höhlen.

Die Temperaturen bei uns im Outback sind extrem: eisig kalt im Winter, im Sommer oft über vierzig Grad heiß, manchmal sogar an die fünfzig. Unter der Erde hingegen ist es gleichbleibend angenehm. Wenn man nach einem Tag an der heißen Sonne nach Hause kommt, ist es so, als würde man einen mit Klimaanlage gekühlten Raum betreten.

Unsere Behausungen sind in Hügel gebaut; daher sind die Eingänge ebenerdig. Die Küche ist zumeist auf der linken Seite, das Badezimmer rechts, zurückgesetzt unter einer überdachten Veranda, die den Regen abhält. Weiter hinten schließt sich ein System von Räumen an: Ess- und Wohnzimmer, von dem die Schlafzimmer abgehen.

Es ist über fünfunddreißig Jahre her, dass Bonnie und Mick aus Südafrika gekommen sind, doch ihre Inneneinrichtung erinnert noch immer an ihre Heimat. Afrikanische Masken und Flechtkörbe hängen an den in Orange- und Ockertönen gehaltenen Wänden, auf den Sofas und dem Boden liegen bunte Überwürfe, Kissen und Teppiche. Bonnies Elefantensammlung ziert stolz die Nischen und Ecken, die Mick mit einem Presslufthammer in die Wände gestemmt hat.

Er hat auch die Stromleitungen gelegt, direkt auf die Steinflächen. Die indirekt beleuchteten Regale und Wände verbreiten ein warmes Licht. Alle Räume haben gewölbte Decken, deren Oberfläche zurückhaltend künstlerisch gestaltet ist. Da es keine Fenster gibt, sind die Zimmer völlig dunkel und schalldicht. Auch viele Hotels liegen unter der Erde; die Touristen, die in Coober Pedy übernachten, um sich das Leben der modernen Feuerstein-Familien anzusehen, sagen oft, sie hätten noch nie besser geschlafen als dort.

Auch wenn unsere Dugouts einen ähnlichen Grundriss haben, ist Nans Höhle mit ihren weißen Wänden, antiken Möbeln und der Kücheneinrichtung aus den Fünfzigern längst nicht so schick. Bei Bonnie hat es mir immer gut gefallen – ihr Haus war meine Zuflucht, wo ich kurz unterkam, wenn Nan schlief. Allerdings blieb ich nie länger – sie konnte ja aufwachen.

Jetzt wacht sie nie wieder auf.

Eine Erinnerung an meine Großeltern blitzt auf: Grandads blaubraune Augen, die vor Heiterkeit funkeln, und sein Lächeln, halb hinter seinem wild wuchernden Bart versteckt, dazu Nan, die auf allen vieren bunt verpackte Weihnachtsgeschenke unter unserem silbernen Lamettabaum hervorzieht. Sie trug ihre weißen Haare in der für sie typischen Kurzhaarfrisur, und als sie sich über die Schulter zu mir umsah, leuchteten ihre rosa geschminkten Lippen.

So versuche ich sie in Erinnerung zu behalten, so *will* ich sie in Erinnerung behalten, und in dem Moment überfällt sie mich, die Trauer. Sie quillt aus mir hervor wie schwarze Ameisen aus einem Hügel in der Wüste.

»Ach, Schätzchen«, sagte Bonnie und stellt die Becher ab, um mich zu trösten. »Du warst die beste Enkeltochter, die sie sich hätte wünschen können. Die beste *Tochter*«, verbessert sie sich und drückt mich an sich. Ich werde von stummen Schluchzern geschüttelt. »Wir sind alle so stolz auf dich, Süße. Das weißt du doch, oder? Du hast alles für deine Nan getan, alles.«

Bonnie war eine von vielen, die mich öfter gedrängt hatten, meine Großmutter in ein Pflegeheim zu geben.

»Wir können nicht mitansehen, wie du dein Leben opferst«, sagte sie einmal zu mir.

Doch ich konnte Nan nicht im Stich lassen. Ebenso wenig konnte ich sie mitnehmen, hätte ich in einen anderen Teil des Landes ziehen wollen. Ersteres wäre ein Verrat der übelsten Sorte gewesen, was ich mir niemals verziehen hätte, und Letzteres war schlichtweg unmöglich. Nan hatte den Großteil ihres Lebens im Outback verbracht und sperrte sich gegen jede Veränderung. So weigerte sie sich, nach Grandads Tod die Wüste zu verlassen, und als die Demenz stärker wurde, wurde ihre Angst nur noch schlimmer.

Bonnie und andere Bekannte versuchten, mir meine Aufgabe zu erleichtern. Sie ermutigten mich, Urlaub zu nehmen oder mal einen Tagesausflug zu machen. Doch wenn ich nicht da war, bekam Nan Panik, und für ein paar Stunden Erholung wollte ich ihr einfach nicht solchen Stress zumuten. Ich traute mich nur, das Haus für kurze Zeit zu verlassen, wenn sie schlief und jemand bei ihr wachte. Ich arbeite von zu Hause aus, mache die Wäsche für eins der Hotels.

Bevor mein Exfreund sein Verständnis für meine Lebensumstände verlor, sagte er mal, ich erinnerte ihn an eine »Prinzessin, die in einer Burg eingesperrt ist«.

»Du meinst wohl, in einem Kerker?«, erwiderte ich und sah mich in dem fensterlosen Raum um.

Wir waren im Wäschezimmer, wo ich Kopfkissenbezüge bügelte, er sah mir vom Türbogen aus zu.

»Bald bist du frei«, sagte er lächelnd.

Der Satz gefiel mir nicht, ebenso wenig wie sein respektloser Tonfall, doch ich hielt den Mund, weil ich mich nicht wieder mit ihm streiten wollte.

Allerdings hatte er recht. Es dauerte zwar noch drei Jahre, aber jetzt bin ich tatsächlich frei.

Ich kann mich kaum daran erinnern, wie mein Leben früher war. Als mein achtzehnter Geburtstag näher rückte, konnte ich es nicht erwarten, flügge zu werden und davonzufliegen, wie meine Mutter es in meinem Alter getan hatte. Ein paar Jahre zuvor hatte ich ihren Reisepass gefunden, und der Anblick der ganzen Stempel aus aller Welt hatte etwas in mir ausgelöst.

Nan hatte mein Reisefieber als persönliche Beleidigung aufgefasst, als sei meine Sehnsucht, die Welt zu sehen, irgendwie gegen sie und meinen Großvater gerichtet. So hatte sie auch bei meiner Mutter reagiert. Das weiß ich von Bonnie. Sie erzählte mir mal, dass Mum und Nan sich immer gestritten hatten, bevor Mum sich durchsetzte und verschwand. Nan hatte nicht gewollt, dass ihre Tochter flügge würde, doch Mum ließ sich nicht die Flügel stutzen.

Anders als ich.

Grandads plötzlicher Tod zwang mich, meine Pläne auf Eis zu legen.

Ihn zu verlieren erschütterte mich, doch Nan zerstörte es. So lange sie nicht wieder auf den Beinen war, konnte ich sie nicht verlassen, doch aus den Monaten wurden Jahre, und ihre allgemeine Vergesslichkeit entwickelte sich zu einer bösartigen Krankheit. Als sie verzweifelte, weil sie nicht mehr wusste, wie man den Tisch deckte oder einen Stecker benutzte, glaubte sie zuerst, einen Hirntumor zu haben. Sie vergaß Dinge, die am selben Tag passiert waren, und suchte in Gesprächen nach bestimmten Wörtern oder Ausdrücken. Ständig verlegte sie ihre Autoschlüssel und verließ zwei Mal den Supermarkt, ohne zu bezahlen. Es war verwirrend, besorgniserregend und frustrierend für sie und verstörend für andere, wenn sie verletzende oder unangemessene Bemerkungen von sich gab und Geburtstage oder Jahrestage vergaß. Doch das alles war noch zu verkraften und viel einfacher zu bewältigen als das, was später kam.

Sie vergaß, wie man sich wäscht.

Sie vergaß, wie man sich anzieht.

Sie vergaß, wie man kocht.

Sie vergaß, wie man isst und trinkt und zur Toilette geht.

Sie vergaß, wie man spricht.

Sie vergaß mich.

»Steck mich bloß nie in so ein Heim!«, mahnte sie immer, selbst als wir das Pflegeheim in Adelaide verließen, wo ihr eigener Vater bis zu seinem Tod mit neunundachtzig Jahren untergebracht war.

Offenbar entging ihr die Ironie der Situation.

Als bei ihr Alzheimer diagnostiziert wurde, flehte sie mich an, in Coober Pedy zu bleiben. Und ich versprach es ihr ein ums andere Mal.

Manche sagen, sie hätte mich niemals darum bitten dürfen, doch ich verstand es. Ich war alles, was sie hatte. Sie hatte mich wie eine Tochter großgezogen, in der Hoffnung, die Lücke zu füllen, die ihre eigene Tochter hinterlassen hatte.

Drei Tage nach meiner Geburt bekam meine Mutter eine Entzündung, die zu einer Blutvergiftung und schließlich zu multiplem Organversagen führte. Nach fast zwei Jahren Reisen, zuerst in Australien und dann im Ausland, wurde sie schwanger und kehrte kurz darauf nach Coober Pedy zurück. Bonnie zufolge hatte sie während ihrer Reise nur selten zu Hause angerufen, sondern lieber Briefe und Postkarten geschrieben. Wahrscheinlich wollte sie sich nicht die Schimpftiraden ihrer Mutter anhören.

Nan konnte die Vorstellung nicht ertragen, dass ich nach meiner Mutter schlug.

Das war nicht immer so gewesen. Als ich klein war, fanden Nan und Grandad die Ähnlichkeit zwischen uns herzerwärmend. Ich weiß noch, dass sie sich in meiner Kindheit unzählige Male begeistert ansahen und riefen, ich sähe »genau wie Angie« aus, hörte mich »genau wie Angie« an oder habe etwas »genau wie Angie« getan. Wir haben sogar denselben Namen, meine Mum und ich: Angela Samuels.

Ich selbst konnte natürlich nichts vergleichen. Auf den Fotos, die ich genau betrachtet hatte, konnte ich keinerlei Ähnlichkeit zwischen mir und meiner Mutter feststellen. Während sie glänzend lange, glatte dunkle Haare gehabt hatte, hatte ich einen blonden Wuschelkopf. Während ihre

Augen in der Farbe eines sonnigen Sommerhimmels strahlten, erinnerten meine eher an Milchschokolade. Sie hatte einen hellen Teint mit Sommersprossen, meine Haut war eher honigfarben. Mum war fast acht Zentimeter größer als ich: ein Meter achtundsechzig, während ich es nur auf eins sechzig bringe, wie an den Kerben in der Küchenwand abzulesen ist, jeweils an unserem siebzehnten Geburtstag angebracht.

Unsere Ähnlichkeit, versicherten mir meine Großeltern, beziehe sich auf unser Lächeln und unser Verhalten, auf die Art, wie wir sprachen, tanzten und spielten. Für mich waren diese Vergleiche nicht greifbar, doch ich freute mich darüber. Ich war dankbar, dass meine Großeltern meine Mutter in mir sahen; von meinem Vater wüssten sie nichts, sagten sie.

Doch es gab eine Nacht, als ich die Wahrheit dieser Behauptung hinterfragte. Es war Silvester, ich war zehn oder elf Jahre alt. Ich hatte laut darüber nachgedacht, ob mein Vater vielleicht irgendwo darauf wartete, dass ich ihn suchte und fand. Nan hatte ein paar Glas getrunken und brummte – ich verstand es ganz deutlich –, er sei ein »schlechter Mann«. Entsetzt war ich aufgesprungen und hatte von ihr wissen wollen, was sie damit meinte, doch sie leugnete, irgendetwas gesagt zu haben.

Ich konnte diese beiden Wörter nicht vergessen. Wenn ich daran dachte, wurde mir eiskalt. Und auch wenn ich gerne wissen würde, wer denn nun mein leiblicher Vater ist, fragt sich ein Teil von mir, ob es nicht besser wäre, wenn ich es nie erführe.

3

Fünf Tage später bin ich doch wieder daheim. Seit der Bestatter da war, habe ich fast nur geschlafen.

»Du hast dich so lange für deine Nan zusammengerissen, da ist es kein Wunder, dass du jetzt zusammenklappst«, sagte Bonnie, als sie am ersten Abend das Bett ihrer Tochter Helen für mich machte.

Seit Tagen gab es nur Hühnersuppe, aber ich muss zugeben, dass es schön war, zur Abwechslung selbst bemuttert zu werden.

Heute Nachmittag ist Nans Beerdigung, und ich versuche, die Energie aufzubringen und mich anzuziehen. Seit einer Dreiviertelstunde liege ich auf dem Bett und betrachte das Zimmer.

Früher habe ich alle Leute, die ich kannte, gefragt, ob sie mir Postkarten schicken könnten, wenn sie in den Urlaub fuhren, wegzogen oder dahin zurückkehrten, wo auch immer sie herkamen. Die Karten kleben nach wie vor an den grob behauenen Wänden und der Kuppeldecke meines Schlafzimmers, ein Mosaik aus Farben und Ländern, über den ganzen Erdball verteilt.

Die eindrucksvollen ägyptischen Pyramiden, die verfallenen Ruinen Roms. Die Nordlichter in Skandinavien und das kristallklare Wasser Griechenlands. Weiße Sandstrände in Thailand und die schneebedeckten Schweizer Berge. Violette Heide im englischen Moor und die grünen Hügel der irischen Emerald Isle. Ozeane und Savannen, Sonnenauf- und -untergänge, Wolkenkratzer und Holzhütten. Der Pariser Eiffelturm, die Chinesische Mauer und viele, viele andere Motive.

Der schrille Klang der Türklingel erfüllt den Raum. Auch bei Bonnie und Mick kamen immer wieder Bekannte vorbei, um mir ihr Beileid auszusprechen, doch inzwischen ist wohl bekannt, dass ich wieder zu Hause bin. Müde schwinge ich die Beine aus dem Bett und schleppe mich zur Tür. Als ich sie öffne, steht eine blonde Sexbombe vor mir.

»Louise!«

Meine älteste Freundin macht einen Schritt auf mich zu und drückt mich fest an sich.

»Das mit deiner Nan tut mir so leid, Angie«, murmelt sie in meine Haare.

»Was machst du hier?« Ich löse mich von ihr und starre sie an, kann es kaum glauben. Es ist über fünf Jahre her, seit wir uns zum letzten Mal gesehen haben.

»Ich komme zur Beerdigung! Was glaubst du denn?«, sagt sie vorwurfsvoll. »Lass mich rein, draußen ist eine Gluthitze! Mir läuft die Schminke runter!« Sie drängt mich in den Flur.

Als Jugendliche hasste Louise ihre Kurven, doch seit sie nach Adelaide zog und eine Stelle in einem Schönheitssalon fand, akzeptiert sie ihre Figur und steht dazu. Die eintönigen, weiten T-Shirts ihrer Jugend sind jetzt Geschichte, stattdessen trägt Louise auffällig bunte, figurbetonte Kleidung. Heute hat sie ein ungewöhnlich zurückhaltendes dunkelblaues Kleid gewählt, wohl für die Beerdigung, doch auf roten Lippenstift und falsche Wimpern mochte sie trotzdem nicht verzichten – so kenne ich es schon von ihren Instagram-Posts.

»Warum hast du mir nicht gesagt, dass du kommst?«
»Ich wollte dich überraschen. Als Bonnie anrief, war das wirklich ein Schock für mich. Also, kein richtiger, wir wussten ja, wie es aussah, aber trotzdem. Ich kann mir nicht vorstellen, wie es dir gehen muss.«

Bonnie hatte angeboten, alle anzurufen, die Nan gekannt hatten, um sie von ihrem Tod zu unterrichten. Ich war zu erschöpft und hatte schweigend zugestimmt.

»Willst du das tragen?« Louise weist auf mein verblichenes blaues T-Shirtkleid.

»Nein, hab mich noch nicht umgezogen.«

»Ah. Puh!«

Das war's wohl mit ihrem Mitgefühl. War noch nie ihre starke Seite.

»Was ist mit deinen Haaren und dem Gesicht?«

Meine Haare sind … Ich weiß nicht, wie ich sie beschreiben soll, und schon gar nicht, wie ich sie frisieren soll, deshalb überhöre ich die Frage. »Ich hab mich seit Jahren nicht mehr geschminkt«, sage ich.

Damit hörte ich ungefähr zu der Zeit auf, als Nan ihren rosa Lippenstift nicht mehr auftrug, ihr Erkennungszeichen.

»Na, zum Glück habe ich meine Ausrüstung dabei – inklusive wasserfester Wimperntusche«, erklärt Louise. »Also kein Grund zur Panik.«

Ich habe keine Panik. Sie könnte mich wie einen Teletubby anziehen, ich würde mich nicht wehren.

»Komm!«, drängt sie. »Gucken wir mal, was du so im Kleiderschrank hast.«

In meinem Schlafzimmer zieht sie einen roten Vorhang zur Seite, und zum Vorschein kommt eine rechteckige Nische voller Klamotten. Grandad hatte die Kleiderschränke für meine Mutter in den Fels gestemmt – ich schlafe in ihrem ehemaligen Zimmer -, aber er kam nie dazu, richtige Türen einzusetzen.

»Das kenne ich noch von damals! Da warst du sechzehn!«, ruft Louise und zieht ein gelbes Kleid auf einem Bügel heraus. »Und das hier!« Sie zerrt einen blauweiß gestreiften Rock hervor, dessen ehemaliges Dunkelblau zu einem ausgewaschenen Violett verblichen ist. »Du brauchst dringend neue Garderobe, Mädel!«

»Hab hier nicht gerade viele Möglichkeiten, shoppen zu gehen.«

Mitleidig sieht sie mich an. »Wann besuchst du uns endlich in Adelaide?«

Ich hocke mich auf die Bettkante und widerstehe dem Drang, unter die Decke zu schlüpfen. »Bald«, verspreche ich. »Ich möchte unbedingt deine Töchter kennenlernen.«

Louise wollte ihren Kindern nicht die rund neunstündige Fahrt hierher zumuten. Die Mädchen sind erst zwei und vier Jahre alt.

»Ich schätze, bevor du irgendwas anderes tust, willst du in die Fußstapfen deiner Mutter treten und nach Europa reisen, oder?«

»Ich weiß noch gar nicht, was ich machen will.«

»Du hattest doch genug Zeit, darüber nachzudenken.« Bedeutungsschwer sieht sich Louise in meinem Zimmer um.

»Urlaub kann ich mir nicht leisten.«

»Aber wenn du das Haus verkauft hast, fährst du los, nicht?«

Bei ihrer beiläufigen Frage zieht sich alles in mir zusammen. Dieser Dugout mag mein Gefängnis gewesen sein, aber ich verknüpfe auch viele glückliche Erinnerungen damit. Die Vorstellung, Nans Sachen zusammenzupacken und mich für immer davon zu verabschieden …

»Oh, Entschuldigung!«, stößt Louise aus, als sie mein Gesicht sieht. »Du hast es ja nicht eilig, natürlich nicht. Adelaide und wir warten auf dich, bis du so weit bist.«

Ich nicke, sie drückt meine Schulter, dann dreht sie sich wieder zum Schrank um und sieht den Rest meiner Kleidung durch. »Wie wär's hiermit?«, fragt sie und zeigt auf ein knielanges schwarzes Baumwollkleid.

»Das habe ich auf der Beerdigung von Grandad getragen«, murmele ich, während sie es abstaubt.

»Passt es noch?« Sie hält es mir an und mustert mich.

Vielleicht bin ich jetzt etwas runder als früher, aber ich habe in den letzten zehn Jahren nicht viel zugenommen, hauptsächlich dank der Übungen auf meinen Sport-DVDs.

»Scheint so«, beantwortet sie ihre eigene Frage. »Glückspilz. Komm, zieh es an, dann machen wir uns an die Frisur und das Make-up.«

Wie gesagt, Mitgefühl ist nicht Louises starke Seite. Aber das stört mich nicht.

Nicht nur Häuser sind in Coober Pedy unterirdisch: Hotels, Motels, Restaurants, Pubs, Geschäfte, Kunstgalerien und sogar Kirchen sind in Höhlen gebaut.

Irgendwann an jenem Nachmittag sitze ich in der ersten Reihe von einer dieser Kirchen, Louise links von mir, Bonnie und Mick rechts. Nans kleiner, zerbrechlicher Körper ruht im Sarg vor uns. Hinter uns sind alle Plätze besetzt. Viele Gäste stehen. Nan hat über fünfzig Jahre in diesem Ort gelebt und den Menschen viel bedeutet, genau wie sie mir viel bedeuten.

Ich würde jeden Einzelnen als Freund oder Freundin bezeichnen, bin es aber nicht gewöhnt, so viele gleichzeitig um mich herum zu haben. Der Reverend ist der Erste, der das wiederholt, was schon Bonnie zu mir gesagt hat: dass ich alles in meiner Macht Stehende für Nan getan habe und dass sie sich keine bessere Enkeltochter hätte wünschen können. Er ist nicht der Letzte. Auch wenn mir klar ist, dass die Leute die besten Absichten haben, ist es mir unangenehm, und als wir endlich zum Leichenschmaus in den Pub gehen, bin ich völlig fertig. Ich möchte nur noch in meine tröstliche, stille, abgeschiedene Höhle, fühle mich aber verpflichtet, hier zu bleiben.

Gegen Ende verschwinde ich auf die Toilette und setze mich in eine Kabine, die Augen geschlossen, den Kopf in den Händen. Die Verschnaufpause ist nur von kurzer Dauer.

Es klopft an der Tür. »Alles in Ordnung bei dir, Süße?«, fragt Louise.

»Ja.«

»Bonnie und Mick möchten noch etwas sagen, bevor die ersten wieder gehen.«

»Echt?« Bonnie hatte schon auf der Beerdigung gesprochen – was kann denn noch wichtig sein?

Ich spüle und gehe zu Louise raus. Sie lächelt mich an. »Ist zwar alles traurig, aber du siehst süß aus.«

Nicht an Komplimente gewöhnt, ziehe ich eine Grimasse, doch als ich mir die Hände wasche, bin ich selbst ein wenig verblüfft über meinen Anblick im Spiegel.

Louise hat meinen krausen Wust honigblonder Locken zu einem hoch angesetzten Knoten gesteckt. Meine Wangenknochen hat sie mit pfirsichfarbenem Rouge betont, meine hellbraunen Augen wirken durch den pechschwarzen Eyeliner und die Wimperntusche größer und mandelförmig. Und erstaunlicherweise hält das Make-up noch.

»Darf ich?«, fragt sie und zeigt mir das Döschen mit Kompaktpuder.

Befangen stehe ich da und lasse Louise gewähren. Sie betupft meine glänzende Nase, doch ihr Angebot, Farbe auf meine vollen Lippen aufzutragen, lehne ich ab.

»Dann wenigstens Lipgloss?«, fragt sie hoffnungsvoll und schwingt einen roséfarbenen Stift.

»Vaseline«, lautet mein Kompromiss, als ich das Döschen in Louises Tasche sehe.

Wir gehen zurück in den Pub. Im Raum ist es schon ruhiger als vorher, doch plötzlich wird es totenstill.

Mein Blick schweift über meine Freunde und Gäste und bleibt sofort an Mick, einem der größten Männer, hängen. Neben ihm steht seine rotwangige Frau. Bonnie lächelt mir liebevoll zu und winkt mich zu sich herüber.

»Wir wissen alle, dass Angie für ihre Großmutter Ginny eher eine Tochter als eine Enkeltochter war«, beginnt Bonnie, als ich neben ihr stehe. »Aber in den letzten Jahren hatte sie ein bisschen Konkurrenz, weil Angie für Mick und mich auch so etwas wie eine Tochter geworden ist.« Einige schmunzeln. »Und damit stehen wir nicht allein«, fährt Bonnie fort. »Wir alle haben immer wieder Zeit mit dieser jungen Dame verbracht, und ich habe von vielen gehört, dass Angie für sie wie ein Familienmitglied ist, wie ihr eigen Fleisch und Blut. Wir möchten dir sagen, Angie« – sie schaut mir in die Augen –, »dass du nicht allein bist. Hier in Coober Pedy wirst du immer eine Familie und Freunde haben, und wir möchten, dass du das weißt, selbst wenn du durch die halbe Welt reist. Hier wird immer deine Heimat sein.«

Meine Augen beginnen zu brennen. Bonnie nimmt mich in die Arme und drückt mich fest. Um uns herum murmeln die Leute zustimmend. Nach einer Weile löse ich mich von ihr und versuche, meine Fassung zurückzugewinnen.

»Danke«, sage ich und drehe mich zu der Menge lächelnder Gesichter um. Mein Blick bleibt an Grandads altem Schürferkollegen Jimmy hängen, der ganz vorn steht. Er stützt sich auf einen Gehstock, sein linkes Auge zuckt – sein rechtes ist hinter einer Augenklappe versteckt. Von einem Schwall der Zuneigung ergriffen, füge ich hinzu: »Danke, dass ihr alle gekommen seid!«

»Wir sind noch nicht fertig, Angie«, unterbricht mich Mick. Einige lachen. »Wie viele von euch«, wendet er sich an die Gäste, »hat die kleine Angie früher gefragt, wo ihr hinfahren würdet, wenn ihr es euch aussuchen könntet?«

Mehr als die Hälfte der Anwesenden hebt die Hand, Jimmy eingeschlossen. Ich glaube, außer meiner Großmutter war er der Einzige, der sagte, er sei sehr zufrieden dort, wo er lebe, vielen Dank auch.

Grinsend dreht Mick sich zu mir um. »Uns ist klar, dass du vielleicht noch nicht so weit bist, darüber nachzudenken, Angie, aber wir hoffen, dass du nicht zu lange wartest, bis du losziehst und dir die Welt ansiehst, so wie du es dir immer erträumt hast. Bonnie und ich und alle anderen hier möchten dich unterstützen, damit du dir das auch leisten kannst.«

»Wo auch immer du hinwillst«, fügt Bonnie hinzu, »was auch immer du tun willst, dies hilft dir hoffentlich dabei.«

Mick tritt vor und drückt mir ein graues Lederbeutelchen in die Hand. Es ist ungefähr so groß und schwer wie eine Packung Zucker. Ich befühle es und ertaste Gegenstände, die klackernd aneinanderstoßen. Mit großen Augen sehe ich Mick und Bonnie an, dann löse ich vorsichtig das Zugband, um hineinzuspähen.

Der Beutel ist voller Opale.

4

Grob gesagt, werden Opale in zwei Klassen unterteilt: Edelopale und gemeine Opale. Die innere Struktur des Edelopals bricht das Licht, was ein besonderes Farbenspiel hervorruft, wenn man den Stein neigt oder dreht. Der gemeine Opal hat eine eher milchige Farbe, die oft ins Bläuliche oder Grünliche tendiert.

Der Opal, den ich gerade zwischen Zeigefinger und Daumen halte, ist auf jeden Fall ein Edelopal. Während ich ihn hin und her drehe, schillert er in allen Farben des sichtbaren Spektrums, von strahlendem Orange über feuriges Rot, Rosa und Violett zu hellem Blau, Gelb und Grün.

Als Kind habe ich mich immer darüber gewundert, dass die Edelsteine, die mein Großvater mit nach Hause brachte, nicht im Dunkeln leuchteten. Ihr Aussehen ließ das vermuten. Später erfuhr ich, dass man das nur mit Hilfe einer speziellen Schwarzlichtlampe sehen kann.

Grandad ging gerne mit mir »noodeln«, wie es bei uns heißt, wenn man in dem aus Minenschächten geworfenen Aushub nach Opalen sucht, die die anderen übersehen haben. Manchmal fuhr er abends mit mir auf die Opalfelder und steuerte mich vorsichtig um die bis zu dreißig Meter tiefen Löcher der Schachtanlagen herum. Wenn er seine UV-Lampe einschaltete, bekam ich kaum den Mund zu, so herrlich waren die leuchtenden Farben im Geröll. Es waren nicht nur Opale, auch Achat und versteinertes Holz strahlte, ebenso Skorpione. Grandad mahnte mich immer, genau hinzusehen, bevor ich etwas anfasste.

Im Laufe der Jahre sammelte ich so viele kleine Opale, dass meine Großeltern daraus Schmuck für mich machen ließen, den ich zum Geburtstag oder zu Weihnachten bekam. Diese Schmuckstücke sind mir lieb und teuer: Armbänder, Ringe und Halsketten, in Sterlingsilber gefasst.

Doch der Opal, der nun in meiner Hand liegt, gehört in eine andere Kategorie. Ich kann den Blick nicht von ihm abwenden. Er hat ungefähr fünf Zentimeter Durchmesser und gut und gerne hundert Karat. Ein atemberaubendes Farbenspiel schimmert im Licht meiner Leselampe, während ich ihn vor und zurück neige. Nur gut zwei Drittel des Opals sind geschliffen. Ich finde es schön, dass noch Reste des beigen Sandsteins an ihm kleben, aus dem er geschlagen wurde. Der Anblick erinnert mich an meine Kindheit, wenn ich zusah, wie mein Großvater seine eigenen Funde bearbeitete. Wenn er die Steine schnitt, schliff und polierte, um das Juwel unter dem rauen Sandstein freizulegen, war das für mich pure Magie.

Bei diesem Opal muss ich an meinen Großvater denken, auch wenn es nicht seiner gewesen sein kann, weil wir all seine Edelopale nach seinem Tod verkauften, um uns über Wasser zu halten. Bonnie und Mick können mir nicht sagen, von wem er ist. Mick war mit einigen Kollegen auf die Idee gekommen, Opale für mich zu sammeln, und so wurden auf dem Leichenschmaus ungefähr zwei Dutzend Edelsteine anonym gespendet.

Ich bin immer noch völlig sprachlos.

»Du bedeutest den Leuten hier sehr viel, Angie«, hatte Bonnie am Vorabend zu mir gesagt, als wir uns vor unseren Häusern voneinander verabschiedeten. »Deine Freundlichkeit und Großzügigkeit und die Liebe und Hingabe, mit der du deine Nan gepflegt hast, haben die Herzen der Menschen in unserer kleinen Gemeinschaft aufgehen lassen. Dafür wollten sie dir etwas schenken. Jetzt musst du nur noch die Flügel ausbreiten und fliegen, um die anderen glücklich zu machen. Aber komm zurück – selbst wenn du nur den Hausstand deiner Großmutter auflöst. Komm zurück, wenn du weißt, was du mit dem Rest deines Lebens anfangen möchtest. Wir können es nicht erwarten, von deinen Abenteuern zu hören, also vergiss nicht, uns jede Menge Postkarten zu schicken!«

Ihre Worte rührten mich zu Tränen – auch jetzt wieder.

Es klingelt an der Tür. Ich stecke den Opal in das Beutelchen.

Louise ist da.

»Guten Morgen!«, sage ich lächelnd und ziehe die Haustür weit auf.

»Wie geht es dir?«, fragt sie und kommt herein.

»Ganz gut, glaube ich.«

»Nicht zu müde? Bonnie hat mir erzählt, du wärst total kaputt gewesen. Habe ich gar nicht gemerkt. Warst du vielleicht krank oder so?«

»Kann sein. Ich denke, es war einfach alles zu viel. Heute geht's mir schon besser.«

»Gut, ich habe mir nämlich überlegt, dass wir mal losziehen. Du hast zu lange drinnen gehockt.«

»Und was hattest du dabei im Sinn?«

Als ihr klarwird, dass ich mich gerade einverstanden erklärt habe, verzieht sie das Gesicht zu einem breiten Grinsen. »Ich dachte, wir machen eine Reise in unsere Vergangenheit und beginnen mit einem Frühstück im Ort.«

»Okay.«

»Supi! Ich koche uns einen Tee. Zieh du dich um und mach dich fertig!«

Heute herrscht ein starker Wind, doch auch wenn der Staub sich in unsere Nasen setzt und Haut und Haare überzieht, spüre ich eine gewisse Leichtigkeit in meiner Brust.

Nach dem Frühstück streifen Louise und ich über das Gelände unserer ehemaligen Highschool und gehen an Louises früherem Elternhaus vorbei. Wir besuchen das Umoona Opal Mine & Museum, wo wir mit sechzehn in den Sommerferien mal als Museumsführerinnen gearbeitet haben. Wir machen sogar eine Stippvisite an den Schauplatz meines ersten Kusses, den ich zufälligerweise im Gehäuse eines alten Raumschiffs bekam, das nach einem Filmdreh in Coober Pedy zurückgelassen wurde.

Schließlich landen wir im Pub. Als Jugendliche kamen wir oft her, obwohl es eigentlich nicht erlaubt war. Wenn Beryl, die Wirtin, gute Laune hatte, drückte sie ein Auge zu. Doch eine falsche Bewegung, und wir wurden an den Ohren rausgezogen und vor die Tür gesetzt.

Auch heute steht Beryl hinter der Theke.

»Schön zu sehen, dass du wieder unterwegs bist«, sagt sie zu mir, als ich eine zweite Runde am Tresen bestelle.

Ich weiß, dass sie es gut meint, doch ihre Bemerkung macht mir ein schlechtes Gewissen. Eben noch haben Louise und ich über ein vermurkstes Doppel-Date gelacht, das wir als Teenager hatten. Wir waren in einem Drive-in, und plötzlich parkten ihre Eltern direkt neben uns. Jetzt frage ich mich, wie ich irgendetwas lustig finden kann, wenn ich erst einen Tag zuvor meine Großmutter beerdigt habe. Es fühlt sich falsch an.

»Du hast so viel durchgemacht, Angie«, sagt Louise, als ich mit düsterer Stimmung an den Tisch zurückkehre. »Jetzt pack dir mit beiden Händen das Leben. Das wird dir niemand vorwerfen.«

»Tut mir leid, aber ich fühle mich hier nicht mehr wohl.«

»Wie wär's, wenn wir uns eine Flasche mitnehmen und sie bei dir trinken?«, schlägt Louise vor.

Ich habe noch keine Lust, ins Bett zu gehen, deshalb stimme ich zu. Mir fällt ein, dass wir gar keinen Wein zu kaufen brauchen.

»Weißt du was? Wir machen uns einen von Grandads guten Tropfen auf!«

Louises Augen leuchten. »Geile Idee!«

Das Tolle an einer Höhle ist, dass man einfach einen neuen Schrank oder ein Zimmer in den Fels hauen kann, wenn man eins braucht. Wenn man Glück hat, stößt man dabei sogar auf ungeahnte Schätze. Eins der ortsansässigen Motels entdeckte dabei so viele Opale, dass es davon den Bau der neuen Räume bezahlen konnte.

Im Fall von Grandad ging es um ein Weinregal. Er bohrte ein halbes Dutzend flaschengroßer Löcher in die Wand des Wohnzimmers und fand dabei genug Steine, um mit Mum und Nan einen Ausflug nach Adelaide zu machen und dort Weingüter zu besichtigen.

Es war die erste von vielen solchen Reisen, die sie gemeinsam unternahmen, und später fuhr ich anstelle meiner Mutter mit.

Ich erinnere mich noch gut an jene grünen Hügel und die Weinstöcke, die sich endlos hinzuziehen schienen.

Die Weinproben langweilten mich zu Tode, aber das Schwimmen im kühlen, klaren Meer, mit dem wir den Urlaub jeweils abschlossen, entschädigte mich mehr als genug dafür. Das gehört zu meinen schönsten Erinnerungen.

Im Laufe der Jahre vergrößerte Grandad seinen »Weinschrank«. Er bohrte immer neue Löcher und füllte sie mit Flaschen, auch wenn er keine Opale mehr fand. Nan und ich rührten seine Weine später nie an. Nan bevorzugte Sherry, und die Vorstellung, die geliebte Sammlung ihres Ehemanns anzubrechen, machte sie so traurig, dass die Weinflaschen unangetastet blieben.

Mir kam es auch seltsam vor, den Wein zu trinken. Seit Jahren habe ich kaum einen Tropfen Alkohol zu mir genommen. Ich hatte immer Angst, zu fest zu schlafen und irgendwas zu überhören, beispielsweise, dass Nan den Stecker der Kühl-Gefrier-Kombination rauszog. Das hatte sie vor ein paar Jahren an meinem Geburtstag gemacht, und als ich am nächsten Morgen aufwachte, hatte ich nicht nur einen dicken Kopf, sondern auch massenweise aufgetautes Fleisch im Gefrierschrank. Danach ließ ich ein Schloss in die Küchentür einbauen.

»Ich habe null Ahnung von Wein«, sage ich zu Louise, ziehe irgendeine Flasche aus ihrem verstaubten Loch und wische mit der Hand über das Etikett. »Lockwood House Creek Shiraz.«

»Das Weingut kenne ich!«, ruft Louise. »Das ist oben in den Bergen. Die haben einen echt heißen Kellermeister.«

»Unsere Trauben stammen von fünfundsechzig Jahre alten Reben, die am Fluss bei Lockwood House angelegt wurden«, lese ich vom Etikett vor.

»Gib mal her!«, sagt Louise und nimmt mir die Flasche aus der Hand. »Das ist der Teure von denen. Ich glaube, der kostet ein paar hundert Mäuse«, sagt sie. »Reine Verschwendung bei uns.«

Ich lache und nehme mir vor, ihn Jimmy zu schenken,

dann schiebe ich ihn zurück ins Loch. Mit einem Klirren trifft die Flasche hinten gegen die Felswand.

Einige Flaschen später frage ich mich, woher Louise so viel über Wein weiß. Bisher kannte sie jedes Weingut und wusste sogar, welche Jahrgänge besonders gut sind.

»Mark und ich fahren oft zu Weingütern. Ist unser Hobby«, erklärt sie. »Die hier kannst du verkaufen, die sind ganz schön was wert.«

»Ich dachte, ich verteile die Flaschen als Abschiedsgeschenk.«

Sie wirkt erfreut. »Das heißt, du willst wirklich weg?«

Ich lächele und nicke. »Ich weiß noch nicht genau, wann, aber bald. Wenn der Staub sich gelegt hat.«

Auch wenn sich der Staub in dieser Gegend niemals legt.

»Hast du noch einen Reisepass?«, fragt Louise.

Ich nicke. Mit neunzehn Jahren beantragte ich ihn, vor Nans Alzheimer-Diagnose. Als ich sie bat, mir meine Geburtsurkunde zu geben, machte sie mir ein super schlechtes Gewissens. Zusätzlich schmerzte die Zeile auf der Urkunde: *Vater unbekannt.*

»Wo willst du hin?«

»Weiß ich noch nicht.«

»Komm nach Adelaide, dann gehen wir in ein paar Reisebüros und lassen uns Angebote machen!«, schlägt sie vor. »Dann können wir shoppen gehen und deinen Kleiderschrank neu bestücken.« Sie zieht eine Grimasse. »Und dann bringe ich dich zum Flughafen und winke dir nach.«

Louises Worte lösen ein warmes Gefühl in meinem Inneren aus. Ist das Aufregung? Es ist so lange her, dass ich sie kaum wiedererkenne.

»Komm, stoßen wir auf die Abenteuer an, die auf dich warten!«

Nachdem wir die nächsten drei Flaschen herausgezogen haben, bin ich so schlau wie zuvor.

»Die sind alle gut«, sage ich. »Such eine aus. Egal, welche.«

»Wirklich?«

»Natürlich.«

»Dann lass uns den Cabernet nehmen.«

»Welcher war das noch mal?« Ich betrachte die Flaschen fragend.

Louise deutet auf eine. »Der da, glaube ich.«

Ich ziehe die Flasche heraus, doch sie ist verstaubt, also haben wir sie noch nicht in der Hand gehabt. Mit einem Klirren schiebe ich sie zurück an ihren Platz und hole die nächste hervor. »Mensch nochmal!«, schimpfe ich, als ich sehe, dass wir auch die noch nicht geprüft haben. »Die nächste trinken wir, egal, was es ist.«

»Abgemacht!« Louise klatscht in die Hände. »Topfschlagen für Erwachsene.«

Ich drücke die Flasche zurück in ihr Loch, doch es klirrt nicht. Ich ziehe sie ein wenig vor und stoße sie wieder hinein. Der Boden des Lochs kann nicht aus Stein sein; er gibt leicht nach, als bestände er aus weichem Material.

»Was ist?«, fragt Louise, als ich die Flasche wieder rausnehme und in das Loch spähe.

»Kannst du mir mal die Taschenlampe vom Regal geben?« Da steckt etwas hinten im Loch. Ich schiebe die Hand hinein und bekomme es mit zwei Fingern zu fassen. Mit einer kleinen Staubwolke ziehe ich ein Stück zerknüllte Leinwand heraus.

»Was machst du da?«, fragt Louise, als ich sie drehe und wende. »Moment mal«, sagt sie, bevor ich den Arm wieder in das Loch schieben kann. »Könnte doch sein, dass da ein

Schlangennest drin ist.« Sie gibt mir die Taschenlampe, ich strahle das Loch an.

Ein in der Mitte gefalteter Umschlag hat sich in der Röhre verkeilt. Stirnrunzelnd hole ich ihn heraus. In akkurater geschwungener Schrift ist der Brief an einen Giulio Marchesi in Rom adressiert. Mein Herz setzt kurz aus, als ich meinen eigenen Namen und meine Adresse auf der Rückseite sehe.

Nein, der ist nicht von mir. Er muss von meiner Mutter sein.

»Was ist das?«, fragt Louise. Hastig reiße ich den Umschlag auf und ziehe zwei eng beschriebene weiße Blätter heraus, die ich schnell überfliege.

Ich sehe sie an.

»Ein Brief von meiner Mutter an meinen Vater.«

5

Als ich den Brief fand, schlug mir das Herz bis zum Hals, doch als ich nun vor Bonnie stehe und ihr Gesicht sehe, sackt es mir in die Hose.

»Du *wusstest* davon?«

»Mir war nicht klar, dass sie den Brief aufgehoben hatte«, antwortet Bonnie mit zittriger Stimme.

»Wer? Wer hat ihn aufgehoben? Mum oder Nan?«

»Es muss Ginny gewesen sein«, erwidert sie zerknirscht.

Es ist nach zehn Uhr abends. Als Bonnie im Nachthemd an die Tür kam, hatte ich ein schlechtes Gewissen, aber ich konnte mit dieser Neuigkeit einfach nicht bis zum nächsten Morgen warten. Louise ist in meinem Dugout geblieben; sie guckt hinter den anderen Flaschen nach, ob wir etwas übersehen haben.

»Komm mal herein und setz dich hin«, sagt Bonnie und weist auf den Küchentisch.

Dann fängt sie an zu erzählen.

Bonnies Tochter Helen wohnt mit ihrer Familie in Port Lincoln. Von ihr erfuhr Bonnie, dass meine Mutter Kontakt zu meinem Vater aufnehmen wollte. Als Mum mit zwanzig Jahren von ihrer Europareise zurückkehrte, war Helen achtzehn. Sie und Mum standen sich zwar nicht besonders nah, unternahmen aber gelegentlich etwas miteinander.

Kurz vor meiner Geburt besuchte Helen meine Mutter und fand sie in Tränen aufgelöst vor.

»Bis zu dem Punkt hatte deine Nan allen erzählt, Angie wolle das Kind allein großziehen, der Vater sei von der Bildfläche verschwunden und würde auch nicht wiederkommen. Sie stellte ein für alle Mal klar, dass wir uns raushalten und uns um unseren eigenen Kram kümmern sollten.«

Helen musste meine Mutter jedoch in einem Augenblick der Schwäche angetroffen haben, denn Mum erzählte ihr alles. Sie hätte meinen Vater in einem italienischen Restaurant in Rom kennengelernt, wo sie als Kellnerin gearbeitet hatte.

Ich lese das Wort unter dem Namen »Giulio Marchesi« vorne auf dem Brief: *Serafina*. Ob das der Name des Restaurants ist?

»Ein paar Monate vorher hatte sie deinem Vater geschrieben, doch er hatte nicht geantwortet«, fährt Bonnie fort. »Deine Nan erzählte immer wieder, er wolle offensichtlich nichts mit deiner Mutter zu tun haben. Sie solle ihn vergessen, doch Angie vertraute Helen an, dass sie ihm noch mal schreiben oder ihn anrufen wolle, wenn du auf der Welt seist. Sie hatte die Hoffnung, dass ihr erster Brief einfach in der Post verschollen war.«

»In Wirklichkeit hat Nan ihn nie abgeschickt«, murmele ich.

Als meine Großmutter sagte, mein Vater sei ein »schlechter Mensch«, hatte ich geglaubt, dahinter verberge sich eine wirklich schlimme Wahrheit, doch der Brief klingt nicht so, als sei etwas Schreckliches vorgefallen. Ganz im Gegenteil ...

Lieber Giulio,
zuerst möchte ich mich entschuldigen, dass ich gefahren bin, ohne mich von Dir zu verabschieden. Es war bestimmt das

Letzte, was ich wollte, aber ich dachte, ein klarer Schnitt sei das Beste für alle. Am Ende wurde alles so intensiv – nicht nur zwischen uns, sondern auch zwischen Marta und Dir, obwohl das natürlich etwas anderes war. Ich hoffe, es geht ihr jetzt besser. Ich quäle mich oft mit dem Gedanken an sie. Wahrscheinlich hast Du nicht geglaubt, dass Du je wieder von mir hören würdest. Tatsächlich war das auch nicht geplant. Ich wollte meine Reise fortsetzen, nach Hause zurückkehren und alles vergessen, was zwischen uns im wunderschön Rom geschehen ist. Doch das Schicksal hatte offenbar andere Pläne.

In den letzten Monaten wollte ich Dir schon zig Mal schreiben, wusste aber nicht, wie ich anfangen soll. Ich kann es Dir nicht schonend beibringen, es ist so: Ich bin schwanger. Genauer gesagt, im siebten Monat – die Nacht im Serafina, direkt bevor ich verschwand.

Ich weiß, dass das ein furchtbarer Schock für Dich sein muss, und glaub mir bitte, wenn ich Dir sage, dass ich keine Erwartungen an Dich habe. Ich dachte nur, Du hättest das Recht, es zu erfahren. Und wenn Du gerne eine Beziehung zu Deinem Sohn oder Deiner Tochter aufbauen möchtest, verspreche ich Dir, dass ich alles in meiner Macht Stehende tun werde.

Meinst Du, Du könntest mich abends nach der Arbeit vielleicht einmal anrufen? Am besten von Sonntag bis Donnerstag zwischen zwölf und ein Uhr nachts? Entschuldige, dass ich das so genau angebe, aber Südaustralien ist elfeinhalb Stunden vor Italien. Dann ist bei uns schon der Mittag des nächsten Tags, und da müsste meine Mutter aus dem Haus sein und meinem Vater das Essen zur Arbeit bringen. Ich möchte lieber mit Dir sprechen, ohne dass meine Eltern zuhören.

Du kannst mich aber auch zu jeder anderen Uhrzeit anrufen – ich würde wirklich gerne Deine Stimme hören. Die letzten Monate waren absolut schrecklich, wenn ich ehrlich bin, ich würde so gerne mit jemandem darüber sprechen. Meine Nummer steht unten.
Ciao,
Angie x

Mum hatte ihre Telefonnummer unter ihren Namen geschrieben – dieselbe, die ich jetzt habe.

»Wer ist Marta?«, frage ich mich laut.

Bonnie räuspert sich. »Das war die Frau deines Vaters.«

Ich habe das Gefühl, keine Luft zu bekommen. »Meine Mutter hatte eine Affäre mit einem verheirateten Mann?«

Bonnie nickt widerstrebend.

Die unterschiedlichsten Gefühle streiten in mir; jetzt kommt auch noch Enttäuschung dazu.

Außerdem bin ich seltsam erleichtert. Ich hatte immer befürchtet, mein leiblicher Vater habe meiner Mutter körperlich weh getan. Hat Nan ihn als »schlechten Menschen« bezeichnet, weil er verheiratet war? Es gefällt mir nicht, dass er seine Frau betrogen hat, aber ich bin erleichtert, dass er nicht gewalttätig war.

»Hat Helen dir das erzählt?«

Bonnie nickt. »Auf der Beerdigung deiner Mutter. Bis dahin hatte sie Angies Geheimnis bewahrt, doch dann brach sie zusammen, und alles kam heraus. Deine Großmutter hat es später bestätigt.«

Mir wird schwindelig, das ist alles zu viel ...

»Du hast mit Nan darüber gesprochen?« Ich merke, wie meine Stimme bricht.

Und keiner hat einen Ton zu mir gesagt?

»Ich habe sie mehrmals darauf angesprochen«, erwidert Bonnie mit wachsender Betrübnis. »Sie regte sich jedes Mal furchtbar auf und wurde wütend. Dein Vater hätte die Chance gehabt, sich zu melden, Angie hätte ihm geschrieben, aber er hätte nicht den Anstand gehabt, ihr zu antworten. Ginny behauptete, sie wisse nicht, wie sie ihn erreichen solle. Sie könne sich nicht an seinen Namen erinnern, schon gar nicht an den des Restaurants, wo er arbeitete. Sie war überzeugt, dass er nichts mit dir zu tun haben wollte, weil er verheiratet war. Und dass dich nur verstören würde, dir alles zu erzählen. Und ich …«, Bonnie zögert, »… ich dachte, sie könnte recht haben.«

Ich habe einen dicken Kloß im Hals, der es mir schwermacht zu sprechen. »Aber das war alles gelogen!« Ich schlage mit der flachen Hand auf den Umschlag. »Meine Großeltern kannten die ganze Zeit den Namen und die Anschrift meines Vaters!«

»Davon wusste ich nichts«, erklärt Bonnie mit schimmernden Augen.

Ich kann es nicht fassen, dass ich siebenundzwanzig Jahre alt bin und mein Leben lang geglaubt habe, wenn meine Großeltern einmal nicht mehr sind, wäre ich ganz allein auf der Welt. Jetzt sieht es so aus, als hätte ich irgendwo einen Vater, der aber nichts von meiner Existenz ahnt!

Bonnie greift nach meiner Hand und drückt sie. Tränen laufen mir über die Wangen. »Nach Angies Tod waren deine Großeltern am Boden zerstört. Du warst das Einzige, was ihnen ein Lächeln entlocken konnte. Sie müssen riesengroße Angst gehabt haben, dich zu verlieren, Schätzchen«, sagt sie und muss selbst weinen. »Sie hatten deine Mutter verloren, als sie zwei Jahre auf Reisen ging – das war schon schwer genug für deine Nan. Deinem Grandad fehlte seine Tochter natürlich auch, aber er konnte sich mit seiner Arbeit ablenken, während deine Großmutter einem verlorenen Schaf glich, als Angie davonging. Als deine Mutter wiederkam, tat deine Nan alles dafür, dass Angie blieb und dich hier aufzog. Vielleicht wollte sie dir irgendwann von deinem Vater erzählen«, sagt Bonnie. »Vielleicht hat sie den Brief aus diesem Grund behalten. Auch möglich, dass sie ihn vergessen hat!«

Untröstlich sehe ich sie an. Ich kann nicht aufhören zu weinen. »Das werde ich nie erfahren, oder?«

6

Als ich in meine Höhle zurückkehre, schiebt Louise gerade die letzte Weinflasche ins Regal.

»Sonst war nirgends mehr was drin«, antwortet sie auf meine stumme Frage.

Ich lasse mich aufs Sofa fallen.

»Und, was hat Bonnie gesagt?«, will Louise wissen.

»Ich muss erst was trinken.«

Nachdem ich ihr alles berichtet habe, ist das halbe Glas leer. Ich habe nicht mal darauf geachtet, wie der Wein schmeckt, nur Louise bemerkt kurz, es sei ein »sehr guter Tropfen«.

»Wo ist dein Laptop?«, fragt sie schließlich.

Ich hole ihn aus dem Schlafzimmer und setze mich neben sie aufs Sofa. Sie tippt die Adresse vom Umschlag in den Browser ein und drückt auf »Return«.

Auch wenn wir in Höhlen leben, haben wir dankenswerterweise Internetzugang. Während ich in unserer Behausung festsaß, konnte ich darüber Kontakt zur Außenwelt halten.

Ich rechne gar nicht damit, dass Louise irgendwas findet, und spucke deshalb fast den Wein aus, als sie ruft: »*Serafina*! Das ist ein Restaurant!«

»Das gibt's noch?«

Tatsächlich steht es mit einer Bewertung von 4,7 Sternen in Google Maps. Mein Blick wandert zu der Telefonnummer unter dem Eintrag, dann zu der Zeile darunter:

Jetzt geöffnet.
Mein Puls fängt an zu rasen. Zweifelsohne habe ich mir Mut angetrunken, doch es gibt noch etwas anderes, das diese Reaktion auslöst: der Teil von mir, der keine Minute meines Lebens mehr verschwenden will.

»Willst du ihn anrufen?«, fragt Louise staunend, als ich zum Telefon greife und mit zitternder Hand die Nummer wähle.

»Der arbeitet da mit Sicherheit nicht mehr«, erwidere ich leichthin und halte das Telefon ans Ohr. »Aber vielleicht weiß jemand, was mit ihm passiert ist.«

Ich höre einen langen, ungewöhnlichen Klingelton. Bedeutet das, es ist besetzt? Ich bin schon erleichtert, da klickt es im Telefon, und eine Frau meldet sich: »*Ciao, da Serafina.*«

»Ähm, hallo«, antworte ich, jetzt hellwach. »Sprechen Sie Englisch?«

»Möchten Sie einen Tisch reservieren?«

»Ähm, nein, ich bin auf der Suche nach einem Mann namens Giulio Marchesi. Ich glaube, er hat mal bei Ihnen gearbeitet.«

Es raschelt in der Leitung, dann ruft die Frau: »Alessandro!«

Kurz darauf kommt ein Mann ans Telefon. »Wie kann ich Ihnen helfen?«, fragt er freundlich. Wie die Frau spricht er Englisch mit italienischem Akzent, doch seiner ist besser zu verstehen.

Ich kämpfe gegen den Drang, aufzulegen, weil ich plötzlich Bedenken bekomme, die Sache so überstürzt angegangen zu sein.

»Ähm, ich wollte fragen, ob irgendjemand bei Ihnen einen Giulio Marchesi kennt«, antworte ich zögernd.

»Giulio Marchesi?«, wiederholt der Mann. Aus seinem Mund klingt der Name ganz anders. Besser. Italienisch halt.

»Ja!«, rufe ich. Meine Nerven ...

»Der ist gerade nicht da.«

Das Blut läuft mir aus dem Gesicht. »Heißt das, er arbeitet noch bei Ihnen?«

Louises Augen sind groß wie Untertassen, meine sicherlich auch.

Der Mann am anderen Ende lacht kurz auf. »Wo denn sonst?«

Kurz herrscht Schweigen. Im Hintergrund höre ich die Geräusche des Restaurantbetriebs. In Rom muss gerade Mittag sein.

Als der Mann weiterspricht, klingt er misstrauisch. »Wer ist denn da?«

Was soll ich sagen? Darüber habe ich vorher nicht nachgedacht, habe mir nichts überlegt, nicht eine Sekunde lang geglaubt, dass mein Vater so einfach aufzuspüren sei. Bin ich kurz davor, sein ganzes Leben auf den Kopf zu stellen?

»Ist er noch mit Marta zusammen?« Die Frage platzt aus mir heraus, bevor ich darüber nachdenken kann. Dann steigt mir das Blut ins Gesicht und brennt auf meinen Wangen.

Louise beugt sich vor und sieht mich entsetzt an. Uns beiden ist klar, dass ich nicht die geringste Ahnung habe, was ich da gerade mache.

»Marta ist schon seit vielen Jahren tot«, erwidert der Mann nach langer Pause. »Wer ist denn da, bitte?«, fragt er wieder, jetzt fordernder.

»Ich heiße Angela Samuels«, antworte ich und falle dann direkt mit der Tür ins Haus: »Ich glaube, Giulio ist mein Vater.«

7

Es kribbelt in meinem Magen. Ich bin so nervös, dass er sich zusammenzieht. Zum wiederholten Male prüfe ich, ob mein Gurt fest genug angezogen ist, dann schaue ich aus dem Fenster, wo die Flughafenmitarbeiter die letzten Gepäckstücke in den Flieger laden. Wie kann etwas derart Großes vom Boden abheben und durch die Luft auf die andere Seite der Welt fliegen? Ich sehe mich zu den zwei Dutzend Menschen in der Kabine um, doch keiner wirkt irgendwie beunruhigt. Der Junge neben mir ist ganz in das Spiel auf seinem iPad vertieft, während sein Vater rechts von ihm uninteressiert in einer Zeitschrift blättert. Die kleinen Kinder in der Reihe vor uns plappern auf ihre Mutter ein. Vor Aufregung hüpfen sie fast auf ihren Sitzen. Die Erwachsenen sind völlig gelassen, gänzlich unbeeindruckt von der vor ihnen liegenden Reise.

Ist meine Mutter auch so locker damit umgegangen? Oder war sie so bang wie ich? Ich kann nicht genau sagen, wie viel Unruhe auf die Angst vorm Fliegen zurückzuführen ist und wie viel auf die Tatsache, dass ich bald meinen Vater kennenlernen werde.

Die letzten Wochen waren völlig surreal. Alessandro vom *Serafina* rief mich am nächsten Morgen nach unserem Telefonat an, um mich über Lautsprecher meinem Vater vorzustellen.

»Angela?«, fragte Alessandro, als ich mich meldete.

»Nenn mich doch bitte Angie«, sagte ich.

Eine zweite, tiefere Stimme kam durch die Leitung. »Du klingst genau wie deine Mutter.« Giulios Akzent war stärker als Alessandros, und man hörte ihm den Schock deutlich an.

»Angie, das ist Giulio«, erklärte Alessandro, und einen Augenblick lang waren wir alle sprachlos.

Giulio brach das Schweigen. »Meine Angie ... Sie hat es mir nie erzählt. Warum? Ich kann nicht glauben, dass ich eine Tochter habe!«, rief er. »Warum hat sie nie geschrieben oder angerufen?«

»Sie hat es versucht«, antwortete ich. »Sie hat dir vor meiner Geburt geschrieben, aber ich glaube, meine Großeltern haben den Brief nicht abgeschickt. Ich habe ihn erst jetzt gefunden.«

»Aber wo ist Angie jetzt?«, wollte er wissen.

Ich überlegte, wie ich es am besten formulierte. »Sie ... sie ist drei Tage nach meiner Geburt gestorben. Sie wurde krank, bekam eine Entzündung. Man konnte nichts für sie tun.«

Das darauf folgende Schweigen war ohrenbetäubend. Es war Alessandro, der als Nächstes sprach. Vorsichtig fragte er: »Was stand in dem Brief deiner Mutter? Könntest du ihn vielleicht vorlesen?«

Das tat ich. Anschließend seufzte Giulio tief und schwer. Ich vermutete, dass er versuchte, alles zu verstehen.

»Willst du nach Italien kommen?«, fragte Alessandro.

»*Sì!* Du musst!«, rief Giulio, bevor ich darüber nachdenken konnte. »Ich schicke dir Geld für das Flugticket! Wann kannst du kommen?«

»Schon gut, ich habe selbst Geld«, erwiderte ich, benommen von der skurrilen Situation.

»Wann kannst du denn kommen?«, hakte Giulio nach.
Ich fühlte mich ein wenig unter Druck gesetzt. »Bald«, versprach ich.

Bonnie hätte es wohl gut gefunden, wenn ich nach Nans Tod erst mal zu mir gekommen wäre, bevor ich direkt ganz allein auf die andere Seite der Welt jettete, aber Jimmy ermutigte mich, es einfach zu tun.

Ich kenne Jimmy schon mein Leben lang, doch erst in den letzten Jahren sind wir uns nähergekommen. Bei dem Grubenunglück, das meinen Großvater das Leben kostete, verletzte sich Jimmy am Bein und am Auge, weshalb ich ihm gegenüber einen gewissen Beschützerinstinkt entwickelt habe. Nur ein Jahr davor hatte er seine Frau Vicky an den Krebs verloren.

»Je länger du darüber nachdenkst, desto mehr Angst bekommst du«, sagte er auf seine sachliche Art. »Mach einfach und buch den Flug, der Rest kommt von selbst.«

Das tat ich, doch den Großteil von dem, was dann von selbst kam, habe ich Alessandro zu verdanken, der bei den Vorbereitungen zu meiner Reise nach Rom die Zügel in die Hand nahm. Er sorgte dafür, dass ich bei einer Kellnerin aus dem *Serafina* schlafen konnte, bei einer jungen Frau namens Cristina, in deren Wohnung ein Zimmer frei war. Giulio hat nur eine Einzimmerwohnung über dem Restaurant; es wäre irgendwie zu viel und zu früh gewesen, sofort bei ihm zu wohnen.

Seit unserem ersten Gespräch habe ich drei Mal mit Giulio telefoniert, einmal nur kurz, weil Alessandro nicht dabei war. Es ist ziemlich anstrengend, auch weil mein Vater einen so starken Akzent hat und sehr überschwänglich sein kann, doch ich hoffe, dass es besser geht, wenn wir uns gegenüberstehen. Giulio und Alessandro haben mir ein bisschen über den Rest meiner Familie erzählt. Ich habe zwei Tanten, Eliana und Loreta, die mit Enzo beziehungsweise Boris verheiratet sind. Insgesamt haben sie vier Kinder zwischen siebzehn und fünfunddreißig Jahren. Meine Cousins und Cousinen heißen Valentina, Jacopo, Melissa und Francesca – ich habe eine Weile gebraucht, um mir alle Namen zu merken, nachdem ich Alessandro gebeten hatte, sie mir in einer E-Mail zu schicken.

Loreta führt mit ihrem Mann ein Hotel in Venedig, Eliana lebt in Tivoli, einer Stadt vor den Toren Roms.

Ich habe auch noch eine Großmutter, die gesund und munter ist. Sie wohnt bei Eliana in Tivoli. Mein Großvater Andrea hat das *Serafina* nach ihr benannt; Giulio erbte es von ihm. Ich kann es nicht erwarten, Serafina kennenzulernen.

Mir ist immer noch nicht richtig klar, wie Alessandro dazugehört. Laut E-Mail-Adresse heißt er Alessandro Mancini, aber ich habe das Gefühl, dass er mehr als ein einfacher Angestellter ist. Als ich mich bei ihm für seine Mühen bedankte, alles organisiert zu haben, erwiderte er, dass er das gern getan hätte, und fügte hinzu, dass er Giulio ohnehin noch etwas schuldig sei. Das erklärte er allerdings nicht weiter.

Das Flugzeug verlässt seine Parkposition. Wie laut die Turbinen sind! Sie bringen meinen gesamten Körper zum Vibrieren. Um mich abzulenken, ziehe ich meine Handtasche mit dem Fuß zu mir heran. Dann halte ich ihn in der Hand: meinen Opal.

Der Junge neben mir ist zu sehr von seinem Spiel abgelenkt, um auf mich zu achten, trotzdem wende ich mich zum Fenster um und drehe den Edelstein im Sonnenlicht.

Micks Freund Trev, ein offizieller Opal-Gutachter, hat diesen Stein allein auf neuntausend Dollar geschätzt, womit er weitaus kostbarer als jeder andere in meinem Beutel ist. Als ich ihn zusammen mit den anderen verkaufen wollte, brachte ich es nicht übers Herz.

»Kann ich den behalten?«, platzte es aus mir heraus.

»Du kannst tun, was du willst, meine Liebe. Er gehört dir«, lautete Trevs kluge Antwort.

Nun betrachte ich den Stein, verzaubert von den Farben. Sie reichen von strahlendem Rot und Orange zu Gold, Grün und Blau. Ich könnte ihn jederzeit verkaufen, wenn ich müsste, aber bis dahin würde er mich an meine Heimat erinnern, wo auch immer ich in der Welt wäre.

Unfassbar, dass ich nun den ganzen Sommer in Rom verbringe!

Seit ich damals den Stempel im Reisepass meiner Mutter sah, gehört Italien zu den Reisezielen, die ich unbedingt besuchen wollte. Sie war vier Monate dort – länger als in jedem anderen Land, glaubt man den Eintragungen in ihrem Pass – und verbrachte dann nur noch zwei Wochen in Spanien, ehe sie wieder nach Hause flog.

Giulio sagt, als meine Mutter Italien verließ, konnte sie nichts von ihrer Schwangerschaft gewusst haben, weil sie nur einmal »zusammen gewesen« seien, direkt vor ihrem Abflug nach Spanien. Wahrscheinlich erfuhr sie es nach ihrer Rückkehr nach Coober Pedy. Wir wissen ja aus ihrem Brief, dass sie mehrere Monate brauchte, um den Mut zusammenzunehmen und meinem Vater zu schreiben. Ich kann mir nicht vorstellen, wie allein sie sich in der Zeit gefühlt haben muss.

Auf dieser Reise in das Land, wo ich gezeugt wurde, fühle ich mich ihr näher als je zuvor. Mum schrieb in ihrem Brief, dass sie alles in ihrer Macht Stehende tun würde, um Giulio eine Beziehung zu mir zu ermöglichen, falls er das wünsche. Bei der Vorstellung, dass ich ihr Versprechen nun in die Tat umsetze, zieht sich mein Herz auf ganz seltsame Weise zusammen.

Es fiel mir schwer, mich von den Freunden in Coober Pedy zu verabschieden, insbesondere von Bonnie, Mick und Jimmy, die alle kamen, um zu winken.

Bonnie war sehr bewegt. »Es tut mir so leid, Schätzchen«, sagte sie zum x-ten Mal, als sie mich in die Arme nahm, »bitte entschuldige, dass ich es dir nicht früher gesagt habe.«

»Ach, Bonnie! Du musst dich wirklich nicht entschuldigen«, versuchte ich sie zu beruhigen. »Ich verstehe das.«

Doch ich schätze, dass sie sich noch sehr lange Vorwürfe machen wird.

Jimmy hingegen ...

»Na los, ab mit dir!«, rief er und schob mich zum Bus.

»Du tust ja so, als wärst du froh, mich von hinten zu sehen!«, rief ich empört.

»Bin ich auch«, gab er zurück und pochte johlend mit seinem Gehstock auf den staubigen Wüstenboden.

Ich weiß, dass er mich liebhat, der alte Kerl.

Die letzten Tage vor dem Flug verbrachte ich mit Louise und ihrer wunderbaren Familie in Adelaide. In die Reisebüros haben wir es nicht mehr geschafft – das erübrigte sich, da ich ja nach Italien flog –, aber wir stürzten uns in die Geschäfte, und jetzt habe ich mehrere neue Outfits in meinem Koffer. Auch die Skinny Jeans und der blau-weiß gestreifte Pulli, den ich gerade trage, habe ich mit Louise gekauft.

Meine Freundin stattete mich mit Schminkutensilien und Anti-Frizz-Haarpflege aus. Als ich nach knapp vierundzwanzig Stunden anstrengender Flugreise auf die Toilette gehe, um mich kurz frischzumachen, bin ich entsetzt, im Spiegel eine Neandertalerin mit wildem Wuschelkopf zu sehen. Die Zwischenlandung in Singapur mit seiner hohen Luftfeuchtigkeit hat meinen Haaren keinen Gefallen getan. Zudem haben sie sich während des langen Flugs auch noch an der Kopfstütze statisch aufgeladen, so dass es knistert und knastert, und ich ärgere mich, dass ich kein Haargummi eingesteckt habe.

Meine Gefühle schwanken zwischen Erschöpfung, dem irrationalen Drang zu weinen, der Erleichterung, dass der Flug vorbei ist, und einer lähmenden Nervosität, weil mich mein Vater vom Flughafen abholen will.

Als das Flugzeug römischen Boden berührt, dauert es Ewigkeiten, bis wir den Flieger verlassen können, dann zieht es sich an der Passkontrolle noch mal unendlich hin, und ich muss lange auf meinen Koffer warten. Der Flughafen ist total überfüllt – noch voller als die in Adelaide und Singapur –, und als ich endlich durch den Zoll gehen kann, stehe ich leicht neben mir.

Auf meine Bitte hat Giulio mir ein Foto von sich zugemailt. Bonnie meint, wir hätten dieselben schokoladenbraunen Augen und dieselbe Brauenform, doch für mich sieht er aus wie ein dunkelhaariger, dunkelhäutiger Fremder von Mitte fünfzig.

Nun suche ich die wartende Menge nach diesem Fremden ab.

Ein jüngerer Mann, der ein Schild mit der Aufschrift »Angie« in der Hand hält, fällt mir ins Auge.

Könnte das Alessandro sein?

Er hebt die andere Hand, um seine Augen vor der hellen Morgensonne zu schützen, die durch die Fenster hinter mir ins Flughafenterminal fällt. Als sich unsere Blicke treffen, lächelt er, lässt den Arm sinken und kommt hinter der Absperrung hervor.

Ich bin leicht geflasht. Alessandro klang immer nett am Telefon, über sein Aussehen habe ich mir keine großen Gedanken gemacht. Er ist attraktiv. Schlank, grüne Augen, kastanienbraune Haare, zu einem kleinen Knoten zusammengebunden. Die Strähnen, die er nicht erwischt hat, fallen ihm in den Nacken. Er hat einen dunklen Bartschatten, keinen richtigen Bart, und auch wenn er kein Riese ist, überragt er mich doch um mindestens fünfzehn Zentimeter.

Mit der freien Hand glätte ich das Vogelnest auf meinem Kopf, dann strecke ich ihm die Hand entgegen. Er grinst noch breiter und reicht mir die Hand. Als wir uns berühren, durchfährt uns beide ein Stromstoß. Ich zucke zurück, und seinem Gesicht nach scheint auch er den Schlag gespürt zu haben.

»Oh, das tut mir leid!«, rufe ich. »Meine Haare sind total aufgeladen!«

Er wirft den Kopf in den Nacken und lacht. Ich stehe ratlos da und frage mich, wie ich es geschafft habe, diese Worte herauszubringen.

»In Italien küssen wir uns zur Begrüßung, aber ich weiß nicht, ob ich mich noch mal traue, dich zu berühren«, foppt er mich, dann beugt er sich vor und drückt mir rechts und links einen Kuss auf die brennend roten Wangen. »Ich bin Alessandro«, sagt er und nimmt mir den Koffer aus der Hand.

»Angie.«

»Habe ich mir gedacht.«

»Wo ist Giulio?«

Seine Belustigung verfliegt. »Er konnte leider nicht kommen«, sagt er voller Bedauern. »Er musste gestern Abend ins Krankenhaus.«

Mir wird flau im Magen.

»Aber er kommt heute schon wieder raus«, versichert Alessandro mir schnell.

»Geht es ihm gut? Was hat er denn?«

»Hohen Blutdruck. Er arbeitet zu viel«, brummt Alessandro. »Gestern Abend ging es ihm nicht besonders, deshalb habe ich darauf bestanden, dass er sich untersuchen lässt. Sie haben ihn zur Beobachtung dabehalten. Er war sehr böse. Auf *mich*«, fügt er hinzu und sieht mich bedeutungsschwer an. »Er wollte dich so gerne abholen. Der Mann ist ein derart sturer Bock«, schimpft er, doch unterschwellig spüre ich seine Zuneigung. »Wirst du ja selbst sehen. Komm, mein Van steht nicht weit von hier.«

Ich nehme an, dass er eine Art Lieferwagen meint, doch als wir ins Parkhaus kommen, führt er mich zu einem olivgrünen VW-Bulli.

Er wirkt sehr zweckmäßig und mit dem großen schwarzen Kühlergrill auch ein wenig rustikal. Es ist kein Oldtimer aus den Sechzigern, sondern stammt vom Stil her eher aus den Achtzigern.

»Der ist ja cool«, bemerke ich.

»Meine bescheidene Bleibe«, erwidert Alessandro locker, öffnet mir die Beifahrertür und schiebt die Seitentür auf, um meinen Koffer hineinzustellen.

Hinter ihm registriere ich Einbauschränke und eine Bank mit einem orangefarbenen Quilt. Aus einem Fach weiter hinten quellen Kleidungsstücke.

»Wohnst du hier richtig drin?«, frage ich, als ich oben in der Koje einen zerwühlten Schlafsack entdecke.

Er nickt stolz. »Das ist ein VW T3 Westfalia Syncro von 1985.«

»Ich habe keine Ahnung, was das heißt.«

Er grinst achselzuckend. »Das ist mein Baby.« Liebevoll tätschelt er den Bulli und macht Anstalten, die Tür zuzuschieben. Ich trete beiseite.

»Wie kannst du auf so engem Raum leben?«

»Ich brauche nicht viel Platz«, antwortet er und geht außen herum zur Fahrertür. »Alles Wichtige ist da: Herd, Kühlschrank, Sonnenenergie.« Alessandro steigt ein, ich ebenfalls. Ich schnalle mich an, während er den Schlüssel in der Zündung dreht und die Stimme hebt, um das laute Brummen des Diesels zu übertönen. »Wenn ich in Rom bin, esse ich normalerweise im *Serafina*, und wenn ich heiß duschen will oder Wäsche machen muss, kann ich Giulios Apartment benutzen.«

»Und wenn du nicht in Rom bist?« Wo ist er dann?

»Lass ich mir was einfallen.«

Alessandro sieht sich über die Schulter um und setzt rückwärts aus der Parklücke. Er trägt eine verblichene schwarze Jeans, die an den Knien leicht durchgescheuert ist, dazu ein an den Ärmeln aufgerolltes schwarzes Hemd mit weißen Knöpfen, darunter ein schwarzes T-Shirt. Als er sich wieder nach vorne umdreht, erhasche ich einen Blick auf eine schmale Goldkette um seinen Hals.

»Ich bringe dich direkt zu Cristina, damit du dich etwas ausruhen kannst«, erklärt er, als er zur Ausfahrt rollt.

»Danke. Das ist die Kellnerin, bei der ich schlafe, oder? Kennst du sie gut?«

»Zu gut«, erwidert er trocken und beugt sich über mich, um das Handschuhfach zu öffnen. Ich drücke die Knie beiseite. »Sie kommandiert mich gerne herum wie eine große Schwester, obwohl sie fünf Jahre jünger ist als ich.« Er findet die Sonnenbrille, die er gesucht hat, und setzt sie auf.

»Wie alt bist du denn?«

»Fünfunddreißig«, antwortet er. »Cristina ist gut drauf. Ich denke, du wirst sie mögen.«

»Wir haben noch gar nicht über die Miete gesprochen.« *Hoffentlich ist das Zimmer nicht zu teuer.* »Weißt du, wie viel sie dafür nimmt?«

Er winkt ab. »Keine Sorge, darum kümmert sich Giulio.«

»Nein, nein! *Ich* zahle!«

»Davon wird er nichts hören wollen. Er findet, das ist das mindeste, was er tun kann«, erstickt Alessandro meine Proteste. »Wenn du ihn das nicht übernehmen lässt, beleidigst du ihn«, setzt er nach.

Ich lasse mich davon ablenken, dass wir auf der falschen Straßenseite fahren – oder ist es die richtige? In Australien fährt man links.

»Ich hole dich heute Abend mit Giulio ab, dann gehen wir zusammen essen«, erklärt Alessandro und biegt auf eine stark befahrene Autobahn.

»Ist er denn schon fit genug dafür?« Meine Sorge ist größer als die Verwunderung, dass Alessandro uns begleiten wird.

»Denke schon. Eigentlich wollte er, dass du ins *Serafina* kommst, aber ich dachte, dir wäre ein ruhigerer Ort lieber.«

»Danke.« Alessandro hat recht. Ich kann mir nicht vorstellen, meinen Vater zum ersten Mal vor fremden Menschen zu treffen, egal ob es Gäste oder Angestellte sind.

Apropos Angestellte ... Ich muss herausfinden, wer Alessandro ist und in welcher Beziehung er zu meinem Vater steht.

»Wie lange kennst du Giulio schon?«, frage ich.

Seine Augenbrauen schießen hoch. »Mein ganzes Leben lang. Hat er dir das nicht am Telefon erklärt?«

»Nein.«

Ich nehme an, er meint das letzte Gespräch, an dem Alessandro nicht teilnahm. Es dauerte nicht lange, weil mein Vater und ich, ehrlich gesagt, befangen waren.

»Aha.« Er seufzt. »Das war eigentlich der Plan.« Alessandro überlegt, dann fährt er fort: »Marta war meine Mutter.«

Mir fällt die Kinnlade runter. *Alessandro ist mein Halbbruder?*

»Giulio ist mein Stiefvater«, stellt er klar. »Er hat meine Mutter geheiratet, als ich noch ganz klein war.«

»Ah, verstehe!« Jetzt leuchtet mir alles ein: Alessandro gehört zur Familie, er ist kein Angestellter.

Moment mal ... Giulio hat seine Mutter mit meiner betrogen. Nimmt Alessandro ihm das nicht übel? Seit er von meiner Existenz weiß, war er stets nett zu mir.

Vielleicht spürt er meine Verwirrung.

»Das zwischen Giulio und meiner Mutter war eine komplizierte Geschichte«, sagt er. »Meiner Mutter ging es nicht gut. Das erzählt Giulio dir bestimmt alles mal in Ruhe.«

Das ist wahrscheinlich das Stichwort für mich, es erst mal dabei zu belassen.

Ich respektiere seinen Wunsch und wechsele das Thema. »Arbeitest du auch im *Serafina*?«

»Ja, aber nicht das ganze Jahr über.«

»Was machst du denn den Rest der Zeit?«

»Herumfahren.«

»Herumfahren?«

»Ja, herumfahren«, wiederholt er.

»In diesem Bulli?«

»Ja.«

»Wow. Wo warst du schon überall?«

Er lacht trocken. »Ist wahrscheinlich leichter, die Länder aufzuzählen, wo wir noch nicht waren.«
»Wir?«
»Frida und ich.« Er klopft auf das Lenkrad.
Ah. Ist das seine Freundin? Oder seine Frau? Er trägt keinen Ehering, aber das muss ja nichts heißen. Er kann trotzdem verheiratet sein.
»Ist Frida deine …?«
»Mein Baby«, unterbricht er mich, klopft wieder aufs Lenkrad und macht eine ausholende Handbewegung ins Wageninnere.
»Ach so! Frida ist der Bulli!«
Er nickt.
Ich lache. »Ich dachte, das wäre deine Frau oder so.«
»Nein!« Er macht ein entsetztes Gesicht. »Nein, nein. Nein. Nur ich allein.«
Aus dem Nichts taucht ein blauer Wagen auf und drängt sich in die eh schon zu kleine Lücke zwischen unserem Auto und einem großen Lkw. Ich halte die Luft an und klammere mich ängstlich an die Armlehne. Ein roter Sportwagen röhrt links auf der Überholspur an uns vorbei, und sofort schert der blaue Pkw aus und stößt fast mit einem weißen Mercedes zusammen, der dem Sportwagen folgt.

Mein Herz schlägt wie wild. »Die Autofahrer in Rom sind alle verrückt«, bemerkt Alessandro. »Da gewöhnst du dich schon dran.«

Da bin ich mir nicht sicher.

Der Rest der Fahrt zu Cristina ist so nervenaufreibend, dass ich nicht mal versuche, ein Gespräch ans Laufen zu bekommen. Um mich nicht auf das zu konzentrieren, was auf der Straße passiert, richte ich meine Aufmerksamkeit auf die zahllosen vorbeisausenden Mietshäuser. Wann bekomme ich wohl die Sehenswürdigkeiten zu Gesicht, für die Rom so berühmt ist?

Als wir an einen Fluss kommen, drücke ich den Rücken durch. Wir überqueren ihn über eine breite Brücke, die mit wunderschönen Säulen aus weißem Stein gesäumt ist. Auf Sockeln hocken riesige Adler. Das Wasser unter uns schillert in der frühen Morgensonne.

Für mich sind Flüsse, Meere und Seen immer noch etwas Besonderes. Ich glaube, ich werde nie müde werden, große Wassermassen zu sehen, auch nicht, wenn ich alt und grau bin.

Die Bäume auf der anderen Seite der Brücke sehen aus wie jene, die ich schon in Fernsehsendungen über Italien gesehen habe: schirmförmige Kiefern.

»Schirmkiefern oder Pinien«, erwidert Alessandro, als ich ihn nach dem Namen frage.

»Total schön. Und was ist das?« Ich weise auf einen hohen, schlanken Nadelbaum. Unterwegs habe ich einige davon gesehen.

»Eine Zypresse.«

»Da, wo ich herkomme, gibt es nicht viele Bäume«, erkläre ich.

»Nein?«

»Nein. Ich lebe in der Wüste.«

»Aha.«

Während wir im gemächlicheren Tempo durch die römischen Vororte fahren, löst sich die Anspannung in meinem Körper allmählich. Mich fasziniert das, was ich draußen sehe. In einem Moment geht es durch ruhige, grüne Wohnstraßen mit prachtvollen Häusern hinter hohen Eisengittern, dann werden die Straßen breit und voll, und überall sind Ampeln und Zebrastreifen. In manchen Vierteln gibt es

Läden und Restaurants im Überfluss, in anderen scheint man nur ein, zwei kleinere Geschäfte zu finden. Kein Vergleich zu der flachen, trostlosen Wüstenlandschaft, aus der ich stamme.

»Das *Serafina* ist da die Straße runter«, sagt Alessandro nach einer Weile und streckt die Hand aus. »Hier gibt es ein super nerviges Einbahnstraßensystem, deshalb fahre ich jetzt nicht mit dir hin, aber zu Fuß ist man schnell da.«

»Wie lange dauert das?«

»Zehn bis fünfzehn Minuten, aber Cristina hat einen Roller, da kannst du bestimmt mitfahren.«

Das glaube ich nicht, nachdem ich den Verkehr gesehen habe.

Alsbald biegen wir in eine gewundene Straße, die von Apartmenthäusern gesäumt wird. An beiden Seiten parken Autos, jeweils in beide Richtungen. Es ist so eng, dass ich überzeugt bin, es sei eine Einbahnstraße. Alessandro fährt bergauf und hält irgendwann. Er manövriert den Bulli in eine unglaublich kleine Lücke. Dann macht er den Motor aus und weist den Hügel hinauf.

»Deine neue Bleibe!« Er öffnet die Tür und steigt aus. Ich folge seinem Beispiel und hieve mir zögernd die Reisetasche über die Schulter. Während er meinen Koffer holt, sehe ich mich um. Ringsherum stehen sechs oder sieben Stockwerke hohe Apartmenthäuser. Sie sehen aus wie Kästen; eine Etage über der nächsten, davor Balkone, die vor Grün explodieren. Wäsche hängt an Leinen. Ich höre Hunde bellen und schaue hoch. Ein kleiner brauner Köter steht auf einem Balkon und kläfft uns inbrünstig an. Mein Blick wandert höher zum Dach mit seinen orangeroten Ziegeln, die vor dem blauen Himmel glänzen.

Ich kann kaum glauben, dass so viel Leben auf so kleinem

Raum stattfindet. In den Mietsblöcken rund um mich herum leben wahrscheinlich mehr Menschen als in ganz Coober Pedy.

Alessandro klimpert mit den Schlüsseln. Ich drehe mich zu ihm um. »Pass auf, wo du hintrittst!«, mahnt er, als er losgeht und meinen Koffer hinter sich herzieht. In der anderen Hand trägt er eine prall gefüllte Einkaufstasche.

Der Bürgersteig ist nicht breit genug, um nebeneinander zu gehen, deshalb lasse ich mich zurückfallen. Vorsichtig steige ich über die unebenen Platten, bis wir vor einem Zaun stehenbleiben. Alessandro drückt auf eine Klingel und weist mit dem Kopf nach links auf eine schiefe, efeubewachsene Mauer. »Dahinter ist Cristinas Terrasse.«

»Wohnt sie im Erdgeschoss?«

»Ja.«

Der Riegel klickt, und Alessandro schiebt das Tor auf. Er führt mich durch den Hof zu einer Glastür, die mit einem Terrakottatopf aufgehalten wird.

Wir gelangen in einen Empfangsbereich, wo links hinter einem Tisch ein Mann mittleren Alters sitzt. Alessandro begrüßt ihn auf Italienisch und zeigt auf mich. »Das ist Salvatore, der Portier«, erklärt er. »Er ist von neun Uhr morgens bis acht Uhr abends da. Außerhalb seiner Schicht musst du den Schlüssel nehmen, den du von Cristina bekommst.«

Jetzt ist es halb zehn.

»*Buongiorno*«, sagt Salvatore.

Ich habe ein bisschen Italienisch gelernt, so dass ich weiß, dass er mir einen guten Morgen gewünscht hat. Ich wiederhole den Gruß mit so wenig Akzent wie möglich. Der Portier wirkt geschmeichelt und rattert sofort los, worauf ich nicke und lächele, als würde ich alles verstehen. Währenddessen nimmt Alessandro den ersten Gang links und klopft laut an eine Tür.

Sie geht auf, und vor uns steht ein hübsches, leicht bekleidetes Mädchen mit langen, zerzausten dunkelbraunen Locken und unglaublichen grünen Katzenaugen. Alessandro stutzt. Er sagt etwas auf Italienisch, das überhaupt nicht fröhlich klingt. Ich stehe ratlos daneben und frage mich, warum er uns nicht vorstellt. Das Mädchen antwortet ebenso patzig, dreht ab und verschwindet in einem Zimmer, das vom Flur abgeht. Dabei ruft sie etwas über die Schulter, das wohl für ihn bestimmt ist.

Alessandro seufzt und schiebt mich in die Wohnung, erklärt das Geschehen jedoch mit keinem Wort, während das Mädchen außer Sichtweite weiterschimpft. Kurz darauf taucht sie wieder auf, nun in einem karierten Rock, der die Oberschenkel bedeckt, und einem weißen T-Shirt. Sie zieht Schuhe und Jacke an und verschwindet durch die Wohnungstür, die sie hinter sich zuknallt.

Alessandros Kiefer zuckt angespannt.

»War das Cristina?«, will ich wissen.

»Cristina?« Der Gedanke scheint ihn kurz zu erheitern, dann schüttelt er entschieden den Kopf. »Nein, das war Rebecca, ihre Exfreundin. Also, angebliche Exfreundin«, fügt er trocken hinzu und geht zur Tür des Zimmers, aus dem Rebecca zuvor gekommen ist.

»Cristina!«, sagt er mit lauter Stimme, während ich die Information verdaue. »TINA!«

Von innen ertönt ein erschöpftes Brummen.

Verlegen warte ich im Flur, während Alessandro mit Cristina auf Italienisch spricht. Ich höre den Namen Rebecca, worauf Cristina verschlafen antwortet. Alessandro wird lauter, Cristina ebenfalls, dann macht er auf dem Absatz kehrt und marschiert davon. Er murmelt eine Reihe von Ausdrücken, die mit Sicherheit Schimpfwörter sind, dann dreht er sich zu mir um und sieht mich resigniert an.

»Tut mir leid«, sagt er in perfektem Englisch. »Kaffee?«

Ich habe so ein Gefühl, dass das Leben hier interessant werden kann.

8

Während Alessandro sich um unsere Getränke kümmert, sehe ich mich in der Wohnung um. Es dauert nicht lange. Vom Flur gehen zwei Schlafzimmer ab, von denen eins ich belege. Als ich mein Gepäck hineinstelle, sehe ich ein Doppelbett mit blassgrünem Überwurf. Vor zwei Fenstern, die einen Blick auf den großen Innenhof bieten, hängen lange weiße Netzgardinen. Rechts an der Wand steht ein Kleiderschrank mit abgerundeten Kanten, davor ein flacher Sessel. Zu meiner Linken führt eine weitere Tür ins angeschlossene Bad, wo leere Regale an der Wand hängen.

Der gemeinsame Wohnraum besteht aus einem großen Zimmer. Links sind sechs kunterbunte Stühle um einen ovalen Esstisch gruppiert, rechts befinden sich das Wohnzimmer und die Küche. Sie ist durch eine Bar abgetrennt, unter der zwei Metallhocker stehen. Im Wohnzimmer lädt ein großes graues Sofa mit auffällig gemusterten Kissen und ein Ledersessel vor einem Flatscreen-Fernseher zum Entspannen ein. An den Wänden hängen alte Werbeplakate für Skigebiete, in den Regalen sammeln sich Bücher und Krimskrams. Ich entdecke eine alte Chupa-Chups-Dose, aber vermute, dass die Lutscher schon lange verschwunden sind.

Die Wohnung ist hell und luftig. Sie unterscheidet sich so sehr von meiner alten dunklen Höhle, wie man es sich nur vorstellen kann. Sie ist in einem coolen Vintage-Stil eingerichtet, so wie man ihn manchmal in Renovierungssendungen im TV sieht.

Hinter dem Essbereich führt eine doppelte Glastür auf die Terrasse. Als ich durch die Scheibe spähe, bekomme ich große Augen, so viele Sukkulenten und grüne Pflanzen stehen dort. Ich entdecke sogar eine Palme.

Die Fläche wird von einem niedrigen Mäuerchen unterteilt, das mit strahlend blauen Fliesen gedeckt ist. Sie erinnern mich an den Swimmingpool in Louises Hinterhof. Weit rechts spendet ein verblichener oranger Sonnenschirm einem Holztisch Schatten. Direkt vor mir stehen eine Bank, zwei orangefarbene Drahtstühle und ein Beistelltisch, auf dem sich zwei leere Weingläser, zwei leere Weinflaschen und ein halbvoller Aschenbecher drängen.

Alessandro scheint in der Küche bleiben zu wollen. Als er zwei kleine weiße Tässchen auf die Bar stellt, fängt er meinen Blick auf. Ich gehe zu ihm hinüber und ziehe einen Hocker hervor. Auf dem Gasherd glüht eine Flamme unter einem silbernen Gerät. Mit der Tülle und dem schwarzen Plastikgriff sieht es fast wie ein Wasserkessel aus, bloß deutlich kleiner und in der Mitte schmal, wie eine Sanduhr.

»Das ist ein Espressokocher«, erklärt Alessandro, als er mein ratloses Gesicht sieht. »Eine italienische Kaffeemaschine. Hast du so was noch nie gesehen?«

Ich schüttele den Kopf.

Er fasst den Kocher am Griff und gießt schwarze Flüssigkeit in die Tässchen.

»Ist alles okay mit Cristina?«, frage ich, während er eine der Tassen zu mir hinüberschiebt.

»Zucker?«

»Nein, danke.« Ich hätte nichts gegen Milch, aber da er

sie mir nicht anbietet ... Wenn ich in Rom bin, will ich den Kaffee so wie die Einheimischen trinken.

Ich probiere einen Schluck. *Holla, ist der stark!*

»Sie hat einen Kater«, beantwortet Alessandro meine Frage und stützt die Ellenbogen auf die Theke. »Die bekommen wir so schnell nicht zu sehen.«

»Wer sagt das?«, erklingt eine Stimme aus dem Flur.

Alessandro schaut mich mit vielsagend erhobenen Augenbrauen an. »Da war ich zu voreilig.«

Cristina erscheint in der Küche. Ich nehme jedenfalls an, dass sie es ist, da keine weiteren Frauen in dieser kleinen Wohnung herumgeistern.

»Hi!«, rufe ich und rutsche vom Hocker. »Ich bin Angie!«

»Cristina.« Sie macht ein verdrießliches Gesicht.

Als sie um die Theke herumkommt, um mich zu begrüßen, versteift sich mein Körper.

Sie ist ungefähr so groß wie ich, aber kräftiger, allerdings nicht mit Kurven, sondern eher vierschrötig. Cristina hat kurze schwarze Haare, in den Ohren trägt sie jede Menge Goldringe. Sie sieht ein bisschen angeschlagen aus.

Alessandro sagt etwas auf Italienisch zu ihr.

»Englisch bitte, Alessandro, wo ist dein Benehmen? Und wo ist mein Kaffee?«, will sie wissen.

Er schnaubt verächtlich, aber dreht sich wieder zum Herd um, und als Cristina mich ansieht, blitzen ihre Augen schelmisch.

»Ich entschuldige mich für Alessandro«, sagt sie mit schwerer Zunge, und als er wieder schnaubt, grinst sie. »Und da soll noch mal jemand sagen, Rebecca sei unhöflich.«

»Wenn sie dich wieder betrügt, wirst du sie nicht mehr verteidigen«, unkt er. Cristina lässt sich auf das Sofa fallen. Ihre Brüste hüpfen frei unter ihrem hellblauen Tanktop.

Sie verdreht die Augen. »Diesmal ist es anders.«

»Na, klar.« Alessandro geht zu ihr und reicht ihr ein Tässchen mit Espresso, dann setzt er sich in den Sessel und streckt die Beine aus.

»Giulio ist im Krankenhaus«, verkündet er. Ich hieve mich wieder auf den Barhocker.

Während er Cristina alles berichtet, überkommt mich eine bleierne Müdigkeit. Sie ähnelt der Trägheit, die ich spürte, als Nan starb.

Ich sitze hier und höre alles, und sie sprechen Englisch, um mich nicht auszuschließen, trotzdem fühle ich mich nicht dazugehörig. Daran kann niemand etwas ändern, es erinnert mich nur daran, dass ich mich hier wohl noch eine ganze Zeit wie eine Außenseiterin fühlen werde.

»Ich glaube, ich muss mich mal hinlegen«, sage ich, als das Gespräch der beiden versiegt.

»Ja, natürlich.« Alessandro springt auf. »Aber versuch am besten, nicht länger als drei Stunden zu schlafen, sonst bekommst du einen unerträglichen Jetlag.«

Ich glaube es ihm.

Zuerst gehe ich in die Küche und gieße verstohlen den Rest des Espressos in die Spüle. Die Einkaufstüte, die Alessandro mitgebracht hatte, steht auf der Arbeitsfläche. Ich spähe hinein und sehe, dass sie voller Lebensmittel ist, unter anderem Bier und Spirituosen. Wie aufmerksam von ihm.

»Lass deine Tasse da stehen, ich räume sie gleich in die Spülmaschine!«, ruft Cristina, als ich mich nach einer Spülbürste umsehe.

»Ah, gut. Danke.«

Alessandro bringt mich in den Flur.

»Danke fürs Abholen«, sage ich noch mal.

»War mir ein Vergnügen. Schlaf gut, aber nicht zu gut!«

Er legt mir die Hände auf die Arme und beugt sich vor, um mich auf die Wange zu küssen. »Ich komme um sieben mit Giulio vorbei«, fügt er hinzu und sieht mir in die Augen.

Diesmal haben wir bei der Berührung keinen Schlag bekommen, aber ich spüre seine Energie an den Stellen, wo er mich angefasst hat, selbst noch, als ich in mein Zimmer gehe.

Ist das auch etwas, woran ich mich gewöhnen muss?

9

Ich lege mich sofort ins Bett, ohne vorher zu duschen, vergesse aber nicht, den Wecker in meinem Handy zu stellen, damit ich nach drei Stunden aufwache. Als es klingelt, bin ich jedoch so orientierungslos und erschöpft, dass ich draufdrücke und prompt wieder einschlafe.

Ein Klopfen an der Tür weckt mich.

»Angie!«, ruft Cristina im Flur. »Schläfst du noch? Es ist halb sieben.«

Ich setze mich kerzengerade auf. »Ich bin wach!«

In einer halben Stunde kommt mein Vater!

»Ich muss los, aber ich habe etwas für dich auf die Terrasse gestellt«, sagt sie, während ich gegen die Schwere kämpfe, die mich wieder nach unten ziehen will.

»Alles klar, danke!«

Ich kann kaum geradeaus denken. Tranig wühle ich im Koffer nach meinen Toilettenartikeln, aber als ich mir die Haare gewaschen und die Zähne geputzt habe, geht es mir besser. Ein kurzer Blick aus dem Fenster sagt mir, dass die Sonne noch scheint, ich weiß nur nicht, wie warm oder kalt es ist, deshalb gehe ich auf Nummer sicher und kleide mich in einen Lagenlook: schwarze Jeans, mintgrünes Top, hellgraue Strickjacke und Ankle Boots. Anstatt meine krausen feuchten Haare mit dem Föhn zu bändigen, binde ich sie zu einem Knoten zusammen und versuche, die dunklen Ringe unter den Augen mit der Schminke zu kaschieren, die Louise mich dankenswerterweise gezwungen hat zu kaufen.

Um Punkt sieben Uhr trete ich auf die Terrasse und stelle fest, dass Schüsseln und Platten mit Essen auf mich warten: Oliven, Aufschnitt, Käsewürfel, Brezeln, Cracker … Bei dem Anblick beginnt mein Magen zu knurren, und mir wird klar, dass ich seit dem Frühstück im Flugzeug nichts gegessen habe. Im Stillen danke ich Cristina und stopfe mir eine Salzbrezel in den Mund, während mein Blick auf ein großes Weinglas fällt, in dem eine Flüssigkeit ist, die ein bisschen wie Fanta auf Eis aussieht. Ich setze mich auf einen der Drahtstühle und probiere einen Schluck.

Oh, das ist keine Fanta. Das Getränk hat einen bitteren orangenartigen Nachgeschmack und enthält ziemlich sicher Alkohol.

Die Luft ist kühl, doch die Sonne wärmt, eine angenehme Mischung, wenn ich nur entspannt genug wäre, um sie genießen zu können. Der Hund auf dem Balkon im ersten Stock bellt mich wieder an. Ich starre zu ihm hoch, bis ihm langweilig wird und er mit keck wedelnder Rute ins Haus läuft.

Ich kann mich noch nicht daran gewöhnen, für nichts verantwortlich zu sein. In den Wochen seit Nans Tod fahre ich immer wieder erschrocken hoch, weil ich glaube, etwas vergessen zu haben. Ich musste so viel für meine Großmutter machen, sei es sie anzuziehen, mit ihr zur Toilette zu gehen oder sie zu füttern, dass ich mich erst daran gewöhnen muss, nur noch für einen Menschen verantwortlich zu sein: für mich.

Dieser Garten hätte ihr gefallen, denke ich, und es versetzt mir einem Stich.

Es fällt mir immer noch schwer zu glauben, dass die Frau,

die mich großgezogen hat, mir so viele Jahre die Wahrheit vorenthalten hat. Ich würde alles darum geben, noch einmal mit ihr sprechen zu können. Es ist nicht leicht, jemandem zu verzeihen, der sich nicht erklären – oder entschuldigen – kann.

Stimmen, die von der Straße herüberdringen, bewahren mich davor, in ein Loch zu fallen, und alarmieren den Hund, der auf den Balkon schießt und wie von Sinnen kläfft.

Der Türriegel summt. Kurz darauf fahre ich erschrocken zusammen, als Alessandros Oberkörper über der Gartenmauer erscheint. Er stemmt sich mit den Armen hoch.

»Du hast ja ohne uns angefangen!«

Er trägt ein schwarzes T-Shirt. Der Anblick seiner gebräunten Arme und kräftigen Muskeln verwirrt mich leicht.

»Bist du so weit?«, fragt er.

Ich nicke und schlucke. Dann höre ich die erhobene, lebhafte Stimme eines älteren Mannes. Er spricht Italienisch. Alessandro sieht sich über die Schulter um, antwortet mit knappen Worten und springt wieder nach unten. Die beiden verschwinden im Eingangsbereich, wo sich Salvatores Stimme dazumischt.

Ich bin ein Nervenbündel. Hastig eile ich in die Wohnung. Um mich zu beruhigen, atme ich tief durch, doch ich kann gar nicht richtig Luft holen, weil ich so angespannt bin.

Ich öffne die Tür, und dann steht er vor mir, mein Vater.

10

Giulio ist nicht viel größer als ich, aber deutlich breiter. Er ist stark gebräunt und hat dichte, grau melierte schwarze Haare. Er trägt eine blaue Jeans und ein cremefarbenes Hemd. Die Haut um seine braunen Augen legt sich in Falten, während er mich gründlich betrachtet.

Haben wir die gleichen Augen? Ich glaube schon.

»Angie!«

Ich habe das Gefühl, Wurzeln geschlagen zu haben, doch mein Vater geht auf mich zu, umarmt mich und drückt mich an sich.

Ich erwidere die Umarmung, auch wenn ich mich nicht seltsamer fühlen könnte. Giulio riecht nach Rasierwasser und Holzrauch, irgendwie heimelig und einladend – und für den Bruchteil einer Sekunde werden meine Sinne von der Erinnerung an den Geruch überflutet, den mein Großvater immer ausströmte. Bevor ich ihn festhalten kann, ist er schon wieder verflogen.

»Ich kann es nicht glauben«, stößt Giulio aus, als er sich von mir löst. »Du bist da. Meine *Tochter!*« Sein Blick wandert über mein Gesicht, von der Stirn bis zum Kinn. »Du hast nicht viel Ähnlichkeit mit deiner Mutter«, sinniert er mit schräg gelegtem Kopf.

»Nein«, erwidere ich. Mir ist schwach bewusst, dass Alessandro unseren Austausch beobachtet.

»Hast du ein Foto von ihr?«, fragt Giulio.

»Ja. Willst du es sehen?«

»Später, später«, erwidert er, lässt mich los und schlägt mir lachend auf den Rücken. »Zuerst trinken wir *una birra*.«

»Lass mich machen«, sagt Alessandro. »Geht ihr mal auf die Terrasse.«

Mein Vater setzt sich auf die Bank und stürzt sich sofort auf die Aufschnittplatten. Geschickt klappt er zwei Scheiben Salami zusammen und schiebt sie sich in den Mund.

»Geht es dir besser?«, erkundige ich mich befangen, während er kaut und schluckt.

»Doch, doch. Viel Lärm um nichts.« Er schaut böse zur Terrassentür hinüber und klopft dann auf seine Jeanstasche. »Ich muss Tabletten nehmen. *No worries!* Das sagt ihr doch immer in Australien, oder? *No worries?*«

»Ja.« Ich lache nervös, er stopft sich eine Olive in den Mund.

Wie absurd das alles ist.

»Wann besuchst du mich im *Serafina*?«, fragt er. »Morgen?«

»Du sollst dich ausruhen«, wirft Alessandro ein, der mit einem Glas Bier für Giulio und einer Dose Limonade für sich selbst in der Terrassentür erscheint.

Mein Vater macht ein verächtliches Geräusch.

Alessandro setzt sich seufzend, nimmt das Glas, in dem keine Fanta ist, und reicht es mir. »*Salute!*«

»*Salute!*«, erwidert Giulio begeistert. »Willkommen in Rom!«

»Danke.«

»*Grazie*«, korrigiert er mich.

»*Grazie*«, wiederhole ich pflichtschuldig.

Er strahlt mich an.

Ich trinke einen Schluck und fühle mich seltsam losgelöst von allem. »Das Getränk hat Cristina zubereitet«, erkläre ich, um etwas Smalltalk zu machen. »Keine Ahnung, was das ist.«

»Das ist Aperol Spritz«, erklärt Giulio. »Prosecco mit Aperol und Mineralwasser. Sehr beliebter Aperitif hier in Italien. Wo ist Cristina denn?«, will er wissen und sieht sich neugierig um, als würde sie sich irgendwo verstecken.

»Sie ist heute Abend unterwegs«, erwidere ich.

»Wie hast du geschlafen?«, fragt Alessandro.

»Gut. Zu gut«, füge ich mit schiefem Lächeln hinzu. »Cristina hat mich erst vor einer knappen halben Stunde geweckt.«

»Aber das ist ja furchtbar! Dann kannst du heute Nacht nicht schlafen!«

»Er kennt sich aus mit Jetlags«, meldet Giulio sich zu Wort. »Ist immer unterwegs.«

»In seinem Bulli?«

»*Sì, sì*, aber früher ist er geflogen.« Giulio bewegt die Hand durch die Luft, als sei sie ein Flugzeug. »Durch die ganze Welt.« Dann beschreibt er über seinem Kopf Kreise wie ein Hubschrauber. »Ich kenne niemanden, der so viel gesehen hat wie er.«

Und ich habe nichts gesehen. Ungleicher kann man nicht sein.

Es dauert nicht lange, da brechen wir zum Abendessen in einem italienischen Bistro auf, das mit dem Auto nur wenige Minuten entfernt ist. Es liegt an einer Straßenecke, hat einen dreieckigen Grundriss und große Fenster. Auf ungefähr einem Dutzend Holztischen leuchten Kerzen.

Giulio bestellt für uns, was mich wundert, aber da Alessandro nicht mit der Wimper zuckt, nehme ich an, dass das normal ist. Er weiß bestimmt, was er tut, schließlich arbeitet er seit Jahrzehnten in der Gastronomie.

Als eine große Platte mit golden frittierten Leckereien serviert wird, bin ich erleichtert.

»*Frittura alla Romana*«, verkündet Giulio und schiebt mir die Platte entgegen. »Frittiertes Gemüse, Kalbshirn und Lammbries.«

Meine Hand erstarrt in der Luft. Ich hatte mir immer vorgenommen, auf meinen Reisen offen und vorurteilsfrei zu sein, doch die letzten Jahre haben ihren Tribut gefordert. Mir dreht sich fast der Magen, während ich hektisch nach grünem Gemüse suche, kann aber an Giulios Miene ablesen, dass er von mir erwartet, ein wenig von allem zu probieren. Mutig wähle ich etwas Braunes und versuche, unter seinem prüfenden Blick die Fassung zu bewahren.

Und wie der Blick mich prüft! Giulio beobachtet mich wie eine Katze das Mauseloch, er lässt mich nicht aus den Augen. Zum Glück schmeckt das Bries oder was auch immer es ist, ganz okay, und als ich ihm das sage, leuchtet sein Gesicht auf wie eine Lampe.

Im Laufe des Abends passiert das mehrere Male, und als mir irgendwann schlichte *Spaghetti alla carbonara* serviert werden, ist mir fast schwindelig vor Erleichterung. Es ist das original römische Rezept ohne Sahne und Pilze, nur mit Eiern, geriebenem Parmesan und Schinkenwürfeln, und es ist köstlich. Später gibt es noch saftige gegrillte eingelegte Lammkoteletts mit einer Scafata aus dicken Bohnen mit Kirschtomaten und Pancetta.

Im Verlauf des Abends stellt sich heraus, dass Essen das eine große Thema ist, mit dem man die Aufmerksamkeit meines Vaters auf jeden Fall fesseln kann.

Er fragt nicht viel, sondern erzählt lieber selbst, und ich bemühe mich, ihm zuzuhören. Ich erfahre von dem Abend, als der Bürgermeister im *Serafina* war, und von dem Tag, als Giulio den Papst traf, dazu unzählige weitere Anekdoten. Es ist schwer, ihm zu folgen, nicht zuletzt, weil er gelegentlich mitten in der Geschichte vom Englischen ins Italienische wechselt, doch als das Gespräch auf seine Familie kommt, konzentriere ich mich, weil das jetzt ja auch meine Familie ist.

Was mich wirklich interessiert, ist das, was er nicht erzählt: Was geschah während Mums Urlaub in Italien? Wie war seine Beziehung zu ihr? Wie kam es, dass er sich in sie verliebte? Und warum musste sie so plötzlich verschwinden? Ich hoffe, dass ich eines Tages genug Mut habe, diese Themen anzuschneiden, vielleicht wenn Alessandro nicht dabei ist. Ich finde es immer noch schwer zu glauben, dass er so freundlich zum Kind der Geliebten seines Stiefvaters ist, gleichzeitig bin ich dankbar für seine Anwesenheit und für seine Art, so etwas wie ein Puffer zwischen Giulio und mir zu sein. Er übersetzt, wenn nötig, und füllt die Pausen, wenn mir nichts mehr einfällt.

Ich finde es faszinierend, meinen Vater zu beobachten. Er gestikuliert wild mit den Händen und steigert sich in jedes Thema hinein, das ihm wichtig ist, was bei den meisten der Fall ist, vor allem aber, wenn es um das Essen geht, das uns serviert wird.

Wie er wohl vor achtundzwanzig Jahren war, als meine Mutter ihn kennenlernte? Was fand sie anziehend an ihm?

»Hast du vielleicht Fotos von früher?«, frage ich Giulio, als wir am Ende des Abends zu Alessandros Auto gehen.

»*Sì, sì*, wenn du ins *Serafina* kommst, zeige ich sie dir. Dann zeige ich dir auch, wie man Pizza macht. Und Pasta«, fügt er beiläufig hinzu.

»Lass Angie erst mal in Ruhe ankommen, Giulio. Sie bleibt doch noch den ganzen Sommer«, mahnt Alessandro.

Jetzt ist Anfang Juni.

»Vielleicht nicht nur den Sommer?«, will Giulio wissen. »Vielleicht mag sie Italien so sehr, dass sie hier bleiben will. Wir suchen ihr einen netten Italiener. Dann heiratet sie und geht nie mehr weg.«

Ich muss laut lachen. Er hat zu viel getrunken.

»Kann doch sein«, sagt er achselzuckend.

Einen Mann zu finden und mich häuslich niederzulassen ist das Letzte, was ich vorhabe. Mein Leben lang habe ich darauf gewartet, die Welt zu sehen – ganz bestimmt werde ich mich jetzt nicht direkt wieder binden.

»Ein Schritt nach dem anderen«, sagt Alessandro milde und öffnet die Seitentür mit einem entschuldigenden Blick.

Ich steige ein und schnalle mich an. Ich bin nicht im Geringsten müde, deshalb bin ich froh, als Alessandro sagt, er würde erst den gähnenden Giulio nach Hause bringen. Für mein Empfinden muss der Abend noch lange nicht zu Ende sein.

Wir halten auf dem Parkplatz hinter dem *Serafina*.

»Morgen zeige ich dir den Laden«, verkündet Giulio zum Abschied und steigt aus.

Alessandro sagt etwas auf Italienisch, und Giulio antwortet erregt. Dann zieht er die Seitentür auf und macht mir Zeichen, auszusteigen. Mit einem lauten Schmatzgeräusch küsst er mich auf beide Wangen, was überhaupt nicht so unangenehm ist, wie es klingt.

»Es ist schön, dich kennenzulernen«, wechselt er ins Englische. »Du bist mehr wie deine Mutter, als du denkst. Du hast ihr Lächeln!«

Seine Bemerkung wirkt wie ein Heizkörper auf meinen

Magen, was auch mit dem Wein zu tun haben kann, den ich getrunken habe. Beim Umdrehen wankt Giulio, dann lacht er und winkt wegwerfend in Richtung Bulli, um sich mit schweren Füßen die Außentreppe hochzuschleppen, die zu seinem Apartment im ersten Stock führt.

»Kommt er klar?«, frage ich Alessandro durch die offene Beifahrertür. Er sieht Giulio mit gerunzelter Stirn nach, dann dreht er sich zu mir um und lächelt müde. »Doch, doch. Steig ein!« Er klopft auf den Platz neben sich.

Ich gehorche und sehe gerade noch, wie Giulio die Wohnungstür hinter sich schließt.

Das war zweifellos einer der sonderbarsten Abende meines Lebens. Ich habe einen Vater, der Giulio heißt und fünfundfünfzig ist. Er redet gerne, und ich glaube, dass er mich mag. Ich glaube auch, dass ich ihn mag, aber das ist alles ein bisschen abgedreht. Ich kann es noch nicht richtig begreifen. Weiß nicht genau, wie ich mich fühle.

»Gut«, sagt Alessandro und schaut auf die Uhr.

Die Geste enttäuscht mich. Jetzt wird er mich nach Hause bringen, wo ich dann stundenlang allein festsitze und über alles grübele, weil ich nicht schlafen kann.

»Wie wär's mit einer Tour durch Rom?«

Ich sehe ihn ungläubig an. »Im Ernst?«

Er zuckt mit den Schultern und legt einen Gang ein. »Klar. Warum nicht?«

Ich klatsche in die Hände und hüpfe wie ein Kind auf meinem Sitz herum. Lächelnd fährt Alessandro vom Parkplatz.

11

Wir fahren in gemütlichem Tempo durch die breiten Straßen des Viertels, das Parioli oder zweites *quartiere* heißt, wie Alessandro mir erklärt, auch Q.II. abgekürzt. Ein paar Autos sind noch unterwegs, aber viel ist nicht los. Von der Menge an Außentischen unter Markisen schließe ich darauf, dass die Restaurants normalerweise auch draußen gut besetzt sind, doch jetzt machen die Angestellten Feierabend; als wir vor einer Ampel halten, sehe ich, wie sie Stühle stapeln und Rollläden herunterlassen.

»Wie ist es dort, wo du herkommst?«, fragt Alessandro plötzlich.

Ich sehe ihn an. Sein Gesicht liegt halb im Schatten und wird halb von der elektrischen Reklametafel hinter ihm beleuchtet.

»Wie auf Tatooine«, erwidere ich lächelnd. Ob er die Anspielung versteht?

»Der Planet, von dem Luke Skywalker kommt?«

»Genau!« Die Ampel springt auf Grün, Alessandro fährt los. Der Diesel droht unser Gespräch zu übertönen.

»Das heißt, du wohnst in der Wüste«, sagt er unbeirrt mit erhobener Stimme.

»Ja.« Ich drehe mich zu ihm um und schlage den linken Fuß unter das rechte Knie, um bequem zu sitzen. »Die Leute, die mit dem Flugzeug über uns hinwegfliegen, sagen, bei uns sähe es aus wie auf dem Mars. Also, wie sie es sich dort vorstellen, mit rotem Sand. Aber unsere Stadt und die Umgebung sehen eher aus wie auf dem Mond. Bei uns gibt es über siebzig Opalfelder mit mehr als zweihundertfünfzig Minenschächten. Von oben sehen sie aus wie Krater inmitten sandfarbener Geröllhalden.«

Den ersten Opal in Coober Pedy fand 1915 ein fünfzehnjähriger Junge namens William Hutchison. Zusammen mit seinem Vater gehörte er zu einem Syndikat, das nach Gold schürfte. Auf der Suche nach Wasser marschierte der Junge in den Busch und kam mit Unmengen von Opalen zurück. Es folgte ein regelrechter Opalrausch.

»Da muss es richtig heiß sein, oder?«

»Allerdings. Und windig und staubig. Im Winter wird es echt kalt, aber ich wohne in einem Dugout, das ist eine unterirdische Höhle, wo die Temperatur immer relativ gleichbleibend ist, zwischen einundzwanzig und vierundzwanzig Grad.«

Alessandro sieht mich verwirrt an. »Du lebst in einer Höhle?«

Ich nicke. Aufmerksam hört er zu, als ich ihm von meinem Dugout erzähle. Hin und wieder stellt er eine Frage. Ich bin es nicht gewöhnt, so viel zu sprechen. In den letzten Jahren hatte ich nicht viel zu erzählen, sondern hörte mir lieber an, was mein Besuch zu berichten hatte.

Gerade schildere ich Alessandro das ehemalige Schlafzimmer von Louise, das wie die Höhle einer Meerjungfrau gestaltet war, komplett mit silbernen Fischen unter der Decke und in die Sandsteinwände gehauenen Muschelformen, da legt er mir plötzlich die Hand aufs Knie. Augenblicklich verstumme ich.

Ich starre auf seine Hand. Er drückt zu.

»Angie«, sagt er.

Mein Blick schießt zu seinem Gesicht. Er weist nach vorn und lässt mich los. Neugierig drehe ich den Kopf.

Ich halte die Luft an.

Am Ende der Straße erhebt sich das Kolosseum.

Ich beuge mich auf dem Sitz vor, um es besser zu sehen. Es kommt immer näher. Jeder Bogen ist beleuchtet, es strahlt wie ein Leuchtfeuer in den Nachthimmel.

Wir fahren näher heran. Staunend schaue ich aus dem Fenster. Natürlich habe ich es schon auf unzähligen Bildern gesehen, doch das ist kein Vergleich zum wahrhaftigen Anblick dieses gigantischen Bauwerks. Der pockennarbige Stein erzählt von seiner Geschichte. Die Vorstellung, dass es vor fast zweitausend Jahren gebaut wurde, ist schwindelerregend, besonders wenn man bedenkt, dass das älteste noch stehende öffentliche Gebäude in Australien – das Old Government House in Parramatta – nur rund zweihundert Jahre alt ist.

Nachdem wir das Kolosseum einmal fast umrundet haben, zeigt Alessandro mir den Palatin und das Forum Romanum. In der Dunkelheit wirken die unbeleuchteten Ruinen düster und alt. Ich nehme mir vor, tagsüber herzukommen, um mich gründlich umzusehen.

»Dann pass auf deine Tasche auf!«, mahnt Alessandro, als ich ihm das sage. »Leider tummeln sich in dieser Stadt viele Diebe.«

Wir kommen an dem Denkmal für Vittorio Emanuele II vorbei, auch »Altar des Vaterlands« genannt. Es ist ein gewaltiges weißes Bauwerk mit Statuen, Brunnen und von hinten beleuchteten Säulenreihen, zu denen eine breite Treppe hinaufführt. Alessandro erzählt mir, am Tag würde es an eine Schreibmaschine erinnern, aber wir fahren so schnell vorbei, dass ich das Denkmal nicht so genau betrachten kann, wie ich gerne möchte. Der Bulli legt sich in die nächste Kurve. Ich bin erleichtert, als es langsam durch schmalere Straßen geht.

Alessandro weist auf ein Gebäude, das wie ein riesiges Fass aus braunem Backstein aussieht. »Das ist die Rückseite des Pantheons.«

Das kann er nicht ernst meinen. Kann man da wirklich so nah ranfahren?

Er hält am Straßenrand und stellt den Motor aus.

»Komm!«, fordert er mich auf.

Ich steige aus und folge ihm auf die nächste Piazza.

Wir befinden uns vor dem Eingang des Pantheons.

Über uns erhebt sich die Säulenhalle und versperrt den Blick auf das Kuppeldach. Sie ist zwar beleuchtet, wirkt aber düster hinter den acht gewaltigen Säulen.

»Drinnen ist es unglaublich«, sagt Alessandro. »Das Pantheon ist eins von meinen Lieblingsbauwerken. Fast zweitausend Jahre nach seiner Entstehung hat es noch immer die größte freitragende Kuppel der Welt. Kennst du den Oculus? Das große runde Loch mitten im Dach?«

Ich schüttele den Kopf.

»Das ist offen. Wenn es regnet, wird man nass.«

»Riecht es dann da drinnen nicht modrig?«, frage ich. »Wenn wir Wasser in unsere Dugouts bekommen, stinkt das bestimmt zwei Jahre lang.«

»Wirklich? Nein, also, der Boden innen ist leicht gewölbt. Dadurch läuft das Regenwasser ins immer noch intakte römische Abwassersystem unter der Erde.«

Es sind Müllsammler unterwegs, die Mülltüten vor den Cafés einsammeln und sie in einen wartenden Lkw werfen. Wir beeilen uns, damit wir nicht mit dem Auto hinter ihnen stecken bleiben.

Unterwegs betrachte ich das grobe Mauerwerk der Gebäude, die die engen Straßen säumen. Alles wirkt so alt, so voller Geschichte.

Alessandro hält wieder an. Wir steigen aus, überqueren die Straße und nehmen einen kleinen Durchgang, der uns zu einer weitläufigen Piazza führt. Drei Marmorbrunnen, deren jadegrünes Wasser von unten beleuchtet wird, sind in regelmäßigen Abständen darauf verteilt.

»Die Piazza Navona«, erklärt Alessandro, während ich mich langsam im Kreis drehe und die gelb getünchten Fassaden auf einer Seite betrachte.

Ich habe diesen Platz schon in Filmen gesehen. Überwältigt schüttele ich den Kopf. Es fühlt sich an, als sei ich in einem wunderbaren, verwirrenden Traum. So lange habe ich mich danach gesehnt.

»In der Nähe gibt es gutes Eis«, sagt Alessandro. »Da gehe ich mal mit dir hin.«

»Unglaublich«, murmele ich, als wir zum Bus zurückkehren. »Ich kann es nicht fassen, dass wir tatsächlich durch das Zentrum von Rom fahren. Du scheinst es ja wie deine Westentasche zu kennen.«

»Ich lebe hier schon sehr lange.«

»Wie lange?«

»Mit Unterbrechungen mein ganzes Leben. Aber erzähl mir noch mehr von Coober Pedy. Von so etwas habe ich noch nie gehört.«

Man muss nicht besonders helle sein, um zu merken, dass er von sich abzulenken versucht.

Ich weiß nur nicht, warum.

12

»Eure Footballmannschaft muss eine Rundreise von neunhundert Kilometern machen, um gegen die anderen Teams zu spielen?«, wiederholt Alessandro lachend. »Das ist doch verrückt!«

»Immerhin *haben* wir eine Footballmannschaft«, sage ich gutmütig. »Auch wenn wir nur nach ›Aussie-Regeln‹ spielen.«

Darauf hatte er mich vorher schon hingewiesen, der Korinthenkacker.

In meiner Jugend bin ich selbst zu einigen Spielen der Saints gefahren. Die lange Anreise hat mich nie gestört. So bekam man wenigstens was zu sehen. Roxby Downs, wo die übrigen Mannschaften der Liga ansässig sind, ist moderner und größer als Coober Pedy, auch wenn es letztlich nur eine Bergarbeiterstadt im Outback ist.

»Okay«, kommt Alessandro auf seinen Job als Reiseführer zurück. »Das hier ist die Ponte Vittorio Emanuele II.«

Vor uns erstreckt sich eine von Statuen flankierte steinerne Brücke. Zu unserer Linken spiegeln sich die umliegenden beleuchteten Häuser hübsch im dunklen Wasser, doch der Anblick rechts von uns ist wirklich atemberaubend.

»Castel Sant'Angelo.« Alessandro zeigt auf das hoch aufragende zylinderförmige Gebäude am anderen Flussufer.

Eine ebenfalls mit Statuen geschmückte Fußgängerbrücke führt genau darauf zu. Die Befestigungsmauer vor dem dunkelblauen Himmel wird orangegelb angeleuchtet, nur eine einzelne Figur ganz obenauf erstrahlt in weißem Licht.

»Die Engelsburg war mal das höchste Gebäude in ganz Rom«, erklärt Alessandro. »Kaiser Hadrian hat sie als Mausoleum für sich und seine Familie in Auftrag gegeben, aber später nutzten die Päpste sie als Burg und Festung. Jetzt ist es ein Museum.«

Es gibt so viele Dinge, die ich mir ansehen möchte. Bei dem Gedanken, dass ich in den nächsten Wochen jede Menge Zeit dafür habe, werde ich ganz kribbelig.

Auf der anderen Seite der Brücke biegt Alessandro links in eine breite Straße. An ihrem Ende erhebt sich das nächste sehr bekannte und ebenso berühmte Bauwerk: der Petersdom. Unzählige Male habe ich ihn in Nachrichten und Filmen gesehen. Auf dem Flug hierher lief sogar die Verfilmung des Romans von Dan Brown, der teilweise im Petersdom spielt, *Illuminati*.

Alessandro findet eine Lücke zum Parken und fährt auf einen hohen Bordstein, vor dem ein normales Auto kapitulieren müsste.

Als wir über den Petersplatz gehen – die Piazza San Pietro –, erzählt er mir, dass wir uns nun nicht mehr in Italien befinden, sondern im Vatikanstaat, dem kleinsten Land der Welt.

Die Kolonnaden mit ihrem Säulenwald rahmen den Platz halbkreisförmig rechts und links ein; das Kopfsteinpflaster glänzt von all den Schritten und Tritten, die es über die Jahrtausende geglättet haben. Es ist so blank, dass es die Lichter rundherum reflektiert.

»Du musst mal oben auf das Dach steigen«, sagt Alessandro und weist auf die Kuppel des Petersdoms. »Da steht man mitten zwischen den Statuen. Ist ein ganz besonderer Ausblick.«

Er zeigt mir den Eingang zu den Vatikanischen Museen und der Sixtinischen Kapelle auf der rechten Seite.

»Wie oft warst du da schon?«, frage ich.

»Ich? Einmal. Das hat gereicht.« Er erschaudert. »Ich stehe nicht gerne Schlange. Und ich mag keine Menschenmassen.«

Ich lache, weil ich annehme, dass er scherzt, macht er mir doch einen durchaus geselligen Eindruck, aber vielleicht bleibt er am liebsten für sich, wenn er allein mit Frida unterwegs ist.

»Warum hast du deinen Bus ›Frida‹ genannt?«, frage ich. »Bist du ein Fan von Frida Kahlo?«

Mein plötzlicher Themenwechsel scheint ihn nicht zu stören.

»Ich finde ihre Bilder spannend, ihr Werk spricht mich aber nicht so an. Ich mag den Namen, mehr nicht.«

Ich bin neugierig. »Wo warst du als Letztes mit Frida?«

»Als Letztes? Ich bin die ganzen Stans abgefahren.« Als er meinen fragenden Blick bemerkt, erklärt er: »Also: Kasachstan, Usbekistan, Turkmenistan … Dann bin ich über Russland, Georgien, Türkei und Griechenland und mit der Fähre von Albanien zurückgekommen.«

»Warst du schon mal in Australien?«

»Das ist der einzige Kontinent, wo ich noch nicht war. Und du?«

»Was?«

»In welchem Land warst du als Letztes?«, fragt er.

»Ich war noch nie irgendwo.«

Er denkt, ich nähme ihn auf den Arm.

»Nein, im Ernst. Bis gestern hatte ich noch nie einen Fuß außerhalb von Südaustralien gesetzt.«

Er bleibt stehen und guckt mich an. »Du bist noch nirgendwo gewesen?« Er ist nicht nur ungläubig, er ist enttäuscht. Es klingt fast vorwurfsvoll.

»Nicht freiwillig«, fühle ich mich gezwungen zu ergänzen. »Eigentlich wollte ich sofort mit achtzehn los. Aber dann starb mein Großvater, und meine Großmutter bekam Alzheimer. Ich konnte sie nicht alleinlassen.«

Teilweise hatte ich das schon in einem unserer ersten Telefonate erklärt, aber nicht so ausführlich. Ich erwarte nicht von Alessandro oder Giulio, dass sie wissen, wie das Leben als Vollzeit-Pflegekraft ist. Das verstehen nur wenige.

Alessandro zieht die Augenbrauen zusammen. »Dein Großvater war Opalsucher?«

Ich nicke.

»Wie ist er gestorben?«, fragt er vorsichtig.

»Ein Teil der Mine ist eingestürzt.« Selbst nach zehn Jahren fällt es mir noch schwer, das laut auszusprechen.

Nan und ich waren dabei, als er rausgeholt wurde. Er hatte nicht den Hauch einer Chance, dennoch hatten wir auf ein Wunder gehofft. Unsere Hoffnung wurde unter dem Gewicht mehrerer Tonnen Felsen begraben.

Im Tod wirkte mein Großvater so klein, während er im Leben Herz und Seele unserer kleinen Welt gewesen war. Er war immer für einen Scherz gut, und wenn er Opale fand, schoss seine Energie durch die Decke. Das waren die besten Tage – dann legte er seine Musik auf und tanzte durchs Wohnzimmer, wirbelte mich zu den Liedern von Johnny Cash und Roy Orbison im Kreis herum.

Nach seinem Tod hörten wir seine Platten nicht mehr. Ich hatte immer das Gefühl, ein Teil von uns sei mit ihm gestorben.

»War er wie ein Vater für dich?«, fragt Alessandro leise. Ich nicke.

»Und deine Großmutter … Sie war deine Mutter.« Das ist eine Aussage, keine Frage. »Du musst untröstlich gewesen sein, als du sie verloren hast.«

Ein dunkleres Gefühl windet sich um meine Trauer.

»Ich habe sie schon vor langer Zeit verloren.« Ich schlucke den Kloß im Hals hinunter und gehe langsam weiter.

Ich war wirklich untröstlich, aber das liegt länger zurück. Ich glaube, man nennt es ›antizipatorische Trauer‹. Es war die Zeit, als mir klarwurde, dass sie mir entglitt. Das erste Mal, als sie meinen Namen vergaß, das zweite, dritte Mal … Wenn ich sie draußen im Hof fand, wo sie am Tor rüttelte und versuchte, rauszukommen, um meinem Großvater das Essen zu bringen, obwohl er schon lange tot war … Ihr leerer Blick, wenn ihr das Rezept für ihre Anzac-Plätzchen nicht mehr einfiel, die sie so gerne gebacken hatte …

Auf dem Weg zu Alessandros Bulli versuche ich ihm zu erklären, wie es war. »Aber im Moment …« Ich zögere, dann kommt es doch heraus. »Im Moment bin ich zu wütend auf sie, deshalb kann ich nicht um sie trauern. Sie wird ihre Gründe gehabt haben, aber es tut mir einfach weh, dass sie mich angelogen hat. Mich *und* meine Mutter. Und ich bin mir ziemlich sicher, dass mein Großvater mit ihr unter einer Decke steckte.« Ich denke an den im Weinregal versteckten Brief und werde von Frust, Groll und Schmerz so überwältigt, dass ich nichts anderes wahrnehme, keine Trauer, keine Erleichterung, keine Schuldgefühle angesichts der Erleichterung. »Sie haben mir meinen Vater die ganze Zeit vorenthalten. Wie soll ich ihnen das je verzeihen?«

Tränen schießen mir in die Augen, schnell wische ich sie mit den Ärmeln fort. Ich murmele eine beschämte Entschuldigung und gehe schneller.

Schweigend erreichen wir den VW-Bus. Ich weiß, dass ich

mir später in den Hintern treten werde, so viel erzählt zu haben. Typischer Fall von »zu viel, zu früh«.

Als wir angeschnallt sind und Alessandros Hand über dem Schlüssel im Zündschloss schwebt, sagt er leise: »Irgendwann wirst du ihnen verzeihen. Eines Tages. Glaub mir!«

Als ich ihn ansehe, fällt mir ein goldenes Blitzen ins Auge. Seine Halskette ist unter seinem schwarzen T-Shirt hervorgerutscht. Ich sehe den Anhänger, ein kleines goldenes Kreuz.

»Bist du gläubig?«, frage ich.

Keine Ahnung, warum mich das wundert, schließlich befinde ich mich in einem frommen katholischen Land, doch auf dem Petersplatz habe ich keine besondere Ergriffenheit bei Alessandro feststellen können.

Er greift zum Anhänger und steckt ihn ins T-Shirt zurück. »Ich habe eine turbulente Beziehung zum lieben Gott«, brummt er und lässt Frida lautstark zum Leben erwachen. »So! Jetzt wird es Zeit, dir ein Lächeln ins Gesicht zu zaubern!«, ruft er, um den Motor zu übertönen.

Ich bin froh, dass wir die Dunkelheit hinter uns lassen.

Wenigstens für eine Zeitlang.

13

Am nächsten Morgen weckt mich Cristina um kurz nach neun. Sie springt wortwörtlich auf meinem Bett herum, bis ich mich herausrolle und irgendwie auf den Füßen lande.

»Sorry!«, sagt sie, als sie den Raum verlässt, nicht im Geringsten zerknirscht. »Ich habe strikte Anweisungen von Alessandro. Er hat mir geschrieben. Stell dich unter die Dusche, ich mache dir einen Kaffee!«, ruft sie über die Schulter und geht in die Küche.

Weil ich meine Haare gestern zusammengebunden hatte, als sie noch nass waren, liegen sie heute sehr interessant. Und damit meine ich: nicht gut. Ich habe keine Lust, sie noch mal zu waschen, sondern mache sie nur feucht und stecke sie zu einem Knoten hoch.

In Coober Pedy habe ich mir nur selten Mühe mit dem Aussehen gegeben – es kam mir sinnlos vor, da allen egal war, wie ich herumlief, oder zumindest mir egal war, was die Leute dachten. Irgendwie geht mir das hier anders.

Als Alessandro und ich am Vorabend den Petersplatz verlassen hatten, fuhren wir eine Weile am Tiber entlang, bevor wir wieder den Weg in Richtung Zentrum einschlugen. An einer Ecke hielt er an. Ich wusste weder, was wir da machten, noch, wo wir waren. Plötzlich wurde es taghell, und der Trevi-Brunnen erhob sich vor mir.

Er war so riesengroß, hell und schön – der größte Barockbrunnen in Rom, sagte Alessandro. Ich war schwer beeindruckt.

Das Licht ging wieder aus. Offenbar wurde die Beleuchtung des Brunnens geprüft. Obwohl es nach zwei Uhr morgens war, waren immer noch ein gutes Dutzend Leute unterwegs. Wir stiegen aus, um uns den Brunnen genauer anzusehen.

Beim nächsten Halt blieb Alessandro im Wagen sitzen und rief nur: »Spanische Treppe!«, während ich über eine Absperrung eine breite Steintreppe hinunterspähte, an deren Ende ein Brunnen stand. Er sagte, das sei unsere letzte Station, doch er musste es sich anders überlegt haben, weil er noch mal unweit der Villa Medici parkte und mit mir zu einem Aussichtspunkt ging.

»Bei Sonnenaufgang ist es hier noch viel schöner«, sagte er, und ich ließ den Blick über die Dächer unter uns schweifen. »Die Sonne geht in unserem Rücken auf, fällt von hinten auf die Bäume im Park und taucht die Kirchenkuppeln rundherum in sanftes Morgenlicht. Aber ich bin zu müde, um bis zum Sonnenaufgang zu warten, tut mir leid«, sagte er und lächelte entschuldigend.

Staunend schüttelte ich den Kopf. »Das war auch so schon eine der besten Nächte meines Lebens. Danke.«

Danach sagte er nicht mehr viel. Ich hoffe, es war kein weiterer Fall von »zu viel, zu früh«, aber ich habe mein Herz schon immer auf der Zunge getragen und kann nur schwer an mich halten, wenn ich dankbar bin.

Als ich aus dem Bad komme, ist Cristina in der Küche. In einer schwarzen Caprihose und einer weißen Bluse ist sie bereit, in den Tag zu starten. Die Haare hat sie mit Gel zu einer Igelfrisur gestylt. Soweit ich sehen kann, ist sie nicht geschminkt.

»Hi!«, grüße ich und mache große Augen, als ich eine Tasse auf der Arbeitsfläche erblicke, die offensichtlich eine Latte macchiato enthält. Sie schiebt sie mir hin. »Danke!«, sage ich erleichtert, weil es kein starker Espresso ist.

»Mit ganz viel Milch«, erwidert sie wissend.

Ob ihr meine Grimasse gestern aufgefallen ist?

»Wie war der Abend?«, fragt sie.

»Ach, es war toll!« Immer noch beeindruckt, schüttele ich den Kopf. »Wir waren beim Kolosseum, am Pantheon, auf dem Petersplatz, an der Spanischen Treppe, dem Trevi-Brunnen ... wo noch? Überall. Unglaublich, dass ich schon so viel von Rom gesehen habe.«

Sie wirkt überrascht. »Mit Giulio?«

»Nein, mit Alessandro!«

Dann dämmert mir, dass sie wissen wollte, wie es war, zum ersten Mal meinen Vater zu sehen.

Mir wird klar, dass ich seit dem Aufwachen kaum an unsere Begegnung gedacht habe.

»Alessandro hat mit dir eine Stadtrundfahrt gemacht?«, fragt Cristina noch ungläubiger als bei der Vorstellung, Giulio hätte mich begleitet.

»Ja. Aber es war natürlich aufregend, Giulio kennenzulernen!«, füge ich schnell hinzu. »Wir waren zum Essen in einem Bistro und haben uns gut unterhalten. War super«, wiederhole ich lahm. Nach nur vier Stunden Schlaf will mir einfach keine gewandtere Formulierung einfallen. »Ach, danke übrigens für das Getränk und das Essen!«

»*Aperitivo*«, erwidert sie. »Das italienische Wort für ein Getränk und Knabbereien vor dem Essen.«

»Aha! Ich mochte den Aperol ...«

»Spritz!«

Ich habe gar nicht besonders langsam gesprochen. Wahrscheinlich ist Cristina im Allgemeinen schneller als ich, deshalb hat sie den Satz für mich beendet.

»Musst du heute arbeiten?« Ich trinke einen Schluck Latte und hoffe, dass Cristina mich irgendwann nicht mehr so einschüchtert.

»Ja, später.«

»Ist Schwarzweiß die Arbeitskleidung?«

Sie lacht trocken und schaut an sich hinunter. »Nein, wir haben keine Arbeitskleidung. Giulio hat mal versucht, eine Uniform einzuführen, aber Alessandro wollte auf gar keinen Fall Rot tragen. Er holt dich um zehn Uhr ab.« Sie nimmt einen Schlüsselbund von der Bank. »Die sind für dich. Komm, ich zeige dir, wie die Tür funktioniert; das ist etwas kompliziert.«

Kurz danach bricht sie auf; sie ist mit einer Freundin zum Brunch verabredet. Ich habe mich nicht getraut zu fragen, ob es Rebecca ist, der Drachen von gestern Morgen.

Zehn Minuten später kommt Alessandro in einem ausgeblichenen schwarzen T-Shirt und derselben Jeans wie am Vortag herein.

»Wie hast du geschlafen?«, fragt er, nachdem wir uns zur Begrüßung auf die Wangen geküsst haben.

»Nicht so gut, wie ich geschlafen hätte, wenn Cristina nicht wie eine Verrückte auf meinem Bett herumgesprungen wäre, um mich zu wecken.«

Seine Mundwinkel gehen nach oben. »Schön. Dauert nicht mehr lange, dann haben wir deinen Jetlag im Griff. Wollen wir los? Giulio kann es nicht erwarten, dich zu sehen.«

»Wie geht es ihm heute?« Ich greife nach dem Schlüsselbund.

»Gut. Putzmunter.« Er zieht die Tür auf und legt mir die Hand in den Rücken, um mich nach draußen zu führen.

Auf dem Weg zum *Serafina* erklärt mir Alessandro die Strecke. Er zeigt mir, welche Abkürzungen ich zu Fuß nehmen kann. Keine Ahnung, ob ich mich später dran erinnere – wahrscheinlich nicht –, aber ich strenge mich an, mir seine Wegbeschreibung zu merken.

Er parkt hinter dem Restaurant und geht mit mir außen herum zur Eingangstür, statt mich durch den Hintereingang zu lotsen.

»Giulio möchte bestimmt, dass du den Laden im besten Licht siehst«, erklärt er.

Nach vorne heraus sind große Fenster, an denen wir vorbeigehen. Ein kurzer Blick ins Innere offenbart Bänke mit schwarzem Rückenpolster entlang den Wänden. Davor stehen Holztische und -stühle. Die Wände selbst sind weiß gestrichen und sehr zurückhaltend dekoriert. Der Essbereich scheint auf einem niedrigeren Niveau als die Straße zu liegen, und tatsächlich muss ich ein paar Stufen runtersteigen, bevor wir durch die Glastür gehen.

Auf der linken Seite ist eine Theke, hinter der sich Flaschen in den Regalen reihen. Direkt vor uns befindet sich ein hoher schmaler Tisch mit einem Telefon und einem Reservierungsbuch.

Weiter hinten ist eine große Durchreiche, durch die man ein kuppelförmiges Gebilde und mehrere Personen sieht. Als Giulio uns entdeckt, stürmt er mit weit ausgestreckten Armen durch die Küchentür.

»Meine Tochter!«, ruft er und strahlt von einem Ohr zum anderen. »Endlich bist du hier, im Restaurant der Marchesis!«

Er umklammert meine Oberarme und drückt mir einen Kuss auf jede Wange. Es fühlt sich anders an als bei Alessandro. Giulios Küsse sind gezielt, während Alessandro sie mir eher auf die Wangen haucht.

»Toll hier«, sage ich und sehe mich um. »Hat es sich stark verändert, seit meine Mutter hier arbeitete?«

»*Sì*! Früher war hier alles voll mit – wie sagt man? Krimskrams.« Er weist auf die Wände. »Überall Regale, Dekoration. Rote Wände. Chili- und Knoblauchketten. Ich fand es ein bisschen zu ...« Er schnippt mit den Fingern, sucht das richtige Wort. »Überladen.« Giulio zeigt unter die Decke. »Ich glaube, meinem Vater gefällt es nicht. Er findet es langweilig.«

Er meint wohl, sein Vater würde die Einrichtung missbilligen, wenn er sie sähe. Er ist vor ein paar Jahren gestorben.

»Ich find's schön«, sage ich lächelnd. »So frisch und sauber.«

»Finde ich auch«, stimmt er mir mit einem entschiedenen Lächeln zu. »Ich stelle dir Maria und Antonio vor.« Er winkt mich zur Küche hinüber, während Alessandro hinter die Theke geht.

Die beiden Angestellten in der Küche könnten Bruder und Schwester sein, so ähnlich sind sie sich. Beide sind ungefähr so groß wie ich, nur ein paar Kilo schwerer. Sie haben kurze dunkle Locken und sind an den Schläfen ergraut. Ihre runden Gesichter werden gefühlt noch breiter, als sie mich erblicken.

Giulio stellt uns einander vor, und sofort fangen beide an, aufgeregt auf Italienisch zu schnattern. Sie wischen sich die Hände an ihren Schürzen ab, um mich wie eine alte Freundin zu begrüßen.

Maria und Antonio sprechen kein Englisch, deshalb frage ich Giulio, ob sie miteinander verwandt sind.

»Seit vierzig Jahren verheiratet«, antwortet er. »Sie haben schon für meine Eltern gearbeitet, und jetzt sind sie bei mir«, erklärt er und drückt liebevoll Antonios Schulter.

Ich schaue an ihnen vorbei auf die Arbeitsplatte. »Was machen sie da?«

»Pizzateig«, erwidert Giulio. »Es ist der beste.«

Mir war nicht klar, welch tiefe Bedeutung hinter dem Begriff Familienlokal steht. Ich hatte gedacht, Giulio hätte das *Serafina* einfach von seinen Eltern übernommen, doch er erklärt mir in aller Ausführlichkeit, dass die in der Küche verwendeten Produkte größtenteils auf dem Ackerland der Familie in Tivoli wachsen.

Giulios Schwester Eliana, ihr Mann Enzo sowie Jacopo und Valentina, zwei ihrer drei Kinder, die noch zu Hause wohnen, stellen viele Erzeugnisse selbst her, beispielsweise die Fenchelsalami, den Ricotta und die eingelegten Antipasti. Das Gemüse, die Kräuter und der Salat stammen in nicht geringem Maße aus den Gärten der Familie, und die Wildpilze, die in einigen Gerichten verwendet werden, haben sie im Umland gesucht. Einige Eissorten macht Eliana zu Hause mit Obst aus dem Garten; Ziegen geben die Milch, die zu Käse verarbeitet wird, und freilaufende Hennen sorgen für die Eier, die in den Pastateig kommen. Serafina ist immer noch für die Ravioli zuständig, doch die übrigen Nudeln und Soßen bereitet Giulio mit seinen Leuten im *Serafina* zu, genauso wie den Pizzateig, den Maria und Antonio jeden Morgen frisch machen. Die riesige Kuppel, die ich beim Eintreffen gesehen habe, ist ein mit Holz geheizter Tonofen, der der Pizza ihren besonderen Geschmack verleiht.

Als er mir das erzählte, hat Giulio die Finger an die Lippen geführt und das berühmte anerkennend schmatzende Geräusch gemacht.

Ich kann immer noch nicht richtig begreifen, dass dieser überschwängliche Italiener mein Vater ist.

Als Cristina zu ihrer Mittagsschicht erscheint, habe ich das Gefühl, schon seit vielen Stunden im *Serafina* zu sein, tatsächlich waren es nicht mal zwei. Mein Körper ist müde von der Anstrengung, und ich habe das Gefühl, hungrig zu sein, was ich aber nicht bin, denn ich habe in der Küche Giulios Angebot angenommen, das eine oder andere zu probieren. Offenbar hat der Jetlag eingesetzt. Wirklich seltsam, ihn jetzt richtig zu spüren.

»Ich mache dir einen Espresso«, sagt Alessandro, als ich mich neben Cristina an die Theke setze.

Giulio hat mich aus der Küche hinauskomplimentiert, da es im Lokal allmählich voller wird.

»Mach doch einen kleinen Spaziergang, ein bisschen an die frische Luft wird dir guttun«, schlägt Alessandro vor.

»Ich glaube, dafür bin ich zu müde. Steht dein Bus hinten? Kann ich mich da kurz reinlegen?«

Er gibt mir einen leichten Stüber auf den Hinterkopf und schnalzt mit der Zunge. Ich lache und schlage ihn weg. In dem Moment kommt eine zierliche Brünette herein und bleibt wie angewurzelt stehen. In ihrem Gesicht ziehen Sturmwolken auf.

Alessandro sagt etwas auf Italienisch zu ihr und schaut auf die Uhr. Sie funkelt ihn böse an, wirft ihre langen Haare nach hinten und stolziert zur Kasse, ohne ihn weiter zu beachten. Sie fährt Cristina an und sieht kurz zu mir hinüber. Cristina antwortet auf Englisch.

»Das ist Angie, Giulios Tochter«, erklärt sie und zeigt erst auf mich, dann auf die junge Frau. »Das ist Teresa.«

Das Mädchen ist ungefähr in meinem Alter, klein, aber mit guter Figur. Sie hat ein ovales Gesicht und eine Stupsnase.

»*Ciao*«, sagt sie, ohne eine Miene zu verziehen. Ich bin froh, dass Maria aus der Küche so freundlich war, weil die anderen italienischen Frauen, die ich bisher kennengelernt habe, nicht gerade viel Wärme ausstrahlen.

Teresa nimmt einen Stift hinter der Kasse hervor und dreht ihre dunklen Locken zu einem Knoten hoch, den sie mit dem Stift feststeckt.

Angeberin.

Als ich höre, dass Alessandro eine Espressotasse vor mich stellt, drehe ich mich um. Geistesabwesend reicht er mir ein Zuckertütchen, den Blick immer noch auf Teresa gerichtet. Sehnsüchtig denke ich an Milch.

Ehe ich mich versehe, ist Cristina hinter der Theke, schüttet den Inhalt meiner kleinen Espressotasse in eine größere und gießt heiße Milch aus der Kaffeemaschine dazu.

Alessandro stottert etwas auf Italienisch.

»Pass besser auf!«, wirft sie ihm auf Englisch vor und reicht mir einen schaumigen Cappuccino.

Er starrt erst sie, dann die Cappuccinotasse und schließlich mich ratlos an. Ich muss aussehen, als würden Weihnachten und Ostern zusammenfallen. *Milch, yippieh!*

Die Tür wird aufgeworfen, und ein junger Mann schlendert herein. Er ist groß und breit, hat kurze dunkle Haare, hohe Wangenknochen und ein kräftiges Kinn.

Cristina strahlt ihn an – sie strahlt! -, und ich verfolge verwundert, wie sie hinter der Theke hervorkommt und sein Gesicht in die Hände nimmt.

Bisher habe ich sie kaum einmal lächeln sehen, nicht mal, als sie wie eine Zweijährige auf meinem Bett herumhüpfte.

Der Neue tauscht ein paar knappe Worte mit Teresa, begrüßt Alessandro mit einem Handschlag und wendet sich dann mir zu.

Wow, hat der lange Wimpern!

»Stefano, das ist Angie. Angie: Stefano«, stellt Alessandro uns einander vor, während Cristina durch die Hintertür verschwindet.

»Ah! Giulios Tochter!«, ruft Stefano mit einem so strahlenden Lächeln, dass ich am liebsten meine Sonnenbrille aufsetzen würde. Er beugt sich vor, um mich zu küssen, und nimmt sich alle Zeit dafür. Als er fertig ist, sind meine Wangen gut durchblutet.

»Wie gefällt dir Rom bis jetzt?«, fragt er.

»Herrlich.« Und ich muss zugeben, es wird minütlich besser.

Cristina kommt mit einem gefalteten beigen Stapel Stoff zurück und wirft Teresa und Stefano je ein Teil zu. Eins behält sie für sich. Ich verfolge, wie die drei sich anziehen: Schürzen!

Stefano arbeitet hier? Er sieht aus wie ein Model, nicht wie ein Kellner.

Giulio stürzt aus der Küche, ruft etwas auf Italienisch und gestikuliert wild herum. Stefano, Cristina und Teresa stieben in alle Richtungen davon, während Alessandro gefasst und ruhig bleibt und etwas erwidert. Giulio kehrt in die Küche zurück, und Alessandro kommt hinter der Theke hervor.

»Was war das denn?«, frage ich, als er zum Telefonhörer greift.

»Der Fischlieferant ist heute nicht gekommen«, erklärt er

und wählt eine Nummer. »Wir brauchen Shrimps, und zwar *pronto!*«

Während er telefoniert, trinke ich den Cappuccino.

»Gut«, sagt er, als er auflegt. »Freunde aus einem anderen Restaurant helfen uns aus. Hast du Lust mitzukommen? Wir gehen zu Fuß rüber.«

»Klar!« Ich trinke die Tasse leer und rutsche vom Barhocker.

Alessandro ruft den anderen zu, was wir vorhaben. Teresa wirft uns einen bösen Blick zu. Was ist denn bloß los mit ihr?

»Wie lange arbeitest du schon mit Teresa und Stefano zusammen?«, frage ich, als wir losgehen und auf dem breiten, gepflegten Bürgersteig nach rechts abbiegen.

»Mit Stefano ungefähr vier Jahre. Mit Teresa eins.«

»Cristina und Stefano verstehen sich ja gut«, bemerke ich.

»Ja, sie sind eng befreundet. Stefano ist heute aus dem Urlaub zurück. Er hat Cristina bestimmt gefehlt.«

»Und Teresa? Was ist mit ihr?«

»Ich verstehe nicht, was du meinst.«

Bilde ich mir das ein, oder ist ihm das Thema unangenehm?

»Sie scheint nicht so gut ins Team zu passen wie die beiden anderen.«

Alessandro zuckt mit den Schultern. »Sie gehört auch nicht richtig dazu. Cristina hat Rebecca über Stefano kennengelernt. Sie sind oft zusammen unterwegs.«

Interessant. »Und woher kennen sich Stefano und Rebecca?«

»Die waren zusammen an der Uni, haben Jura studiert.«

Ich werfe ihm einen kurzen Blick zu. »Aber Stefano hat aufgehört?«

»Ja, es hat ihm nicht gefallen. Nach dem zweiten Jahr hat

er das Studium geschmissen. Er möchte Schauspieler werden, aber seine Eltern halten nichts davon.«

Heute ist es kühler als gestern, nur habe ich leider keine Jacke mitgenommen. Zum Glück hat Alessandro einen forschen Schritt drauf, so dass mir schnell wärmer wird. Hohe Bäume säumen die Straße, das Sonnenlicht fällt durch das Laub und malt Kleckse auf den Bürgersteig. Wir kommen an einem gutbesetzten Café, an zwei Boutiquen und einem Lebensmittelladen vorbei, der sein Obst und Gemüse draußen wie kostbare Juwelen zur Schau stellt. Ein untersetzter Mann in einer schwarzen Schürze begrüßt Alessandro mit lauter Stimme, worauf er genauso fröhlich antwortet.

Ich freue mich darüber, mehr von Parioli zu sehen. Es scheint eine schöne Gegend zu sei, wo man gut leben und arbeiten kann.

»Das da drüben ist das *Da Bruno*.« Alessandro weist über die Straße auf ein Restaurant mit einem efeubewachsenen Spalier, in dem eine Lichterkette funkelt.

Nachts sieht es bestimmt besonders hübsch aus.

Kaum tritt Alessandro vom Bürgersteig auf die Straße, überhole ich ihn und flitze auf die andere Seite.

»Ich bin so viele Autos nicht gewöhnt«, erkläre ich, als er mit einem belustigten Gesichtsausdruck näher kommt.

Für mich ist alles neu und aufregend, selbst der Verkehr.

Als wir das Restaurant betreten, begrüßt uns der Besitzer, ein Mann von Mitte fünfzig. Als Alessandro mich vorstellt, wird er regelrecht überschwänglich.

»Giulio ist so glücklich, dass du hier bist«, erklärt Bruno mit breitem Lächeln.

Sein freundlicher Sohn Carlo kommt mit einer Styroporkiste aus der Küche und lässt sich ebenfalls vorstellen.

»Das war nett von denen«, sage ich auf dem Rückweg.

Diesmal versuche ich, nicht über die Straße zu rennen, behalte aber einen flotten Schritt bei.

»Die Gastronomie ist wie eine große Familie«, erklärt Alessandro. »Wir helfen uns gegenseitig.«

»Wie viele Leute arbeiten eigentlich im *Serafina*?«

»Außer Stefano, Cristina und Teresa noch Dario, Edgardo, Marcella und Susanna. Dario und Marcella in der Küche, die anderen nur als Aushilfen. Du wirst sie am Freitagabend und am Wochenende kennenlernen.«

Heute ist Mittwoch.

Erst als wir wieder im *Serafina* sind und ich einen kalten Blick von Teresa kassiere, wird mir klar, dass ich keinerlei Informationen über sie erhalten habe.

14

Am Freitagmorgen beschließe ich, zu Fuß ins *Serafina* zu gehen, nach Alessandros wiederholter Beschreibung ziemlich zuversichtlich, dass ich den Weg finde. Der Himmel ist blau, trotzdem nehme ich meine Regenjacke mit, da ich dem Wetter nicht traue. Vielleicht schlägt es so um wie gestern. An den letzten Abenden hat mich Alessandro mit dem Bulli nach Hause gebracht, aber ich nehme an, dass heute mehr los sein wird und er zwischendurch nicht wegkann.

Ich lausche, ob ich Autos höre, und sehe mehrmals nach rechts und links, bevor ich mich traue, die Straße zu überqueren. Dann eile ich ein paar Stufen hoch und lande in einem kleinen dreieckig angelegten Park. Die Bäume stehen hier so dicht, dass vom Himmel über mir so gut wie nichts zu sehen ist. Wenn nicht in der Nähe eine Jugendliche mit ihrem Hund spazieren gehen würde, hätte ich vielleicht Bedenken, diese Abkürzung zu nehmen.

Ich wünsche ihr auf Italienisch einen guten Morgen, und sie antwortet ebenfalls mit »*Buongiorno*«.

Als ich wieder auf die Straße trete, muss ich bergauf an mehreren identischen Apartmenthäusern vorbei. Ich genieße das Brennen in den Oberschenkeln. Nach Nans Tod bin ich zu Fuß durch ganz Coober Pedy gelaufen, weil ich meine Freunde endlich wieder zu Hause besuchen konnte, die vorher keine andere Wahl gehabt hatten, als zu mir zu kommen. Doch in den letzten Tagen in Rom habe ich nur herumgesessen. Alessandro hat mir erlaubt, einen Ecktisch im Restaurant in Beschlag zu nehmen, wo ich mit meinem Laptop hocke und auf Nachrichten bei Facebook antworte oder entschlossen versuche, über einen Onlinekurs Italienisch zu lernen. Doch in erster Linie habe ich von meinem Platz aus verfolgt, was um mich herum passiert.

Ich meine, inzwischen ganz gut zu verstehen, wie alles zusammenhängt. Giulio scheint mir im Allgemeinen ein akzeptierter und beliebter Chef zu sein, der seine Angestellten und seine Gäste oft anlächelt und nur hin und wieder einen Wutanfall bekommt, wenn in der Küche etwas schiefgeht. Am Mittwoch fehlten die Shrimps, gestern kam Enzo zu spät mit den Ravioli. Giulio schimpfte heftig, ließ sich jedoch auch schnell wieder beruhigen, und ich freute mich, den Mann der Tante kennenzulernen, von deren Existenz ich nie etwas geahnt hatte.

Ich liebe Antonio und Maria, auch wenn sie so gut wie kein Wort Englisch sprechen. Dario und Marcella ebenso wenig – er ist knapp zwanzig und arbeitet als Tellerwäscher, sie ein paar Jahre älter und bereitet hauptsächlich Zutaten vor.

Stefano mag ich sehr, er ist nett und lustig, und auch Cristina ist mir sehr ans Herz gewachsen. Ihr entgeht nichts, und sie hat einen herrlich trockenen Humor. Nur bei Stefano ist sie wirklich locker, und es macht großen Spaß zuzusehen, wie die beiden miteinander herumalbern, wobei sie oft Englisch sprechen, um mich nicht auszuschließen.

Mit Teresa hingegen werde ich nicht warm. Ständig hat sie schlechte Laune. Nur wenn sie bedient, dreht sie ihren Charme voll auf. Ihr Lächeln macht sie unsagbar schön. Die Gäste merken offenbar nicht, dass es aufgesetzt ist, denn sie bekommt mehr Trinkgeld als alle anderen. Das weiß ich, weil sie es am Ende jeder Schicht demonstrativ zusammenzählt.

Stefano scheint ebenfalls ganz gut Trinkgeld zu machen, nur Cristina gewinnt mit ihrer ruppigen Art keinen Blumentopf. Dass sie sich nicht verstellt, mag ich besonders an ihr.

Alessandro für seinen Teil macht die Theke und führt das Restaurant, da Giulio fast ausschließlich in der Küche ist. Er kommt nur gelegentlich heraus, um Stammkunden zu begrüßen. Mit den Gästen geht Alessandro professionell um, aber den Angestellten gegenüber ist er ein wenig reserviert, was mich nach unserer nächtlichen Tour durch Rom doch wundert. Da wirkte er viel warmherziger. Auf der Arbeit ist er eher kühl.

Am Ende der Straße ist ein kleines Café, in dem ich gern mal einen Cappuccino trinke. Das Geräusch der mahlenden Kaffeebohnen erinnert mich an den Lärm von Grandads Opalschleifmaschine.

Unter anderen Umständen würde mich der Gedanke traurig oder sehnsüchtig machen, doch stattdessen verspüre ich ein Hochgefühl. Gerade habe ich begriffen: Ich hab's geschafft! Ich habe Coober Pedy verlassen und bin auf der anderen Seite der Welt. Ich bin *frei*!

Spontan gehe ich hinein und kaufe ein warmes Blätterteiggebäck, das ich unterwegs zum *Serafina* vertilge.

Als ich dort ankomme, habe ich noch immer ein Lächeln im Gesicht.

Am Vortag hat Giulio mir mit der Hand auf dem Herzen versprochen, ein paar Fotos für mich herauszusuchen. Ich freue mich zu sehen, dass er sie gefunden hat und damit auf mich wartet. Wir setzen uns an den Ecktisch, nebeneinander auf die Bank.

»Auf dem Bild hier bin ich siebzehn Jahre alt«, sagt er und reicht mir ein Foto, das einen gebräunten Jugendlichen in einer hellblauen kurzen Hose und einem gelben T-Shirt zeigt. Ich halte es mir näher vor die Augen und betrachte es genauer. Er hat längere dunkelbraune Haare und nicht ein Gramm Fett am Körper.

Wir schauen uns noch mehr Fotos an, auf denen er älter und sein Haar noch länger wird, bis es auf die breiter gewordenen Schultern reicht. Fast immer hat er ein freundliches Lächeln im Gesicht; er strahlt nur so vor Jugend und Vitalität. Ich verstehe, was meine Mutter in ihm gesehen hat: Er war ein eindrucksvoller junger Mann.

»Ist das das *Serafina*?« Ich deute auf ein Bild, auf dem er zusammen mit seinem Vater steht. Beide haben weiße T-Shirts und Jeans an.

Mir ist sofort klar, dass es mein verstorbener Großvater Andrea sein muss, weil er so viel Ähnlichkeit mit Giulio hat. Auf dem Foto muss Andrea ungefähr so alt sein, wie Giulio jetzt ist, Mitte fünfzig. Giulio selbst schätze ich auf fünfundzwanzig. Mit siebenundzwanzig hat er meine Mutter kennengelernt.

Die Wände hinter den beiden sind rot gestrichen und bunt dekoriert: Kupfertöpfe und -pfannen in Regalen, Zierteller und Figuren, unter der Decke lange Chili- und Knoblauchstränge und Sträuße getrockneter Kräuter.

»*Sì*, ja, das ist das *Serafina*. Siehst du, was ich meinte? Total überladen.«

»Ja«, erwidere ich lächelnd. Auch wenn ich gesagt habe, dass mir der frische, klare Stil von heute gefällt, hatte die ehemalige Dekoration auch ihren Reiz. Sie erinnert mich ein wenig an Jimmys Haus. Seine Frau Vicky sammelte Zierfiguren und bemalte Teller, außerdem hängt sie gerne getrocknete Kräuter in der Küche auf. Nach ihrem Tod beließ Jimmy alles so, wie es war. Jetzt ist es mit einer dicken Staubschicht überzogen, wie ich bei meinem letzten Besuch vor ein paar Wochen feststellte. Ich war jahrelang nicht bei ihm gewesen.

»Lass es!«, brummte er, als ich nach einem Tuch griff, um die eine oder andere Fläche abzuwischen. »Wenn ich gewusst hätte, dass du hier einen Aufstand machst, wäre ich zu dir gekommen. Ich lebe schon mein Leben lang mit diesem Staub, Mädchen. Das ist ein Krieg, den ich nie versucht habe zu gewinnen. So, was willst du mir nun erzählen?«

Nachdem ich am Vormittag zum ersten Mal mit meinem Vater gesprochen hatte, hatte ich Jimmy angerufen und gefragt, ob er zu Hause sei. Ich wollte ihm alles erzählen und war unheimlich erleichtert, als ich sein verdutztes Gesicht sah. Die Welt wäre ein schlechterer Ort gewesen, wenn ich herausgefunden hätte, dass auch Jimmy mich angelogen hatte.

Bei dem Gedanken an meinen alten Freund allein zu Hause in Coober Pedy zieht sich mein Herz zusammen. Ich hoffe, es geht ihm gut.

Ich konzentriere mich wieder auf die Bilder. »Wie alt bist du auf dem?«, frage ich Giulio.

»Vierundzwanzig.«

Er sitzt auf einem Liegestuhl in der Sonne, neben ihm ein ebenfalls dunkelhaariger gutaussehender Mann im selben Alter.

»Und wer ist das?«

»Giorgio«, antwortet er. Irgendwas in seiner Stimme sorgt dafür, dass ich ihn anschaue.

»Giorgio war mein bester Freund«, erklärt er. »Er starb ein paar Jahre nach diesem Foto. Seltener Hirntumor.«

»Das tut mir sehr leid«, sage ich leise und schiele zu ihm hinüber. Traurig senkt er das Kinn und lässt die Schultern hängen. So habe ich ihn noch nicht gesehen. Ich bin voller Mitgefühl. Doch seine trübe Stimmung ist nur von kurzer Dauer.

»Giulio und Giorgio!«, ruft er so munter, dass ich zusammenzucke. »Wir waren wie Brüder. Sind gemeinsam in Tivoli aufgewachsen.«

Aus dem Augenwinkel bemerke ich, dass Alessandro mit zwei Tassen näher kommt.

»Danke«, sage ich, als er sie auf den Tisch stellt: einen Espresso für Giulio und eine Latte für mich.

Sein Lächeln wärmt mich. Wahrscheinlich gefällt es ihm, wenn er Giulio und mich zusammen sieht.

Er späht über meine Schulter auf das Foto. »Ah, Giorgio«, murmelt er. Darauf folgen ein paar Wörter auf Italienisch, die offenbar nur für die Ohren seines Stiefvaters bestimmt sind.

Meine Neugier ist geweckt. Es ist selten, dass Alessandro mich ausschließt.

Giulio antwortet ebenfalls auf Italienisch, und ich spüre eine gewisse Ablehnung, doch als Alessandro ihn bedrängt, geht mein Vater offenbar auf dessen Vorschlag ein.

»Giorgio war der Bruder meiner Frau«, erklärt Giulio. »Alessandros Onkel.« Wieder spricht er auf Italienisch mit Alessandro, dann zieht er den Stuhl gegenüber heraus, damit sein Stiefsohn sich zu uns setzt. Alessandro hat bestimmt nicht damit gerechnet, dass der Spieß umgedreht würde, doch er gehorcht.

»Marta, meine Mutter, war Giorgios jüngere Schwester«, erklärt Alessandro, Giulio schweigt.

Ich erinnere mich, dass mein Vater mir schon am Telefon von Marta erzählen sollte – und von Alessandro, ihrem Sohn –, er dieses Thema jedoch gemieden hatte.

»Meine Mutter hatte Depressionen«, fährt Alessandro fort. »Damals wusste ich das natürlich nicht. Vielleicht erkannte das sogar keiner von uns. Schließlich war sie schon seit Jahren so ...« Er macht eine Auf-und-ab-Bewegung mit der Hand und verharrt oben. »Als sie ein Hoch hatte, wurde sie mit mir schwanger.« Er legt die Hand wieder auf den Tisch. »Als ich älter war, erzählte sie mir, dass sie mehrmals ungeschützten Verkehr hatte. Sie konnte mir nicht sagen, wer mein Vater war.«

Ich mache große Augen. Auch Alessandro wusste sein Leben lang nicht, wer sein Vater ist? Wir haben mehr gemeinsam, als ich geahnt habe.

Als Alessandro weiterspricht, sieht er Giulio an. »Dann wurde Giorgio krank. Er bat Giulio, auf seine kleine Schwester aufzupassen. Giulio heiratete Marta und nahm uns zu sich. Damals war ich sieben Jahre alt.«

Ich folge Alessandros Blick und schaue ebenfalls Giulio an. Reglos sitzt er da und starrt auf seine gefalteten Hände vor sich auf dem Tisch.

»Also war es so etwas Ähnliches wie eine arrangierte Ehe?«, frage ich.

Giulio erwacht zum Leben: »Ich kannte Marta schon ihr ganzes Leben«, sagt er. »Ich habe sie geliebt, *sì*, wie eine Schwester, sie hat mir etwas bedeutet. Als ich deine Mutter kennenlernte, war Marta ...« Er unterbricht sich.

Alessandro hilft ihm mit der Formulierung. »Sie war auf einem Tiefpunkt.«

»*Sì*«, bestätigt Giulio trübsinnig.

»Giulio und meine Mutter waren noch nicht lange verheiratet. Er wollte ihr helfen, aber es war sehr schwierig«, erklärt Alessandro.

»Sehr schwierig«, wiederholt Giulio, und selbst nach so

vielen Jahren klingt er unglaublich erschöpft bei der Erinnerung.

Alessandro wendet sich wieder an mich. »Man hätte sich keinen größeren Unterschied als zwischen deiner Mutter und meiner vorstellen können.«

»Hast du sie gekannt?«, frage ich überrascht.

Er nickt. »Sie war wie eine frische Brise.«

»Ich muss mal nach dem *abbacchio alla cacciatora* gucken«, sagt Giulio plötzlich und hievt sich hoch.

Ich erhebe mich ebenfalls.

Es ist mir noch nie schwergefallen, Menschen zu umarmen – ich war schon immer sehr mitfühlend –, aber Giulio drückt mich unheimlich fest zurück, und als er sich von mir löst, hat er feuchte Augen.

»Ich erzähle dir noch mehr über deine Mutter. Versprochen«, sagt er.

»Das würde mich freuen«, erwidere ich und folge ihm mit dem Blick in die Küche, bevor ich mich wieder setze.

Das war intensiv.

»Er hat sie geliebt«, sagt Alessandro leise und nachdenklich.

Ich sehe ihn an.

»Giulio hat deine Mutter geliebt«, wiederholt er. »Die Nachricht von ihrem Tod hat ihn ziemlich schwer getroffen, selbst nach so vielen Jahren, glaube ich.«

Die Eingangstür wird aufgeschlagen, und Teresa kommt herein. Sie funkelt uns böse an. Ich nicke ihr zu, was sie jedoch ignoriert.

Alessandro steht auf und räumt unsere Tassen ab. Bevor er sich abwenden kann, drücke ich seine Hand.

»Danke, dass du es erklärt hast.«

Sein Blick bleibt kurz an meinem hängen, dann nickt er

und dreht sich ab, bellt Teresa etwas zu. Pampig ruft sie etwas zurück. Ich verberge mein Grinsen.

Es war schön, wieder Alessandros sanfte Seite zu spüren, die er mir schon bei unserer nächtlichen Tour durch Rom gezeigt hat. Ich habe das Gefühl, dass er das nicht oft tut.

15

Heute ist noch eine andere Kellnerin da, eine von den Aushilfskräften. Sie heißt Susanna, ist groß, freundlich und gesprächig. Sie hat Kurven und ein strahlendes Lächeln und trägt einen knallroten Lippenstift. Ich mag sie auf der Stelle.

Alessandro hat schon verkündet, dass es heute voll würde. Er bot mir an, mich zu ihm an die Theke zu setzen. Damit wollte er mir zu verstehen geben, dass ich meinen bevorzugten Ecktisch räumen muss.

Wahrscheinlich gehe ich früher nach Hause. An den letzten Abenden bin ich immer gegen acht Uhr verschwunden und habe noch im Bett gelesen, bis ich meine Augen nicht mehr offenhalten konnte. Den schlimmsten Jetlag habe ich vielleicht überstanden, dennoch wache ich mehrmals in der Nacht auf, und dann kann es eine Weile dauern, bis ich wieder einschlafe.

Es ist auch nicht gerade hilfreich, dass es in der Gegend so laut ist – Autos fahren vorbei, Hunde bellen, Leute streiten, manchmal sogar im Eingangsbereich direkt vor dem Apartment.

Tatsächlich meinte Cristina, der Streit am Morgen sei gar keiner gewesen: Die beiden Männer hätten über Fußball debattiert. Wenn Italiener ein angeregtes Gespräch führen, klingt es oft, als seien sie wütend, habe ich festgestellt.

Es unterscheidet sich alles sehr von meinem Leben zu

Hause, wo mein Zimmer so still und dunkel war, dass man eine Nadel hätte fallen hören können.

Auch wenn ich dort nicht gut geschlafen habe. Beim leisesten Geräusch sprang ich vor Sorge aus dem Bett, dass Nan wieder etwas angestellt hatte.

Als ich meinen Laptop einpacke, bekomme ich mit, wie Stefano und Cristina miteinander kichern.

»Was ist denn so lustig?«, frage ich.

»Wir warten darauf, dass die Bombe hochgeht«, antwortet Stefano und wirft über die Schulter einen Blick auf Susanna.

Sie steht mit Alessandro hinter der Theke, und auch wenn sie uns den Rücken zugedreht hat, ist ihre Körpersprache ziemlich kokett. Alessandro zeigt ihr, wie man die Espressomaschine saubermacht. Er scheint ihr zuzuhören, weil er hin und wieder nickt, ohne sie anzusehen.

»Was für eine Bombe?«, frage ich ahnungslos.

Wie üblich kommt Teresa wie ein Hurrikan hereingewirbelt. Stefano sieht aus, als würde er vor Spannung jeden Moment platzen.

Teresa sieht sich einmal um und hält inne, als sie Susanna und Alessandro hinter der Theke entdeckt. Susanna erstarrt, ihr Lächeln gefriert. Teresa wendet den Blick ab und beginnt mit ihren üblichen vorbereitenden Handgriffen. Sie prüft das Buch mit den Reservierungen und dreht sich das Haar zu einem Knoten, den sie wieder mit einem Stift sichert. Sie grüßt keinen von uns, ihre Augen blitzen noch wütender als sonst.

Es ist, als spielte sich vor mir eine Seifenoper ab. Wenn sie doch Untertitel hätte!

Stefano und Cristina verschwinden in einen kleinen Raum hinten im Restaurant, der gleichzeitig Pausenraum, Vorratslager und Büro ist. »Dass ich aber auch gerade im Urlaub sein musste, als es passierte!«, klagt Stefano laut, als ich den beiden folge.

»Als was passierte?«, frage ich. In dem winzigen Raum ist kaum genug Platz für uns drei.

»Als es zwischen Alessandro und Susanna zur Sache ging«, erklärt er und macht eine obszöne Handbewegung.

Cristina brummt missbilligend. »Du kannst nicht wissen, ob sie es wirklich gemacht haben«, weist sie ihn zurecht und sagt zu mir: »Seit Alessandro da ist, hat Susanna nur noch Augen und Ohren für ihn.«

»Seit *Alessandro* da ist? Wo war er denn vorher?«

»Unterwegs. Auf Reisen.«

»Und was ist mit Teresa?«

»Teresa ist vom letzten Sommer. *So out!*«, erwidert Stefano schadenfroh und macht eine tuntige, übertrieben abwinkende Handbewegung.

»Alessandro hatte ein Verhältnis mit Teresa?«, frage ich überrascht.

»Unter anderem«, bemerkt Stefano verschlagen.

Was? Damit habe ich nicht gerechnet.

Cristina gibt wieder ein missbilligendes Geräusch von sich. »Das ganze Getratsche ist schlecht für dich, Stefano. Du bekommst ganz rote Wangen. Was legen wir heute Abend auf?«

Während sie beratschlagen, welche Musik sie spielen wollen, zieht sich mein Magen unangenehm zusammen.

Und ich hatte gedacht, ich würde Alessandro langsam besser kennen.

Ich verlasse den Pausenraum und schaue zu ihm hinüber. Er steht hinter der Theke und poliert Gläser. Susanna ist in der Küche – ich höre, wie sie sich fröhlich mit Maria und Antonio unterhält. Teresa deckt die Tische, legt Messer und Gabeln mit solcher Vehemenz darauf, dass jedes Besteckteil beim Aufprall knallt.

Laute – und zwar richtig laute – Ravemusik erfüllt das Restaurant. Stefano stürmt nach vorne, pumpt mit den Fäusten und marschiert vor der Theke auf und ab, Cristina folgt ihm lachend. Zusammen mit mir jubelt sie Stefano zu, während Alessandro genervt mit den Armen fuchtelt und etwas ruft, das niemand verstehen kann.

Giulio ist vor einiger Zeit gegangen – ich glaube nicht, dass sich irgendwer so aufführen würde, wenn er da wäre. Ich wundere mich, dass Stefano sich so was in Alessandros Gegenwart traut.

Ich schaue zu ihm hinüber. Er ist verstummt und sieht Stefano resigniert zu. Als der versucht, Teresa zum Tanzen aufzufordern, muss Alessandro grinsen. Auch Teresas Lippen zucken.

Ich glaub es nicht: Stefano hat es geschafft, ihr ein Lächeln zu entlocken!

Susanna kommt aus der Küche und bricht in Lachen aus. Stefano entdeckt die potenzielle neue Tanzpartnerin, springt die Stufen von der unteren Ebene zur oberen hoch und tanzt um die Theke herum zu Susanna.

Alessandro schlägt mit dem Lappen nach ihm, den er für die Gläser benutzt.

»Au!«, ruft Stefano und hält sich den Kopf.

Ich kann ihn nicht verstehen, lese es von seinen Lippen ab.

Plötzlich verstummt die Musik. Ich gucke nach links, doch Cristina ist verschwunden.

Stefano will lautstark protestieren, da setzt »A Little Respect« von Erasure ein, allerdings deutlich leiser.

Stefanos Verärgerung dauert nur wenige Sekunden, dann zuckt er mit den Schultern und bewegt den Kopf im Rhythmus der Musik. Die ersten Gäste kommen herein. Cristina taucht wieder neben mir auf.

»Gerade noch die Kurve gekriegt«, murmelt sie und beobachtet, wie Teresa die Gäste mit ihrem freundlichsten Lächeln begrüßt. »Fürs Erste.«

Während sich der Laden füllt und die Bestellungen eintrudeln, sitze ich an der Theke und fühle mich überflüssig.

Alessandro ist damit beschäftigt, die unterschiedlichen Getränkebestellungen abzuarbeiten, deshalb nehme ich den Lappen, den er vorher benutzt hat, und poliere die Gläser so wie er. Als er sich umdreht und sieht, was ich mache, ist er überrascht.

»Ich möchte gerne helfen«, erkläre ich.

Alle anderen sind schwer beschäftigt, nur ich hocke hier herum und trinke den Rotwein, den Giulio mir eingeschenkt hat. Sicher könnte ich nach Hause gehen, aber bei der Vorstellung, heute Abend allein zu sein, fühle ich mich, nun ja, einsam.

Ich würde gerne anbieten, in der Küche mitzuhelfen, aber da wäre ich nur im Weg. Zu viele Köche verderben bekanntlich den Brei, außerdem ist dort zu wenig Platz. Bedienen kann ich auch nicht, weil ich kein Italienisch spreche. Jedenfalls noch nicht.

»Vielleicht kann ich dir später beim Kaffee helfen?«, frage ich Alessandro beim Polieren. Er hat mir mal gezeigt, wie man die Espressomaschine bedient.

Er macht zwei Aperol Spritz und beobachtet mich nachdenklich.

Ich nehme an, er kann die meisten Drinks blind zubereiten.

»Hast du Langeweile?«, fragt er.

»Ja, schon.«

»Tut mir leid.«

»Warum entschuldigst du dich dafür?« Ich bin ihm dankbar, dass er mich seit meiner Ankunft in Rom unter die Fittiche genommen hat, aber möchte auch selbst flügge werden.

Ich habe vor, in der nächsten Woche ein bisschen durch die Stadt zu laufen, um tagsüber die ganzen Sehenswürdigkeiten zu besichtigen. Bei der Aussicht, allein den öffentlichen Nahverkehr zu benutzen, werde ich starr vor Angst, aber das gehört dazu, wenn man im Ausland klarkommen will, rede ich mir immer wieder ein.

»Du könntest am Montag mit nach Tivoli fahren, um Giulios Verwandte kennenzulernen«, schlägt Alessandro vor.

»Sind das nicht auch deine Verwandten?«

Er zuckt mit den Schultern und wendet sich wieder den Getränken zu, doch seine Nasenlöcher sind geweitet.

Bin ich ihm zu nahe getreten?

Susanna kommt, um die von ihr bestellten Getränke zu holen. Sie scheint Alessandro mit irgendwas zu necken. Ich nehme an, sie foppt ihn, sich ein bisschen zu beeilen, doch seine Miene bleibt ausdruckslos.

Susanna lächelt mich an und zwinkert mir zu, während er ein Glas Bier zapft. Ohne sie anzusehen, stellt er es auf das Tablett. Sie nimmt es hoch, dreht sich wie in Zeitlupe um und stößt mit Teresa zusammen.

Die Gläser kippen um, fliegen hinunter und zerschellen auf dem Boden. Teresa und Susanna sind von oben bis unten nass, im ganzen Restaurant ist es mucksmäuschenstill geworden.

So wie alle anderen Augenpaare im Raum verfolge auch ich, wie sich die beiden Frauen entsetzt anstarren.

Dann flippt Teresa aus.

Sie schreit Susanna an, beschimpft sie mit den unmöglichsten Wörtern, und es dauert nicht lange, da teilt Susanna ebenfalls ordentlich aus.

Ich bin starr vor Schreck. Das alles vor den Gästen! Ich kann mir nicht vorstellen, wie sich Alessandro fühlen muss. Er steht reglos da und beobachtet das Geschehen starr vor Schreck.

Mit einem ähnlichen Gesichtsausdruck kommt Giulio aus der Küche, doch zu meiner Überraschung ist es Stefano, der zu unserer Rettung eilt und Susanna und Teresa zur Hintertür schiebt.

Cristina taucht mit einem Mopp und einem Besen auf. Ich rutsche von meinem Hocker und helfe ihr, die Bescherung zu beseitigen. Giulio brummt Alessandro ein paar wütende Worte zu. Ich schiele hoch und sehe, wie er zurück in die Küche stapft und die Tür drohend aufstößt. Cristina zieht die Luft ein, und nach einem befangenen Kichern wenden sich die Gäste wieder ihrem Essen und den Getränken zu.

Als ich mich aufrichte, sehe ich, dass Alessandro immer noch reglos hinter der Theke steht. Er wirkt verstört.

»Alles in Ordnung?«, frage ich ihn vorsichtig.

Er kommt wieder zu sich, nickt knapp und macht mit seinen Bestellungen weiter.

»Für welchen Tisch ist das?«, frage ich, nachdem ich die Scherben weggebracht und die Putzsachen verstaut habe.

»Nummer vier.« Er weist auf einen Tisch am Fenster.

Ich nehme die Getränke und bringe sie hinüber.

Dort sitzen zwei Pärchen mittleren Alters. Erleichtert stelle ich fest, dass es Amerikaner sind.

»Worüber haben sich die Kellnerinnen gestritten?«, fragen sie mich verschwörerisch, als sie merken, dass ich Englisch spreche.

»Das wüsste ich auch gerne!«, antworte ich lächelnd.

Als ich wieder zur Theke gehe, steht Stefano davor und sagt etwas über über Susanna.

»Und Teresa?«, fragt Alessandro.

In dem Moment kommt diese zurück und arbeitet weiter. Immer wieder schleudert sie Alessandro Blicke zu, die töten könnten.

Stefano macht sich ebenfalls an die Arbeit.

Alessandro wirkt ermattet. Es liegt auf der Hand, dass er nicht über den Zwischenfall reden möchte, also poliere ich abermals Gläser, doch als Susanna nicht wiederkommt und mehrere von Susannas Gästen einer gestresst wirkenden Cristina winken, kann ich nicht länger schweigen.

»Ist Susanna gegangen?«, frage ich Alessandro.

»Ja«, erwidert er müde. In dem Moment kommt eine fünfköpfige Familie herein: zwei Erwachsene und drei kleine Kinder.

Als ich höre, dass die Mutter Englisch spricht, habe ich eine Idee.

»Wenn du willst, könnte ich die Englisch sprechenden Gäste bedienen.«

Alessandro macht ein hoffnungsvolles Gesicht. »Ja?«

»Klar.«

»Danke!« Er atmet erleichtert aus. »Setz sie an Tisch eins unten an der Treppe. Wenn du auch noch die Tische vier und sechs übernehmen könntest, das ist der in der Mitte«, sagt er und zeigt dorthin, »sage ich Teresa Bescheid.«

Unverzüglich eile ich zur Tür, um die Familie zu begrüßen. Ich nehme einen Stift, einen Block und Speisekarten vom Stapel neben der Kasse.

»Sind Sie aus Australien?«, fragt mich die Mutter, als ich die Familie platziere und sie auf die Kindermenüs hinweise. So habe ich es bei den Kollegen gesehen.

»Ja, bin ich«, antworte ich lächelnd. »Und woher kommen Sie?«

»Aus England.«

»Wie schön. Seit wann sind Sie hier?«

Während wir uns unterhalten, kommt Teresa von den Amerikanern an Tisch vier zurück. Sie stutzt und starrt mich an.

»Möchten Sie sofort etwas zu trinken bestellen, oder brauchen Sie noch ein paar Minuten?«, frage ich und spüre, wie sich Teresas Blick in meinen Rücken bohrt.

»Ah, ich hätte gerne einen Aperol Spritz«, sagt die Mutter.

»Gute Wahl«, lobe ich, wende mich lächelnd dem Vater zu und versuche, mich von Teresas Todesblick nicht aus der Ruhe bringen zu lassen.

»Ich nehme ein Bier. Welche italienischen Sorten haben Sie da?«

Ich rattere die Sorten herunter, die ich im Kühlschrank und in der Zapfanlage gesehen habe. Hoffentlich mag er etwas davon.

Er entscheidet sich für ein Peroni Gran Riserva. Die Kinder nehmen Pfirsichsaft.

Teresa geht zur Theke und bekommt einen ausgewachsenen Wutanfall. Man braucht kein Genie sein, um zu wissen, worüber sie mit Alessandro streitet, auch wenn sie die Stimme dämpft, damit die Gäste nichts verstehen. Ich lege meine Getränkebestellung unter Alessandros Stapel und eile an den beiden vorbei in den Pausenraum, um mir eine Schürze zu holen. Als ich zurückkomme, arbeitet Teresa wieder.

»Das hat sie nicht gerade gut aufgenommen, oder?«, frage ich Alessandro. Er schüttelt seufzend den Kopf.

Kein angenehmer Abend für ihn.

»Amerikaner geben am meisten Trinkgeld«, erklärt Cristina, die neben mir auftaucht. »Selbst die knauserigen Briten geben noch mehr Tip als Italiener«, fügt sie hinzu.

»Von mir aus kann sie meinen Tip haben, das ist mir egal«, sage ich achselzuckend.

»Nein, den kriegt sie *nicht*«, wirft Alessandro mit scharfer Stimme ein.

»Doch, zumindest den von den Amerikanern«, versuche ich zu argumentieren. »Und auf jeden Fall Tisch sechs«, füge ich hinzu, wo die Gäste noch die Speisekarten lesen. Teresa hatte sie an ihren Platz geführt.

»Das sind deine Tische. Ende der Diskussion.«

Ich habe keine Zeit, um mich mit ihm zu streiten. Wir werden das später klären.

Antonio steht an der Durchreiche und ruft uns etwas zu. Alessandro weist zu ihm hinüber. »Tisch vier.«

Ich eile hin, bringe den Amerikanern das Knoblauchbrot und die Tintenfischringe, dann hole ich die übrigen Vorspeisen. Ohne Übung werde ich bestimmt nicht versuchen, mehr als zwei Teller gleichzeitig zu tragen.

Anschließend statte ich Tisch sechs einen Besuch ab und nehme die Bestellung auf.

16

Die nächsten Stunden vergehen wie im Flug. Ich muss mir so viel merken. Ohne je gekellnert zu haben, betreue ich am Ende sechs Tische, die überall im Raum verteilt sind, darunter zwei zusätzliche britische Familien und ein amerikanisches Pärchen, das später gekommen ist.

Mein Kopf will fast platzen. Jedes Mal, wenn ich durchs Restaurant gehe, wird etwas von mir verlangt: ein Glas Wasser, neues Besteck, Getränke. Manchmal verstehe ich das Italienisch und bin froh, kleine Bitten erfüllen zu können, wie das Nachfüllen der Wasserkaraffe. Oft muss ich mich aber auch entschuldigen und die zuständige Bedienung suchen. Falls es Teresa ist, tue ich das nur ungern.

Wir sollen die Weinflaschen direkt am Tisch einhändig mit einem Korkenzieher öffnen. Ich bin nicht in der Lage, dieses neumodische Gerät zu bedienen. Als Teresa bei einem ersten Versuch sieht, welche Probleme ich habe, genießt sie meine Demütigung und lacht mich aus. Zum Glück hilft mir Stefano und öffnet die Flasche lächelnd mit einer Verbeugung. Seitdem hat er es bei allen Flaschen auf diese nette Art getan. Ich muss zu Hause üben, falls ich noch mal kellnern will.

Die Amerikaner sind die ersten, die gehen wollen. Sie zahlen bar und geben dickes Trinkgeld. Ich weiß nicht, was ich damit machen soll.

»Tu bitte wenigstens einen Teil davon in Teresas Dose«, flehe ich Alessandro an, als ich den Teller mit dem Geld vor ihn stelle.

Jeder Angestellte hat eine Dose mit ihrem beziehungsweise seinem Namen unter dem Tresen stehen.

Er sieht mich kopfschüttelnd an und schnaubt verächtlich. Ich mache mit den Händen eine bittende Geste und gehe zum nächsten Tisch. Seinem Gesichtsausdruck nach zu schließen, kommt er meinem Wunsch nach.

Auch wenn ich die Kollegin nicht gerade gernhabe, will ich sie mir nicht zur Feindin machen.

Leider hat sie das wohl anders entschieden. Das Lächeln, das Teresa ihren Gästen vorbehält, fällt ihr aus dem Gesicht, als sie mir auf der Treppe begegnet. Leise zischt sie mir etwas zu, mit Sicherheit eine Gemeinheit.

Mein Mut sinkt. Feindseligkeit ist eigentlich nicht mein Ding.

Bald habe ich nur noch einen Tisch. Die anderen sind ebenfalls am Abräumen. Als meine letzten Gäste die Rechnung begleichen, bringe ich Alessandro mein Trinkgeld und lege es auf den Tresen.

Er weist auf den Hocker ihm gegenüber. »Setz dich, ich mach dir was zu trinken.«

Ich gehorche. Meine brennenden Füße freuen sich, eine Pause einlegen zu können. Ich schaue auf die Uhr: kurz vor zwölf! Seltsamerweise bin ich nicht müde. Ich habe wohl den zweiten Atem bekommen.

»Ich bringe dich gleich nach Hause«, verspricht Alessandro, als Cristina mit ihrem Trinkgeld an den Tresen tritt.

»Können wir dich überreden, mit uns zu kommen?«, fragt sie hoffnungsvoll, während Alessandro den letzten Gästen ein »*Grazie, arrivederci!*« nachruft.

»Ja! Komm mit!« Stefano gesellt sich zu uns. »Gib ihr einen Shot oder so«, drängt er Alessandro.

Der sieht erst Stefano, dann mich an. Ich weiß nicht, warum ich diesem Vorschlag keine Absage erteile – ich müsste jetzt ins Bett, dringend –, doch ich fühle mich seltsam geschmeichelt von den beiden.

Alessandro spürt mein Zögern und stellt ein paar Schnapsgläser auf die Theke. Aufgedreht klatscht Stefano in die Hände, während Alessandro nach einer gefrosteten Glasflasche mit gelbem Inhalt greift.

»Teresa!«, ruft er und schenkt den Alkohol in die Gläser.

Sie sieht herüber, aber wendet sich mit erhobener Nase ab.

Alessandro murmelt etwas Unverständliches, dann nimmt er sein Glas. Wir tun es ihm nach, stoßen miteinander an und kippen das Getränk hinunter.

Uargh! Das war stark.

Alessandro grinst über meinen Gesichtsausdruck. »Noch einen?«, fragt er.

»Ja!«, antwortet Stefano für mich.

Ich zucke mit den Schultern und nicke, also gibt es eine zweite Runde.

Danach fangen wir an aufzuräumen. Stefano stellt laute Musik an und versucht, mit mir zu tanzen.

In Coober Pedy hatte ich nicht viele Freunde in meinem Alter. So ist es schon mein Leben lang gewesen. Ich habe mich immer in mein Schneckenhaus verzogen – teilweise, weil ich ein schüchternes Kind war, teilweise, weil manche Mädchen sehr bestimmend rüberkamen.

Louise war meine einzige Freundin in der Schule, auch sie hatte nicht viel Selbstbewusstsein. Mit der Zeit wuchs unsere Selbstsicherheit, doch als Louise wegzog, geriet ich erneut in eine Schieflage.

Cristina und Stefano sind ein dominantes Gespann, aber heute schüchtern mich starke Persönlichkeiten nicht mehr ein. Selbst mit Teresa komme ich klar, auch wenn es mir keinen Spaß macht, die Adressatin ihrer ungerechtfertigten Feindseligkeit zu sein.

Die Vorstellung, mit Cristina und Stefano befreundet zu sein, ist verlockend. Es wird Zeit, dass ich auch Freunde in meinem Alter habe. Bei dem Gedanken habe ich Schuldgefühle, obwohl ich weiß, dass mir das die Leute zu Hause niemals vorwerfen würden.

Bis vor fünf Minuten wusste ich nicht, dass es zum Ende jeder Schicht eine Pizza für die Angestellten gibt. Alessandro schenkt Rotwein ein, ich warte mit Stefano an der Durchreiche.

»Und, kommst du mit?«, fragt er.

»Ja, glaub schon.«

»Supi!«

Meine Füße brennen zwar von der Lauferei, aber die Schnäpse, die ich getrunken habe, tun ihre Wirkung. Ich schätze schon, dass ich noch ein bisschen tanzen kann.

Wir bringen die Pizza zum Tresen. In dem Moment kommt Teresa aus dem Pausenraum, ihre Handtasche über die Schulter geschlungen. Sie geht schnurstracks auf Alessandro zu und fordert etwas von ihm. Er öffnet die Kasse, wahrscheinlich, um sie zu bezahlen, und holt ihre Trinkgelddose unter der Theke hervor.

Derweil verteilt Cristina die Weingläser, und Stefano fängt an, die heißen Pizzastücke auseinanderzureißen, damit sie abkühlen.

Teresa zählt ihr Geld nach und brummt etwas vor sich hin. Hat Alessandro ihr etwas von meinem Tip abgegeben? Ich hoffe es.

Er faucht sie an und sieht kurz zu mir hinüber.

Das deute ich als ein Ja.

Teresa wirft mir einen bösen Blick zu und wird lauter. Stefano atmet zischend ein, Cristina wendet den Blick ab. Ich bin froh, dass Giulio und die anderen noch in der Küche sind, und wüsste gerne, warum Teresa und Alessandro gerade streiten.

Vielleicht ist es besser, wenn ich es nicht weiß.

Alessandro wirft sein Poliertuch weg und beugt sich über den Tresen vor. Ich spüre seine Anspannung, als er leise und drohend auf Teresa einredet. Sie klappt den Mund zu. Dann nimmt sie eine der Pizzen, die auf der Theke liegen – eine, die noch nicht von Stefano kleingeschnitten wurde – und klatscht sie Alessandro vor die Brust.

Alle schreien auf. Kochend heiße Tomatensoße und geschmolzener Mozzarella verteilen sich überall, ein Teil landet auf den Flaschen hinter der Theke. Doch das meiste klebt an Alessandro. Keuchend vor Schmerz zieht er sich das T-Shirt von der Brust. Entsetzt starre ich auf den Käse auf seiner Hand. Er scheint ihn im selben Moment zu bemerken. Mit aufgerissenen Augen schleudert er ihn weg, und unter unseren Blicken bildet sich eine gewaltige Blase.

Giulio kommt aus der Küche und will wissen, was passiert ist. Teresa stürzt zur Tür und verschwindet. Alessandro will es ihm erklären. Cristina eilt hinter die Theke, um einen Eimer zu holen und ihn mit Eiswürfen zu füllen.

»Nein, nein!«, mische ich mich schnell ein und schiebe sie zur Seite. Stattdessen drehe ich den kalten Wasserhahn auf. Ich nehme Alessandros Hand und halte sie darunter. Verdutzt hört er auf, mit Giulio zu sprechen, und sieht mich fragend an.

Da rastet Giulio aus. Ich verstehe nicht, was er sagt, aber

er tobt. Wild schreit und fuchtelt er herum. Alessandro hält den Blick gesenkt und löst vorsichtig seine Hand von meiner.

»Du musst die Hand zwanzig Minuten lang unter Wasser halten«, sage ich leise, während Giulio auf dem Absatz kehrtmacht und zur Hintertür stapft.

Noch immer läuft die Musik auf voller Lautstärke, auch wenn jetzt keiner mehr in Partystimmung ist.

Zumindest ich nicht.

Cristina geht nach hinten, um die Musik auszustellen. Stefano verzieht sich hinter die Bar, um aufzuräumen und zu putzen. Müde sagt Alessandro, wir sollten aufhören.

»Das mache ich gleich. Geht ihr in den Club, bitte!« Er greift wieder zu der gelben Flasche, in der sich, wie ich inzwischen weiß, Limoncello befindet. »Nehmt Angie mit, wenn sie noch Lust hat.«

Mit einer Hand stellt er mehrere Schnapsgläser nebeneinander, dann zieht er den Korken mit den Zähnen aus der Flasche. Er schenkt ein und verteilt die Gläser.

»*Ding-dong, die Hex ist tot*«, singt Stefano das Lied aus dem *Zauberer von Oz*. Er stößt mit Alessandro an.

Der presst die Lippen aufeinander, aber kippt den Limoncello trotzdem hinunter.

»Hat Teresa gerade gekündigt, oder was?«, frage ich unsicher.

Stefano guckt mich an und bricht in Lachen aus.

»Was ist?«

»Ja«, bestätigt er und sieht mich an, als sei ich etwas schwer von Begriff. »Teresa hat gerade gekündigt.«

17

Als Nan sich zum ersten Mal verbrannte, bekam ich Panik. Sie backte Plätzchen und vergaß, Topflappen zu nehmen, als sie das Blech aus dem Ofen zog. Sofort bildeten sich Blasen an ihren Fingern. Ihre Schmerzensschreie fühlten sich an, als bekäme ich Schläge auf den Solarplexus.

Damals überlegte ich nicht lange, sondern tat Eis auf die Verbrennungen, doch später erfuhr ich, dass es falsch war. Nie sollte man bei der Versorgung von Brandwunden Eis oder Eiswasser nehmen, ebenso wenig Cremes oder Fettiges wie Butter. Ich muss leider sagen, dass sich meine Recherchen erneut als nützlich erwiesen.

Alessandro und ich sind noch als Einzige im *Serafina*. Cristina und Stefano habe ich ziehen lassen und ihnen versprochen, das nächste Mal mitzukommen, wenn sie mich einladen.

Ich mache sauber, auch wenn Alessandro ständig protestiert, er würde das gleich übernehmen.

»Zwanzig Minuten«, wiederhole ich bestimmt. Er gehorcht widerwillig, denn jedes Mal, wenn er die Hand unter dem Wasserhahn hervornimmt, um mir zu helfen, verzieht er vor Schmerz das Gesicht.

Bald wird das Ibuprofen wirken.

Ich gehe in die Küche, um Frischhaltefolie zu suchen. Als ich zurückkomme, kippt Alessandro sich noch einen Schnaps hinter die Binde.

»Das hilft auch«, sagt er trocken, als ich einen Stuhl heranziehe. Mit seiner nicht verletzten rechten Hand nimmt er die Rotweinflasche, die schon offen war, und schenkt zwei Glas voll ein.

»Tut mir leid, dass ich dir den Abend verdorben habe.« Seine Stimme ist schwer vom Alkohol.

Auch mir sind die Schnäpse zu Kopf gestiegen, und er hat noch mehr getrunken.

»Schon gut. Ich kann auch ein andermal mitgehen. Kommt Susanna wieder?«

Er starrt in sein Glas und schwenkt die restliche rostrote Flüssigkeit. »Glaub nicht.«

»Was machst du jetzt?«

»Morgen kommt Edgardo, aber der macht nur Teilzeit. Jacopo oder Valentina könnten vielleicht aushelfen. Samstags ist immer viel los.«

Jacopo und Valentina sind mein Cousin und meine Cousine, die noch bei meiner Tante Eliana in Tivoli wohnen.

»Habt ihr viele englischsprachige Gäste?«, frage ich, während ich ein Stück Frischhaltefolie abreiße.

»Ja, eigentlich schon. Warum?«

»Ich könnte doch wieder mithelfen.«

»Wirklich?«

»Ja. Hat mir Spaß gemacht.«

Er lässt die Kasse aufspringen. »Habe vergessen, dich zu bezahlen.«

Er zieht ein paar Banknoten heraus und nimmt auch mein Trinkgeld aus der Dose unter der Theke. Ich wusste nicht, ob ich den Lohn verdient hatte – ich hätte auch umsonst ausgeholfen –, aber ich weiß, dass es eine Beleidigung wäre, das Geld abzulehnen. Außerdem kann es nicht schaden, ein paar Euro extra in der Tasche zu haben.

»So, die Zeit ist um. Gib mir deine Hand!«, fordere ich Alessandro auf.

Er dreht das Wasser ab und zieht seine verletzte Hand mit verzerrtem Gesicht unter dem Tresen hervor.

»Habt ihr schon mal überlegt, das Trinkgeld zu sammeln und es am Ende der Schicht gleichberechtigt an alle zu verteilen?«, frage ich, während ich die Folie vorsichtig über die Brandwunde spanne. »Klar, Trinkgeld ist ein Ansporn, aber egal, wie viel Geld du Cristina bietest, sie wird die Gäste nicht anlächeln. Du willst aber auch nicht, dass sie sich verstellt. Cristina und Stefano arbeiten genauso hart wie alle anderen.«

Alessandro nickt. Ich drücke die Enden der Plastikfolie aufeinander, damit sie halten. »Das stimmt.«

»Und die Mitarbeiter in der Küche bekommen gar kein Trinkgeld. Wäre es nicht gerechter, wenn sie für das Essen, das sie zubereiten, auch belohnt werden? Die Gäste zahlen schließlich nicht nur für guten Service; wenn das Essen nicht schmeckt, geben sie weniger Tip. Wenn überhaupt.«

»Das stimmt auch. Ich rede mal mit Giulio. Ihm wird gefallen, dass du dich gleich so einbringst.«

Alessandro schaut auf seine Hand und sieht mich überrascht an. »Tut kaum noch weh.«

»Wird es aber, sobald du die Folie abnimmst. Ich glaube, das liegt an der Luft. Also lass sie so lange wie möglich drauf. Hast du dich noch nie verbrannt?«

»Doch, aber ich hab da nie was gemacht. Woher weißt du, wie man Brandwunden versorgt?«

»Meine Großmutter hatte so einige Unfälle.«

»Aha.« Er senkt den Blick. Es ist keine weitere Erklärung nötig, doch das schützt mich nicht vor den schrecklichen Schuldgefühlen, weil ich an einem der Missgeschicke beteiligt war. Ich hatte die Küchentür nicht verschlossen, und Nan war reingegangen, um sich eine Tasse Tee zu machen, wie sie es früher jeden Tag gemacht hatte. Diesmal jedoch goss sie das kochende Wasser in die Dose mit den Teebeuteln, und als sie ihren Fehler bemerkte, wurde sie hektisch und kippte sie um. Das kochende Wasser verbrannte ihre Arme und Hände.

Es hätte noch schlimmer kommen können. Viel schlimmer. Den Gasherd nicht anzuzünden, nachdem das Gas aufgedreht wurde, kommt bei dementen Menschen ziemlich häufig vor – die Folgen können katastrophal sein.

Als ich das hörte, ließ ich einen Gasmelder einbauen. Jeder macht mal einen Fehler; es war mir einfach zu riskant.

»Gut«, sage ich seufzend. »Ich gehe jetzt besser nach Hause.«

Alessandro macht ein langes Gesicht. »Ich hab zu viel getrunken!«

»Ich weiß«, erwidere ich lachend.

»Ich kann dich nicht fahren.«

»Ich gehe gerne zu Fuß.«

»Ich komme mit.«

»Das brauchst du nicht.«

Alessandro macht das vorwurfsvolle Geräusch, an das ich mich schon gewöhnt habe, und kommt hinter der Theke hervor. Er stößt mit der Hüfte dagegen und taumelt leicht. Ist er vielleicht betrunken?

Ich bin auch ziemlich angeheitert, merke ich, als ich draußen an der frischen Luft warte. Alessandro hat das Restaurant abgeschlossen und holt sich ein sauberes T-Shirt aus dem Bulli. Als er wieder auftaucht, trägt er eine schwarze Lederjacke. Mit seinen zum Pferdeschwanz gebundenen

Haaren sieht er ein bisschen wie ein Rockstar aus. Das fanden Susanna und Teresa wahrscheinlich auch.

Wir gelangen an eine große Kreuzung mit mehreren Fußgängerübergängen. Alessandro lehnt sich gegen eine Ampel, um nicht das Gleichgewicht zu verlieren. Er streckt die Hand aus, damit ich warte, bis die Ampel Grün zeigt. Offensichtlich ist er nicht ganz wach; nie im Leben würde ich einfach so auf die Straße gehen.

Irgendwann befinden wir uns auf einer breiten, langen Allee. Obwohl sie schnurgerade ist, prallen wir immer wieder leicht gegeneinander. Mir ist schwindelig.

»Erzähl mal von Susanna und Teresa«, sage ich. »Was hast du mit den beiden angestellt?«

Empört sieht er mich an. Dann wird sein Gesicht düster, er verdreht die Augen. »Stefano hat wieder getratscht.«

»Auch wenn ich kein Italienisch verstehe, erkenne ich eine geschasste Frau, wenn ich sie sehe. Weißt du nicht, dass es eine echt miese Idee ist, Privates und Berufliches zu vermischen?«

Bei mir ist auf jeden Fall Alkohol im Spiel. Normalerweise würde ich nicht so freimütig sprechen.

Alessandro seufzt entmutigt. »Doch, weiß ich. Manchmal mache ich hiervon zu viel und davon zu wenig.« Er macht erst eine Trinkbewegung, dann tippt er sich mit dem Zeigefinger an die Schläfe.

»Kann vorkommen«, sage ich.

»Hast du einen Freund in Australien?«

»Nein.«

»Vielleicht finden wir einen netten Italiener für dich, den du heiraten kannst. So wie Stefano«, fügt er mit verschmitztem Grinsen hinzu.

Ich kichere, leicht hysterisch. »Er sieht wirklich sehr gut

aus, aber bei seiner sexuellen Orientierung bin ich mir nicht sicher.«

Alessandro schmunzelt. »Ich manchmal auch nicht, aber ich kann dir versprechen, dass er Frauen mag. Allerdings könntest du zu jung für ihn. Er hat ein Faible für ältere Damen.«

»Ehrlich?«

»Hast du nicht gesehen, wie er heute mit Tisch 15 geflirtet hat?«

Ich schüttele den Kopf. Ich hatte zu schwere Füße, um auf irgendetwas anderes als meine Gäste zu achten.

»Wo hast du so gut Englisch gelernt?« Ich denke an seine Ausdrücke wie »Faible«, »turbulent« oder »unerträglich.«

»Ich habe viel Zeit in englischsprachigen Ländern verbracht?«

»In welchen?«

»Hauptsächlich in Amerika und Kanada.«

»Was hast du da gemacht?«

»Bin rumgefahren.«

»Ich bin neidisch«, sage ich sehnsüchtig und denke: Was für ein Leben!

Ich schiele zu ihm hinüber. Er hat einen seltsam melancholischen Gesichtsausdruck, dann lächelt er und zuckt mit der Schulter.

»Ich hab Glück«, bemerkt er.

Nach einer Weile kommen wir an dem Bistro vorbei, in dem wir an meinem ersten Abend in Rom waren. Ich will die Straße überqueren, doch Alessandro hält mich am Arm fest.

»Nein. Hier entlang.« Er weist mit dem Kinn auf einen dunklen Privatweg.

Ich schaue nach rechts. Ich bin mir sicher, dass ich die

Strecke heute Morgen zur Arbeit genommen habe, weil Alessandro sie mir als Abkürzung empfohlen hatte.

»Müssen wir nicht da runter?« Ich bin überzeugt, dass die von ihm vorgeschlagene Route länger ist.

»Nein, hier entlang«, entgegnet er streng und fügt freundlicher hinzu: »Ich mag den Ausblick von da oben.«

Ein paar Minuten laufen wir schweigend, dann sagt er ohne jede Vorwarnung: »Stört es dich nicht, dass du denselben Namen hast wie deine Mutter?«

»Ähm … nein … eigentlich nicht«, stammele ich. »Früher vielleicht hin und wieder, mal so, mal so.« Ich sehe ihn kurz an. »Du hast heute gesagt, du könntest dich an sie erinnern.«

Alessandro nickt. »Sie kam ein paar Wochen vor meinem achten Geburtstag zu uns ins *Serafina*. Als wir den im Restaurant gefeiert haben, hat sie mir ein Kartenspiel geschenkt. *Uno*. Wenn nicht viel los war, haben wir zusammen gespielt. Ich mochte sie sehr.«

Ich bin von den Socken. Es ist schwer zu erklären, aber in diesem Moment begreife ich: Er hat meine Mutter wirklich gekannt. Er war hier, in Rom, auf der anderen Seite der Welt, und *er kannte sie!* So gut, dass sie ihm etwas zum Geburtstag schenkte.

»An was kannst du dich noch erinnern?«

»Sie hatte lange dunkle Haare, die sie normalerweise als Zopf trug, dazu strahlend blaue Augen. Sie war hübsch, besonders wenn sie lachte, und das tat sie gern. Sie brachte auch Giulio zum Lachen. Ich weiß noch, dass sie ihn immer neckte. Zuerst dachte ich, er würde das nicht mögen – er verdrehte immer die Augen und machte ›ts‹, aber ich war noch klein. Ich wusste nicht, was Flirten ist«, sagt Alessandro mit angedeutetem Lächeln. »Als sie verschwand, war es mit dem Lachen vorbei, lange Zeit. Damals dachte ich, mir ginge es genauso schlecht wie Giulio, aber heute weiß ich natürlich, dass er viel mehr litt.«

Ich finde es immer noch unfassbar, wie viel Verständnis er für die Affäre meiner Eltern aufbringt.

Vor Cristinas Wohnung bleibt er stehen. Wir hätten durch die Straßen von Pompeji laufen können – ich hätte es nicht gemerkt.

»Willst du mit reinkommen?«, frage ich hoffnungsvoll, weil ich mir wünsche, dass er noch mehr erzählt.

»Ich müsste mal zur Toilette«, sagt er entschuldigend.

Es dauert Ewigkeiten, bis ich den Schlüssel finde, doch schließlich ziehe ich ihn aus der Tasche und entsperre das Tor zum Hof. Die Balkontür zum Apartment besitzt ein kompliziertes doppeltes Verriegelungssystem, so dass ich dafür noch länger brauche.

»Entschuldigung«, brumme ich, als es mir endlich gelingt, sie zu öffnen. »Du kannst hier durch zum Bad gehen.« Ich weise auf die Tür zu meinem Zimmer. »Möchtest du was trinken?«, rufe ich Alessandro nach.

»Hm ... Vielleicht ein Bier«, sagt er über die Schulter.

Ich höre die Toilettenspülung, dann geht die Badezimmertür auf, aber Alessandro kommt nicht sofort ins Wohnzimmer zurück. Ich schaue in meinem Zimmer nach. Er steht da und betrachtet die Postkarten in den Regalen.

»Bitte sehr!« Ich reiche ihm die Flasche.

»Was ist das?«, fragt er neugierig.

»Postkarten.«

»Das sehe ich auch. Aber das sind Dutzende. Sammelst du die?«

»Die hab ich geschickt bekommen.«

»Darf ich mal gucken?«

»Klar.«

Er stellt sein Bier ab und blättert die Karten durch, dreht eine um, liest die Unterschrift. Das macht er bei noch einer und einer dritten. »Was sind das alles für Leute?«

»Freunde ... Menschen, die ich kennengelernt habe ... Aus der ganzen Welt zieht es die Leute nach Coober Pedy. Manche bleiben, andere gehen wieder. Immer wenn jemand nach Hause zurückgekehrt ist oder in Urlaub gefahren ist, hat er mir eine Postkarte geschickt. Alle wussten, dass ich selbst gerne gereist wäre.«

Alessandro hebt den Kopf und sieht mich lange an. Sein Kopf wird aus dem Badezimmer von hinten beleuchtet, weshalb ich seinen Gesichtsausdruck nicht richtig erkennen kann. Ich nehme an, es ist Mitleid.

Ich trete vor, um ihm die Postkarten abzunehmen. Als seine Hände meine streifen, spüre ich das fremde Gefühl von Plastik.

»Wie geht es deiner Hand?«, frage ich.

»Gut. Ich glaube, ich kann die Folie jetzt abnehmen.«

»Warte! Ich gucke erst.« Vorsichtig entferne ich die Frischhaltefolie. »Tut das weh?« Es ist so still, dass ich unabsichtlich flüstere.

»Nein«, erwidert er ebenso leise.

Ich schaue hoch. Seine grünen Augen funkeln mich an. Er ist so nah, dass ich die Sommersprossen auf seiner Nase sehen kann.

Die Nähe ist unerträglich intim, doch ich kämpfe gegen den Instinkt, nach hinten zu treten, weil ich seine Brandwunde noch nicht angeschaut habe.

Zum Glück liegt nun *mein* Gesicht im Schatten.

»Angel«, flüstert er. Ich schaue hoch. Er hat einen seltsamen Ausdruck. »Angel«, wiederholt er.

»Was ist?«, frage ich voller Unbehagen.

»Du siehst wie ein Engel aus. Im Gegenlicht. Aber heute hast du keinen Heiligenschein.«

Mein Gott, ist der betrunken.

»Deine Haare.« Sein Gesicht verzieht sich zu einem Grinsen. »Als du am Flughafen durch die Tür kamst, fiel die Sonne hinter dir durchs Fenster und beleuchtete deine Locken. Das sah aus, als hättest du einen Heiligenschein.«

»Mensch, wie viel hast du getrunken?«, rufe ich und kann die Belustigung in meiner Stimme nicht unterdrücken.

»Nicht so viel«, erwidert er und wackelt mit dem Kopf. »Okay, vielleicht ein bisschen. Oder etwas mehr, aber es stimmt trotzdem. Ab jetzt nenne ich dich Angel.«

Ich muss lachen und tätschele seinen Bauch, um ihm zu signalisieren, dass er besser nichts mehr trinkt. Sein Gesicht verzieht sich vor Schmerz.

»Was ist?«

Er schüttelt den Kopf. Ich greife besorgt nach unten, schiebe seine Lederjacke zur Seite und ziehe, ohne nachzudenken, sein schwarzes T-Shirt hoch.

Ein großer roter Fleck prangt auf seiner Haut, eine weitere Brandwunde von der Pizza. »Alessandro!« rufe ich entsetzt. »Warum hast du nichts gesagt?«

Sein Bauch ist flach, gebräunt und muskulös. Vom Nabel verläuft ein Strich dunkler Haare nach unten. Bevor Alessandro das T-Shirt herunterziehen kann, entdecke ich eine lange zickzackförmige Narbe, die von seiner Taille bis zum Hüftknochen reicht.

»Wo hast du die denn her?«, frage ich entgeistert.

»Von einem Unfall.« Er macht einen Schritt nach hinten.

»Moment mal! Was ist mit der Verbrennung?«

»Den Bauch kannst du nicht in Frischhaltefolie packen. Das geht schon.«

»Nimm wenigstens noch eine Ibuprofen«, beharre ich und verschwinde im Bad.

Als ich wiederkomme, ist er im Flur.

»Ich gehe jetzt besser.« Er nimmt das Schmerzmittel entgegen und spült es mit ein paar Schluck Bier hinunter.

Es wäre mir lieber, er würde bleiben und mir mehr über meine Mutter erzählen, aber es ist schon spät.

»Danke, dass du mich nach Hause gebracht hast.«

»Soll ich dich morgen abholen?«

»Nein, ich gehe zu Fuß. Wann soll ich da sein?«

»Willst du wirklich wieder im *Serafina* arbeiten?«

»Ja, klar!«

»Dann komm um halb zwölf.«

Er lächelt mich noch mal an, dann öffnet er die Tür und verschwindet in die Nacht.

18

Am nächsten Tag hat Giulio immer noch schlechte Laune. Er trifft kurz nach Stefano und mir ein, aber ich habe das Gefühl, er bemerkt uns im Pausenraum gar nicht.

»Was sagt er?«, zische ich Stefano zu.

Keine Ahnung, warum ich so leise bin, doch ich habe das Gefühl, Stefano schon seit Jahren zu kennen, nicht erst seit Tagen.

»Alessandro soll ihm versprechen, dass er mit keiner Kellnerin mehr schläft.«

Ich lausche angestrengt. Diesmal nimmt Alessandro die Standpauke nicht einfach hin wie am Vorabend.

»Was antwortet er?«, frage ich eindringlich.

»Er droht Giulio mit Kündigung!«

»Was?«, schreie ich lautlos. »Er kündigt lieber, als mit dem Rumbumsen aufzuhören?«

Stefano schnaubt verächtlich. »Darum geht's nicht. Er sagt, er würde gehen, wenn Giulio ihn hier nicht mehr haben will.«

»Was ...«

»Pssst!«, fährt Stefano mich an und lauscht weiter, wie die beiden Männer sich anschreien.

»Was ...«

»Leise!« Er gibt mir einen Klaps auf den Arm. Plötzlich ersterben die Stimmen.

»Was ist jetzt passiert?«

»Nichts, sie sind immer noch sauer aufeinander.«
»Und Alessandro, geht er?«
Bei der Vorstellung wird mir übel. Was würde ich ohne ihn tun?
»Natürlich nicht«, bügelt Stefano mich ab. »Dafür braucht er den Job zu sehr.«
»Er kann sich doch einen anderen suchen.«
Kannst du mich nicht ein bisschen beruhigen?
»Was denn, einen Job, wo er sechs Monate im Jahr einfach verschwinden und zurückkommen kann, wenn es ihm gefällt? Das glaube ich nicht.«
»So lange ist er unterwegs?«
»Wenn du Fragen an mich hast, stellst du sie mir besser selbst.« Alessandro steht in der Tür.
Stefano zieht eine Grimasse und schleicht wie ein geprügelter Hund davon.
»Entschuldigung. Ich wollte nicht neugierig sein«, murmele ich, während er zur Musikanlage geht und Stefanos Handy herauszieht, um seins mit der Anlage zu verbinden.
»Kündigst du nun oder nicht?«, platzt es aus mir heraus.
Alessandro macht ein verächtliches Geräusch und schüttelt den Kopf, doch es ist eine künstliche Empörung, nicht die aufrichtige Verneinung, die ich hören will.
»Wenn ich doch verstehen könnte, was ihr miteinander redet ...«
Alessandro dreht sich zu mir um und legt mir die Hände auf den Arm. Ich verstumme.
»Ich gehe nicht. Nicht demnächst jedenfalls.«
Mit rasendem Herzen blicke ich in seine smaragdgrünen Augen. Abrupt lässt er mich los und verlässt den Pausenraum. Ich bin geschockt von der Reaktion meines Körpers auf seine Berührung.

O-oh.
Bloß das nicht!
Nein, nein, nein, nein, nein.
Ich will mich nicht in Alessandro verlieben.
Gestern Nacht habe ich geträumt, dass ich ihn küsse. Als ich aufwachte, dachte ich als Erstes an ihn. Den Traum habe ich als Blödsinn abgetan, aber er war den ganzen Morgen in meinen Gedanken präsent. Das Wissen, dass ich Alessandro sehen würde, machte mich ganz nervös, auch wenn ich das Gefühl unterdrückt habe.

Dieses Herzklopfen zu ignorieren ist schwer. Es ist Jahre her, aber ich habe nicht vergessen, wie sich Begehren anfühlt.

Schnell binde ich mir die Schürze um die Taille und gehe ins Restaurant. Da fällt mir auf, welches Lied Alessandro angestellt hat: »*There must be an Angel (Playing with My Heart)*« von den Eurythmics.

»Hast du das angemacht?«, fragt mich Stefano aufgedreht.

Ich schüttele den Kopf, aber er ist zu sehr damit beschäftigt, hin und her zu tanzen, um nachzuhaken, wer das war.

Alessandro putzt mit dem Rücken zu mir die Espressomaschine. Dann sieht er sich um. Unsere Blicke treffen sich.

»Ich hab das schon ernst gemeint ... das mit dem Engel ...«, sagt er, ohne eine Miene zu verziehen.

Den Rest des Tages nennt Alessandro mich Angel. Zuerst werde ich rot, doch irgendwann bin ich zu kaputt, um mich daran zu stören, und am Ende des Abends reagiere ich darauf.

»Angie war ihre Mutter«, erklärt Alessandro Stefano und Cristina, denen es als Erstes auffällt. »Sie braucht einen eigenen Namen.«

Das sagt er so ruhig und vernünftig, dass die beiden zu meiner Überraschung einfach mit den Schultern zucken und weiterarbeiten.

Mittags tauchte Giulio wieder auf. Seinen Streit mit Alessandro hatte er offenbar vergessen. Er schien sich ein wenig über meinen Spitznamen zu wundern, bestätigte dann aber gutmütig, dass ich wirklich ein Engel sei, und beließ es dabei.

Jetzt ist es fast Mitternacht, gleich gibt es Pizza für alle.

Stefano und Cristina bringen die Teller an einen Tisch, nicht zur Theke, doch bevor ich mich hinsetzen kann, reicht mir Alessandro eine ungeöffnete Flasche Rotwein und einen Korkenzieher.

Als ich zugab, damit Probleme zu haben, versprach er, es mir beizubringen.

Während sich die anderen hinsetzen und miteinander plaudern, bleiben wir abseits stehen. Ich spüre seine Nähe mit jeder Zelle meines Körpers, als er mich beim Öffnen beobachtet.

Es fällt mir nicht schwer, die Spindel in den Korken zu drehen, ich schaffe es bloß nicht, den Korken mit nur einer Hand herauszuhebeln. Ich kenne nur Korkenzieher mit zwei Armen.

»Mach es so!« Alessandro legt seine Hand auf meine.

Ich habe mir die ganze Zeit eingeredet, dass dieses Kribbeln eine unwillkürliche körperliche Reaktion sei, doch offenbar ist das noch nicht bei den Schmetterlingen in meinem Bauch angekommen.

»Danke«, murmele ich und entferne mich, um den Wein einzuschenken.

Cristina hält die Hand über ihr Glas. »Für mich nicht.«

Sie hatte heute Morgen einen dicken Kopf, und als Stefano vorschlug, etwas trinken zu gehen, sagte sie, sie wolle früh ins Bett. Alessandro hat angeboten, uns nach Hause zu fahren.

Wir nehmen dieselbe Strecke wie am Abend zuvor, und während Alessandro und Cristina vorne plaudern, zerbreche ich mir den Kopf über seine Behauptung, die Aussicht von der höheren Straße sei schöner. Ich habe auf dem Weg zur Arbeit die Abkürzung genommen. Jetzt schaue ich aus dem Fenster und versuche herauszubekommen, wie sich die Umgebung unterscheidet.

Diese Straße ist schöner, finde ich, hier stehen mehr Einfamilienhäuser, an der anderen eher größere Gebäudekomplexe.

»Möchtest du noch was trinken?«, biete ich Alessandro hoffnungsvoll an, als wir halten.

An unserem Straßenabschnitt ist kein Parkplatz frei, er muss mitten auf der Fahrbahn halten.

»Ein andermal«, antwortet er.

»Okay.« Ich versuche, mir meine Enttäuschung nicht anmerken zu lassen, als ich Cristina zum Tor folge. Drinnen höre ich, wie der Bulli wegfährt.

»Ich trinke noch was mit dir«, sagt Cristina, während sie die Terrassentür aufschließt.

»Ich dachte, du hättest einen dicken Kopf?«

»Ich nehme einen Kräutertee. Du auch?«

Durch meinen Jetlag und ihre Partynächte haben wir uns nicht oft gesehen, deshalb bejahe ich. Ich will die Chance nicht ausschlagen, sie näher kennenzulernen. Wird mal Zeit, dass wir uns unterhalten, nur wir zwei.

»Wie lange arbeitest du schon im *Serafina*?«, will ich wissen, als Cristina mit dem Tee zur Couch kommt. Es ist zu kalt, um draußen auf der Terrasse zu sitzen.

»Fast zwölf Jahre.« Sie gibt mir einen Becher.
»Kanntest du Alessandro und Giulio schon, bevor du da angefangen hast?«
Sie schüttelt den Kopf und setzt sich ans andere Ende der Couch. »Erst, seitdem ich da arbeite. Giulio zumindest. Alessandro kenne ich erst seit circa neun Jahren.«
Ich bin verwirrt. »Wieso erst seit neun Jahren? Wo war er vorher?«
Sie zuckt mit den Schultern und zieht eine Grimasse. »Wer weiß?«
»War er drei Jahre am Stück unterwegs? Kam er zwischendurch nicht wieder?«
»Er war deutlich länger als drei Jahre weg«, erwidert Cristina. »Ich wusste nicht mal, dass es ihn gibt, bis er eines Tages auftauchte. Giulio bekam fast einen Schlag.«
»Das verstehe ich nicht.«
»Das versteht keiner. Alessandro ist ein Rätsel, Angie. Nimm dich in Acht!«
Ich sehe sie an. Hat sie bereits gemerkt, dass ich mich zu ihm hingezogen fühle?
»Du brauchst mich nicht zu warnen.« Insgeheim verfluche ich ihr wachsames Auge.
»Nein, weiß ich«, gibt sie zurück. »Er wird dich nicht anrühren. Unter anderem, weil Giulio ihm geschworen hat, dass er ihn achtkantig rausschmeißt, wenn es wegen ihm noch mal Stress mit einer Kellnerin gibt.« Mit resigniertem Blick sieht Cristina mich an und seufzt. Ich fühle mich höchst unwohl.
»Alessandro liebt Giulio«, sagt sie. »Er wird ihn nicht respektlos behandeln, indem er mit seiner Tochter schläft.«
»Ich würde eh nicht mit ihm schlafen!«, rufe ich entrüstet. »Ich bin doch nicht Teresa.«
»Das freut mich zu hören.«

19

Am nächsten Morgen schäme ich mich bei der Vorstellung, Cristina zu sehen. Zumindest hat unser Gespräch den Zweck erfüllt, meine Schwärmerei etwas zu dämpfen.

Nicht dass ich mir eingebildet hätte, sie würde zu etwas führen, wenn Alessandro sich auch zu mir hingezogen gefühlt hätte. Ich bin hier, um eine Beziehung zu meinem Vater aufzubauen, nicht um alles noch komplizierter zu machen, indem ich mich Hals über Kopf in ein Familienmitglied verknalle. Schon gar keins, das mit jeder Frau ins Bett steigt, die nicht bei drei auf dem Baum ist.

Ich sitze an dem großen Esstisch und mampfe eine Schüssel Müsli, als Cristina aus ihrem Zimmer kommt. Sie ist früher als sonst auf.

»Ich hoffe, du bist nicht sauer auf mich«, sagt sie, nachdem wir uns einen guten Morgen gewünscht haben. »Ich habe die Angewohnheit auszusprechen, was ich denke.«

»Nein, überhaupt nicht!« Ich unterdrücke ein Grinsen. *So viel zum Thema: sofort auf den Punkt kommen ...* »So weiß ich wenigstens, wie ich bei dir dran bin.«

Die Antwort scheint sie zufriedenzustellen. Aber es stimmt auch. Ehrlichkeit ist mir wichtig. Mit Cristina auf Augenhöhe zu sein fühlt sich erstaunlich gut an.

»Das war nur eine kurzfristige Reaktion in Anwesenheit

eines heißblütigen männlichen Exemplars. Ist schon länger her, dass es einen Typen in meinem Leben gab.«

»Alessandro hat mich eben angerufen«, verkündet sie.

Ich nicke und versuche, mich ungerührt zu geben, aber werde ungewollt rot, verdammt nochmal. Ich legte die Hände auf meine Wangen. »Jetzt schäme ich mich jedes Mal, wenn du seinen Namen sagst«, sage ich. »Aber das wird schon.«

Cristina grinst breit, ich muss lachen.

»Was wollte er denn?« Ich lasse die Hände sinken.

»Heute kommen Valentina und Jacopo ins *Serafina*, deshalb brauchst du nicht unbedingt da sein, es sei denn, du willst sie kennenlernen, aber er hat extra erwähnt, dass du sie ja morgen in Tivoli triffst, du sollst dir also keinen Stress machen. Hast du ihm gesagt, du willst dir ein Handy kaufen?«

»Ja.« Tatsächlich habe ich das am Vorabend erwähnt. In Australien brauchte ich keins, weil ich nie das Haus verließ, aber hier sollte ich eins haben, finde ich. Dann fühle ich mich sicherer, wenn ich allein unterwegs bin.

»Ich muss zum Mittagessen in die Stadt, willst du mich vielleicht begleiten? Alessandro hatte Sorge, wie du allein dahinkommst.«

»Hört sich gut an.«

Ich habe nichts gegen eine Pause vom *Serafina* und könnte wohl auch eine Pause von Alessandro gebrauchen, aber ich freue mich darauf, am nächsten Tag meine Cousine und meinen Cousin kennenzulernen. Das Restaurant ist montags geschlossen.

Cristina sagt, am einfachsten käme man mit ihrem Roller in die Stadt, doch die Vorstellung, mit ihr zu fahren, macht mir eine Heidenangst.

»Gut, dann nehmen wir eben die Metro«, erwidert sie leicht mürrisch.

Auf dem Weg zur U-Bahnstation frage ich sie, mit wem sie zum Mittagessen verabredet sei.

»Mit Rebecca«, lautet die kurze Antwort.

»Ah, Rebecca.« Ich werfe ihr einen vielsagenden Blick zu. »Was läuft da mit euch?«

»Willst du dich wegen gestern Abend an mir rächen?«

»Hältst du das aus?«

Sie lacht verstohlen und schüttelt den Kopf. »Wahrscheinlich nicht, aber ich versuch's.«

»Wie lange läuft das schon mit euch?«

»Ungefähr zwei Jahre, *on and off*. Aber ich kenne sie schon vier Jahre. Sie ist eine Freundin von Stefano, aber hatte einen Freund, als wir uns kennenlernten.«

»Aha.«

»Tja, das ist das Problem«, fügt Cristina resigniert hinzu. »Sie weiß nicht, was sie will. Oder anders ausgedrückt: Sie weiß, was sie will, und dann ändert sie ihre Meinung. Immer wieder aufs Neue.«

Wir sind an vielen hohen Apartmentblöcken vorbeigegangen, Stufen hinunter und über Straßen, in denen Gras durch Risse im Asphalt wächst. Die Autos quetschen sich in die kleinsten Lücken; es gibt sogar kleine Wagen, die quer zur Fahrtrichtung stehen, mit der Schnauze zum Bürgersteig. Cristina sagt, sie heißen »Smart«.

Ich sollte mir die Route merken, bin aber zu abgelenkt von unserer Unterhaltung.

»Warum machst du das mit?«, frage ich.

»Weil ich sie liebe«, erwidert Cristina schlicht.

»Sie dich auch?«

Sie zuckt mit den Achseln. »Keine Ahnung. Im Moment

sagt sie, sie will nur mit mir befreundet sein. Die Geschichte letzte Woche sei ein Fehler gewesen. Ich glaube, dass sie sich mit jemand anderem trifft.«

»Mann oder Frau?«

»Mit einem Mann natürlich.« Es klingt verbittert. »Das mit mir, das ist nur ein Experiment. Sagt sie jedenfalls.«

»So was sagt sie dir ins Gesicht?«

Cristina nickt. »Ja.«

Unterwegs kaufen wir die Fahrkarten in einem Kiosk, damit wir direkt nach unten zu den Gleisen gehen können. Als die Bahn einfährt, verfolge ich angespannt und voller Staunen, wie sie langsam zum Stehen kommt.

»Alles in Ordnung?«, fragt Cristina. Die Türen öffnen sich zischend.

»Ich habe noch nie einen Zug gesehen«, gestehe ich und trete zögernd ein. Ich schaue mich um und zucke zusammen, als die Türen schließen.

»Aha? Wie geht das?«, will Cristina wissen, während sie mich zu zwei leeren Plätzen bugsiert.

Die ganze Fahrt über quetscht sie mich über meine Herkunft aus.

Wir steigen an der Station »Flaminio« aus, anstatt eine weiter bis »Spagna« zu fahren, wo sich viele Geschäfte befinden.

»Wenn du ›Spagna‹ aussteigst, bist du direkt an der Spanischen Treppe«, erklärt Cristina, als wir durch einen Bogen auf die Piazza del Popolo treten.

Ich sehe mich um und betrachte den gewaltigen ovalen Platz. An jeder Seite ist ein Brunnen, in der Mitte ragt ein großer Obelisk empor. Irgendwie kommt mir die Gegend seltsam bekannt vor. Als ich zum nächsten Hügel hinüberschaue, entdecke ich einige Menschen auf einer Terrasse, die den Ausblick genießen.

»Wie heißt das da oben?«, frage ich Cristina.

»Terrazza del Pincio«, antwortet sie.

»Ich glaube, da war ich in der ersten Nacht mit Alessandro.«

»Aha«, sagt sie, und wieder spüre ich, dass sie sich über unsere nächtliche Rundfahrt wundert. Ich frage sie nach dem Grund.

»Ich mag Alessandro. Verstehe mich gut mit ihm. Aber er kann sehr egoistisch sein.«

Die Aussage wundert mich.

»Seit du da bist, ist es besser geworden«, fügt sie schulterzuckend hinzu, als sie meinen Gesichtsausdruck sieht. Sie weist auf drei breite Straßen, die von der Piazza wegführen. »Wenn du die nimmst« – sie zeigt auf jene, die diagonal nach links verläuft –, »kommst du zur Spanischen Treppe.« Sie deutet auf die Straße in der Mitte. »Das ist der Corso. Er führt zur Piazza Venezia mit dem Denkmal für Vittorio Emanuele II.«

»Das habe ich gesehen.« Alessandro sagte, die Römer nennen es Schreibmaschine. »Und dahinter ist das Kolosseum, richtig?«

»Mehr oder weniger. Der Trevi-Brunnen ist auch grob in die Richtung, und das Pantheon ist da.« Sie wedelt eher nach rechts. »Aber es hängen sowieso überall Schilder.«

»Gut, danke. In welcher Hinsicht ist Alessandro egoistisch?«

»Er macht nur, was ihm passt«, erwidert Cristina, als wir auf die mittlere Straße zusteuern. »Er arbeitet, wenn es ihm passt, und er verschwindet, wenn es ihm passt. Giulio hört manchmal monatelang kein Wort von ihm, und ich weiß, dass ihn das nervös macht. Und dann – *puff!* – taucht Alessandro wieder auf und will arbeiten, um genug Geld für die nächste Reise zu verdienen, oder was auch immer er treibt.«

»Was glaubst du denn, was das ist?«, frage ich stirnrunzelnd.

Sie zuckt mit den Schultern. »Keine Ahnung! Er redet nicht darüber. Wie gesagt, er ist ein Rätsel. Ich glaube, dass es in ihm sehr düster aussieht, aber er überspielt es gut.«

Cristina begleitet mich, als ich ein Handy kaufe, was eine große Hilfe ist, denn die technischen Details sind kompliziert und die Verkäuferin spricht nicht gut Englisch. Ich will lediglich ein billiges, schlichtes Modell zum Telefonieren, nichts Ausgefallenes: Fürs Internet habe ich ja mein Laptop.

Meine Mitbewohnerin speichert ein paar Nummern für mich ab, dann trennen wir uns, weil sie zum Treffen mit Rebecca will.

Ihre Worte über Alessandro hallen mir noch lange in den Ohren.

Auf dem Weg durch das alte Zentrum von Rom lasse ich unser Gespräch Revue passieren. Zuerst gehe ich Richtung Trevi-Brunnen. Ein wenig orientiere ich mich an meinem Stadtplan, aber hauptsächlich an den Schildern. Ich erkenne den Brunnen kaum wieder. Noch nie habe ich so viele Menschen auf so engem Raum gesehen. Dabei fand ich es hier schon um zwei Uhr morgens voll! Bei Tageslicht sind die Figuren strahlend weiß, das Wasser ist hellblau und kristallklar, auch wenn ich es erst mal nur aus der Entfernung sehen kann. Nach und nach ziehen die Touristen vor mir ab, und ich kann vorrücken, bis ich schließlich direkt vor dem berühmtesten Brunnen der Welt stehe und ihn bewundern kann. In der Mitte erhebt sich eine Statue des griechischen Meeresgottes Oceanus unter einem Triumphbogen. Sein muschelförmiger Streitwagen wird von zwei Meerespferden gezogen, einem wilden und einem gezähmten.

Mit einer Enge in der Brust denke ich an meine Mutter. Hat sie auch hier gestanden? Wie fühlte sie sich dabei? War sie überwältigt oder unbeeindruckt? Es ist nicht leicht, sie mir vorzustellen, wenn so viele Menschen drängeln, rufen und schubsen.

Ich weiß nicht, ob ich in so einer großen Stadt leben könnte, denke ich, als ich mich mühsam durch die Horden schiebe. Auf Dauer würden mich diese Menschenmassen stören. Ich muss an Alessandro denken, der am Petersdom zu mir sagte, er fühle sich beim Schlangestehen und in Menschenmengen nicht wohl.

Irgendwann gelange ich auf eine geschäftige Straße mit vielen Cafés und Restaurants. Es ist Mittagszeit, die Gäste scharen sich um die Tische in der Sonne. Löffel klirren in Kaffeetassen, und die leckeren Düfte von dampfenden Tellern voller Pasta, frisch aus der Küche, steigen mir in die Nase. Mein Magen knurrt, und kurz überlege ich, ob ich mich an einen Tisch setzen und etwas zu essen bestellen soll, doch anstatt das aufregend zu finden, verspüre ich einen Stich der Einsamkeit.

Ich spähe durch das Schaufenster eines Cafés und entdecke hinter einer Glastheke Berge von prall gefüllten Panini. Spontan entscheide ich, mich dort anzustellen, und als ich an der Reihe bin, weise ich auf ein Panino und atme erleichtert durch, als es mir frisch getoastet in die Hand gedrückt wird. Ich hole mir noch etwas zu trinken, bezahle und gehe nach draußen, wo ich nach kurzer Zeit ein Hinweisschild für das Pantheon entdecke.

Wenige Minuten später stehe ich vor dem berühmten Bauwerk mit seinem majestätischen dreieckigen Giebel und den mächtigen korinthischen Säulen.

Der Platz um mich herum ist von Gebäuden in allen vorstellbaren Orangetönen umgeben, vom blassesten Rosa bis zur Farbe roten Wüstensands. Nur eins ist so blau wie der Himmel über mir.

Einige Menschen sitzen auf den weißen Marmorstufen rund um den zentralen Brunnen der Piazza. Ich hocke mich dazu, packe mein Mittagessen aus dem Wachspapier und öffne die Limonadendose. Ich habe mich für ein Panino mit geschmolzenem Mozzarella und würzigen sonnengetrockneten Tomaten entschieden. Beim Essen genieße ich die Atmosphäre des Platzes. Der Brunnen begleitet das Treiben mit einem kühlen Plätschern im Hintergrund; um mich herum höre ich Wortfetzen in allen möglichen Sprachen. In Coober Pedy habe ich über die Jahre so viele Nationalitäten kennengelernt, dass ich hier und dort ein Wort aufschnappe. Ich höre, dass die Studenten in den bunten T-Shirts aus Deutschland sind. Die schnatternden Mädchen, die in einem fort Selfies schießen, sind ziemlich sicher Chinesinnen, und das blonde Pärchen neben mir stammt, glaube ich, aus Norwegen.

Ich seufze zufrieden und lecke mir die Finger ab. Getoastete Panini gab es auch in Australien, aber die hier sind eine ganz andere Klasse.

Die Schlange vor dem Pantheon ist lang, aber sie bewegt sich schnell, und kurz nachdem ich gegessen habe, stehe ich auch schon in dem gewaltigen Kuppelbau. Die Luft ist angenehm kühl auf meiner sonnenverwöhnten Haut. Es ist so ähnlich, wie aus der heißen Wüstenluft in mein kühles Dugout zu gehen.

Doch sonst hat das Pantheon nichts mit meiner Heimat gemeinsam.

Ich stehe da und staune.

Ich recke den Hals, betrachte ehrfurchtsvoll das freitragende Dach mit dem großen runden Loch in der Mitte. Es sind viele Besucher da, alle sprechen respektvoll leise oder flüstern. Die Leute schubsen sich auch nicht wie am Trevi-Brunnen, um einen besseren Blick zu erhaschen.

Ich verstehe, warum dies Alessandros Lieblingsort ist. Er ist wirklich atemberaubend.

Wieder sind meine Gedanken bei ihm.

Mir wird klar, dass ich den ganzen Tag kaum an Giulio gedacht habe. Seinetwegen bin ich nach Italien gekommen, doch bisher haben wir nicht viel Zeit miteinander verbracht. Am nächsten kamen wir uns, als wir uns gemeinsam seine Familienfotos ansahen und er mir mit Alessandro von Marta erzählte. Er hat mich immer noch nicht um Fotos meiner Mutter gebeten.

Doch ich weiß, dass er sich über meine Anwesenheit freut – gestern im *Serafina* hat er mich einigen Stammgästen als seine verschollene Tochter vorgestellt. Wie er da stand, einen Arm um meine Schulter gelegt, schien er stolz auf mich zu sein. Das war nett. Aber es fühlt sich immer noch surreal an; ich kann mich nicht an den Gedanken gewöhnen, dass er mein Vater ist.

Vielleicht muss ich das auch gar nicht, überlege ich. Es ist ja nicht so, dass er je ein richtiger Dad für mich sein wird. Mein Großvater war derjenige, der sich Gutenachtgeschichten für mich ausgedacht hat, der mir zeigte, wie man Fahrrad fährt und Klavier spielt. Vielleicht kann ich nicht mehr erwarten, als dass Giulio und ich Freunde werden.

Ein schrilles Klingeln zerreißt die andächtige Stille. Ich

schaue mich suchend um, schäme mich stellvertretend für den Störenfried. Zu meiner Verwunderung sehen sich die Leute zu mir um. Entsetzt wird mir klar, dass das Geräusch von meinem neuen Handy kommt. Schnell hole ich es heraus und melde mich. Ich flüstere ins Mikrophon und entferne mich von den Leuten, die ich gestört habe.

»Hallo?«

»Angel?«

»Alessandro!« Ich bin leicht außer Atem. »Woher hast du meine Nummer?«, wispere ich.

»Von Cristina. Wo bist du?«

»Im Pantheon. Es ist unglaublich.«

»Willst du mich zurückrufen.«

»Ja. Wie ist deine Nummer?«

»Steht in deinem Handy, Angel«, sagt er belustigt und legt auf.

Ja, gut, aber das ist schließlich alles neu für mich!

Bevor ich mich gründlich umgesehen habe, verlasse ich das Pantheon, um Alessandro zurückzurufen.

»Heute Nachmittag ist nicht viel los im Laden«, sagt er. »Ich werde nicht gebraucht. Hast du Lust, ein Eis essen zu gehen? Ich bringe dich anschließend nach Hause.«

»Das wäre schön. In dem Laden bei der Piazza Navona?«

»Das weißt du noch?«

Wir verabreden uns dort in einer halben Stunde. Ich gehe los und frage mich, wie Cristina auf die Idee kommt, Alessandro sei egoistisch.

20

Ich sehe eine schwarz gekleidete Gestalt am mittleren Brunnen auf der Piazza Navona und weiß sofort, dass es Alessandro ist.

Er lächelt mir entgegen, dann beugt er sich vor und gibt mir zwei Küsschen auf die Wangen.

In meinem Magen flattern ein paar Schmetterlinge – er sieht zweifellos zum Anbeißen aus in seinem verblichenen T-Shirt und der zerrissenen Jeans –, aber ich erinnere die Tierchen streng an Cristinas Mahnung, und sie beruhigen sich tatsächlich.

»Trägst du immer nur schwarz?«, frage ich, als wir losgehen.

»Eigentlich schon.«

»Warum?«

Er zuckt mit den Schultern. »Ist am einfachsten.«

»Cristina hat erzählt, Giulio wollte mal, dass alle im *Serafina* rote T-Shirts tragen.«

Alessandro schnaubt verächtlich. »Da hatte keiner Bock drauf.«

»Sie meinte, es lag an dir«, necke ich ihn.

»Stefano wollte auch nicht so rumlaufen«, erwidert er. »Cristina ist die Einzige, der es egal ist, wie sie aussieht.«

Bislang machte er auf mich auch nicht den Eindruck, als kümmere er sich groß um sein Äußeres, aber dann denke ich an seine sexy Lederjacke und frage mich, ob seine Art von Eitelkeit auch etwas ist, was ich nicht verstehe.

Die Gelateria hat ein unglaubliches Angebot. Ich bin überwältigt. Jede Farbe des Regenbogens bietet sich mir dar – ich zähle mindestens sechs verschiedene Grüntöne, von blassem Pistazie über Limette und Melone bis zu kräftigem Apfel, Kiwi und Minze. Selbst die geläufigen Geschmacksrichtungen wirken edler als alles, was ich bisher gesehen habe: Zitrone ist so leicht und luftig wie eine Wolke, Walderdbeere so rosa und leuchtend wie der Lieblingslippenstift meiner Nan. Schokolade ist so schwer und dunkel, dass sie fast schwarz aussieht. Ich habe keine Ahnung, was ich wählen soll, doch irgendwie entscheide ich mich.

»Wie geht es Giulio?«, frage ich mit der Waffel in der Hand auf dem Weg nach draußen.

»Gut. Probier mal das!«

Ich schlecke an seinem Eis. »Wow! Total lecker. Was ist das?«

»*Bacio*. Eine Creme aus Schokolade und Haselnüssen.«

Das werde ich nächstes Mal nehmen. »Willst du auch mal?«

»Nein, schon gut. *Pesca* macht Eliana auch immer.«

Pesca heißt Pfirsich. Das weiß ich, weil ich es bestellt habe, nicht weil ich mit meinem Italienisch großartig vorankomme.

»Giulio freut sich darauf, morgen mit dir nach Tivoli zu fahren.«

Ich werfe Alessandro einen Seitenblick zu. »Giulio nimmt mich mit?«

»Ja.«

»Und du?«

»Ich dachte, es wäre nett, wenn ihr das gemeinsam macht.«

»Willst du nicht mitkommen?«

Mit zusammengezogenen Augenbrauen sieht er mich an.

»Soll ich denn?«

»Ja, bitte!«, sage ich.

»Warum?«

»Weil ich Giulio noch nicht so gut kenne wie dich. Ich bin noch etwas befangen in seiner Nähe«, gestehe ich. »Außerdem bin ich nervös, den Rest der Familie kennenzulernen. Wenn du dabei wärst, wäre ich ruhiger.«

Eine Weile schweigt Alessandro und verharrt reglos.

»Wenn du wirklich willst, dass ich mitkomme, mache ich das«, sagt er sanft.

Erleichterung verdrängt meine Sorgen, dann werde ich unsicher.

»Hast du auch wirklich nichts Anderes vor?« Schließlich hat Alessandro am Montag frei. Was ist, wenn er sich beispielsweise mit Susanna verabreden will? *Oder mit jemand anderem?*

»Nein, nichts«, versichert er mir und fängt einen Tropfen des schmelzenden Eises mit der Zunge auf.

Ich reiße den Blick von ihm los und denke: Ist das nicht auch seine Familie?

Die Frage habe ich ihm schon vor ein paar Tagen gestellt, als er über Giulios Verwandte sprach, als gehöre er nicht dazu. Fühlt er sich dort nicht willkommen? Er ist nicht blutsverwandt mit ihnen; geben sie ihm das Gefühl, ein Außenseiter zu sein? Will er deshalb nicht mit?

Vielleicht sollte ich ihm die Möglichkeit geben, einen Rückzieher zu machen …

Doch bevor ich etwas sagen kann, werde ich auf ein junges ungarisches Pärchen aufmerksam. Die beiden beugen sich verwirrt über ihren Stadtplan. Ich höre, dass sie herauszufinden versuchen, wie sie zur Piazza Navona kommen. Ich bleibe stehen und erkläre ihnen, dass sie in die Richtung gehen müssen, aus der wir gerade gekommen sind.

Als wir weiterlaufen, verschluckt sich Alessandro fast vor Staunen. »Du kannst Ungarisch?«

»Nur ein bisschen«, antworte ich. »Ich habe ein paar Wörter verstanden, und ich weiß, wie man sagt: ›Das ist da drüben‹.«

»Warum gerade Ungarisch? Wo hast du das gelernt?«

»Online mit einem Sprachkurs.« So ähnlich wie der Italienischkurs, den ich gerade mache. »Ich kann wirklich nicht viel«, wiederhole ich. »Das habe ich einer Freundin zuliebe gelernt.«

»Was für eine Freundin?«

»Eigentlich waren es zwei«, berichtige ich mich. »Vera und Laszlo. Vera war erst eine Freundin von Nan, aber dann haben wir uns auch angefreundet.«

»Und Laszlo?«

»Laszlo ist ein Witwer, der vor einigen Jahren mit dem Traum vom großen Opal von Ungarn nach Coober Pedy kam. Er sprach so gut wie kein Englisch, aber ich hatte so ein Gefühl, dass Vera ihn mögen könnte. Ihr Mann war ein Jahr zuvor gestorben, und Laszlo hatte seine Frau verloren, deshalb habe ich mit Vera zusammen einen Sprachkurs gemacht. So konnten sich die zwei besser kennenlernen. Vera hätte das allein nie gemacht. Davor hätte sie zu viel Angst gehabt.«

Alessandro schüttelt den Kopf. »Du steckst voller Überraschungen, Angel.«

»War keine große Sache.« Das war es wirklich nicht. Jeder würde so was tun, um einer Freundin zu helfen. »Egal, wie hast du das Ungarisch überhaupt erkannt? Immerhin hast du verstanden, was ich gesagt haben.«

Schulterzuckend geht er weiter. »Ich kann mich in den meisten europäischen Sprachen verständigen.«

»Das ist ja der Wahnsinn.«

»Sprachen sind so ungefähr das Einzige, was ich ganz gut kann«, murmelt er und verdrückt den Rest seines Hörnchens. Dann schaut er auf die Uhr. »Ob Cristina wohl mit Rebecca Schluss gemacht hat?«

»Du weißt also, wo sie ist?«

»Hat sie mir erzählt. Vielleicht kannst du helfen, sie wieder hinzubekommen«, sagt er düster, holt sein Handy aus der Tasche und wählt eine Nummer. Er spricht Italienisch. Als er auflegt, schüttelt er den Kopf. »Sie will nicht nach Hause gebracht werden. Die beiden sind in irgendeiner Bar gelandet und trinken sich einen. Ich glaube nicht, dass du Cristina heute Abend noch siehst.«

»Ah, gut.« Ich hatte vorgehabt, zum Abendessen Steaks zu braten, die ich gestern in einer Pause gekauft hatte. Bevor mir etwas anderes einfällt, frage ich Alessandro: »Hast du heute Abend schon was vor?«

21

»Darf ich dich was fragen?«

Alessandro und ich sitzen nebeneinander auf der Couch und sehen uns an. Auf dem Tischchen steht eine leere Flasche Rotwein; der Rest ist noch in unseren Gläsern.

»Schieß los!«, erwidert er.

»Wann hast du von der Affäre meiner Eltern erfahren? Als du mich im *Serafina* kennengelernt hast? Oder wusstest du es schon vorher?«

Er sieht mich an, dann senkt er den Blick. »Ich wusste es schon.«

»Woher?«, frage ich überrascht.

Er schluckt. »Ich habe sie einmal zusammen gesehen. Im *Serafina*. Es könnte die Nacht gewesen sein, von der deine Mutter in ihrem Brief schreibt.«

Ich bin bestürzt. Er hat mitbekommen, wie sie Sex hatten?

»Ich war zu jung, um zu verstehen, was ich sah, aber ich habe begriffen, dass es verboten war.«

Er tut mir leid. »Du hast bestimmt unbedingt mit deiner Mutter darüber sprechen wollen.«

»Nein«, kommt es wie aus der Pistole geschossen. »Das war das Letzte, was ich wollte.«

»Wegen ihrer Depressionen? Hast du dir Sorgen um sie gemacht?«

Er nickt gedankenverloren.

»Habt ihr oben gewohnt, über dem Restaurant?«

»Nein.« Er schüttelt den Kopf. »In einer Wohnung in der Nähe. Über dem Laden wohnten Andrea und Serafina.«

»Und in der Nacht hast du bei ihnen geschlafen?«

Ich versuche, zwei und zwei zusammenzuzählen. Wieder schüttelt Alessandro den Kopf.

»Ich war allein zum Restaurant rübergegangen. Meine Mutter hatte Schlaftabletten genommen. Ich bekam sie nicht wach und hatte Angst.«

Ich bin entsetzt. »Aber du warst noch ein Kind!«

»Ja.« Er nickt ernst.

»War alles okay mit deiner Mutter?«

»Ja«, antwortet er. »An dem Tag ging es gut.«

Der Art, wie er es sagt, entnehme ich, dass es auch einen Tag gab, an dem es nicht gutging. Ich weiß, dass Marta vor vielen Jahren starb, aber ich habe noch nicht gehört, was der Grund war.

»Können wir jetzt vielleicht über etwas anderes reden?«, fragt Alessandro mit einem schwachen Lächeln.

»Ja, natürlich. Entschuldigung. Ich wollte nicht neugierig sein.«

Er nickt mir zu. »Heute hast du wieder deinen Heiligenschein auf.«

»Was? Ach, meine Haare ...« Ich lächele kleinmütig und zupfe an den wirren Locken herum.

»Trag sie morgen auch so«, sagt Alessandro.

»Warum?«

»Wirst du schon sehen.«

Ich bin gespannt, aber er grinst nur geheimnisvoll. Er wird es mir nicht verraten.

Alessandro rutscht weiter hinunter, bis sein Kopf auf der Rückenlehne des Sofas liegt. Die Beine hat er von sich gestreckt.

»Du siehst müde aus«, bemerke ich.
»Bin ich auch. Kann ich hier schlafen?«
»Auf dem Sofa oder in deinem Bulli an der Straße? Fahren kannst du jedenfalls nicht mehr.« Das steht fest. Er hat nicht nur den Wein getrunken, sondern auch ein paar Bier.
»Ich mag das Sofa. Auf einer abschüssigen Straße zu schlafen, macht keinen Spaß.«
Ich lächele. »Keine Ahnung, was Cristina dazu sagt, aber ich habe kein Problem damit.«
»Sie auch nicht. Hab hier schon öfter übernachtet.«
»Dann ist es ja gut.«
»Schön. Kann ich morgen hier duschen, bevor ich zu Nonna fahre?«
»So nennst du Serafina: Nonna?«, frage ich, erfreut, dass er in seinem angetrunkenen, müden Zustand etwas offener wird.
Alessandro nickt.
»Also ist sie doch so etwas wie eine Großmutter für dich?«
»Versuchte sie.« Oder hat er gesagt: »*Versucht* sie?« Es klang nach Vergangenheit, aber ich habe mich wahrscheinlich verhört.
Sein schläfriges Lächeln wird schwächer, deshalb hake ich nicht nach. Ihm fallen die Augen zu.
Ich stehe auf, sammle die leeren Gläser und Flaschen zusammen und bringe sie in die Küche. Als ich zu Alessandro hinüberschaue, hat er sich auf die Seite gelegt. Er nimmt das gesamte Sofa ein. Erfolglos suche ich nach einer zusätzlichen Bettdecke. Ich finde nicht mal eine normale.
Mir fällt der Schlafsack in seinem Bulli ein. Ich überlege nicht zweimal, sondern schnappe mir seinen Schlüssel auf dem Couchtisch. In der letzten Sekunde fällt mir ein, dass ich meinen eigenen Schlüssel brauche, um wieder reinzu-

kommen. Die Nachbarn wären wahrscheinlich nicht begeistert, wenn ich mitten in der Nacht an die Tür hämmerte, um Alessandro zu wecken.

Draußen auf dem Gehsteig schaue ich links und rechts nach Frida.

Stimmt, wir sind bergauf gegangen. Der Bulli steht genau um die Ecke. Ich schließe ihn auf und öffne die Seitentür, steige hinein und greife nach oben in die Koje, wo Alessandros Schlafsack normalerweise liegt. Als ich daran ziehe, fällt er mir auf den Kopf. Ich will ihn gerade zusammenfalten und wieder aussteigen, da erinnere ich mich, dass er vom Duschen gesprochen hat. Seinen Rasierer kann er sich morgen früh selbst holen, aber was ist mit seiner Zahnbürste? Er will sich doch bestimmt noch die Zähne putzen.

Auf der Suche nach seiner Zahnbürste ziehe ich mehrere Schranktüren auf. Im ersten Fach liegen jede Menge schwarze Klamotten. Es riecht nach Deo. Ich grinse vor mich hin und will die Klappe zuschlagen, da fällt mir etwas Rosafarbenes ins Auge. Weil ich glaube, es könnte sein Kulturbeutel sein, greife ich in den Schrank und habe ein Stofftier in der Hand. Ein rosafarbenes Kaninchen.

Ist das von einer ehemaligen Freundin? Wenn Alessandro es bis heute aufbewahrt, muss sie ihm viel bedeutet haben. Mich überkommt ein unerwünschtes eifersüchtiges Kribbeln. Ich stopfe das Tierchen zurück ins Fach. Danach fragen kann ich ihn auch nicht, weil er dann denkt, ich hätte herumgeschnüffelt.

Ich entscheide, nicht länger nach seiner Zahnbürste zu suchen, doch als ich die Tür zuschieben will, entdecke ich eine dunkelgraue Kulturtasche in einem Regal über den offenen Fächern.

Volltreffer.

Ich nehme sie mit ins Haus.

Alessandro schnarcht leise. Es liegt auf der Hand, dass er nie vorhatte, sich heute Abend noch die Zähne zu putzen. Ich öffne den Schlafsack und breite ihn über ihn, dann mache ich das Licht aus und gehe ins Bett.

22

Als wir uns am nächsten Morgen auf unseren Ausflug vorbereiten, wird eine Postkarte unter der Tür hindurchgeschoben. Ich bücke mich und hebe sie auf.

»Du bekommst deine Post persönlich zugestellt?«, fragt Alessandro, als ich die Karte umdrehe. »Warum steckt Salvatore sie nicht in den Briefkasten, wie bei allen anderen?«

»Keine Ahnung.« Ich zucke mit den Schultern. »Vielleicht, weil ich ihm Kaffee mache.«

»Wann?«

»Die letzten beiden Morgen. In diesem Mokka-Teil ist genug für zwei drin, und Cristina schläft immer zu lange.«

Ich lese die Postkarte und muss lächeln.

Liebe Angie, bin ich der Erste? Ich glaube, diese Karte ist schon in der Post, bevor der Staub hinter Deinem Bus sich gelegt hat. Ich habe mir gestern Abend das Hörbuch angehört. Du gibst die Scarpetta besser als Patricia Cornwell. Du fehlst mir, aber ich freue mich, dass Du weg bist. Alles Liebe, Jimmy.

»Von wem ist die?«, fragt Alessandro.

»Von Jimmy. Dem ehemaligen Schürfkollegen meines Großvaters.«

»Was meint er mit der Scarpetta?«

»Kennst du Patricia Cornwell?«

»Ja, schon …« Verwirrt schüttelt Alessandro den Kopf.

»Patricia Cornwell schreibt Krimis, und die Hauptfigur ist eine Rechtsmedizinerin namens Kay Scarpetta«, erkläre ich. »Jimmy liebt die Bücher, aber weil er nur noch ein Auge hat, strengt ihn das Lesen an. Das andere hat er bei demselben Grubenunglück verloren, bei dem mein Großvater starb.«

»Ah«, macht er, aber runzelt wieder die Stirn. »Tut mir leid, aber ich verstehe es trotzdem nicht. Was meint er mit ›du gibst die Scarpetta‹?«

Ich lache. »Das soll ein Witz sein. Ich habe ihm vorgelesen. Als ich weggeflogen bin, waren wir mitten in der Scarpetta-Reihe, deshalb habe ich ihm die Hörbücher der letzten Teile besorgt. Was er sich angehört hat, muss von Patricia Cornwell selbst eingelesen worden sein.«

Jimmy und ich saßen immer unter der Palme in unserem Vorgarten – hinten hatten wir keinen Garten, weil das Dugout in einen Hügel gebaut ist. Wir hatten allerdings eine Bank obenauf, auf dem Dach gewissermaßen, auf der Nan und ich gerne saßen und den Sonnenuntergang verfolgten.

Als ich anfing, Nan etwas vorzulesen, setzten wir uns auch auf die Bank. Eines Tages wollten wir gerade anfangen, da kam Jimmy vorbei. Er fragte, ob er mithören dürfe. Weil er es mit seinem kaputten Bein nicht auf den Hügel schaffte, zogen wir in den Vorgarten um. Von da an haben wir jahrelang jeden Abend dort gesessen.

Als ich die Tür zuschließe, ist Alessandro still. Ich schätze, er ist so aufgewühlt wie ich.

Am *Serafina* angekommen, schickt er mich nach oben ins Apartment, um Giulio zu holen.

»*Buongiorno!*«, ruft mein Vater und nimmt mich in den Arm. »Freust du dich schon, alle kennenzulernen?«

»Und wie!«, antworte ich fröhlich.

»Ah, Alessandro ist da«, sagt er, als er Frida sieht. »Gut. Ich dachte, er würde es sich noch anders überlegen mit Tivoli. Nachdem er mich gestern Abend angerufen hat, hab ich seinen Bulli nicht auf dem Parkplatz gesehen.« Es klingt unheilvoll.

»Er hat bei Cristina übernachtet«, erkläre ich.

Giulios Gesichtsausdruck ist unbezahlbar. »*Mit dir?*«, fragt er.

»Doch nicht *so*!« Ich lache und laufe gleichzeitig rot an. »Er hat auf der Couch geschlafen. Cristina war unterwegs, da hat mir Alessandro Gesellschaft geleistet.«

»Aha. Verstehe.« Das scheint für Giulio in Ordnung zu sein, aber als wir in den Bulli steigen, spricht er Alessandro auf Italienisch an. Ich bin mir sicher, dass er seinen Sohn zur Rede stellt.

Alessandro lässt ihn auflaufen, winkt ab und schnaubt verächtlich über das, was Giulio sagt. Kopfschüttelnd fährt er vom Parkplatz. Danach wechseln die beide ins Englische.

Die Fahrt nach Tivoli dauert keine vierzig Minuten. Anfangs nehmen wir die Autobahn, doch als wir uns dem Ziel nähern, geht es über Landstraßen. Am Fenster fliegen Felder und Bauernhöfe vorbei. Alles ist so grün! Ich habe noch nie so viele Bäume gesehen.

Alessandro erzählt mir, dass wir später vielleicht noch die Möglichkeit haben, die Stadt Tivoli oben auf dem Hügel zu besuchen. Das Grundstück seiner Familie befindet sich weiter außerhalb, nordwestlich des mittelalterlichen Zentrums. Ein holpriger unbefestigter Weg führt dahin.

Sie müssen uns gehört haben – mit dem Dieselmotor sind wir auch schwer zu überhören –, denn als wir eintreffen, warten schon alle auf uns: Serafina, Eliana, Enzo, den ich bereits kenne, und mein Cousin mit Cousine, Jacopo und Valentina.

Als Serafina mit weit ausgestreckten Armen auf den Bulli zugeht, habe ich ein mulmiges Gefühl im Bauch. Nicht vor Angst; es ist etwas anderes.

Hinter den verdunkelten Scheiben kann sie mich nicht sehen. Giulio steigt aus, um sie zu begrüßen, aber sie richtet ihre lächelnde Aufmerksamkeit auf die Seitentür.

Schnell flitzt Alessandro hinten um den Wagen herum, doch ich warte nicht, bis er da ist und mir die Tür aufzieht. Ist ein etwas seltsames Gefühl, so präsentiert zu werden.

Zaghaft versuche ich, meine Tür aufzuschieben. Serafinas Gesicht leuchtet auf. Obwohl der Rest der Familie hinter ihr steht, sehe ich anfangs nur sie.

Ihre Augen sind zusammengekniffen, ihre Nase ist ziemlich groß, doch sie lacht übers ganze Gesicht. Ihre Pausbacken erinnern an ein Streifenhörnchen mit einem Mund voller Nüsse. Sie hat kurze graue Haare, die sich zu dicken Locken kräuseln. Serafina trägt eine blau-weiß karierte Schürze. Als ich aus dem Bulli steige, nimmt sie mich in die Arme. Obwohl ich einige Zentimeter größer bin als sie, spüre ich die Kraft ihrer Umarmung. Der Kloß in meinem Hals wächst, meine Nase kribbelt vor Rührung.

Oh, Nan ... Bei dem Gedanken an meine tote Großmutter werde ich von Trauer überwältigt. Gleichzeitig bin ich unglaublich traurig, dass sie mir diesen Teil meiner Familie vorenthalten hat.

Serafina löst sich von mir, nimmt mein Gesicht in die Hände und betrachtet es aufmerksam. Dann ruft sie etwas aus und betastet meine Haare. Aufgeregt winkt sie Valentina zu.

Meine siebzehnjährige Cousine tritt vor. Sie ist super

hübsch mit hohen Wangenknochen und mandelförmigen Augen. Sie trägt ein niedliches rotes Haarband mit weißen Punkten im Fünfzigerjahrestil, das oben auf dem Scheitel zusammengeknotet ist.

Auf Serafinas Aufforderung hin nimmt Valentina das Tuch ab. Ich halte die Luft an. Sie hat genauso dicke Locken wie ich!

Ich habe mich schon immer gefragt, von wem ich meine Naturkrause habe. Jetzt weiß ich es: von der Seite meines Vaters.

Mein Haar ist mittelblond, Valentinas dunkel, aber wir haben dieselbe Länge und Struktur. Sie trägt es nur sehr viel gepflegter als ich.

Valentina und meine Großmutter unterhalten sich angeregt, und Eliana tritt vor.

»Meine Mutter hatte auch solche Haare«, übersetzt sie Serafinas Worte, die staunend meinen Schopf betastet. Sie wirkt überglücklich. An der Art und Weise, wie sie gestikuliert und zwischen ihrem strahlenden Sohn und mir hin- und herschaut, sagt sie vielleicht gerade, ich hätte Giulios Augen.

Alessandro hat mir erzählt, dass die ganze Familie Englisch spricht, wenn auch nicht unbedingt fließend. Im Eifer des Gefechts denkt meine Großmutter bestimmt nicht daran, dass ich kein Wort von dem verstehe, was sie sagt.

Eliana ist rundlicher als ihre Mutter und hat dieselben Pausbacken. Sie hat grau melierte schwarze Haare, die sie zu einem Knoten hochgesteckt hat, und trägt eine dicke schwarze Hornbrille.

Ihren Mann Enzo habe ich schon im Restaurant kennengelernt, als er die Ravioli brachte. Sein weißes T-Shirt ist mit Soße bespritzt. Als wir uns umarmen, rieche ich Tomaten. Ich denke an das Festmahl, das Giulio mir versprochen hat.

Zu guter Letzt lerne ich Jacopo kennen, Valentinas Zwillingsbruder. Er hat sich ein wenig zurückgehalten und im Hintergrund mit Alessandro gesprochen. Er wirkt leicht befangen und ungelenk, als er vortritt, um mich zu begrüßen. Er ist noch nicht richtig in seine Gesichtszüge hineingewachsen, doch das kommt schon noch.

Ich schaue zu Alessandro hinüber. Serafina hat ihm die Hände auf die Wangen gelegt und redet auf ihn ein. Er lächelt.

Sie lässt ihn los und führt mich zum Haus, ihren weichen, warmen Arm um meine Taille gelegt. Ich fühle mich seltsam wohl bei ihr. Vielleicht weil ich gut mit Menschen aus der Generation meiner Großmutter auskomme. Zu Hause kenne ich genug von ihnen.

Das Haus ist von hohen schmalen Zypressen umgeben. Es ist nicht im besten Zustand; wo der Putz abgeplatzt ist, schaut an einigen Stellen das alte Mauerwerk hervor. Der noch vorhandene Putz ist lachsfarben gestrichen, aber man merkt, dass die Farbe im Laufe der Jahre stark verblasst und an manchen Stellen ausgewaschen ist. Die zahlreichen kleinen Fenster haben jeweils Fensterläden aus Holz, einige sind offen, andere geschlossen. Das Gebäude sieht ein bisschen so aus, als pfeife es aus dem letzten Loch, doch von innen wirkt es völlig anders. Die Wände sind tadellos weiß verputzt, der Boden ist mit Terrakotta gefliest. Die gemütlichen Räume sind mit antiken Möbeln und Teppichen eingerichtet. Die Küche hingegen ist topmodern: glänzender Edelstahl, auf den jeder mit Michelinsternen geschmückte Koch stolz wäre.

Ich halte mich nicht lange im Haus auf, sondern gehe nach draußen in die warme Sonne, um mir von Alessandro, Eliana, meiner Cousine und meinem Cousin das Grundstück zeigen zu lassen.

Grund und Boden der Marchesis umfassen ungefähr zwei Hektar Land an einem steilen Hang mit Obstbäumen, Pinien und zahlreichen heruntergekommenen Nebengebäuden.

Am Hang hinter dem Haus stehen Ställe für die Schweine, zwei Ziegen und die Hühner. Valentina erzählt mir, dass die Ziegen Fiocco und Nocciolina heißen – »Schleife« und »Nüsschen«. Sie ist dafür verantwortlich, sie jeden Morgen zu melken. Zusammen mit ihrem Bruder kümmert sie sich um das Wohl der Tiere.

»Darf ich sie auch füttern?«, frage ich Valentina, die sich bückt und eine Handvoll Gras ausreißt, um Fiocco und Nocciolina herüberzulocken.

»Natürlich!«

Ich muss lachen, als die Zunge der Ziege meine Handfläche berührt. Es kitzelt. Ich habe noch nie zuvor eine echte Ziege gesehen.

Auch keine Schweine. Sie tun mir ein bisschen leid, schließlich habe ich die Fenchelsalami schon gegessen, aber sie wirken zufrieden, besonders als Jacopo und Alessandro sie zwischen den Ohren kraulen. Ich mache es ihnen nach und kichere, als die Schweine quieken und versuchen, an meinem Ärmel zu knabbern. Ich dachte immer, Ziegen würden gern an die Kleidung gehen.

Ein Teil des Grundstücks ist terrassenförmig angelegt; geebnete Flächen, mit Steinmauern befestigt. Dort befindet sich der Gemüse- und Kräutergarten. Er ist riesig. Ich muss Eliana versprechen, im Spätsommer noch einmal wiederzukommen, wenn er in voller Pracht steht.

Es gibt auch einen Obstgarten mit prächtigen Zitronen-, Feigen- und Pfirsichbäumen, dazu einen Weingarten, den Elianas Mann vor zehn Jahren angelegt hat. Zusammen mit

Jacopo keltert er Wein, der aber nur für die Familie reicht. Sie würden gerne irgendwann noch mehr Land dazukaufen und Reben auf den höheren Hängen pflanzen.

Am tiefsten Punkt des Geländes rauscht ein kleiner Fluss bergab. Hier wurden Flora und Fauna sich selbst überlassen, alles wuchert grün und üppig. Es ist der Himmel auf Erden. Ich kann mir sehr gut vorstellen, wie ich hier im hohen Gras sitze und die Sonne genieße.

Weit oben auf der anderen Seite des Flusses liegt die Stadt Tivoli, eine Ansammlung mittelalterlicher Gebäude in verschiedenen Sandtönen, von beige bis orange. Ich schaue zum Glockenturm mit seinem pyramidenförmigen Dach hinüber und seufze zufrieden.

Eliana erzählt mir, dass Serafina früher mindestens drei Mal die Woche zu Fuß in die Stadt gelaufen ist. Manchmal schleppte sie Eliana, Giulio und deren kleine Schwester Loreta mit. Für den Weg mit dem fünfhundert Meter langen Anstieg brauchten sie mindestens eine Stunde – noch länger, wenn Loreta bummelte. Der Rückweg war leichter, wofür sie dankbar waren, weil sie dann immer schwer mit Einkaufstüten beladen waren.

Das Gelände direkt ums Haus herum ist ebenfalls terrassiert. Die an die bunten Blumenbeete anschließenden Grasflächen sind ordentlich gemäht. Eine Baumschaukel und ein altes Holzhäuschen für Kinder künden von einer glücklichen Kindheit.

Was muss das für Valentina und Jacopo ein herrlicher Ort zum Aufwachsen gewesen sein, Giulio, Loreta und Eliana nicht zu vergessen. Das Haus ist schon seit Jahrzehnten im Besitz der Marchesis.

Wir essen draußen an einem einfachen langen Tisch. Jedes einzelne Gericht ist köstlich: Neben der üblichen Auswahl an Antipasti gibt es frittierte Artischocken, die außen umwerfend knusprig und innen super zart sind, dann *cacio e pepe*, wörtlich übersetzt »Käse und Pfeffer«, ein unglaublich aromatisches, einfaches römisches Pastagericht mit Pecorinokäse und frisch gemahlenem Pfeffer, schließlich einen pikant-süßlichen römischen Ochsenschwanzeintopf, dessen langsam gegartes Fleisch fast vom Knochen fällt, und als Beilage Blumenkohl mit Parmesan sowie geschmorten Chicorée auf römische Art, mit Knoblauch und Peperoni.

»Das ist wirklich ein Festmahl«, staune ich. »Unglaublich!« Ich bin pappsatt, aber möchte so gerne noch weiteressen.

»Dann komm Weihnachten nach Tivoli!«, ruft Eliana. »Da gibt's so viel zu essen! Loreta, Boris, Francesca und ihr Mann Pepe, die kommen alle her, auch Melissa kommt aus Venedig, dieses Jahr vielleicht mit Otello.« Melissa ist die älteste Tochter von Eliana und Enzo. Sie ist einundzwanzig und studiert zusammen mit ihrem Freund Otello Umweltwissenschaften.

»*Sì, sì*, du musst kommen!«, pflichtet Serafina ihrer Tochter bei. Der ganze Tisch stimmt lautstark zu, eine Kakophonie von Stimmen.

Allein die Vorstellung ... Die Vorstellung, inmitten dieser lebhaften, aufgeschlossenen Familie zu sein ... Mein Rückflug nach Australien geht Anfang September, doch Weihnachten in Coober Pedy ohne meine Nan kann ich mir nicht vorstellen. Mit wem sollte ich feiern? Mit Jimmy, Vera und Laszlo, so wie letztes Jahr? Sie kamen zu einem einfachen Essen zu mir – es gab Hähnchen mit Bratkartoffeln und Gemüse. Ich war nicht in der Stimmung, aufwendiger zu kochen. Nan war sehr gebrechlich und rührte ihr Essen kaum an.

»Vielleicht kannst du ja Alessandro überzeugen mitzukommen«, meldet sich Jacopo zu Wort.

Ein plötzliches Verstummen, bis Serafina mit einer neuen Nachricht aufwartet. »Francesca ist schwanger!«, verkündet sie ihrem Sohn. »Sie hat mich heute Morgen angerufen.« Jetzt ist meine älteste Cousine Gesprächsthema; alle fragen sich, ob das Kind wohl Weihnachten zur Welt kommt.

Ich schiele zu Alessandro hinüber, er lächelt. Aber ich merke, dass es aufgesetzt ist.

Was verbirgt er?

Nach dem Essen will ich abräumen helfen, aber werde weggescheucht. »Fahr mit Angie nach Tivoli«, schlägt Giulio Alessandro vor. »Vielleicht wollen Valentina und Jacopo auch mit.«

Valentina macht einen begeisterten Vorschlag auf Italienisch, die anderen scheinen zuzustimmen.

»Sie wollen dir die Villa D'Este zeigen«, erklärt Alessandro.

»Das ist ein wunderschöner Park«, sagt Valentina auf Englisch. »Mit ganz vielen Brunnen – ein magischer Ort.«

»Wirklich sehenswert«, stimmt Giulio zu.

Auf dem Weg ins Haus hält Serafina ihren Sohn am Arm fest, doch er schüttelt den Kopf und zeigt auf den Tisch und in Richtung Küche. Ich denke, er gibt ihr zu verstehen, dass er zu beschäftigt ist, um mitzukommen. Serafina will ihn überreden, doch er weist sie zurück. Als sie hinter ihm im Haus verschwindet, wirkt sie enttäuscht.

Alessandro ist nicht zu sehen, deshalb frage ich Valentina, wo die Toilette ist.

Auf dem Rückweg durchs Wohnzimmer bleibe ich kurz

vor mehreren Fotos auf einem Beistelltisch stehen, um sie mir näher anzusehen.

Es sind viele, alte und neue. Ich beuge mich vor und betrachte die Schwarzweißaufnahme eines älteren Pärchens mit einem Jungen und einem Mädchen. Irgendwie erinnert mich das pausbäckige Lächeln des Mädchens an Serafina.

Irgendjemand muss mir erklären, wer das alles ist. Meine zweite Tante Loreta muss dabei sein, meine anderen Cousinen ebenfalls. Ich kann zwar raten, wer sie sein könnten, doch ich wüsste gerne, ob ich richtig liege.

Ein weiteres Bild fällt mir ins Auge. Als mir klarwird, dass es Giulios Hochzeitsfoto ist, halte ich die Luft an. Er trägt einen himmelblauen Anzug mit gelben Blumen im Knopfloch. Marta neben ihm – es kann nur sie sein – trägt ein zartblaues Kleid mit Rüschen an Ausschnitt, Ärmeln und Saum. Ihr Gesicht ist hager, sie wirkt aufgeschreckt, als hätte der Fotograf sie überrascht. Giulios Lächeln wirkt künstlich, ganz anders als das breite Strahlen, das ich von ihm kenne.

Doch am meisten interessiert mich der kleine Junge, der hinter dem Kleid seiner Mutter hervorlugt. Keck blickt Alessandro in die Kamera, seine Augen blitzen. Zumindest er sieht glücklich aus.

Ich höre, wie Fridas Motor aufbrummt. Kurz darauf erscheint Valentina.

»Bist du so weit?«, fragt sie.

»Sag mir doch bitte, wer das hier alles ist.«

Sie beeilt sich, zeigt von einem Bild aufs nächste. Ich weiß nicht, ob ich mir alles merken kann, aber es scheint die gesamte Familie zu sein, mehrere Generationen.

»Und wer ist das?«, frage ich und weise auf ein kleines Mädchen, das vor einem Beet mit rosaroten Blumen auf dem Rasen sitzt. Valentina hatte es übersprungen.

»Das ist Carlotta«, antwortet sie.

Das Bild zeigt ein Kleinkind mit einem braunen Bob und großen dunklen Augen. Das Mädchen lacht denjenigen an, der hinter der Kamera steht. Schwer zu sagen, wann das Foto aufgenommen wurde – die Kleine trägt ein rotes Schürzenkleid über einem dunkelblau-weiß gestreiften langärmeligen T-Shirt. Die Farben leuchten. Ich könnte nicht sagen, ob das Bild zehn oder dreißig Jahre alt ist.

»Komm, wir müssen los«, sagt Valentina. Munter wie immer schiebt sie mich nach draußen, doch ich denke darüber nach, warum sie so melancholisch klang, als sie Carlottas Namen sagte. Es ist das erste Mal, dass ich ihn gehört habe.

Als Valentina die schwere Holztür hinter uns zuzieht, habe ich ein mulmiges Gefühl im Bauch.

23

Alessandro, meine Cousine, mein Cousin und ich schlendern durch die kopfsteingepflasterten Gassen von Tivoli, der Stadt auf dem Hügel. Manche Gebäude sind mit Graffiti verschmiert, andere haben Gitter vor den Fenstern. Die meisten Häuser haben Holzläden. Überall bröckelt der Putz, verblassen die Farben, liegt das Mauerwerk frei. Doch die Schönheit der Gebäude schimmert durch, und nachdem ich das Haus der Marchesis von innen gesehen habe, bewerte ich nichts mehr nach seinem Äußeren. Wer weiß, was hinter diesen Fassaden verborgen ist?

Die Villa d'Este betritt man durch ein unscheinbares Tor auf der Piazza Trento, neben dem Eingang zur Kirche Santa Maria Maggiore.

Das Herrenhaus aus dem sechzehnten Jahrhundert gehörte einst dem Kardinal Ippolito d'Este, der gerne Papst werden wollte. Die weitläufigen Räume sind extravagant; farbenfrohe Fresken verzieren Wände und Decken, manche Böden bestehen aus kunstvollen Mosaiken.

Von der sonnenüberfluteten rückwärtigen Terrasse kann man meilenweit schauen – Jacopo zeigt mir, wo sich das Haus der Marchesis befindet. Ich entdecke den Glockenturm, den ich vom Haus aus gesehen habe, der mit dem pyramidenförmigen Dach und den Bogenfenstern, und kann grob abschätzen, wie weit weg wir sind.

Doch wenn ich dachte, das Grundstück der Marchesis sei

der Himmel auf Erden, bin ich vom terrassenförmig angelegten Renaissancepark der Villa d'Este schlichtweg überwältigt.

Berühmt für seine unzähligen Brunnen, habe ich noch keinen berückenderen, phantastischeren Ort erlebt.

Der Aniene, der Fluss, der auch am Grundstück der Marchesis entlangfließt, wurde hier umgeleitet, um Wasser für das ausgetüftelte System von Becken, Düsen, Kanälen, Brunnen, Kaskaden und Wasserspielen zu spenden. Sonnenstrahlen fallen durch die Bäume, funkeln im Wasser und werden von der Gischt der Brunnen reflektiert.

Es gibt Grotten und Zierbauten, Nischen und Brunnenhäuser, dick mit weichem Moos überzogene bröckelnde Mauern, hoch gewachsene, beschnittene Pinien und farbenfrohe Beete.

Mit brennenden Oberschenkeln steige ich eine Treppe hoch, fünfundvierzig Stufen von unten nach oben. Die Luft ist klar und rein, und wohin wir auch gehen, hören wir Wasser tröpfeln, plätschern und rauschen.

Neben uns zieht sich eine gerade Rinne entlang, über die eine Reihe glotzäugiger Kreaturen Wasser in unsere Richtung speit.

Jacopo und Valentina entdecken einen Brunnen auf der anderen Seite des Wegs, in dessen Mitte eine Statue mit unzähligen Brüsten steht, aus denen das Wasser spritzt. Die beiden lachen sich scheckig. Ich muss zwei Mal hinschauen, bis mir klarwird, dass die Statue halb Frau, halb Pferd ist. Vielleicht sind das auch Flügel ... Der Künstler muss eine lebhafte Phantasie gehabt haben.

Alessandro und ich gehen weiter. Ich entdecke eine Figur auf der Mauer links von uns.

»Ist das ein Mensch oder ein Affe? Guck dir mal die

Ohren an!« Ich bin genauso albern wie meine Cousine und mein Cousin.

Alessandro lächelt nur.

»Du bist sehr still«, bemerke ich. »Hast du gestern zu viel getrunken?«

Stirnrunzelnd schüttelt er den Kopf. »Nein. Entschuldigung, ich war in meine Gedanken vertieft. Wie hat dir das Mittagessen gefallen?«

»Oh, das war unglaublich! So würde ich auch gerne kochen können.«

»Wenn du es lernen willst, gibt es keinen Mangel an Lehrern und Lehrerinnen.«

»Ich würde hier gerne mehr Zeit verbringen. Die Familie ist einfach total nett.«

»Das stimmt. Super nett.«

»Wie oft bist du hier?«

Alessandro zuckt mit den Schultern. »Nicht oft. Muss ja meistens arbeiten.«

Valentina und Jacopo haben uns noch nicht eingeholt. Ich kann weiter nachbohren.

»Im Haus habe ich das Bild eines kleinen Mädchens gesehen. Valentina sagt, sie heißt Carlotta.«

Alessandro sieht aus, als hätte ich ihm in die Magengrube geschlagen. Er dreht sich ab, doch ich merke, dass er mitgenommen aussieht.

»Hat sie dir auch erzählt, was mit ihr passiert ist?«, fragt er mit seltsam erstickter Stimme.

»Nein.«

Ich habe ein schlechtes Gewissen. Er ist offensichtlich erschüttert. Die Sekunden vergehen, ohne dass er etwas sagt. Ich werde ihn auf keinen Fall weiter bedrängen.

Valentina und Jacopo laufen lachend auf uns zu. »Hey,

das muss ich dir zeigen!«, ruft Valentina und greift nach meiner Hand.

Ich werfe Alessandro einen Blick über die Schulter zu und lasse mich von meiner Cousine wegziehen. Jacopo sagt etwas zu ihm, er nickt, wirkt aber teilnahmslos.

Wenn er hätte reden wollen, hätte er es getan.

Wer war Carlotta? Was bedeutete sie ihm? Und was ist mit ihr passiert?

Wenn ich das herausfinden möchte, gehe ich besser behutsam vor.

24

Als wir zurückkommen, sitzt Giulio mit Enzo und Eliana draußen im Garten, ein Glas Rotwein in der Hand. So begeistert, wie er Valentina und mich begrüßt, schätze ich, dass er auf dem besten Weg ist, sich zu betrinken.

Ich lächele und setze mich auf den Stuhl, den er für mich hervorgezogen hat.

»Giulio hat uns erzählt, dass dein Großvater ein Opalschürfer war«, sagt Eliana.

»Das stimmt.«

Valentina will wissen, was ein Opal ist, deshalb ziehe ich den Ärmel hoch, um ihr mein Armband zu zeigen. Beeindruckt beugt sie sich vor und betrachtet es genauer.

»Mein Großvater hat die Opale immer selbst geschliffen und eingefasst«, erzähle ich ihr. »Die hier habe ich selbst im Geröll gefunden.« Sie sind hauptsächlich blau und grün. »Manche Opale haben wirklich unglaublich kräftige Farben – Rot, Pink, Orange … Ich habe welche zu Hause. Kann ich dir mal zeigen.«

Enzo erkundigt sich nach meiner Heimatstadt. Ich erzähle, wie das Leben in der Wüste so ist, und nach einer Weile merke ich, dass auch Giulio aufmerksam lauscht. Zum ersten Mal bestimme ich ein Gespräch, an dem er teilnimmt. Ich glaube nicht, dass er viel über die Gegend weiß, aus der ich komme.

Keiner will es glauben, als ich sage, dass ich in einer Höhle wohne, »wie Familie Feuerstein«. Eliana und Serafina klatschen in die Hände und sehen sich entzückt an. Sie werden noch lebhafter, als ich zugebe, erst mit zwölf Jahren erfahren zu haben, was ein Rasenmäher ist. Giulio will wissen, wo Coober Pedy auf der Landkarte zu finden ist. Ich bilde den Umriss von Australien mit den Händen. »Kennt ihr Uluru beziehungsweise Ayers Rock, diesen großen roten Felsen in der Mitte?«

Alle nicken.

»Adelaide, die Hauptstadt von Südaustralien, liegt hier.« Ich zeige weit nach unten. »Und Coober Pedy ist hier, ungefähr in der Mitte zwischen den beiden. Nach Adelaide sind es ungefähr neun Stunden Fahrt.«

Jacopo kommt mit einem Glas Limonade aus der Küche und setzt sich zu uns. Seine Mutter erklärt ihm schnell, was ich erzählt habe.

Ich frage mich, wo Alessandro ist.

»Hast du *Mad Max 3* gesehen?«, frage ich Jacopo. »*Jenseits der Donnerkuppel?* Du weißt schon, den Film mit Tina Turner.«

»*Sì, sì*«, meldet sich Enzo eifrig zu Wort. Jacopo nickt zögernd. Ich schätze, der Film war ein wenig vor seiner Zeit.

»Ein Teil davon wurde in der Gegend um Coober Pedy gedreht.« Meines Wissens entstand er größtenteils in den Breakaways, einem Höhenzug ungefähr zwanzig Meilen nördlich unserer Stadt. »Was ist mit *Planet der Finsternis?*«, frage ich Jacopo. »Dieser Horrorfilm mit ...«

»Vin Diesel!«, unterbricht er mich. »Ja!«

»Der wurde auch in Coober Pedy gedreht. Eins der alten Raumschiffe, das sie dafür brauchten, steht immer noch bei uns im Ort.«

Auch ein Teil von *Priscilla – Königin der Wüste* entstand in Coober Pedy, doch mein Lieblingsfilm ist eine unabhängige Produktion namens *Opal Dream*, die auf ein Buch von Ben Rice namens *Pobby und Dingan* zurückgeht, das ich sehr liebe. Es handelt von einer Schürferfamilie. Die Tochter hat zwei imaginäre Freunde namens Pobby und Dingan. Als sie behauptet, die zwei seien in der Opalmine verschwunden, stößt das einen Dominoeffekt in der Familie an. Das Buch erinnert mich an die Geschichten, die mein Großvater mir immer erzählte, nur dass die von den Gartenzwergen handelten, die Jimmy Nan zu Weihnachten schenkte. Henry und Henrietta wohnten in unserem Vorgarten, und Großvater behauptete gerne, dass sie nachts lebendig würden und in den Minen Feste feierten. Wenn er mich mit auf die Opalfelder nahm, hielt ich nach den Zwergen Ausschau.

Jetzt ist es später Nachmittag, die Sonne senkt sich dem Horizont entgegen. Wir beschließen, ins Haus zu gehen, doch vorher sehe ich mir noch einmal die Landschaft an. Alessandro ist immer noch nicht wieder aufgetaucht.

Da entdecke ich ihn, unten am Fluss. Eine einsame Gestalt, dunkel und allein inmitten des Grüns.

Ich zupfe meinen Vater am Ärmel, bevor er über die Schwelle tritt. »Ist alles in Ordnung mit Alessandro?«, frage ich.

Er folgt meinem Blick. »Doch, doch. Manchmal ist es hier schwer für ihn, zu viel erinnert an seine Mutter.« Er weist bergab auf ein cremefarbenes Haus mit orangefarbenen Terrakottapfannen. »Da sind Giorgio und Marta aufgewachsen. Als kleiner Junge hat Alessandro dort viel Zeit verbracht.«

»Das war ihr Elternhaus?«

»*Sì*, ja. Komm mit, es wird kalt. Wir gehen rein.«

Im Wohnzimmer steht ein Klavier. Ein Notenbuch ist bei Claude Debussys »Clair de Lune« aufgeschlagen.

»Spielst du Klavier?«, fragt Eliana, als sie meinen Blick bemerkt.

Ich nicke. »Das war ein Lieblingsstück meiner Großmutter.«

Serafina hat es mitbekommen. »Spiel es doch für uns!«, ruft sie.

»Nein, nein.« Verlegen schüttele ich den Kopf.

»*Dai, ti prego*«, bittet sie. »Andrea, mein Mann, hat immer für mich gespielt. Valentina lernt es auch, aber ...«

»Ich bin total schlecht«, wirft Valentina ein, und alle lachen.

»Bitte!«, sagt Eliana lächelnd und knipst schon mal die Lampe am Klavier an. »Es würde meiner Mutter viel bedeuten.«

Ich setze mich auf den Hocker. Das Stück ist mir so vertraut, dass ich eigentlich keine Noten brauche.

Als ich fertig bin, bricht Applaus aus. Niemand klatscht so laut und begeistert wie Giulio.

»Kannst du mir zeigen, wie man das spielt?«, fragt Valentina.

»Nur wenn du mir zeigst, wie man so was trägt.« Ich weise auf ihr cooles Vintage-Haarband.

Ihre Augen leuchten auf. Als sie das Zimmer verlässt, entdecke ich Alessandro im Türrahmen. Er schaut mich warmherzig und offen an, seine Augen funkeln. Er wendet sich Giulio zu. »Wir müssen langsam los. Müssen rechtzeitig zur Weinlieferung zurück sein.«

Alle protestieren, doch Giulio stimmt zu. Leicht schwankend steht er auf.

Valentina kehrt mit einem hellblauen Haarband zurück.

Sie stellt sich vor mich, zieht es unter meinen Haaren entlang und bindet es auf meinem Kopf zu einer Schleife. Wie aus einem Mund rufen Giulio und Serafina: »*Che bella!*«

Nachdem ich mich auf die Rückbank des Bullis gesetzt und mehrmals versprochen habe, bald wiederzukommen, stelle ich mir immer wieder die Frage, warum Alessandro sich hier nicht wohl fühlt. Diese wunderbare Familie muss ihm doch das Gefühl geben, absolut willkommen zu sein.

Bevor ich die Tür des Bullis zuschiebe, sehe ich, wie Serafina Giulio einen Strauß leuchtend pinkfarbener Blumen in die Hand drückt. Er steigt vorne ein, schlägt die Tür zu und lässt das Fenster herunter, um sich zu verabschieden.

Alessandro setzt sich hinters Lenkrad und schaut kurz mit gerunzelter Stirn auf Giulios Schoß. Er sagt etwas, und Giulio zuckt mit den Schultern, immer noch begeistert winkend.

Als das Haus außer Sicht und die Scheibe wieder hochgekurbelt ist, spricht Alessandro erneut auf Italienisch. Seine Stimme ist tief und dunkel. Es klingt wie eine Warnung.

Giulio antwortet aufgebracht, Alessandro ebenfalls. Mit sinkendem Mut sehe ich zu, wie es mit der Stimmung im Bulli abwärts geht. Dann wird Giulio noch einmal laut, und Alessandro verstummt.

Was war das?

»Wir müssen noch einen Abstecher machen«, erklärt Alessandro nach einer guten Minute.

»Okay.«

Kurz darauf fahren wir auf einen Parkplatz. Auf den Parkplatz eines Friedhofs.

Dafür also sind die Blumen gedacht. Doch wessen Grab besuchen wir? Martas? Oder ein anderes?

»Dauert nur fünf Minuten«, verkündet Alessandro, während Giulio aussteigt und die Tür zuschlägt. Er wirkt immer noch leicht unsicher auf den Beinen.

»Willst du nicht mitgehen?«, frage ich vorsichtig.

Alessandro seufzt schwer. Dann nickt er. Ohne ein weiteres Wort zu sagen, steigt er ebenfalls aus.

Ich sehe ihm nach, und dann macht etwas in mir *Klick*. Vielleicht liegt es daran, dass Nan und Grandad Geheimnisse vor mir hatten, aber ich tue etwas sehr Ungewöhnliches. Ich beuge mich vor, ziehe den Schlüssel aus der Zündung und verlasse den Wagen, jedoch nicht ohne abzuschließen.

Ich laufe an Gruften und Krypten vorbei, an marmornen Grabsteinen, Urnen, Engeln und Kreuzen, über mir die hohen Zypressen. Meine Schuhe knirschen auf dem Kies, gelegentlich werden meine Schritte durch einen Grasbüschel gedämpft. Je weiter und länger ich gehe, desto mehr zweifele ich an dem, was ich tue.

Ich will gerade aufgeben, da entdecke ich sie, Giulio und Alessandro. Mit gesenkten Köpfen stehen sie vor der weißen Statue eines Engels.

Sie drehen sich um, und ich ducke mich hinter einen Baum. Im ersten Moment will ich loslaufen, um vor ihnen am Auto zu sein.

Doch etwas hält mich zurück. Ich kann nicht, nicht, wenn die Wahrheit so nah ist.

Die beiden gehen langsam in die entgegengesetzte Richtung davon. Wenn ich mich beeile, kann ich es immer noch schaffen, vor ihnen am Wagen zu sein.

Kurz bleibe ich vor dem steinernen Engel stehen. Ich versuche zu verstehen, was ich sehe, aber kann kaum klar denken. Es ist ein Familiengrab, in dem mehr als ein Mensch liegt. Namen springen mir entgegen: Andrea, Marta, Carlotta ... Auf dem Stein prangt dasselbe Foto von Carlotta, das auf dem Beistelltisch steht. Die pinkfarbenen Blumen stehen in einer Vase davor.

In dem Bewusstsein, dass ich nicht viel Zeit habe, lese ich die Daten neben Martas und Carlottas Namen. Nur das Geburts- und das Todesjahr ist angegeben: Beide starben im selben Jahr.

Carlotta war erst zwei Jahre alt.

Aus irgendeinem Grund muss ich an das kleine rosa Häschen in Alessandros Auto denken. Die Faust um mein Herz schließt sich fester.

War Carlotta Alessandros Schwester?

Ich trenne mich von dem Grab, gehe langsam los und renne dann über den von Bäumen überschatteten Pfad.

Unterwegs versuche ich, die Informationen zu verarbeiten. Wie lange ist es her, dass sie starben? Im Laufen rechne ich es auch: einundzwanzig Jahre.

Moment. Ich bin siebenundzwanzig. Meine Gedanken überschlagen sich: Carlotta wurde vier Jahre *nach* mir geboren. Waren Marta und Giulio da noch verheiratet?

Mein Herz sackt in sich zusammen.

Hatte ich *eine kleine Schwester?*

25

Als ich mich dem Bulli nähere, werde ich langsamer. Alessandro und Giulio warten mit argwöhnischen Blicken auf mich.

»War Carlotta deine Tochter?«, frage ich meinen Vater.

Er nickt niedergeschlagen.

Ich wende mich an Alessandro. »Hatte ich eine Halbschwester?«

Er ist zerknirscht, aber gleichzeitig verdutzt. »Ich dachte, das hätte Valentina dir erzählt!?«

»Dass Carlotta meine Schwester war? Nein! Sie hat mir nur ihren Namen genannt.«

»Wir wollten es dir erklären«, sagt er leise und schielt zu Giulio hinüber. »Es war schwer, den richtigen Zeitpunkt zu finden.«

Die beiden Todesfälle berühren die Männer offensichtlich immer noch sehr. Es schmerzt auch mich zu wissen, dass ich eine Halbschwester hatte, die gestorben ist. Die beiden jedoch haben sie verloren. Giulio und Alessandro kannten sie. Sie liebten sie. Ich beweine nur die *Vorstellung* einer Schwester.

»Was ist mit ihr passiert?«, frage ich mit erstickter Stimme.

»Es war ein Unfall«, sagt Giulio.

Alessandro wirft ihm einen kurzen Blick zu und schaut dann beiseite. Als er mir in die Augen sieht, steht großes Leid in seinen. »Carlotta ...«

»Es war ein Unfall!«, unterbricht Giulio ihn mit wütender, gequälter Stimme.

Alessandros Schultern sacken nach unten. »*Sì*, es war ein Unfall«, sagt er resigniert. »Sie ist vom Balkon unserer Wohnung gefallen.«

Ich erstarre.

Alessandro ist noch nicht fertig. »Zwei Tage später folgte meine Mutter ihr nach.«

Voller Entsetzen sehe ich ihn an.

»Es war ein Unfall«, wiederholt Giulio. Er sieht aus, als würde er gleich zusammenbrechen.

»Es war kein Unfall«, sagt Alessandro, an mich gerichtet. Er spricht jedes Wort mit Nachdruck aus. Tränen steigen ihm in die Augen. »Die Schlüssel, bitte!« Fordernd streckt er die Hand aus.

Stumm händige ich sie ihm aus, er öffnet den Bulli.

Nie war Stille schwerer als auf dem Heimweg.

Ich sitze hinten und wische meine Tränen fort, während ich zu begreifen versuche, was diese Familie mitgemacht hat. Giulio hat erst seine Tochter und dann seine Frau verloren, Alessandro erst seine Schwester und dann seine Mutter. Innerhalb von drei Tagen.

Wie soll man das jemals verwinden? Alessandro war beim Selbstmord seiner Mutter erst vierzehn Jahre alt. Ich verstehe, warum Giulio beide Todesfälle als Unfall sehen will – Marta als psychisch Kranke war wahrscheinlich nicht mehr Herrin ihrer Sinne.

Ich kann mir nicht vorstellen, welches Leid über sie kam, als ihre kleine Tochter starb. Er muss übermächtig gewesen sein. Wer hätte nicht darüber nachgedacht, dem Schmerz irgendwie zu entkommen, selbst ohne Depression, die einen alles noch düsterer sehen lässt? Wie soll man so etwas durchstehen?

Und doch hat Giulio es geschafft. Er ist hier, hat überlebt. Und leidet bis heute.

Mein armer Vater.

Und ach ... Alessandro. Ich denke wieder an das rosa Häschen und spüre den überwältigenden Wunsch, meinen Gurt zu lösen und mich zwischen die beiden zu quetschen, um ihnen zu sagen, wie leid es mir tut.

Ich tue es einfach.

Alessandro zuckt zusammen, als ich neben ihm auftauche, hält den Blick aber auf die Straße gerichtet. Ich lege eine Hand auf Giulios Knie und die andere auf Alessandros.

»Es tut mir leid«, flüstere ich.

Giulio drückt meine Hand. Alessandro nimmt meine andere und führt sie an seine Lippen, um sie flüchtig zu küssen.

»Schnall dich an, Angel«, sagt er mit rauer Stimme. »Wir wollen dich nicht auch noch verlieren.«

26

Ich bleibe stehen und betrachte die Apartmenthäuser, die diesen Abschnitt der Straße säumen. Heute nehme ich die Abkürzung zur Arbeit.

Haben Alessandro und Giulio mit Marta und Carlotta in einem dieser Apartments gewohnt? Sind Carlotta und Marta von einem dieser Balkone gestürzt? Alessandro hat erzählt, dass er in der Nähe gelebt hat. Ist das der Grund, warum er am Freitag, als er mich nach Hause brachte, nicht die Abkürzung nehmen wollte?

Gestern Nacht hatte ich Schwierigkeiten einzuschlafen. Irgendwann gab ich es auf, holte mein neues Handy von der Fensterbank, wo ich es zum Laden hingelegt hatte, und rief Bonnie an, um ihr von der vergangenen Woche zu berichten. Ich musste mit jemand Vernünftigem über alles sprechen.

»Das heißt, Alessandro und du hattet eine gemeinsame Schwester«, resümierte sie. »Aber ihr seid nicht verwandt.«

»Nein.«

»Und er freut sich immer noch, dass du da bist?«

»Ja. Jedenfalls bis gestern, als ich das mit Carlotta herausgefunden habe.«

Ich hielt den Opal in der Hand und drehte ihn geistesabwesend hin und her. Im Licht meiner Nachttischlampe funkelten die Farben.

»Wenn Giulio damals eine Tochter verloren hat, freut sich Alessandro vielleicht darüber, dass sein Vater jetzt noch mal Gelegenheit hat, Papa einer Tochter zu sein.«

Bei der Vorstellung wird mir mulmig. »Meinst du, er sieht mich als Ersatz für Carlotta?«

»Nein, so meinte ich das nicht. Aber du weißt nicht, wie Giulio war, bevor du ihn kanntest. Vielleicht wusste Alessandro, dass ihm etwas fehlte. Vielleicht ist das der Grund, warum er sich freut, dass du da bist.«

»Kann sein.« Ich reibe mit dem Daumen über die Sandsteinreste, die noch am Opal haften. »Egal, wie geht es dir? Was habt ihr so gemacht?«

»Ach, dasselbe wie immer, Schätzchen. Alles wie gehabt hier.«

»Macht Mick immer noch keine Anstalten, in Ruhestand zu gehen?«

Bonnie lachte laut auf. »Was glaubst du wohl?«

Das werte ich als ein Nein.

»Jimmy ist irgendwie nicht ganz auf dem Damm«, gestand sie.

»Ist er krank?«, fragte ich besorgt.

»Er wird halt älter. Wir haben uns gemeinsam die Hörbücher angehört, die du ihm besorgt hast.«

Ich wunderte mich. Ich kannte Bonnie nur mit einem Buch in der Hand. Hätte nicht gedacht, dass sie sich für Hörbücher interessiert … Ich kam zu dem Schluss, dass sie Jimmy hatte Gesellschaft leisten wollen.

»Ist er einsam?«

»So schlimm ist es nicht, Schätzchen, mach dir keine Sorgen!«

»Ich melde mich mal bei ihm«, versprach ich. »Aber drück ihn von mir, wenn du ihn das nächste Mal siehst, ja?«

»Klar. Wahrscheinlich zieht er mir einen mit seinem Gehstock über, aber für dich mache ich das gerne.«

Ich musste lachen, doch Jimmy fehlte mir sehr. Alle meine Freunde fehlten mir, ebenso die Vertrautheit, die uns verband. Hier war ich bei meiner Familie, aber sie war mir nicht so nah. Noch nicht.

Ich seufzte. »Was ist, Schätzchen?«, fragte Bonnie vorsichtig.

»Ich fühle mich immer noch nicht ganz wohl in Giulios Nähe«, gestand ich. »Ich weiß einfach nicht, wie ich mit ihm umgehen soll. Er ist nett, alle mögen ihn, selbst die Besitzer des Restaurants nebenan, von denen man annehmen sollte, sie wären Konkurrenz. Im *Serafina* gibt es Angestellte, die schon dort waren, als es noch seinen Eltern gehörte, und sie arbeiten gerne für ihn. Alle sind wie eine große Familie, nur ich bin blutsverwandt mit ihm und fühle mich fremd.«

»Es ist doch noch früh am Tag, Süße«, antwortete Bonnie. »Hab ein bisschen Geduld. Es muss sehr seltsam sein, plötzlich zu erfahren, dass man eine erwachsene Tochter hat. Vielleicht fühlt er sich durch dich eingeschüchtert.«

Mir fällt wieder ein, dass Serafina ihn überreden wollte, mit uns in die Villa d'Este zu fahren. Ob Bonnie recht hat?

»Habt ihr irgendwas gemeinsam? Wofür interessiert er sich?«, fragte sie.

»Essen, Essen und nochmals Essen.«

»Das ist doch ein guter Anfang. Du könntest etwas für ihn backen. Oder du könntest ihn bitten, dir etwas beizubringen?«

»Das ist eine gute Idee.«

Eins stand fest: Es würde deutlich mehr als eine Umarmung oder eine gedrückte Hand brauchen, bis wir uns in der Gesellschaft des anderen wohl fühlten.

Als ich ins *Serafina* komme, steht Alessandro hinter der Theke. Giulio ist in der Küche, den Rücken der Durchreiche zugewandt.

»Hey!«, grüße ich Alessandro.

Ich bin extra früh gekommen, um reinen Tisch mit ihm zu machen.

»*Ciao!*«, erwidert er kurz angebunden.

Ich stelle Cristinas Chupa-Chups-Dose auf den Tresen.

»Lollis?« Er ist verwirrt.

»Ich durfte mir Cristinas Dose ausleihen.« Ich öffne den Deckel, um ihm zu zeigen, was drin ist. »Kolaczki-Kekse. Habe ich heute Morgen gebacken.« Dafür sticht man den Teig kreisförmig aus, gibt einen Klecks Marmelade in die Mitte und schlägt die Seiten darüber. »Ist ein polnisches Rezept. Möchtest du probieren?«, biete ich Alessandro nervös an.

»Ähm, klar.« Er greift in die Dose und nimmt ein Plätzchen heraus.

»Und, was meinst du?«

»Hm, lecker«, brummt er und schüttelt staunend den Kopf, bevor er mich ansieht. »Du sprichst Ungarisch, spielst Klavier und kannst auch noch backen. Wo hast du denn gelernt, so gut Klavier zu spielen?«

»Hat mir mein Großvater beigebracht. Also, eigentlich hat er mir nur die Grundlagen gezeigt. Als ich kleiner war, hat es mich nicht so interessiert, aber Nan hat es gerne gehört, wenn er spielte, so wie Serafina bei Andrea.«

Alessandro betrachtet mich nachdenklich. »Also hast du es deiner Großmutter zuliebe gelernt, nachdem dein Großvater gestorben war?«

Ich zucke mit den Achseln. »Es war das Einzige, womit ich sie beruhigen konnte, wenn sie sich aufregte.«

Und es war eine Möglichkeit, die Stille zu unterbrechen.

Es war seltsam: Nan konnte es nicht ertragen, sich Grandads alte Rockplatten anzuhören, aber dem Klavier lauschte sie gerne.

Auch meine Mutter hatte sich gelegentlich an das Instrument gesetzt. Ich wusste nie, wen Nan tatsächlich meinte, wenn sie später zu einem Gast sagte: »Angie spielt uns was vor!«

Meine Großmutter sprach oft von Grandad und Mum, als lebten sie noch. Es verwirrte sie nicht nur, sondern erschütterte sie geradezu, wenn sie daran erinnert wurde, dass die beiden nicht mehr da waren. Deshalb gewöhnte ich mir an, nicht auf ihre Sprüche einzugehen. Das war für uns beide besser.

Giulio kommt aus der Küche.

»Hier, Giulio, probier die mal!« Alessandro winkt ihn herbei.

»Was ist das?«

»Kolaczki-Plätzchen«, erwidert Alessandro mit perfekter Aussprache. Ko-latsch-ki. »Hat Angel gemacht.«

Mein Vater sieht mich kurz an und späht in die Dose. Er nimmt einen Keks heraus und beißt hinein. Seine Augen werden groß. »Wie hast du sie gemacht?«, fragt er.

Ich bin mir nicht sicher, ob er wissen will, wer es mir gezeigt hat oder wie sie zubereitet werden, deshalb beantworte ich beides. »Die sind aus Butter, Frischkäse und Mehl. Das Rezept habe ich von meinen Freunden Jakub und Jan, zwei Brüder aus Polen.«

»Komm!«, ruft er. »Ich zeige dir, wie man Pizza in die Luft wirft!«

Ich schaue zu Alessandro hinüber, er beobachtet schmunzelnd, wie ich Giulio in die Küche folge.

Antonio und Maria haben den Teig schon vorbereitet und rollen ihn gerade zu Kugeln.

»*Perfetto!*«, lobt Giulio das Timing. Er nimmt eine Teigkugel und drückt sie auf der mit Mehl bestäubten Arbeitsfläche platt. Maria und Antonio strahlen um die Wette. Als sie merken, dass hier gleich Unterricht stattfindet, reden sie munter drauflos.

Giulio legt die Teigscheibe auf seinen Handrücken und fängt an, sie im Kreis zu drehen. Der Teig dehnt sich immer weiter aus, bis Giulio ihn in die Luft wirft, wo sich die Scheibe dreht. Gebannt verfolge ich, wie sie immer größer wird. Aus dem Augenwinkel bekomme ich mit, dass Alessandro mit vor der Brust verschränkten Armen im Türrahmen lehnt.

»Es gibt drei Gründe, den Teig zu werfen«, erklärt mir Giulio. »Erstens die Größe. Zweitens die Kruste – wenn man den Teig in die Luft wirft, wird der Rand dicker und die Mitte dünner. Drittens, und das ist am wichtigsten, muss die Kruste Flüssigkeit verlieren, damit sie von außen schön knusprig und innen leicht und luftig wird.«

Er legt den flachen Pizzateig auf die Arbeitsfläche.

»Jetzt du.«

Nachdem ich mir die Hände in der Spüle gewaschen habe, drücke ich eine Teigkugel zu einer Scheibe platt. Nervös hebe ich sie hoch und lege sie auf meinen Handrücken.

»Kein Schmuck!«, ruft Giulio, als er sieht, dass ich einen Ring trage. Es ist der Ring aus Sterlingsilber mit dem Opal, den meine Großeltern meiner Mutter zum sechzehnten Geburtstag und später dann auch mir zum sechzehnten schenkten. »Moment!«, sagt er und tritt näher. »Das war Angies Ring.«

Erstaunt sehe ich ihn an. »Den kennst du noch?«

»Ja.«

Ich reiche meinem Vater das Schmuckstück. Als ich merke, dass er nicht mehr darüber sagen wird, fange ich an, den Teig auf meiner Hand zu drehen. Er fliegt direkt los und landet auf Marias mächtigem Busen. Überrascht schnellen ihre Augenbrauen hoch. Als ihr Mann nach dem Teig greift und dabei ihre Brüste umfasst, reagiert sie empört. Wir anderen schütteln uns vor Lachen, auch Alessandro.

»Ich zeig's dir noch mal!«, ruft Giulio, dann klopft er seinem Sohn auf den Rücken und zeigt zur Decke. »Wir können das alle.«

Ich glaube, ich habe in so kurzer Zeit noch nie so viel gelacht. Es freut mich, Alessandro und Giulio nach dem Drama am Vortag jetzt gemeinsam arbeiten zu sehen.

Ich bin Bonnie für ihren Vorschlag dankbar.

27

Am Freitag wird es warm. Im Verlauf der Woche habe ich immer wieder in der Küche ausgeholfen, jetzt ist es dort zu heiß für mich. Als wir um kurz vor Mitternacht Feierabend machen, ist es draußen immer noch mild.

Stefano versucht, Cristina zu überreden, mit ihm in den Club zu gehen, aber sie hat keine Lust zu tanzen. Ich glaube, sie hat sich am Vorabend mit Rebecca gestritten.

Er dreht sich zu Alessandro und mir um, aber Alessandro winkt sofort ab. »Ich gehe nicht in Clubs, das weißt du doch.«

»Angie?« Flehend sieht Stefano mich an. »Angel?«

Ich lache. Wenn Cristina Bock gehabt hätte, wäre ich mitgekommen, aber allein mit Stefano loszuziehen, finde ich irgendwie unpassend.

Er macht ein abfälliges Geräusch und holt sein Handy heraus, wahrscheinlich um jemand anderen aufzutreiben.

»Wie wär's denn, wenn wir alle zu Cristina gehen?«, schlage ich mit einem Seitenblick auf meine Mitbewohnerin vor.

Sie nickt. »Es ist warm genug, um draußen zu sitzen.«

Stefano klatscht in die Hände, zufrieden mit der Notlösung.

»Kommst du auch mit?«, frage ich Alessandro hoffnungsvoll.

Er zögert, dann zuckt er mit den Schultern. »Okay, warum nicht?«

Wir haben nicht viel Alkohol da, deshalb stibitzt er ein paar Flaschen hinter der Theke. Dann gehen wir zum Bulli. Stefano hat Alessandro überredet, uns zu fahren, damit wir nicht zu Fuß gehen müssen. Dieser Typ hat ständig Energie, um zu tanzen, aber einen Meter laufen? Keine Chance.

In dieser Woche ging es auf und ab – sie war emotional anstrengend, aber auch bereichernd. Ich habe in der Küche ausgeholfen, wenn nicht so viel los war, und Giulio hat mir gezeigt, wie man einige der wichtigsten Gerichte zubereitet. Als Gegenleistung habe ich Gebäck mitgebracht.

Heute waren es Oskars estnische Haferplätzchen, im Original Suussulavad Kaerakupsised, gestern Pashas Pryaniki, russische Gewürzkekse, und vorgestern die mit Kardamom aromatisierten Krumkake, eine Waffelspezialität von Magnus und Astrid aus Norwegen.

Alle Zutaten, die ich brauchte, fand ich in dem Supermarkt weiter unten an der Straße, und zum Glück ist Cristinas Küche gut ausgestattet mit einem elektrischen Mixer und mehreren Backblechen, so dass ich keine größeren Anschaffungen tätigen musste.

Bei den Krumkake musste ich ein bisschen improvisieren. Tief unten im Schrank hatte ich ein dekoratives Waffeleisen für italienische *pizzelle* gefunden. Es hat gewisse Ähnlichkeit mit dem Eisen, das man in Norwegen benutzt. Cristina sagte, sie hätte es vor ein paar Jahren von ihrer Großmutter zu Weihnachten bekommen, aber nie benutzt.

Gebannt sah sie zu, wie ich die noch heißen dünnen Waffeln um ein Stück Plastik wickelte, das ich zu einem Kegel geformt hatte. Ich musste schnell sein, sonst hätte ich mir die Finger verbrannt.

Mit jeder neuen Kreation war Giulio begeisterter und erkundigte sich nach dem Rezept.

Bonnie hatte recht: Offenbar kann sich unsere Beziehung am besten entwickeln, wenn wir beide etwas tun, das wir lieben.

Als wir die Wohnungstür öffnen, liegen zwei Karten auf dem Boden. »Schon wieder Post!«, staunt Alessandro.

»Gestern hat sie auch eine bekommen«, sagt Cristina, als ich mich bücke und die Karten aufhebe. »Sie ist sehr beliebt.«

Ich muss lachen, als ich sehe, dass beide Karten von Trudy sind. Sie quasselt jedem einen Knopf an die Backe – klar, dass ihr eine Karte nicht gereicht hat. Während die anderen sich um die Getränke kümmern, lese ich die Postkarten.

Liebste Angie, der Backclub hat gestern sein siebenjähriges Bestehen gefeiert – Du hast gefehlt! Wir haben zwei neue Mitglieder, Mustafa und Oya aus der Türkei. Sie wollen uns zeigen, wie man Buntglasplätzchen macht – hört sich das nicht cool an? Ich teile das Rezept mit Dir auf Facebook. Hab keinen Platz mehr, brauch 'ne zweite Karte ...
Angie, ich habe Dir noch eine Postkarte geschickt – hoffentlich kommen sie zusammen an. Ich wollte Dir noch sagen, dass Du hoffentlich weißt, wie sehr Du allen fehlst. Aber niemand will, dass Du schnell wieder zurückkommst. Wenn es so weit ist, bring auf jeden Fall Rezepte mit! Hab Dich lieb! Trudes xxx

Ganz unten steht in winziger Schrift:

Wer hatte eigentlich die dämliche Idee, Karten zu schreiben? Da ist nie genug Platz drauf!

»Was ist das für ein Backclub?«, fragt Stefano, der die erste Postkarte von der Arbeitsfläche nimmt, wo ich sie hingelegt habe.

Es stört mich nicht, dass er neugierig ist. So ist das nun mal mit Postkarten: Jeder kann die Nachricht lesen.

»Das fing alles mit einem Kuppelversuch an«, erkläre ich grinsend.

Alessandro gibt mir ein Glas Prosecco. »Klingt spannend.«

Als wir uns draußen hingesetzt haben, drängt er mich, weiterzuerzählen.

»Ich hatte mal zwei Freundinnen, Trudy und Rita, die waren beide solo. Irgendwann waren sie mal bei mir zu Besuch, und da kamen zwei polnische Brüder, die noch nicht lange im Ort wohnten, mit ihren Kolaszki-Plätchen vorbei.«

Jakub und Jan, beide Mitte dreißig, waren in den Dugout neben Bonnie und Mick gezogen, die ihren neuen Nachbarn erzählt hatten, dass Nan früher immer gerne gebacken hat.

Trudy und Rita hatten beide schlimme Scheidungen hinter sich. Bei der einen war häusliche Gewalt im Spiel gewesen, bei der anderen war der Mann fremdgegangen.

Da ich eine gewisse Chemie zwischen den vieren spürte, fragte ich die Männer, ob sie uns vielleicht mal zeigen könnten, wie man die leckeren Plätzchen zubereitet. Sie waren einverstanden. Um nicht das fünfte Rad am Wagen zu sein, lud ich noch ein paar Freunde mehr ein. Selbst Nan machte mit, auch wenn wir damals schon sehr aufpassen mussten, dass sie nichts mit dem Ofen anstellte.

Das Ganze machte so viel Spaß, dass wir beschlossen, die Veranstaltung zu wiederholen. So entstand der Backclub. Wir trafen uns immer bei mir, weil Nan und ich das Haus schlecht verlassen konnten. Irgendwie bekamen wir immer alle Mitglieder bei uns unter, auch als es mehr wurden.

Es gab natürlich Zeiten, da konnte ich weder Gastgeberin sein noch teilnehmen. Wenn Nan einen schlechten Tag hatte, musste jemand anderes einspringen. Ebenso hatten alle Verständnis, wenn ich mal in letzter Minute absagen musste. Die anderen warteten immer so lange, bis ich grünes Licht gab.

»Das ist ja wie in *Fight Club*!«, ruft Stefano.

Ich muss lachen. »Eher das komplette Gegenteil«, sage ich und denke voller Zuneigung an die Rentner in unserer Gruppe.

Vor zwei Jahren beschloss ich, die Rezepte zusammenzutragen und als Buch drucken zu lassen, das ich Jakob, Trudy, Rita und Jan zur Hochzeit schenkte. Sie heirateten gemeinsam vorletztes Jahr Weihnachten. Alle Mitglieder des Backclubs bereiteten Gebäck und Kuchen zu.

Ich konnte nicht teilnehmen – zu dem Zeitpunkt konnte Nan das Haus schon nicht mehr verlassen. Aber alle erzählten mir hinterher davon und zeigten mir Fotos.

Die Kochbücher waren so beliebt, dass unsere örtliche Buchhandlung sie verkaufen wollte. Den Erlös spendeten wir unserem Mitglied Astrid, die sich einer Hüftoperation unterziehen musste. Zusammen mit ihrem Mann Magnus, ebenfalls Opalschürfer, war sie vor fünfundzwanzig Jahren von Norwegen nach Australien gezogen. Die beiden gehörten zu den engsten Freunden meiner Großeltern, und sie waren die ersten, die ich als Kind gefragt hatte: *Wo würdest du hinwollen, wenn du es dir aussuchen könntest?*

Ihre Antwort weiß ich bis heute. Es war der Preikestolen in Norwegen – auch als Felskanzel bekannt. Als sie ihren Sohn Erik im nahegelegenen Stavanger besuchten, schickten sie mir eine Postkarte von dort: Es war eine steil aufragende Klippe, über sechshundert Meter hoch über dem Lysefjord. Der Preikestolen ist oben abgeflacht zu einer viereckigen Plattform von ungefähr fünfundzwanzig mal fünfundzwanzig Metern. Auf der Postkarte stand ein Mädchen am Rand dieser Fläche. Neben ihr ging es steil abwärts.

Schon beim Anblick der Postkarte wurde mir schwindelig, doch Astrid erzählte mir, dass dort jedes Jahr Zehntausende von Besuchern Fotos machen. Es ist einer von vielen Orten, die ich eines Tages einmal besichtigen möchte.

Jemand ruft etwas über die Mauer. Cristina und Stefano strahlen; er springt aufgeregt hoch und ruft etwas zurück. Cristina eilt ins Haus. Stöhnend schlägt Alessandro eine Hand vors Gesicht.

»Rebecca ist da«, sagt er, als ich ihn frage, was los sei.

Ich setze mich aufrechter hin. *Wird mal Zeit, dass ich sie richtig kennenlerne.*

»Ich glaube, ich muss los«, murmelt er.

»Nein, bitte nicht! Bleib noch«, flehe ich ihn an.

Er seufzt, als Rebeccas Stimme aus dem Flur herüberhallt.

»Was habt ihr alle gegen sie?«, flüstere ich.

»Es ist die Art, wie sie Cristina behandelt.«

Ich bin mir sicher, dass er sich mehr um sie sorgt, als sie ahnt.

Heute ist Rebecca deutlich besser drauf als an dem Tag, als ich sie kennenlernte. Offensichtlich freut sie sich, mich zu sehen, und auch wenn sie Alessandro ziemlich kühl begrüßt, herrscht immerhin keine offene Feindseligkeit zwischen den beiden.

Stefano schenkt auch ihr einen Prosecco ein, wir heben die Gläser.

»*Salute!*«

Rebecca plaudert auf Italienisch los. Cristina legt ihr die Hand aufs Knie, damit sie aufhört.

»Englisch«, sagt sie und nickt mir zu.

»Oh, sorry!«, ruft Rebecca und zündet sich ers tmal in Ruhe eine Zigarette an.

Ich muss an den Aschenbecher auf der Terrasse denken, als ich hier ankam. Meines Wissens raucht Cristina nicht, dann waren die Kippen also von Rebeccca.

»Ich komme aus der Bar«, fügt sie hinzu.

»Job oder Vergnügen?«, frage ich.

»Wonach sieht es denn aus?«, antwortet sie lachend. Rebecca ist wirklich umwerfend mit ihren grünen Katzenaugen und den dicken dunklen Locken.

Das Geräusch des Summers hallt durch das Apartment. Stefano springt wieder auf. »Die Kavallerie ist da!«, ruft er.

Ich schaue Cristina fragend an.

»Stefano bringt die Party immer mit, egal, wo er ist«, erklärt sie mit schiefem Lächeln. »Auf dem Weg hierher hat er alle möglichen Leute angetextet.«

Eine größere Gruppe strömt auf die Terrasse, darunter Cristinas ehemalige Mitbewohnerin und ihr Freund. Insgesamt sind es sieben, vier Mädels und drei Jungs von Ende zwanzig, Anfang dreißig.

»Darf ich deine Toilette benutzen?«, fragt Alessandro mich, nachdem alle einander vorgestellt wurden. Ich bin ins Haus gegangen, um Cristina bei den Getränken zu helfen. Ihre Freunde haben jede Menge Alkohol mitgebracht.

»Klar, solange du mir versprichst, zurückzukommen.«

Er zögert.

»*Alessandro!*«, schimpfe ich. »Leb mal ein bisschen! Ich habe siebenundzwanzig Jahre in einer Höhle verbracht, also kannst du zumindest ein bisschen bei mir bleiben, wenn ich neue Leute kennenlerne.«

»Das ist emotionale Erpressung!«

»Und, funktioniert's?«

Er verdreht die Augen, aber nickt. »Bin gleich wieder da.«

Als ich nach draußen gehe, sind alle um den Couchtisch versammelten Stühle besetzt. Stefano klopft auf sein Knie. »Komm her, Angie!«

Ich schaue zu der jungen Frau hinüber, die auf dem von Alessandro geräumten Stuhl sitzt, und stelle mir vor, dass sie auf seinem Knie säße. Kein angenehmer Gedanke. Trotzdem gehe ich zu Stefano und pflanze mich auf sein Bein.

Als Alessandro zurückkommt, springt das Mädchen auf seinem Platz entschuldigend auf und quetscht sich zu ihrer Freundin auf den Stuhl. Beide sind so zierlich, dass sie genug Platz haben.

»Ist das okay für dich?«, fragt Alessandro mich.

»Der geht's gut!«, kräht Stefano an meiner Stelle und legt mir den Arm um die Taille.

Alessandro trinkt einen Schluck Bier. Ich sehe die Rückseite seiner Hand. Die Brandwunde macht einen deutlich besseren Eindruck, auch wenn die Haut an einigen Stellen immer noch zusammengezogen ist. Zumindest ist kein rohes Fleisch mehr zu sehen.

»Hast du dir mal die Unterkunft angeguckt, die ich dir geschickt habe?«, fragt eines der Mädchen Cristina. Lindsey ist aus Kanada, wohnt aber schon seit drei Jahren in Italien. Ich bin froh, dass ich nicht die einzige englische Muttersprachlerin bin.

»Ja, aber ich glaube, das übersteigt mein Reisebudget«, erwidert Cristina. »Vielleicht müssen wir doch wieder in ein Hostel gehen.«

»Worum geht's?«, frage ich.

»Ums Snowboarden. Wir fahren jedes Jahr in die Berge«, erklärt Lindsey. »Da hat sich die Hälfte von uns kennengelernt«, fügt sie hinzu und zeigt auf die anderen.

Ich sehe mich über die Schulter nach Stefano um. »Fährst du auch mit?«

Er schüttelt den Kopf und erschaudert. »Nein! Ich würde mir das Genick brechen! Aber du fährst doch Snowboard, Alessandro, oder?«

»Manchmal.«

»Nur dass ihn nie einer oder eine von uns zu Gesicht bekommen hat«, wirft Cristina ein. »Er will nie mit uns kommen.«

»Doch, ich habe ihn mal gesehen«, meldet sich ein junger Mann zu Wort. Ich meine, er heißt Fabio.

»Wo?«, will Cristina wissen.

»In Chamonix«, antwortet Alessandro.

»Du warst in Chamonix und hast mir nichts davon gesagt?«, fragt sie entgeistert. Mir fallen die alten Werbeposter aus Chamonix ein, die im Wohnzimmer hängen.

»Wo wollt ihr denn hin?«, frage ich Cristina, um die Aufmerksamkeit von Alessandro abzulenken, dem sie etwas unangenehm zu sein scheint.

»Der Plan ist, im Februar nach St. Anton am Arlberg zu fahren«, erwidert Cristina. »Aber ich habe noch nicht genug Geld zusammen. Wie ist es bei dir? Komm doch mit!«

»Da bin ich schon wieder in Australien«, sage ich voller Bedauern. »Dabei wollte ich schon immer mal gerne Schnee sehen …«

»Angie ist das erste Mal überhaupt aus Australien raus«, erklärt Stefano seinen Freunden.

Sie wollen wissen, was ich in Italien schon alles unternommen habe. »Ich bin erst seit zehn Tagen hier, aber ich habe mir natürlich schon einiges in Rom angesehen. Und ich war in Tivoli.« Ich lächele zu Alessandro hinüber. »In den nächsten beiden Monaten würde ich gerne ein paar Ausflüge machen. Auf jeden Fall nach Venedig. Und nach Florenz. Und ich will unbedingt nach Pompeji!«

»Nach Pompeji ist es doch nur eine Tagestour«, sagt Lindsey. »Es gibt Busse, die dahin fahren.«

»Super Idee!«

Langsam schreitet der Abend voran. Ein paar verabschieden sich, Stefano, Rebecca und Cristina halten die Stellung.

Wann immer ich versuche, von Stefanos Knie auf einen leeren Stuhl zu rutschen, hält er mich fest und zieht mich zurück. Er flirtet immer stärker mit mir, und ich kann nicht behaupten, dass es mich stört. Er sieht umwerfend gut aus, und es ist Jahre her, dass ich von jemandem in meinem Alter beachtet wurde.

Allerdings bin ich betrunken und habe kein Problem damit, es zuzugeben. »Wird mal Zeit, dass du dich ein bisschen gehen lässt«, ruft mir meine innere Louise zu. Ich habe noch gar nicht richtig begriffen, dass es nichts mehr gibt, was solchen Abenden im Wege steht.

»Wie lief das Vorsprechen?«, frage ich Stefano. Heute Abend im *Serafina* war so viel zu tun, dass ich vergessen habe, mich zu erkundigen.

Er hat für eine kleine Rolle in einer italienischen Seifenoper vorgesprochen.

»So lala. Kann man immer schlecht sagen. Hast du schon mal überlegt zu schauspielern?«

»Ich?«, lache ich spöttisch.

»Oder zu modeln?«

Ich beuge mich vor und johle vor Lachen.

»Warum denn nicht?«, hakt er nach, klopft mir auf den Rücken und zieht mich mit den Armen um die Taille hoch, damit ich aufrecht sitze. »Du bist wunderschön.«

Ich sehe mich über die Schulter zu ihm um. »Und du bist betrunken.«

Muss ich gerade sagen ...

»Ja, allerdings bin ich das, aber ich lüge nicht. Sie ist doch schön, Sandro, oder?«

Sandro?

Kurz sieht mir Alessandro in die Augen. »Ja, sie ist schön. Von innen wie von außen«, erwidert er.

Ich laufe rot an.

Stefano grölt los. »Dieser Casanova!«, ruft er. »So kriegt er die Weiber herum!«

Alessandro greift nach seinem Bier. Ein Lächeln umspielt seine Lippen.

»Ja, natürlich bist du schön, mit deinen wilden Haaren und den goldenen Augen«, beharrt Stefano. »Du erinnerst mich an einen Löwen.«

»Das krause Haar vielleicht, aber goldene Augen? Ich lach mich tot!«

»Doch, da ist ein bisschen Gold drin«, beharrt er und dreht mein Gesicht zu sich herum. Unsere Gesichter sind nur noch zehn Zentimeter voneinander entfernt. Seltsamerweise fühle ich mich dabei nicht unwohl.

In dem Moment wird mir klar, dass ich niemals etwas von Stefano wollen könnte.

Alessandro steht auf und sammelt ein paar leere Gläser ein, mit denen er im Haus verschwindet.

»Lass mich mal los, ich muss aufs Klo«, sage ich zu Stefano.

Ein wenig unsicher auf den Beinen stehe ich auf und greife ebenfalls nach ein paar leeren Flaschen. Ich bringe sie in die Küche, wo Alessandro den Abfall sortiert.

»Mir reicht es jetzt, ich gehe«, sagt er.

»Lass mich nicht mit ihm allein!«, rufe ich gespielt hilfsbedürftig.

»Wie, kein Interesse?«

Ich schüttele den Kopf und ziehe eine Grimasse. »Nein. Ich glaub immer noch, dass er schwul ist.«

»Dann kannst du dich heute Abend vom Gegenteil überzeugen.«

»Ach, Blödsinn!« Ich winke ab. »Muss aufs Klo«, brumme ich und wanke in mein Zimmer.

Als ich zurückkomme, liest Alessandro die Karte, die ich einen Tag zuvor erhalten habe – ich hatte sie auf der Kommode im Flur liegen lassen.

»Darf ich?«, fragt er und schaut kurz hoch.

»Ja, klar. Aber wenn man den Absender nicht kennt, ist es nicht sehr spannend.«

»Das sagst du, aber was um alles in der Welt ist euer ›altes Raumschiff‹?«

Ich lache und lehne mich beschwipst an die Wand. »Wenn du nicht abgehauen wärst, als wir bei unseren Verwandten in Tivoli waren, wüsstest du, dass in Coober Pedy ein Film namens *Planet der Finsternis* gedreht wurde. Schon mal gehört?«

»Kommt mir irgendwie bekannt vor.«

»Ist ein Science-Fiction. Das Filmteam hat ein Raumschiff im Ortszentrum zurückgelassen. Darin habe ich meinen ersten Kuss bekommen«, sage ich mit keckem Grinsen.

»Von …« – er liest den Namen auf der Postkarte – »… Pieter?«

»Genau.« In Australien geborener Sohn niederländischer Einwanderer. »Meine erste große Liebe.«

»Und heute ist er Fotograf?«

Auf Pieters Karte steht, dass er vor kurzem Modeaufnahmen in Coober Pedy gemacht und »unser« altes Raumschiff als Kulisse für einige Bilder gewählt habe.

»Ja, und zwar ein ziemlich guter«, erkläre ich Alessandro. »Das wollte er schon immer werden.«

Worin bist du gut? Wofür brennst du?

Das waren die Fragen, die ich Freundinnen und Freunden stellte, die sich nicht entscheiden konnten, was sie mit ihrem Leben anfangen wollten. Wobei ich ihre Antworten meistens schon voraussahnte.

»Warum schreibt er: ›*und das alles wegen dir*‹?«, will Alessandro wissen.

Ich zucke mit den Schultern. »Ich habe ihn dazu ermutigt, habe ihm geholfen, Praktika bei Fotografen zu bekommen. Habe ein paar Briefe geschrieben und ihn gedrängt, seinen Traum wahr zu machen.«

Die englische Sprache war nie Pieters Stärke gewesen, während ich ziemlich gut darin war – wie in der Schule generell.

»Du bedeutest den Leuten so viel, die du zurückgelassen hast«, sagt Alessandro nachdenklich. Er dreht die Postkarte um und legt sie auf die Kommode.

»Ich habe Pieter nicht zurückgelassen«, korrigiere ich ihn. »Er ist gegangen, als er achtzehn war. Er lebt jetzt in Sydney und ist Modefotograf. Seine Bilder erscheinen in renommierten Zeitschriften.«

»Das heißt, du hast deine erste große Liebe ermutigt, dich zu verlassen, damit er seinen Traum wahrmachen konnte?« Alessandro streicht mit dem Finger über die Tischplatte.

»Und wer hat dir Mut gemacht zu gehen und deinen Traum in die Tat umzusetzen?«

»Alle«, erwidere ich, jetzt nüchterner.

Alessandro neigt den Kopf zur Seite und zieht fragend die Brauen zusammen.

»Jeder wusste, dass ich Nan nicht im Stich lassen würde. Aber als sie starb, bekam ich Opale als Grundstock für meine Reise. Bis auf einen habe ich alle verkauft. Der eine Stein war so besonders, dass ich mich nicht von ihm trennen konnte.«

Alessandro ist überrascht. »Kann ich den mal sehen?«

»Klar. Ist in meinem Zimmer.«

Ich gehe vor, und als ich im Schlafzimmer angekommen bin, mache ich die Deckenlampe an und hole den Opal aus dem Nachtschrank.

»Wer hat dir den geschenkt?«, fragt er staunend und neigt ihn nach links und rechts.

»Das weiß ich nicht. Ist mir ein Rätsel. Ich habe die Steine anonym überreicht bekommen.«

»Unglaublich«, murmelt Alessandro.

»Manchen sind Opale zu bunt, aber ich finde sie wunderschön.«

»Er erinnert mich an Nordlichter«, sagt er. »Zumindest an die grünen und blauen.«

»Die würde ich gerne mal sehen. Hast du sie schon erlebt?«, frage ich.

Er nickt. »Vor ein paar Jahren.«

»Moment mal. Guck mal hier!« Ich suche nach meiner speziellen UV-Lampe, knipse sie an und mache die Deckenlampe aus. Der Opal leuchtet wie in einem Science-Fiction-Film. »Diese Lampen benutzen die Leute, wenn sie ›Noodeln‹ gehen.«

»Noodeln?«

»Ja, so nennt man bei uns das Schürfen, besonders das von Opalen.« Ich erkläre ihm, wie die Leute die Gesteinshaufen nach von Opalschürfern übersehenen Edelsteinen durchsuchen. »Es gibt aber auch andere Dinge, die im Dunkeln leuchten. Wenn es geregnet hat, muss man sehr vorsichtig sein, denn dann kommen die Skorpione heraus.«

»Skorpione leuchten?«

»Ja«, erwidere ich. Alessandros Arm streift meinen. Seine Wärme trifft auf meine Haut. In der Dunkelheit war mir nicht klar, wie nah wir nebeneinander stehen.

Stefano platzt herein, wankt zum Klo und schlägt die Tür hinter sich zu.

Wir müssen lachen. Ich gehe zur Nachttischlampe und knipse sie an.

»Ich würde sagen, dieses Zimmer stand zu lange leer«, bemerke ich trocken. »Aber ich habe natürlich nichts dagegen, wenn *du* meine Toilette benutzt«, füge ich schnell hinzu. Alessandro gibt mir den Opal zurück.

»Ich hab die Anspielung schon verstanden«, scherzt er.

Stefano kommt aus dem Bad und sieht uns beide an. Sein Gesicht verzieht sich zu einem breiten betrunkenen Grinsen, dann ruft er »*Amigos!*« und stürzt auf uns zu.

Es geht so schnell, dass wir keine Zeit haben zu reagieren. Stefano packt uns um die Taille und reißt uns mit sich aufs Bett. Wir landen auf dem Rücken, die Füße auf dem Boden, Stefano zwischen uns auf dem Bauch, seine Beine hängen hinunter.

Alessandro und ich sehen uns an und lachen. Ich rüttele an Stefano, doch er regt sich nicht.

»Ist alles in Ordnung mit ihm?«, frage ich und ziehe seinen schweren Arm von meinem Körper.

»Der ist nicht mehr ansprechbar«, antwortet Alessandro sachlich. Stefanos Gesicht ist ihm zugewandt.

Er rollt sich unter dem Schlafenden hervor, ich ebenfalls. Am Fuß des Bettes überlegen wir, was wir tun können. Alessandro packt Stefano am Arm und will ihn vom Bett ziehen.

»Kannst du mir helfen?«

»Wieso?«

»Wieso nicht?«

»Dann liegt er auf dem Boden.«

»Ja, und dann ziehen wir ihn aus dem Zimmer.«

»Aber dann liegt er im Wohnzimmer, und um ihn herum wird gefeiert.«

»Ja, und?«

»Das ist doch gemein«, sage ich. »Lass ihn hier liegen. Das Bett ist groß genug.«

Alessandro stutzt. »Und wo willst du schlafen?«

»Auch im Bett«, erwidere ich achselzuckend. »Der merkt doch eh nichts mehr. Und ich kuschel mich unter meine Decke. Alles gut.«

Alessandro zögert.

»Sorgst du dich um meine Tugend?«

»Ja, ein bisschen. Du bist ein wenig naiv, Angel. Weißt du wirklich, was du da tust?«

Empört will ich etwas erwidern, dann zucke ich nur mit den Schultern. »Stimmt, du hast recht. Ist schon länger her, dass ich einen Freund hatte. Ich bin ein wenig außer Übung. Du kannst auch hier schlafen, wenn du mich beschützen möchtest.« Ich weise auf den Platz links von Stefano. »Entweder hier oder im schiefen Bulli«, erinnere ich ihn, als ich seine Vorbehalte spüre. »Wenn die Party vorbei ist, kannst du ja aufs Sofa umziehen.«

Ich habe für heute genug getrunken, deshalb putze ich mir die Zähne und ziehe im Bad meinen Schlafanzug an. Als ich herauskomme, sitzt Alessandro auf dem Bett. Er lehnt sich an die Wand, noch nicht überzeugt von meiner Idee. Ich schlüpfe unter die Decke und rutsche nach unten, bis ich den Kopf aufs Kissen legen kann. Als ich es mir bequem gemacht habe, legt sich auch Alessandro zum Schlafen hin, bleibt aber auf der Bettdecke. Es ist noch warm. Er trägt ein schwarzes T-Shirt und eine schwarze Jeans.

Ich drehe mich auf die Seite. Stefano liegt weiter unten, so dass sein Kopf nicht im Weg ist.

»Stört es dich, wenn ich das Licht noch ein bisschen länger anlasse? Das Zimmer dreht sich.«

»Klar.« Alessandro schaut besorgt. »Zu viel getrunken?«

»Viel zu viel. Schon wieder. Und du?«

»Alles gut. Hab mich an Bier gehalten.«

»Giulio scheint ziemlich viel zu trinken«, bemerke ich.

Alessandro nickt. »Hat er immer schon. Nein, nicht immer«, korrigiert er sich. »Aber in den letzten Jahren.«

»Warum bist du vor neun Jahren zurückgekommen?«

Er reißt die Augen auf – der Alkohol hat meine Zunge gelöst.

»Sag es mir, bitte! Wir hatten eine gemeinsame Schwester! Das heißt, wir sind verwandt.«

Alessandro atmet tief ein und aus.

»Sprich mit mir!«, flehe ich ihn an.

Die Sekunden vergehen, dann antwortet er doch noch. »Ich habe in Amerika zufällig einen alten Schulfreund getroffen, und der erzählte mir, meine Großeltern seien krank. Ich wollte sie noch mal sehen, bevor sie sterben.«

Mein Herz zieht sich zusammen. »Was hatten sie denn?«

»Krebs.«

»Beide?«

»Ja. Sie sind innerhalb von drei Wochen gestorben.«

»Warst du noch rechtzeitig da?«

Er nickt. »Ich hatte vier Wochen mit meiner Großmutter und sieben mit meinem Großvater. Ich denke, wir haben Frieden geschlossen.«

»Wieso, herrschte vorher kein Friede zwischen euch?«, frage ich verwirrt.

Er seufzt wieder. »Ich war sehr, sehr lange weg. Unverzeihlich lange.«

Wenn ich bedenke, wie wortkarg Alessandro normalerweise ist, kommt es einem Wunder gleich, dass er auf meine Fragen antwortet.

»Wie lange warst du fort?«

»Ein Jahr nach dem Selbstmord meiner Mutter bin ich gegangen.«

Ich bin fassungslos. »Mit fünfzehn Jahren?«

Er nickt.

»Wohin?«

»Eine Zeitlang war ich auf der Straße, hatte schlechten Umgang.« Er schluckt. »Dann habe ich mich verloren.«

»Wortwörtlich oder im übertragenen Sinn?«

»Beides.«

»Bist du immer noch verloren?«, flüstere ich.

Eine Weile schauen wir uns an, dann erwidert er: »Manchmal.«

Sein Gesichtsausdruck macht mich unsagbar traurig.

»Passiert das jedes Mal, wenn du verschwindest? Alle sechs Monate? Haust du ab und verlierst dich?«

»Nicht so wie früher«, erklärt er. »Ich vergifte mich nicht mehr mit Drogen, aber ich trinke, manchmal auch zu viel.

Hauptsächlich streife ich durch die Gegend und versuche, so wenig Menschen wie möglich zu sehen.«

Im Flur erklingen Stimmen. Lauschend liegen wir da und warten, bis Cristina und Rebecca sich von den letzten Freunden verabschiedet haben und in Cristinas Zimmer verschwinden.

Stefano gibt ein Geräusch von sich, das wie das Schnarchen eines Schweins klingt. Wir zucken erschrocken zusammen.

»Den hab ich ganz vergessen«, sage ich.

»Ich nicht«, entgegnet Alessandro trocken, stützt sich auf einen Arm und mustert den betrunkenen Kollegen.

Ich setze mich auf und beuge mich vor, um Stefanos Gesicht zu betrachten. »Er sieht so unfassbar gut aus, aber er spricht mich absolut null an.«

Alessandro schielt zu mir hinüber, seine Lippen verziehen sich zu einem belustigten Grinsen. Er hat das Band aus den Haaren genommen, seine Locken fallen ihm ins Gesicht, streifen die Bartstoppeln.

Ich reiße meinen Blick von seinem Gesicht los und merke, dass sein T-Shirt hochgerutscht ist. Die Narbe schimmert im Licht der Lampe. Alessandro folgt meinem Blick und zieht das Shirt hinunter. Dann legt er den Kopf wieder aufs Kissen.

»War das ein Unfall?«, frage ich. Oder hat er sich absichtlich Schmerzen zugefügt?, füge ich in Gedanken hinzu.

Es wirkt, als sei er von der Frage enttäuscht. »Ja, das war ein Unfall«, erwidert er bestimmt.

»Wie ist es passiert?«

Er seufzt und sieht mich lange an. Im schwachen Licht sind seine Pupillen geweitet, so dass seine Augen eher schwarz als grün wirken. »Erzähl es Giulio nicht!«, mahnt er schließlich. »Und schon gar nicht Serafina! Dann muss ich mir ewig was anhören. Sie denken, ich war Mountainbiken.«

Ich bekomme Angst. Was wird er mir jetzt erzählen?

»Und wie ist es wirklich passiert?«

»Beim Proximity Flying im Wingsuit.«

Hä?

»Da springt man in einem speziellen Anzug, einem Wingsuit, von einem Berg und gleitet nach unten.«

Ich mache große Augen. »Das klingt gefährlich.«

»Ist es auch ein bisschen.« Er zieht sein T-Shirt hoch und betrachtet die Narbe. »Die hier hat mich fast gekillt.«

Ich bin zu abgelenkt von dem, was er erzählt, um sein Sixpack zu bewundern. »Warum tust du es dann?«

»Weil's Spaß macht.« Er lächelt mich leicht verlegen an. Ich bin hin und weg. »Da kann man *fliegen*, Angel!«

»Aber du könntest sterben!«

»Dann würde ich wenigstens bei etwas sterben, das ich liebe.«

O Gott! »Wie oft machst du das?«

»Hör mal, ich will nicht bereuen, dass ich dir das jetzt erzähle«, mahnt er. »Das mache ich nicht oft. Ein paarmal im Jahr.«

»Und den Rest der Zeit? Fährst du dann nur durch die Gegend, oder gibt es noch andere Methoden, wie du versuchst, dich ...«

Ich kann mich gerade noch zusammenreißen, um den Satz nicht zu beenden.

Alessandro spricht für mich weiter: »Andere Methoden, mit denen ich versuche, mich umzubringen?« Sein Gesicht wird düster.

Ich hatte es im Scherz gesagt, aber an Selbstmord ist nichts scherzhaft, und nach dem, was mit seiner Mutter geschehen ist ... Ich laufe rot an.

»Ich tue das nicht, um zu sterben«, sagt er ernst. »Ich tue es, um zu überleben.«

Das will mir überhaupt nicht einleuchten, doch ich gehe nicht weiter darauf ein.

Alessandros Gesichtsausdruck wird weicher. »Wie geht es dir jetzt?«

»Ganz gut, glaube ich. Soll ich das Licht ausmachen?«

Er gähnt. »Versuch's mal!«

Ich greife hinter mich und schaue kurz zu ihm hinüber. Sein Gesicht im warmen Schein der Lampe sieht wunderschön aus.

Mein Blick huscht zu Stefano, der zwischen uns schlummert. Ich schüttele den Kopf. Was für ein bizarrer Anblick!

Klick. Es wird dunkel. Man hört nur noch Stefanos leises Schnarchen.

»Wenn du willst, fahre ich am Montag mit dir nach Pompeji«, flüstert Alessandro.

»Ja?« Vor Freude setze ich mich fast auf.

»Seit ich ein Kind war, bin ich nicht mehr dort gewesen. Ich würde gerne mal wieder hin.«

»Das wäre toll!«

»Dann ist es abgemacht. Nacht, Angel.«

»Gute Nacht, Alessandro!«

28

»Du hat einen sehr vielfältigen Musikgeschmack«, sage ich, als ich zu Alessandros Handy greife, um nachzusehen, was gerade aus dem Lautsprecher des Bullis tönt. Wir sind unterwegs nach Pompeji, und er hat seine Playlist auf Zufallsgenerator gestellt. Bis jetzt haben wir »Vienna« von Ultravox, »Suntoucher« von Groove Armada, »Run« von Yonaka, »Just Dropped In (To See What Condition My Condition Was In)« von Kenny Rogers & The First Edition gehört, und gerade folgt auf den harten, lauten Rock von »Killing in the Name of« von Rage Against the Machine das langsame, liebliche »Bizarre Love Triangle« von Frente.

»Nicht, dass ich mich auskennen würde«, füge ich hinzu. »Ich habe seit Jahren nicht mehr richtig Musik gehört. Nan wollte immer nur, dass ich Klavier spiele.«

»Und deshalb hast du es gelernt.«

»Ich habe Valentina versprochen, nächste Woche nach Tivoli zu kommen, um es ihr zu zeigen«, sage ich beiläufig und verkneife mir die Frage, ob er mich begleiten will.

Giulio hat gesagt, er würde mitfahren, weil das Restaurant montags geschlossen ist. Es wird uns guttun, ein bisschen Zeit zu zweit zu verbringen, selbst wenn es nur die Fahrt hin und zurück ist.

»Da wird sie sich freuen«, sagt Alessandro.

Valentina war am Vortag wieder zum Aushelfen im

Serafina, obwohl Alessandro offenbar zwei neue Servicekräfte angeworben hat, von denen eine am nächsten Tag anfängt.

Meine Cousine war enttäuscht, als sie sah, dass ich nicht das Haarband trug – sie hatte mir eins in Smaragdgrün geschenkt. Bislang fehlte mir der Mut, so herumzulaufen, doch heute habe ich es mir um den Kopf gebunden.

»Toy Soldiers« von Martika setzt ein.

Ich schiele zu Alessandro hinüber und muss lachen.

»Wenn sich alle Stücke gleich anhören würden, fände ich es langweilig«, sagt er grinsend. »Meine Musik ist das Einzige, was mich begleitet, wenn ich unterwegs bin.«

»Wo fährst du noch so hin, wenn du kein bestimmtes Ziel hast?«, frage ich.

»Nirgends«, sagt er. »Das ist der Sinn, wenn man sich treiben lässt.«

Ich sehe mich über die Schulter um. »Kann man die Bank auch zu einem Bett umbauen?«

»Ja. Da schlafe ich manchmal, wenn oben alles voll ist.«

»Ich weiß nicht, ob ich monatelang auf so beengtem Raum leben könnte.«

»Man lebt ja nicht *im* Bulli. Man lebt da draußen!« Er schaut über die Felder im Sonnenschein. »Man schläft nur im Wagen.«

Ich lächele ihn an, aber er schaut auf die Straße. Schon richtig so, bei diesen verrückten Autofahrern. Zum Glück bin ich zu fasziniert von Alessandros Erzählungen, um auf den Verkehr zu achten.

Cristina machte mir die Hölle heiß, als sie merkte, dass Alessandro Freitagnacht in meinem Bett geschlafen hatte.

Das war lächerlich, besonders weil die ganze Zeit ein betrunkener Stefano zwischen uns lag.

In den frühen Morgenstunden wurden wir von ihm geweckt, als er sich in meinem Bad die Seele aus dem Leib kotzte. Danach schwankte er nach draußen und ward nicht mehr gesehen.

Alessandro, der Gute, übernahm die Aufgabe, alles sauberzumachen. Dann duschte er und kam nur mit seiner schwarzen Jeans bekleidet wieder heraus.

Dazu die nassen Haare und der nackte Oberkörper ... Es war, als seien die Schmetterlinge in meinem Bauch auf Speed.

»Und wieso war das bitte eine gute Idee?«, fragte Cristina, als Alessandro fort war.

»Hey, ich war brav. Kannst du das von dir auch behaupten?«

Rebecca lag noch in ihrem Bett. Cristina war nur kurz in die Küche gekommen, um ihr einen Kaffee zu machen.

»Sie hat einen Freund, Cristina«, erinnerte ich meine Mitbewohnerin, deren Ohrenspitzen rot anliefen.

Am Vorabend hatte ich gehört, wie Rebecca über ihn redete.

»Aber sie will mit ihm Schluss machen«, fuhr Cristina mich an.

»Na, klar.«

Ich finde es gut, dass wir so ehrlich miteinander sind, aber mir wäre es lieber, wenn sie sich raushalten würde, solange es um Alessandro geht.

Zweifellos hätte Cristina gerne, dass ich dasselbe in Bezug auf Rebecca tue.

Pompeji liegt in der Nähe von Neapel und der modernen Vorstadt Pompei, die ohne J geschrieben wird. Das antike

Pompeji wurde im Jahr 79 beim Ausbruch des Vesuvs unter einem Asche- und Steinregen begraben. Luftdicht unter der Lavaschicht eingeschlossen, blieb alles, was von den Feuermassen überrascht wurde, jahrhundertelang hervorragend erhalten. Auf den Böden liegen Mosaike, Gemälde zieren die Wände, Brunnen und Statuen, sogar Tontöpfe stehen in den Tavernen.

Es ist total überwältigend, inmitten von so viel Geschichte zu stehen. Ich könnte mich nicht weiter entfernt von der Stadt fühlen, in der ich aufwuchs. Am liebsten würde ich mich in den Arm kneifen.

Auf dem Forum, einem riesengroßen Platz, der einst den Mittelpunkt von Pompeji bildete, betrachte ich die gewaltige Bronzestatue eines Zentauren. Seine Menschenarme sind abgebrochen, er hebt seinen Pferdehuf in erstarrter Bewegung. Ich hole meinen Fotoapparat heraus.

»Weißt du, dass du gerade den einzigen neuzeitlichen Gegenstand in Pompeji fotografierst?«, sagt Alessandro grinsend. »Diese Statue ist nicht antik. Sie wurde in den Achtzigern von dem polnischen Künstler Igor Mitoraj entworfen.«

»Oh.« Lachend mache ich trotzdem ein Foto davon. Sie gefällt mir.

Der Himmel ist bewölkt, die Luft klar und kühl. Ich bin froh, dass es nicht so heiß ist. In Pompeji gibt es nicht viel Schatten, und es wäre anstrengend, in der prallen Sonne herumzulaufen.

»Ich würde gerne den Garten der Flüchtenden sehen«, gestehe ich Alessandro.

Eine Freundin in Coober Pedy hatte mir davon erzählt, nachdem sie vor ein paar Jahren hier Urlaub gemacht hatte. Es war Cathy, Nans Pflegerin.

Alessandro schaut auf seine Karte. »Dann müssen wir hier entlang.«

In diesem Teil der Stadt sind die Häuser den Elementen ausgesetzt, Gras wächst zwischen eingestürzten Mauern, die von keinem Dach mehr geschützt werden.

Alessandro bleibt stehen.

»Ich glaube, an das hier kann ich mich erinnern«, sagt er leise und steigt über eine niedrige Mauer in ein ehemaliges Haus.

»Warst du als Kind mal hier?«

»Ja.« Er schaut durch einen Bogengang in ein kleines, von Unkraut überwuchertes Zimmer.

Es ist so friedlich und still hier. Die meisten Besucher sind oben im Hauptteil der Stadt. Wir bewegen uns abseits der ausgetretenen Pfade.

Alessandro zeigt auf eine flache Mauer. »Carlotta wollte da drauf, meine ich, aber dann ist sie ins Gras gefallen.«

Als ich den Namen unserer Schwester höre, zieht sich mein Herz zusammen. »Hat sie sich weh getan?« Ich wundere mich, dass er über sie spricht, aber es rührt mich sehr.

Er schüttelt den Kopf, ein schwaches Lächeln auf den Lippen. »Nein, sie hat sich kaputtgelacht. In der Villa d'Este musste ich auch an sie denken«, gesteht er mit einem kurzen Seitenblick. »Ich war seit ihrem Tod zum ersten Mal dort. Ich hab sie die ganze Zeit vor mir gesehen, wie sie da herumhüpfte und die Hand ins Wasser hielt.«

Deshalb also war er an dem Tag so still.

»Wie war sie so?«, will ich wissen.

»Sehr lustig«, antwortet er mit traurigem Lächeln. »Du hast das Foto von ihr gesehen.«

»Ja.«

»Das Bild ist typisch für sie. Sie war immer am Lachen,

hatte immer dieses niedliche freche Grinsen drauf. Ich kann mich nicht erinnern, dass sie mal geweint hätte, obwohl sie das natürlich auch getan haben muss. Sie plapperte in einem fort. Meistens irgendeinen Blödsinn, und dann sah sie mich an, und ich antwortete mit sinnlosem Kauderwelsch. Stieg in ihre Phantasiegeschichten ein: ›Ach was, stimmt das, Carlotta? Und was hast du dann gemacht?‹« Er ahmt ein plapperndes Kleinkind nach, dann verzerren sich seine Gesichtszüge vor Trauer.

»Ach, Alessandro«, murmele ich, überwältigt von einer Welle zärtlicher Zuneigung. Ich gehe auf ihn zu und nehme ihn in die Arme. Seine Rückenmuskeln spannen sich an, er erwidert die Umarmung. So stehen wir da, und die Sekunden vergehen, mein Gesicht in seine Halsbeuge gedrückt, sein Kopf an meinem. Er ist so warm und fest unter meinen Händen. Auf einmal werde ich ganz zittrig. Im selben Moment lösen wir uns voneinander und schauen zur Seite, um uns bloß nicht ansehen zu müssen. Doch unsere Blicke suchen sich und versenken sich kurz ineinander.

In nachdenklichem Schweigen gehen wir über einen grasbewachsenen Weg, bis wir den Garten der Flüchtenden erreichen. Hier fand man in den ausgehärteten Ascheschichten dreizehn Hohlräume. Man füllte sie mit Gips und erhielt so die Abdrücke von dreizehn Menschen – die größte Anzahl von Opfern auf einer Stelle.

Die Archäologen sind der Meinung, dass diese Menschen am zweiten Tag des Ausbruchs versuchten, aus der Stadt zu fliehen, als giftige heiße Gas- und Geröllwolken vom Vesuv herabregneten und alle töteten, die noch nicht fort waren.

Vor der Glasscheibe in dem Haus, das um diese Gipsstatuen herum gebaut wurde, läuft es mir kalt über den Rücken. Dort liegen Erwachsene und Kinder, wahrscheinlich Angehörige einer Familie. Der Anblick eines Kindes, das mit dem Gesicht nach unten auf dem Boden kauert, die Arme schützend um den Kopf gelegt, berührt mich so, dass ich mich zu Alessandro umdrehe.

Sein Gesicht ist schmerzverzerrt. Ob er Carlottas Leiche nach dem Sturz gesehen hat? Wenn ja, wird er dieses Bild niemals loswerden, so wie ich nie den Anblick meines Großvaters verwinden werde, als er aus der Mine geholt wurde. Manchmal ist es das einzige Bild von ihm, das ich sehe.

Ich lege die Hand auf Alessandros angespannten Rücken. Er zuckt zusammen. »Komm, wir gehen«, sage ich.

Er nickt dankbar und folgt mir nach draußen. Vor uns erhebt sich in der Ferne der Vesuv.

Alessandro schaut auf die Karte und weist nach rechts. »Das Amphitheater ist in der Richtung.«

»Findest du die Vorstellung angenehm, dass Gladiatoren Löwen töten?«

»Lieber andersrum«, erwidert er mit einem Grinsen.

Als wir in dem großen ovalen Bauwerk stehen, fällt uns ein Mann auf, der immer wieder »Allee« ruft. Seltsam, hier sind doch gar keine Bäume.

Alessandro schaut mit zusammengekniffenen Augen in die Richtung des Typen, und auf einmal verzieht er das Gesicht zu einem breiten Grinsen.

»Logan!«, stößt er aus.

Der andere Mann kommt mit ausgebreiteten Armen auf ihn zu: »ALLEZ, ALLEEZ, ALLEZ!« Als die beiden voreinander stehen, schlingen sie die Arme umeinander und klopfen sich so begeistert auf den Rücken, dass die Baseballkappe des anderen hinunterfällt. Der Fremde hat einen Schopf zerzauster dunkelblonder Haare. Die beiden Männer treten einen Schritt zurück und grinsen sich an.

Alessandro winkt mich herüber, während der Mann sich bückt, um seine Kappe aufzuheben. Gleichzeitig gesellt sich lächelnd eine auffallend hübsche Frau von ungefähr Ende dreißig zu uns, die ihre pinkfarbenen Haare zu einem Knoten hochgesteckt hat.

»Angel, das ist Logan«, stellt Alessandro vor. »Ein alter Freund von mir.«

»Angie«, sage ich lächelnd und gebe ihm die Hand.

Logan ist ein bisschen größer und breiter als Alessandro und hat einen blonden Bart. Seine Haut ist etwas faltiger. Ich würde ihn auf Anfang vierzig schätzen.

»Das ist Lea«, stellt Logan seine Partnerin vor, die ihre Sonnenbrille hochschiebt. Ein Paar strahlend blauer Augen kommt zum Vorschein. »Das ist Allez, sagt er zu ihr. *Ach so, eine Abkürzung von Alessandro!* »Weißt du noch, dass ich dir von ihm erzählt habe?«

Leas Gesicht verzieht sich zu einem aufrichtigen Lächeln des Erkennens. Sie tritt vor und umarmt Alessandro. »Freut mich total, dich kennenzulernen!«

»Wo bist du nur gewesen?«, fragt Logan und klopft Alessandro noch mal auf den Rücken. Lea und ich begrüßen uns herzlich. »Hab dich seit Jahren nicht gesehen!«

Logan ist Brite. Er hat einen regionalen Akzent, den ich nicht richtig zuordnen kann. Lea muss Amerikanerin oder Kanadierin sein, das kann ich ebenfalls nicht genau sagen.

»Hab deine Nummer verloren«, antwortet Alessandro. »Hab immer gedacht, wir würden uns schon wieder über den Weg laufen, aber ist nie passiert. Und jetzt hier.«

Logan grinst ihn an und streckt den Arm nach Lea aus, die sich an ihn schmiegt. »Lea und ich haben gerade geheiratet. Wir sind in den Flitterwochen.«

»Herzlichen Glückwunsch!«, ruft Alessandro.

»Wo kommst du her?«, frage ich Logan.

»Ursprünglich aus Liverpool«, erklärt er, »aber jetzt wohnen wir in Kalifornien, bei Leas Familie.«

»Und du?«, fragt Lea mich.

»Ich bin aus Australien.«

»Super! Woher da?«

»Mitten aus Südaustralien, aus der Wüste.«

»Vor ein paar Jahren haben wir am Great Barrier Reef getaucht. Das war so ungefähr das Beste, was ich je gemacht habe.«

»Oh, wie cool.« Auch etwas, das ich gerne einmal ausprobieren würde.

Eines Tages ...

Lea setzt ihre Sonnenbrille wieder auf und sieht sich im Amphitheater um. »Ist das hier nicht unglaublich?«

»Ja, wie in einer anderen Welt.«

Alessandro und Logan unterhalten sich, Lea leistet mir Gesellschaft, während wir uns langsam in Richtung Ausgang bewegen.

»Warst du schon mal in Italien?«, will sie wissen.

»Nein. Bin zum ersten Mal hier. Und du?«

»Ich auch. Logan war hier aber schon. Ich wollte immer mal her. Wir machen eine große Rundreise. Übernächste Woche geht es von Rom aus zurück.«

»Wenn ihr da seid, könnten wir uns doch treffen«, wirft Alessandro ein, der den Rest mitgehört hat.

»Das wäre super«, erwidert Logan und läuft ein paar Schritte rückwärts. »Übernachtet ihr hier in der Nähe? Habt ihr Lust, ein bisschen was zu essen?«

»Wir fahren noch zurück nach Rom«, antwortet Alessandro. »Aber wir könnten trotzdem was essen. Was meinst du?« Er wirft mir einen fragenden Blick zu.

»Klar.« Ich nicke. »Wie lange kennt ihr euch schon?«

»Oh, Mann.« Logan kratzt sich am Bart und betrachtet Alessandro. »So circa fünfzehn Jahre?«

Logan ist ein Freund aus den verlorenen Jahren?

»Und wann habt ihr euch das letzte Mal gesehen?«, fragt Lea.

»Vor sechs oder sieben Jahren«, schätzt Alessandro.

»Auf Zakynthos, Navagio Beach!«, erinnert sich Logan. »Das hat Spaß gemacht.«

»Fährst du auch in die Dolomiten, wenn du schon mal hier bist?«, fragt Alessandro.

»Nein.« Logan sieht seine Frau mit einer Grimasse an. »Lea hat mir das Springen verboten.«

»Und ob«, sagt sie mit Nachdruck. »Lässt du ihn noch springen?«, fragt sie mich.

»Dieses Gespräch überfordert mich gerade etwas«, gestehe ich verlegen.

Logan sieht Alessandro überrascht an. »Hast du mit dem Basejumping aufgehört?«

Basejumping?

Alessandro schüttelt abschätzig den Kopf und weist mit dem Kinn in meine Richtung. »Nein, hab ich nicht. Angel weiß nicht … Wir sind nur Freunde. Wir sind kein Paar.«

Lea und Logan betrachten uns und korrigieren ihren Eindruck.

»Wie lange kennt ihr beiden euch denn?«, wechselt Lea das Thema, bevor ich nachhaken kann, was Basejumping überhaupt ist. Ich werde Alessandro später danach fragen.

»Noch gar nicht lange«, antwortet er und grinst mich an. »Das ist eine interessante Geschichte. Können wir vielleicht beim Essen erzählen.«

»Abgemacht«, sagt Lea.

Logan und Lea waren gerade auf dem Weg zum Garten der Flüchtenden. Sie wollen in die entgegengesetzte Richtung weiter, deshalb trennen wir uns, tauschen Handynummern aus und lassen uns ihre Hoteladresse geben.

Alessandro und ich gehen allein weiter.

»Die waren nett.«

»Logan ist der Beste«, erwidert er, immer noch lächelnd.

»Was ist Basejumping?«

Er geht einige Schritte weiter, ehe er antwortet. Vielleicht überlegt er, wie viel er mir verraten soll. »Fallschirmspringen«, erwidert er schließlich. »Von festen Objekten.«

»Also was anderes als Fallschirmspringen aus dem Flugzeug?«

»Ja, was ganz anderes. Man springt von Brücken, Klippen oder Gebäuden, ist also dem Boden viel näher. BASE ist die englische Abkürzung für *Building*, *Antenna*, *Span* und *Earth*.«

»Und das machst du?«

Er zögert. »Bleibt das unter uns?«

Ich nicke. Er kann mir vertrauen, dass ich Giulio nichts verrate.

»Ja.«

»Ist das dasselbe wie dieses Wingsuit ... Wie hieß das noch mal?«

»Proximity Jumping mit Wingsuit. Man trägt eine andere Ausrüstung, aber man springt auch von festen Objekten. Obwohl, ich kenne auch Typen, die aus Flugzeugen und Hubschraubern springen. Wingsuiter sehen wie fliegende Eichhörnchen aus. Durch den Anzug kann man eine Zeitlang gleiten, ehe man den Fallschirm aufspannen muss. Beim Basejumpen springe ich ›slick‹, das ist eher ein senkrechter Fall nach unten.«

»Bist du ein Adrenalinjunkie?« Ich versuche, ihn nicht zu verurteilen, doch diese Frage kann ich mir nicht verkneifen.

»Meinst du, ob ich eine Sucht gegen die andere getauscht habe?« Alessandro schielt zu mir herüber, die Mundwinkel nach oben verzogen. Er zuckt mit den Schultern. »Kann schon sein.«

Ich versuche, meine Sorgen zu verdrängen, damit er weiterspricht.

»Wie hast du Logan kennengelernt?«

»Er war zum Springen in den Dolomiten. Ich war zufällig auch auf dem Berg, als er und seine Freunde da runtersprangen. Ein paar Tage später traf ich ihn wieder und kam mit ihm ins Gespräch.«

Unterwegs ergänzt er die Puzzleteile, die mir noch fehlen, um die ganze Geschichte zu verstehen. Ich wusste ja, dass Alessandro mit fünfzehn von zu Hause weggelaufen war und eine Zeitlang auf der Straße lebte, um dann in schlechte Gesellschaft zu geraten. Jetzt erzählt er mir, dass er eines Tages einen klaren Moment hatte und einfach davonging. Er marschierte wortwörtlich los. Das Einzige, was er bei sich trug, waren die Klamotten, die er am Leib hatte, und sein Reisepass, auf den er immer aufgepasst hatte. Er lief immer weiter und weiter, trampte manchmal – er schämte sich zuzugeben, dass er auch klaute –, blieb nirgends länger. Irgendwann erreichte er die Dolomiten. Es war Hochsommer, er stieg auf einen Gipfel und hatte einen atemberaubenden Blick über die Täler, Seen und Almwiesen. Da tauchte plötzlich, wie aus dem Nichts, eine Gruppe Basejumper auf.

Alessandro hatte noch nie von dem Sport gehört. Gefesselt sah er zu, wie sie ihre Ausrüstung anzogen und die Fallschirme befestigten. Dann sprang einer nach dem anderen im Abstand von nur wenigen Sekunden vom Rand eines jäh abfallenden Felsvorsprungs. Ein Typ machte einen Purzelbaum in der Luft, ein anderer drehte sich so, dass er in den Himmel schaute. Alle sausten im freien Fall nach unten. Es schien ewig zu dauern, bis sie ihre bunten Fallschirme öffneten und zu Boden segelten.

Um Alessandro war es geschehen. Als er die Männer ein paar Tage später zufällig wieder auf dem Berg traf, nahm Logan sich Zeit, um ihm den Sport zu erklären. Logan kannte jemanden, der seinen Fallschirm verkaufen wollte, und gab Alessandro dessen Nummer. Er bot ihm an, den Kontakt zu einem anderen Freund herzustellen, der ihm das Springen beibrachte. Alessandro suchte sich eine Stelle in einem Alpenrestaurant, um das Geld zusammenzusparen, dann meldete er sich wieder bei Logan. Der begleitete ihn zu seinem ersten Fallschirmsprung und später dann bei seinem ersten Basejump.

»Wo war das, der Jump?«, frage ich.

»Auf der Perrine Bridge in Idaho. Die Brücke geht über den Snake River in Twin Falls. Man kann quasi aus dem eigenen Auto springen, so einfach ist das da.«

»Und wie war es?«

»Das Aufregendste, was ich je gemacht habe. Und gleichzeitig das Schlimmste. Die Brücke ist nur gute hundertfünfzig Meter hoch, deshalb fällt man nur ein paar Sekunden, bevor man mit dem Fallschirm zum Fluss runtergleitet.«

Während er erzählt, habe ich das Gefühl, dass sich jetzt der wahre Alessandro zeigt. Dies ist der Teil von ihm, den er immer versteckt. Er hat ein offenes, ehrliches Gesicht, und seine Stirn ist frei von Falten.

»Und Giulio, Cristina, Serafina – niemand aus deiner Familie weiß, dass du das machst?«, frage ich, um das noch mal klarzustellen.

»Nein. Sie würden es nicht verstehen.«
»Warum? Weil es so gefährlich ist?«
»Es ist auf jeden Fall riskant.« Ich habe das Gefühl, als würde Alessandro mir ausweichen. Sofort vermute ich, dass das Risiko viel größer ist, als er zugibt.

Doch ich weiß, ich muss vorsichtig sein. Ich will ihm keine Vorwürfe machen, bin ich doch einer der wenigen Menschen, mit denen er überhaupt spricht.

Als wir uns dem Zentrum von Pompeji nähern, wird es wieder voller auf den Straßen. Ich verlasse den Bürgersteig, um einer entgegenkommenden größeren Gruppe Platz zu machen. Alessandro nimmt meine Hand, um mir vom hohen Bordstein auf die breiten Pflastersteine der Straße zu helfen.

»Was war das mit Zak…«
»Zakynthos?«, fragt er.
»Ja. Was war das für ein Sprung?«
»Aah … Navagio ist einer der schönsten Strände in Griechenland. Das Wasser ist azurblau, und rundherum sind hohe weiße Klippen. Unten am Strand liegt ein Schiffswrack. Man springt von einem zweihundert Meter hohen Felsen und hat ein paar Sekunden freien Fall, dann gleitet man mit dem Fallschirm in den weichen Sand.«

Noch immer hält er meine Hand.

»Wo bist du noch so runtergesprungen?«, frage ich. Der Hautkontakt macht mich nervös. Auch wenn ich nicht will, dass er mich loslässt.

»In der ganzen Welt. Frankreich, Schweiz, Norwegen, Amerika, Kanada, Türkei, China, Brasilien, Italien natürlich. Was du vielleicht mal gehört haben könntest: Angel Falls in Venezuela? Das ist der höchste Wasserfall der Welt – wenn man an der Felskante in den Regenwald stürzt, spürt man die Gischt im Gesicht.«

Bei der Vorstellung mache ich große Augen.

Und er hält immer noch meine Hand …

»Yosemite National Park, der Tafelberg in Kapstadt? Der Blick über die Stadt und das Meer ist atemberaubend. Normalerweise versuche ich aber, abseits der ausgetretenen Pfade zu bleiben.«

»Also, damit ich das richtig verstehe: Du arbeitest ein halbes Jahr, um so viel Geld zu verdienen, dass du die nächsten sechs Monate Basejumping, Wingsuit-Fliegen und Fallschirmspringen machen kannst, um dann wieder ins *Serafina* zurückzukehren?«

»Ja, aber ich mache auch noch andere Sachen, zum Beispiel Bergsteigen, Wandern oder Snowboarden. Und Fallschirmspringen nicht mehr so viel.«

»Warum nicht?«

»Gibt nicht denselben Kick.«

»Ich glaube, für mich wären diese Extremsportarten nichts«, sage ich. »Aber die Vorstellung, die Hälfte des Jahres unterwegs zu sein, gefällt mir.«

Er zuckt mit den Schultern. »Was hält dich davon ab?«

Mit der Hand, die immer noch meine hält, weist er nach vorn. »Siehst du die Trittsteine da?«

»Ja.« Es sind große rechteckige Steine, die mit ein bisschen Abstand zueinander einen Riegel auf der Straße bilden.

»Früher wurde der ganze Dreck nach draußen gekippt – inklusive Abwasser und Exkremente. Wenn man die Straße überqueren wollte, nahm man die Trittsteine. Und jetzt guck mal hier, dazwischen …«

Wir bleiben stehen. Zwischen den Steinen haben sich lange Furchen in den Boden geschliffen.

»Die stammen von Wagenrädern«, erklärt Alessandro.

»Deshalb ist immer ein kleiner Abstand zwischen den Steinen: damit die Wagen durchkamen.«

»Das ist ja der Hammer!« Spuren des Verkehrs von vor zweitausend Jahren! »Wie hast du das nur alles behalten?«

»Ich habe vor kurzem noch etwas über Pompeji gelesen. Wenn ich unterwegs bin, lese ich sehr viel.«

Wir gehen weiter. Im nun folgenden Schweigen kann ich an nichts anderes denken als an die Verbindung unserer verschränkten Hände. Ich spüre eine Wärme, eine Energie, die von dem Punkt, wo unsere Haut sich berührt, meinen Arm hochsteigt. Ich bin völlig darauf konzentriert. Unabsichtlich drücke ich seine Hand, völlig unbewusst. Alessandro schaut nach unten, und ich könnte mir in den Hintern beißen. Dann sieht er mir ins Gesicht, lässt aber nicht los.

»Ist das in Ordnung?«, fragt er.

Ich nicke. Die Schmetterlinge flattern wie von Sinnen. »Ja«, ist das Einzige, was ich herausbringe, ohne knallrot anzulaufen.

»Die letzte Hand, die ich gehalten habe, war die meiner Mutter.«

Die Schmetterlinge erstarren. *Was?* Alessandro blickt auf den Boden, und ich muss das auch tun, damit ich auf dem Kopfsteinpflaster nicht stolpere.

»Du hast noch nie die Hand deiner Freundin gehalten?«, frage ich misstrauisch.

»Ich hatte noch nie eine Freundin.«

»Was? Noch nie?« Ich sehe ihn skeptisch an.

»Du hast doch Lea gehört«, erwidert er. »Welche Frau würde das mitmachen, was ich tue?«

»Aber das ist ein einsames Leben.«

Er zuckt mit den Schultern. »Ich bin ein Einzelgänger.«

»Das ist tragisch.« Ich runzele die Stirn.

Alessandro lacht trocken. »Bei mir ist vieles tragisch, Angel.« Als er mich ansieht, erschaudere ich. Sofort reißt er sich zusammen und wendet den Blick ab.

»Warst du schon mal verliebt?«, frage ich.

»Oh, ich war völlig vernarrt in Giovanna. Sie war das erste Mädchen, das ich geküsst habe.«

Will er mich verschaukeln?

»Wie alt warst du da?«

»Dreizehn.«

Ja, will er.

»Aber dann ist sie mit Giancarlo durchgebrannt«, fügt Alessandro hinzu, und ich muss grinsen.

Ich merke, dass das in dem Jahr gewesen sein muss, bevor er seine Mutter und seine Schwester verlor. Als sein Leben aus den Fugen geriet, wird nicht viel Platz für die üblichen Rituale des Erwachsenwerdens gewesen sein.

»Ach, guck mal, da vorne ist das Lupanar«, bemerkt er.

»Was ist ein Lupanar?«

»Eine Wolfshöhle. Prostituierte hießen in der Antike *lupa*, Wölfin. Das ist ein Bordell, Angel«, erklärt er, weil ich es immer noch nicht begreife. »Als ich klein war, wollte mich meine Mutter nicht hineinlassen.«

Ich weiß nicht genau, ob ich es sehen will, aber wie schlimm soll es schon sein?

Es ist schlimm.

An den Wänden sind nackte Menschen abgebildet, die Sex miteinander haben!

Sie sitzt auf ihm, er sitzt auf ihr, er macht es von hinten … Ich weiß gar nicht, wo ich hinsehen soll.

»Du bist ja ganz rot geworden«, neckt mich Alessandro.

Es ist nicht gerade hilfreich, dass wir immer noch Händchen halten.

»Ich warte draußen auf dich«, brumme ich schließlich, weil meine Scham stärker als alles andere wird. Ich entziehe mich seinem Griff.

Im hellen Sonnenlicht lehne ich mich an eine Mauer und will meine Wangen zwingen, sich abzukühlen.

Schmunzelnd kommt Alessandro nach draußen.

»Hör auf!« Ich verkneife mir ein Grinsen.

»Wann hattest du den letzten Freund?«, fragt er beiläufig, als wir weitergehen.

»Vor drei Jahren.«

Wieder greift er nach meiner Hand. Diesmal fährt mir bei der Berührung ein Schlag durch den Arm, der sich wie elektrisiert anfühlt. Aber er ist anders als der Schock, den Alessandro bekam, als meine Haare nach dem Flug statisch aufgeladen waren. Dieses Gefühl ist weitaus angenehmer.

»Er stammte aus Bosnien Herzegowina«, erkläre ich und bemühe mich, mir nichts anmerken zu lassen. »Davud. Er kam nach Coober Pedy, um Opale zu suchen, aber hatte furchtbares Heimweh. Er tat mir so leid, dass ich seiner Mutter eine E-Mail geschrieben und mich nach seinen Lieblingsrezepten erkundigt habe. Die habe ich dann für ihn gekocht.«

»Liebe geht durch den Magen«, bemerkt Alessandro.

»Ich war gar nicht in ihn verliebt, um ehrlich zu sein«, erwidere ich. »Ich wollte nur nett sein, doch dann hat er mich geküsst, und da war's passiert.«

»Du hast dich Hals über Kopf in ihn verliebt.«

Verspottet er mich? Ich erinnere mich, dass Alessandro mich letztens als naiv bezeichnet hat. Meine Nackenhaare stellen sich auf.

»Tut mir leid«, sagt er zerknirscht, als er meinen Blick bemerkt. Er lässt meine Hand los und legt den Arm stattdessen um meine Schultern. »Bitte erzähl weiter«, raunt er mir ins Ohr. Mein Magen zieht sich zusammen. »Warum hat es nicht gehalten?«

»Das war alles etwas kompliziert, mehr nicht«, erkläre ich, als ich wieder sprechen kann. »Wegen Nan habe ich so gut wie nie das Haus verlassen, und wenn wir bei mir waren und sie in ihrem Zimmer lag, konnte ich nicht entspannen. Wir hatten kein sehr aufregendes Liebesleben, wie du dir vorstellen kannst. Er war ziemlich schnell gelangweilt.«

»Das tut mir leid«, sagt Alessandro noch einmal. Jetzt fühlt es sich an, als ob er es ernst meint.

»Schon gut. So war es halt damals.«

Davud kehrte schließlich in seine Heimat zurück, aber wir haben noch Kontakt.

»Du musst dich manchmal eingesperrt gefühlt haben.«

Ich nicke. »Schon, aber Nan hatte viele Bekannte, die zu Besuch kamen, deshalb war ich nicht einsam.«

Eine Weile bummeln wir ziellos herum. Es gibt so viel zu sehen, dass es einfach überwältigend ist. Ich muss noch mal herkommen, um alles richtig zu würdigen.

»Ich könnte langsam etwas essen«, bemerkt Alessandro.

»Ich auch.«

Wir gehen auf ein gutbesuchtes Gebäude zu. »Schauen wir uns zuerst noch kurz das da an.« Er greift wieder nach meiner Hand und zieht mich hinter sich her.

Wir finden uns in einem sehr gut erhaltenen römischen Badehaus wieder. Die Marmorwannen sind in fast perfektem Zustand. Ein Raum hat eine Kuppeldecke, komplett mit Oculus. Im Vergleich zum Pantheon ist es zwar klein, aber wunderschön.

Aus dem nächsten Raum kommen Lea und Logan.

»Hey, Fremde!«, ruft Lea.

Ich rechne damit, dass Alessandro mich loslässt, doch das tut er nicht. Nicht mal dann, als Lea überrascht auf unsere Hände schaut.

»Wir wollten so langsam gehen«, sagt Logan.

»Wir auch«, erwidert Alessandro.

Da Lea und Logan mit öffentlichen Verkehrsmitteln hergekommen sind, bietet Alessandro ihnen an, sie zum Hotel zu bringen. Logan will sich vorher den Bulli ganz genau ansehen.

»Hashtag Vanlife«, sagt Lea und verdreht gutmütig die Augen. »Als ich Logan kennenlernte, hatte er auch so einen. Ein jüngeres Modell, aber nicht viel anders.«

»Der war echt cool«, bemerkt Alessandro.

Logan nickt sehnsüchtig. »Das Teil habe ich geliebt.«

»Kommt! Ich sterbe vor Hunger!«, drängt Lea. »Wo wollen wir hingehen? Neben unserem Hotel ist ein italienisches Restaurant …«

»Ich hätte jetzt Bock auf einen Burger«, sagt Alessandro grinsend.

Ich finde es gut, dass er die beiden davon abbringt, in einem Restaurant zu essen, das nur ein schwacher Abklatsch des *Serafina* sein könnte.

»Ein Burger geht immer«, sagt Logan. Lea und ich nicken zustimmend.

Als wir an einem runden Tisch in der Mitte des Restaurants sitzen, Getränke in der Hand, wende ich mich an Lea: »Wie habt ihr euch eigentlich kennengelernt?«

»Oh, nein!« Sie schüttelt den Kopf. »Ihr zuerst. Ich bin neugierig.«

Mit kraus gezogener Nase sehe ich Alessandro an. Wo soll ich anfangen?

»Na gut …«, versuche ich es. »Vor rund fünfundzwanzig

Jahren kam meine Mutter von Australien nach Italien und arbeitete mit Alessandros Stiefvater zusammen.«

Mir ist unwohl zumute – ich möchte nicht zugeben, dass meine Mutter eine Affäre mit einem verheirateten Mann hatte.

»Giulio«, sagt Alessandro zu Logan, und an der Art, wie der nickt, sehe ich, dass er bereits einen Teil von Alessandros Vergangenheit kennt, vielleicht sogar alles. »Giulio heiratete meine Mutter, als ich sieben war«, erklärt Alessandro Lea. »Aber es war eine Vernunftehe. Sie waren kein Liebespaar, als Angels Mutter auftauchte.«

Ich bin ihm dankbar, dass er das klarstellt, winde mich aber immer noch innerlich. »Meine Mutter kehrte nach Australien zurück, ohne zu wissen, dass sie mit mir schwanger war.«

Lea ringt nach Luft.

Warte ab, bis du den Rest hörst ...

Als ich meine Geschichte zu Ende erzählt habe, sind beide entsprechend fassungslos. Die Flasche Wein ist schon halbleer.

Logan hebt sie hoch, bietet sie Alessandro an.

»Ich nicht«, sagt er. »Ich bringe Angel noch nach Hause.«

»Warum pennt ihr nicht im Bulli?«, fragt Logan. So, wie er fragt, wirkt es wirklich seltsam, dass wir nach Hause fahren.

Alessandro schüttelt den Kopf, bevor ich überhaupt darüber nachdenke. »Ich will nicht, dass Giulio sich irgendwelche Gedanken macht. Er ist eh argwöhnisch, was meine Absichten bei ihr angeht.« Er wirft mir einen Seitenblick zu.

Ich spüre Leas Augen auf uns. Sie versucht, unsere Beziehung zu verstehen.

Du bist nicht die Einzige, die sich fragt, was hier läuft.

»So, jetzt seid ihr dran! Erzählt, wie ihr euch kennengelernt habt!«, dränge ich, um das Thema zu wechseln.

»Lea war bei der Luftrettung«, erklärt Logan. »Erinnerst du dich an Dave?«, fragt er Alessandro.

Der nickt. »Ja. Wie geht's ihm?«

»Dazu komme ich gleich.« Er lächelt sardonisch. »Also, Dave und ich wollten vom Half Dome springen ...«

»So *dämlich*«, unterbricht Lea ihn.

»Ja, ist gut, Baby«, sagt Logan noch immer grinsend und drückt ihre Schulter. »Jedenfalls hat sich Daves Fallschirm ein bisschen verheddert ...«

»Hat er es geschafft?«, unterbricht ihn nun Alessandro.

»So gerade«, wirft Lea düster ein.

»Lea gehörte zur Rettungsmannschaft«, fährt Logan fort. »Sie hat mir die Hölle heißgemacht, nicht, Schätzchen?«

»Weiß der Himmel, warum ich mich in dich verliebt habe«, murmelt sie.

»Was ist der Half Dome?«, frage ich, hin und her gerissen zwischen Besorgnis und Belustigung.

»Ein Granitberg am östlichen Ende des Yosemite Valley im Yosemite-Nationalpark«, erklärt Lea. »Die eine Seite fällt senkrecht ab, die anderen drei Seiten sind glatt und gerundet, so dass er aussieht wie eine durchgeschnittene Kuppel. Ich zeige dir ein Bild davon.« Sie holt ihr Handy hervor.

»Daran erinnere ich mich gut«, sagt Alessandro und späht mir über die Schulter.

Logan seufzt ehrfürchtig zustimmend.

»Werd mir bloß nicht sentimental!«, warnt Lea ihren Mann.

»Und was ist mit Dave passiert?«, will ich wissen.

»Es hat ihn ziemlich schlimm erwischt«, antwortet Logan,

nun ernst.«Aber inzwischen kann er wenigstens wieder laufen.«

Wow.

»Wo willst du als Nächstes springen?«, fragt Logan Alessandro.

»Ich will dieses Jahr nach Norwegen.«

»Kjerag? Trollveggen?«

Alessandro nickt, und wieder wirkt Logan wehmütig.

»Denk nicht mal dran!«, reißt Lea ihn aus seinen Gedanken und fuchtelt drohend mit dem Zeigefinger vor seinem Gesicht herum.

Logan zuckt mit den Schultern und sieht Alessandro verlegen an.

Ich frage Alessandro: »Was sind Kjerag und ... Wie hieß das noch mal?« Es klang wie aus dem *Herrn der Ringe*.

»Trollveggen. Kjerag ist bekannt wegen eines Felsbrockens, der zwischen zwei Felswänden klemmt.«

Lea ruft ein Bild in ihrem Handy auf und zeigt es mir.

»Davon habe ich eine Postkarte!«, rufe ich. Die an der Hüfte operierte Astrid beauftragte ihren Sohn Erik, sie mir zu schicken. »Ich möchte so gerne mal nach Norwegen.«

Alessandro lächelt mich an. »Angel war noch nie irgendwo«, sagt er sanft.

»Kennst du auch den Predigtstuhl?«, frage ich ihn, als mir die andere Postkarte einfällt, die ich von Astrid und Magnus bekommen habe.

»Preikestolen?«, sagt Alessandro. »Natürlich. Da oben habe ich schon gezeltet. Wunderschön.«

»Da kann man zelten?«

»Nicht direkt auf dem Plateau, das ist verboten, aber ganz in der Nähe. In Norwegen gibt es das Jedermannsrecht, das allen Menschen freien Zugang zur Natur gewährt, selbst in den Nationalparks.«

»Oh, wow! Da will ich hin!«

»Warum fährst du nicht mit Alessandro?«, wirft Lea ein.

Er macht ein bedauerndes Gesicht. »Angel weiß, dass ich ein zu großer Einzelgänger bin, um so eine Reise zusammen zu machen.«

Autsch.

Alessandro wendet sich an Logan: »Hast du noch Kontakt zu Clive?«

Jetzt versiegt auch die letzte Spur von Humor bei Logan. »Nein.« Er schüttelt den Kopf. »Wir haben ihn verloren.«

Verloren? Was meint er damit?

»Wo?«, fragt Alessandro ernst.

»In Lauterbrunnen.«

Ist er gestorben?

»Und das war der Punkt, wo ich gesagt habe: *Schluss, aus!*«, wirft Lea ein.

»Ja. Es reichte«, gesteht Logan seufzend. »Wir möchten eine Familie gründen, und ich will nicht das Risiko eingehen, dass mein Kind ohne Vater aufwachsen muss, deshalb war es Zeit, es aufzugeben.«

Je mehr ich höre, desto weniger pendeln meine Gefühle hin und her. Belustigt bin ich schon länger nicht mehr, nur noch sehr, sehr besorgt.

»Nachdem ich ein paar Jahre nichts von dir gehört hatte«, fügt Logan hinzu, »habe ich, ehrlich gesagt, gedacht, du seist auch weg vom Fenster.«

»Wenn ich in Amerika gewesen wäre, hätte ich dich besucht«, erwidert Alessandro.

»Schon mal drüber nachgedacht, es gut sein zu lassen?«, fragt Lea.

Alessandro schüttelt den Kopf. »Nein.«

»Und wenn du Kinder hättest?«

Ich ziehe den Hut vor ihren direkten Fragen.

»Ich werde niemals Kinder haben«, gibt Alessandro postwendend zurück.

Leas Augenbrauen schießen hoch, meine ebenfalls.

»Keine Kinder, keine Frau, keine Freundin«, erklärt er stur.

»Springen ist dir wichtiger als Liebe?«, fragt Lea. Ihr Blick huscht zu mir hinüber.

»Ich habe nicht vor, mich in irgendwen zu verlieben«, entgegnet Alessandro trocken.

Ziemlich spät erscheint die Kellnerin mit unseren Burgern.

Wir warten schon ewig. Ich hatte einen Riesenhunger, doch jetzt ist er mir irgendwie vergangen. Ich habe Schwierigkeiten, mich auf das Gespräch zu konzentrieren, das sich nun um die letzten Reisen von Lea und Logan dreht.

Als wir die Rechnung bezahlen, habe ich mich wieder im Griff.

»War total schön, dich kennenzulernen«, sagt Lea liebevoll und nimmt mich in den Arm. »Wir sollten uns auf jeden Fall in Rom treffen.«

»Ja, gerne!« Ich werfe Alessandro einen Seitenblick zu.

»Auf jeden Fall.« Er gibt Logan die Hand und klopft ihm herzlich auf den Rücken.

»Übernächstes Wochenende?«, fragt Logan.

»Klingt gut«, antwortet Alessandro. »Ruf an, wenn ihr da seid.«

Vor uns steht die Sonne tief über der Straße, eine brennende orangerote Scheibe.

»Danke, dass du mit mir hergefahren bist!« Ich sehe zu Alessandro hinüber.

»War mir ein Vergnügen«, antwortet er mit einem warmherzigen Lächeln und tätschelt mein Knie. Ich lege meine Hand auf seine, und es zerreißt mir fast das Herz. Was für ein Wechselbad der Gefühle!

»Danke fürs Zuhören«, sagt er. »Und dafür, dass du mich nicht verurteilst. Ich finde es schön, mit dir reden zu können«, fährt er fort, dreht die Hand um und verschränkt die Finger mit meinen. »Ich bin gerne mit dir zusammen. Schön, dass wir heute ein bisschen Zeit miteinander verbracht haben, nur wir zwei.«

Statt Schmetterlingen habe ich nun Grashüpfer im Bauch. Sie springen mir durch den Magen, ich bin nervös und gereizt.

»Giulio würde das hier nicht verstehen.« Alessandro weist mit dem Kinn auf unsere verschränkten Hände. »Aber ich verspreche dir, dass du bei mir in Sicherheit bist, Angel. Wir werden nie mehr als Freunde sein.«

Mein Herz kommt ins Stottern.

Er schaut zu mir herüber, und ich kann es in seinen Augen sehen: ehrlich und offen. Jede Berührung heute war rein platonisch.

»*Er wird dich nicht anrühren*«, hatte Cristina zu mir gesagt. »*Alessandro liebt Giulio. Er wird ihn nicht respektlos behandeln, indem er mit seiner Tochter schläft.*«

Und was habe ich geantwortet?

»*Ich würde eh nicht mit ihm schlafen. Ich bin doch nicht Teresa.*«

Ich bezweifle, ob dieser Satz wirklich der Wahrheit entspricht, und hasse mich dafür.

29

In der Nacht lege ich mich ins Bett, aber bin zu unruhig und verwirrt, um zu schlafen. Irgendwann döse ich ein, doch ein Albtraum mit Nan lässt mich schweißgebadet aufwachen. Ich habe geträumt, dass ich sie vergesse – nicht nach ihrem Tod, sondern in den letzten Phasen ihres Lebens. Dass ich vergesse, ihr Wasser zu geben, ihre Inkontinenzeinlage zu wechseln, sie umzudrehen. Im Traum lag sie den ganzen Tag und die ganze Nacht im Bett, ohne dass ich einmal nach ihr geschaut hätte.

Mein Herz rast. Nur langsam lässt der kalte Schauer nach, meine Wangen brennen.

Alles in Ordnung, versuche ich mich zu beruhigen. Du hast dir nichts vorzuwerfen. Du hast alles getan, was du konntest.

Ich ziehe die Schublade meines Nachtschranks auf und taste nach meinem Opal. Um mich zu trösten, reibe ich mit dem Daumen über die Oberfläche. Doch es will mir nicht gelingen, das Schuldgefühl und die Verzweiflung abzuschütteln.

Es ist nicht mal drei Uhr früh, dennoch spüre ich, dass ich erst mal nicht mehr schlafen kann. Ich suche mein Laptop und nehme es mit ins Bett.

»Basejumping«, gebe ich bei Google ein.

Ungefähr das Erste, was erscheint, ist eine Frage: »Wie hoch ist die Todesrate unter Basejumpern?«

Mir stellen sich die Nackenhaare auf.

Je länger ich Basejumping und Wingsuit-Springen recherchiere, desto unruhiger werde ich. Stundenlang befinde ich mich in einem Zustand nervöser Erregung, klicke auf Links, sehe mir Videos an und studiere Artikel.

Ich lese Namen … Wie den von Valery Rozov aus Russland, der 2013 einen neuen Weltrekord für den höchsten Basejump aufstellte, als er vom Changtse sprang, dem nördlichsten Gipfel des Himalaja-Massivs.

Dann erscheint sein Name in einer anderen Überschrift:

2017: Valery Rozov stirbt bei einem Basejump-Unfall in Nepal.

Ein wiederkehrendes Muster.

Mark Sutton, der Mann, der 2012 bei der Eröffnungsfeier der Olympischen Spiele in London James Bond darstellte …

… starb 2013, als er in der Nähe von Martigny an der Grenze zwischen der Schweiz und Frankreich gegen einen Felsvorsprung prallte.

Der gefeierte Kletterer Dean Potter, 2009 vom National Geographic als Abenteurer des Jahres ausgezeichnet …

… verunglückte gemeinsam mit seinem Partner Graham Hunt 2015 im Yosemite-Nationalpark.

Der weltbekannte kanadische Wingsuit-Springer Graham Dickinson …

… starb 2017 bei dem Versuch, durch das Himmelstor am Tianmenshan in China zu fliegen.

Sein Freund und Filmer Dario Zanon war ein Jahr zuvor tödlich verunglückt.

Ludovic Woerth und Dan Vicary, zwei der erfahrensten Wingsuit-Flieger der Welt …

… schlugen 2014 im Lütschental in der Schweiz auf einer Wiese auf und starben beim Aufprall.

Der dritte Mann, Brian Drake, erlag vier Tage später seinen schweren Verletzungen.

In Lauterbrunnen in der Schweiz, dem Ort, wo Alessandro und Logan einen Freund verloren haben, klagt ein Bauer darüber, wie viele Basejumper auf seinem Grund und Boden sterben, und eine Lehrerin erzählt, wie sie zusammen mit ihren Schülern einen gellenden Schrei hörte und dann sah, wie über ihnen ein Basejumper gegen die Felswand prallte.

Selbst der Vater des modernen Basejumpings, ein Kameramann namens Carl Boenish, der zusammen mit seiner Frau Jean und seinen Freunden Phil Smith und Phil Mayfield die Bezeichnung »BASE« erfand, starb einen Tag, nachdem er 1984 mit seiner Frau einen Guinness-Rekord für den höchsten Sprung von der Trollwand in Norwegen aufgestellt hatte.

An allen Orten, die die Männer beim Abendessen erwähnten, inklusive dem Kjerag, wo Alessandro noch dieses Jahr springen will, haben Basejumper und Wingsuit-Piloten ihr Leben gelassen. Am Kjerag ist der Sprung zumindest nicht verboten, doch vom Tafelberg, im Yosemite-Nationalpark und von Gott weiß wie vielen anderen Klippen, von denen Alessandro sich gestürzt hat, ist das Springen illegal.

Was mich so fertigmacht, ist das Wissen, dass ich ihn nicht aufhalten kann. Er würde eh nicht aufhören – ich erinnere mich an sein Gesicht, als Lea ihn fragte, ob es nicht langsam mal gut sei. Es widerspricht jeglichem Instinkt in mir, ihm nichts von meinen Sorgen zu sagen, doch dann würde er sich mir nicht wieder anvertrauen.

Als ich am nächsten Tag zur Arbeit gehe, ist mir immer noch übel. Giulio, Maria und Antonio sind in der Küche.

»Was hast du mir heute mitgebracht?«, fragt Giulio neugierig, die Arme erwartungsvoll ausgestreckt.

Ich schüttele den Kopf. »Heute Morgen habe ich nichts gebacken, tut mir leid.«

Ich habe es einfach nicht geschafft.

Giulio tut furchtbar enttäuscht, aber ich glaube, das ist teilweise aufgesetzt.

»Wo ist Alessandro?«

»Oben, Wäsche waschen«, erklärt er, als ich ihn verwirrt ansehe. »Seine Kleidung. Die ist schmutzig, muss sauber gemacht werden.«

»Ah, verstehe.«

Am Vortag hatte das *Serafina* geschlossen, deshalb fange ich an, es für die heutigen Gäste vorzubereiten. Ich stelle Stühle auf den Boden, die zum Putzen und Kehren verkehrt herum auf den Tischen standen. Cristina hat die nächsten Tage Urlaub, sie besucht ihre Familie im Süden, kommt aber am Samstagnachmittag zurück, denn da ist ihr dreißigster Geburtstag. Sie will an dem Abend mit Freunden ausgehen und hat mich eingeladen, mitzukommen.

Kurz bevor wir aufmachen, kommt Stefano und marschiert sofort in den Pausenraum durch, um Musik anzumachen.

Erneut schwingt die Tür auf, und eine in sommerlichen Farben gekleidete zierliche Blondine – gelbes T-Shirt, hellblaue Shorts, rosa Schuhe – kommt zögernd herein. Giulio entdeckt sie und geht hinüber, um sie zu begrüßen. Ich höre, wie sie Alessandros Namen erwähnt. Nachdem Giulio eine Weile mit ihr gesprochen hat, verschwindet er durch die Hintertür. Sie wartet und ignoriert mich geflissentlich.

Kurze Zeit später taucht Alessandro auf.

Ich weiß gar nicht, ob ich überhaupt noch in der Lage bin, ihn ohne Angst und Befürchtungen anzusehen, nachdem ich so viel über Basejumping erfahren habe.

»*Buongiorno!*«, ruft er dem Mädchen zu und kommt näher. Er schaut nicht in meine Richtung.

»Ah, neue Kellnerin«, flüstert Stefano, der aus dem Pausenraum kommt. »Wie lange die es wohl aushält?«

Nervös decke ich die Tische und verfolge aus dem Augenwinkel, wie Alessandro mit der Neuen redet. Mir fällt auf, dass er mehr als sonst lächelt. Schließlich ruft er zu uns herüber. »Stefano! Angel!«

Wir sehen hoch.

»Das ist Julia. Sie fängt heute an.«

»*Ciao*«, erwidert Stefano, während ich mein Italienisch vergesse und sie auf Englisch begrüße.

»Angel ist aus Australien, deshalb reden wir meistens Englisch«, erklärt Alessandro Julia und fügt zu unserem besseren Verständnis hinzu: »Julia kommt gebürtig aus Polen, aber hat die meiste Zeit in Italien gelebt.«

Das Mädchen ist zierlich, hat zarte Gesichtszüge und perfekt geschwungene Augenbrauen. Ihre goldblonden Locken sind zu einem hoch angesetzten Pferdeschwanz zusammengefasst, der beim Gehen hin- und herschwingt. Sie ist jünger als ich, glaube ich, ungefähr Anfang zwanzig.

Alessandro zeigt ihr, wie bei uns alles läuft, während Stefano und ich weiter eindecken.

»Warum bist du heute so still?«, fragt mich Stefano, als ich sein Angebot abschlage, mit ihm zu tanzen.

»Hab nicht gut geschlafen«, erwidere ich.

»Ich mache dir einen *caffè*«, beschließt er.

Zwei Minuten später tanzt er zur sexy Stimme einer Frau, die über »Havana« singt, quer durch den Raum. Dabei gelingt es ihm, keinen Tropfen zu verschütten. Ich kann unmöglich ernst bleiben. Stefano kredenzt mir meinen Espresso, doch bevor ich ihn trinken kann, entführt er die Tasse und stellt sie auf einen anderen Tisch. Dann nimmt er meine Hand, dreht mich im Kreis und fängt an, Mamba zu tanzen – was ich irgendwie hinkriege, weil ich als Jugendliche unendlich oft *Dirty Dancing* geguckt habe, auch wenn ich mich ziemlich ungeschickt anstelle.

Als Alessandro aus der Küche kommt und uns sieht, stutzt er. Stefano singt mich gerade an, und ich versuche, mich zusammenzureißen und nicht in Lachen auszubrechen.

Julia, die hinter Alessandro steht, kichert.

»Stefano!«, brüllt Alessandro.

Stefano verdreht die Augen und lässt mich los. Alessandro schimpft auf Italienisch; ich verstehe nur das Wort »Angel«. Als er fertig ist, dreht sich Stefano zu mir um und sinkt auf ein Knie.

»Angel, ich entschuldige mich!«, sagt er und legt die Hand aufs Herz. »Ich schäme mich für mein Verhalten am Freitagabend. Das war inakzeptabel. Ich werde nie wieder in deinem Bett einschlafen.«

Alessandro sagt noch etwas zu ihm.

»Und ich werde mich nie wieder in deinem Bad übergeben. Das nächste Mal nehme ich Cristinas.«

Ich muss lachen und sehe Alessandro an. Er lächelt schwach, unser Blickkontakt dauert jedoch nur eine Sekunde, dann wendet er sich wieder Julia zu und zeigt ihr, wie man die Espressomaschine bedient.

Es ist ein seltsamer Tag. Alessandro verhält sich genauso wie in der letzten Woche, doch sein Benehmen unterscheidet sich so stark von Freitagabend und Montag, dass ich am liebsten oben im Apartment nachsehen würde, ob sich dort ein Zwillingsbruder versteckt.

Vorbei ist es mit Händchenhalten und intimen Gesprächen – abgesehen von der überzogenen Standpauke für Stefano, verhält er sich absolut professionell.

Professionell und distanziert.

»Ist Stefano dein Freund?«, fragt Julia mich in einer ruhigen Minute zwischen Mittag- und Abendessen.

»Nein, nein. Wir sind nur Freunde.«

»Er ist süß.«

»Ja, stimmt«, bestätige ich und warte, ob sie dasselbe über Alessandro sagt.

Tut sie nicht.

Als sie mich zum ersten Mal »Angel« nennt, zucke ich zusammen. Aber auch Stefano hat mich so angesprochen, als er sich entschuldigte, deshalb weiß ich nicht, ob ich Julia korrigieren soll.

Später spricht Giulio mich mit »Angie« an. Julia bekommt es mit.

»Heißt du nun Angel oder Angie?«

»Angie«, antworte ich. »Alessandro hat mir aus irgendeinem Grund den Spitznamen Angel gegeben.«

»Ist doch cool. Passt zu dir.« Es klingt ehrlich, aber was heißt das schon? Bis ich Alessandro kennenlernte, hatte ich mich immer für eine gute Menschenkennerin gehalten. Aus ihm werde ich jedoch nicht schlau.

Was mir zum Beispiel nicht einleuchtet, ist seine Heimlichtuerei, was das Basejumping angeht. Die meisten Typen in den Youtube-Videos, die ich mir angesehen habe, sind sehr extrovertiert und führen der Welt nur zu gerne ihr Können vor. Nicht so Alessandro. Zumindest glaube ich das. Dieser Sport und seine Persönlichkeit, sie passen nicht zusammen.

Ist er in den sechs Monaten, wenn er nicht hier ist, ein anderer Mensch? Vielleicht ist ihm Giulios Nähe zu eng, vielleicht hat er das Gefühl, die Vergangenheit liege wie eine Schlinge um seinen Hals. Vielleicht ist er weit weg von Rom eher wie der Mann, den ich am Tag zuvor erlebt habe: warm und liebevoll. Doch das passt wieder nicht zu dem, was er gesagt hat.

Er ist nicht bereit für die Liebe, warum also sollte er sich darauf einlassen? Er bezeichnet sich als Einzelgänger. Fährt er wirklich einfach nur ziellos durch die Gegend, klettert auf Berge und springt von Klippen?

Wie kann man so leben?

Wenn Logan am nächsten Wochenende mit Lea nach Rom kommt, könnte ich ihn fragen, wie Alessandro früher war. Der Alessandro aus Pompeji kann nicht so viel anders sein wie der, mit dem Logan früher gesprungen ist, sonst wäre es mir aufgefallen. Die beiden Männer gingen so locker miteinander um.

Gegen halb neun am Freitagabend kommt ein junges Pärchen ins Restaurant. Als Alessandro den australischen Akzent der beiden erkennt, schickt er mich hinüber. Ich führe sie an einen Tisch und plaudere locker mit ihnen, frage sie, wo sie herkommen. Nicht gerade überraschend erkundigen sie sich, wo meine Heimat ist, und als ich es erzähle, überfällt mich unerwartetes Heimweh.

Die ganze Woche schon habe ich mit Melancholie zu kämpfen gehabt – Alessandros abweisende Art ist mir sehr nah gegangen.

Ich sehne mich danach, zu Hause zu sein, in meiner vertrauten Umgebung.

Nicht in diesem Zimmer bei Cristina.

Daheim.

Mit brennenden Augen nehme ich die Getränkebestellung

des Pärchens auf und reiche sie an Alessandro weiter. Dann muss ich kurz im Pausenraum verschwinden, um mich wieder zu fangen, so nah bin ich den Tränen.

Alessandro kommt mir hinterher.

»Angel?«, fragt er zaghaft.

»Alles gut«, antworte ich, auch wenn das offensichtlich nicht stimmt.

»Was ist?« Seine Stimme ist tief und unsicher.

»Ich bin müde. Habe diese Woche nicht gut geschlafen.« Ich darf mich nicht zu ihm umdrehen, dann muss ich weinen.

»Möchtest du nach Hause?«

Du ahnst gar nicht, wie sehr.

»Julia und Nino können deine Tische übernehmen.« Nino ist unser neuer Kellner. Er hat ebenfalls heute angefangen.

»Nein, ich mache meine Schicht zu Ende.« Es kommt mir unfair gegenüber den anderen vor, die noch nicht richtig eingearbeitet sind.

»Ich kann dich später nach Hause bringen …«

»Nein«, unterbreche ich ihn streng, immer noch mit dem Rücken zu ihm. »Ich gehe lieber zu Fuß.«

Schwer hängt das Schweigen zwischen uns.

»Ich brauche nur einen Moment, dann komme ich.«

Es wird still. Ich hole ein Taschentuch heraus und betupfe meine Augen. Ich nehme an, dass Alessandro gegangen ist, doch ein Blick über die Schulter belehrt mich eines Besseren. Er lehnt an der Wand und blickt zu Boden. Ich wappne mich für alles, bevor ich mich umdrehe.

»Ich mach dann wohl mal weiter«, sage ich mit aufgesetzter Heiterkeit.

Er nickt und greift nach meiner Hand, weicht meinem Blick aber aus.

Er fasst nicht richtig zu, legt nur seine Hand unter meine, dann fährt er langsam mit dem Daumen über meinen Handteller.

Ich bekomme Gänsehaut am ganzen Körper.

Alessandro sieht mir in die Augen.

Ich habe absolut keine Ahnung, was er denkt.

»Gut«, sagt er und drückt meine Hand, bevor er den Pausenraum verlässt.

»Sehen wir uns morgen?«, fragt Giulio, als ich Feierabend habe und meine Sachen zusammensuche.

Ich schüttele den Kopf. »Hab das Wochenende frei.«

»Ah, verstehe. Willst du was backen?«, fragt er hoffnungsvoll.

Ich lächele ihn an. »Ja, allerdings. Ich backe einen Kuchen für Cristinas Geburtstag, aber ich könnte auch noch etwas machen, das ich Montag mit nach Tivoli nehme.«

»*Fantastico!*«, ruft er. »Ich hole dich pünktlich um neun Uhr ab.«

Er erkundigt sich nicht, was ich sonst an diesem Wochenende vorhabe, lädt mich auch nicht ein, etwas mit ihm zu unternehmen.

Für mich ist das in Ordnung.

Alessandro ist nirgends zu sehen, deshalb schließt Giulio die Eingangstür auf, um mich herauszulassen. Auch wenn ich mich fröhlich gebe, ist mein Herz schwer. Julia ist bereits gegangen, ist noch mit ihrem Freund verabredet. Ich bin erleichtert. Zumindest etwas.

Gerade will ich die Straße überqueren, da höre ich Schritte auf dem Gehsteig.

»Angel!«, ruft Alessandro und holt mich ein. Er trägt eine Lederjacke, die er wohl aus seinem VW-Bus geholt hat.

»Was machst du hier?«, frage ich.

»Dich nach Hause bringen«, erwidert er stirnrunzelnd, als sei es selbstverständlich.

»Ich habe doch gesagt, dass ich allein gehen will.«

»Nein, du hast gesagt, du möchtest zu Fuß gehen.«

Er hat recht. Schweigend überqueren wir den Zebrastreifen.

»Gibt es einen Grund, warum du allein sein willst?«, fragt er, als wir die andere Straßenseite erreichen. Er scheint es ernst zu meinen.

Ich zucke mit den Schultern. »Keine Ahnung. Hatte das Gefühl, ich muss mal durchatmen.«

»Wir brauchen auch nicht zu reden.«

Ungewollt muss ich lächeln. »Ich hab nichts dagegen, wenn du etwas erzählen willst.«

Doch das tut er nicht. Jedenfalls in den folgenden fünf Minuten nicht. Zuerst fühlt sich das Schweigen seltsam an, nach einer Weile entspanne ich mich.

Links von uns ist das Bistro. Ich schaue über die Straße zur Abkürzung und sehe Alessandro fragend an.

»Da lang?« Er erwidert den Blick.

»Ist das in Ordnung?«

Er scheint zu zögern, aber nickt.

Wir überqueren die Straße und biegen in eine Seitenstraße, die von Apartmentblocks gesäumt wird.

»In welchem Haus habt ihr gewohnt?«, frage ich vorsichtig.

Er erkundigt sich nicht, woher ich das weiß. Vielleicht glaubt er, Giulio hat es mir erzählt.

Dann antwortet er mit gedämpfter Stimme. »Im dritten links.«

Es sieht genauso aus wie die Häuser daneben und ähnlich

wie der Block, in dem Cristina lebt – sechs Stockwerke, kastenförmig, nach vorne raus Balkone.

»In welchem Stock?«, will ich wissen, als er vor seiner früheren Bleibe stehenbleibt und hochschaut.

»Im fünften. Die Wohnung rechts.« Seine Stimme ist bleiern.

Das Gefühlschaos der letzten Tage löst sich auf. Unbewusst greife ich nach Alessandros Hand.

»Ich war in meinem Zimmer, als Carlotta …« Sein Adamsapfel hüpft auf und ab. Noch immer blickt er zu der Wohnung hoch. »Dann kam ich raus, und sie … war nicht mehr da.« Als er mich ansieht, steht Entsetzen in seinem Blick. »Ich habe die offene Balkontür gesehen und Carlotta gerufen. Weil sie nicht auf dem Balkon war, habe ich im ganzen Haus nach ihr gesucht.«

»Wo waren Giulio und deine Mutter?«

»Giulio war auf der Arbeit, meine Mutter schlief.«

»Du warst nicht für Carlotta verantwortlich«, sage ich leise, aber nachdrücklich.

»Ich hätte auf sie aufpassen müssen.«

»Es war nicht deine Schuld.«

Er wendet den Blick ab.

»Alessandro«, sage ich mit fester Stimme. »Es war nicht deine Schuld.«

»Sie hat Fernsehen geguckt und gelacht«, fährt er mit erstickter Stimme fort. »Ich war nur ein paar Minuten in meinem Zimmer. Als ich rauskam, war sie nicht mehr da.«

Es tut weh, die Gefühle in seinem Gesicht zu sehen. Die Erinnerung, die vor meinen Augen freigelegt wird.

»Als ich Carlotta rief, ist meine Mutter aufgewacht. Sie ging sofort auf den Balkon. Und fing an zu schreien.«

Ich muss ihn unterbrechen ...

Ich fasse Alessandro am Arm und drehe ihn zu mir herum, schiebe die Hände unter seine Lederjacke, um ihn zu umarmen. Nach einer Weile erwidert er die Geste. Er atmet schwer. Ich drücke ihn fest, er verstärkt seinen Griff und vergräbt das Gesicht an meinem Hals.

Ich rieche das Leder und den Orangenduft seines Duschgels, vermischt mit seiner warmen Haut.

Ich schlinge die Arme um seine schlanke Taille, spüre die Muskeln in seinem Rücken. Seine Hüften berühren meine, unsere Bäuche pressen sich aneinander, meine Brust drückt an seine. Näher kann man sich im bekleideten Zustand nicht sein.

Ich weiß nicht, wie lange wir so dastehen, doch es dauert eine Weile, bis sein Atem wieder gleichmäßig geht.

»Alles gut?«, flüstere ich und spüre, wie er nickt.

Alessandro stößt einen schweren Seufzer aus und lässt mich los.

Kalte Luft umfängt meinen Körper. Während wir weitergehen, sehne ich mich zitternd nach seiner Nähe. Mir fällt wieder ein, was er mir erzählt hat.

»Wann kommt Cristina zurück?«, fragt Alessandro, als wir das Mietshaus erreichen, wo ich wohne.

»Morgen. Willst du noch mit reinkommen?«

»Gerne.«

In der Wohnung streife ich meine Schuhe ab, Alessandro zieht die Jacke aus, dann mache ich mich daran, Lampen anzumachen und Jalousien herunterzulassen, während er sich ein Bier aus dem Kühlschrank holt und mir eine Tasse Tee kocht. Als ich sehe, dass er den Teebeutel herausfischen will, rufe ich ihm zu, er solle ihn etwas länger ziehen lassen.

»Du trinkst deinen Tee englisch«, sagt er.

»So macht man es auch in Australien«, erwidere ich lächelnd. »Du warst ja noch nie dort, oder?« Ich meine, er hätte gesagt, es sei der einzige Kontinent, den er noch nicht gesehen habe.

Alessandro schüttelt den Kopf. »Irgendwann muss ich da mal hin und mir angucken, wo du aufgewachsen bist. Hast du Fotos davon?«

»Klar. Willst du mal sehen?«

»Gerne.«

Ich bezweifele zwar, dass es meinem Heimweh förderlich ist, dennoch hole ich mein Fotoalbum heraus. Alessandro bringt mir den Tee zum Sofa und setzt sich neben mich, lässt aber so viel Abstand, dass wir uns nicht berühren.

»Finde ich cool, dass du ein Fotoalbum hast«, sagt er.

»Was soll ich denn sonst haben?« Ich verstehe seine Bemerkung nicht.

»Ein Handy.«

Ich lache. »In der Hinsicht bin ich total altmodisch. In Coober Pedy habe ich kein Handy gebraucht, weil ich ja immer zu Hause war. Selbst das, was ich mir hier gekauft habe, ist ziemlich schlicht. Wenn ich Fotos machen will, nehme ich meine Digitalkamera.«

Ich blättere durch die Bilder von Freunden, suche nach Aufnahmen von der Stadt und meinem Haus. Alessandro unterbricht mich. »Erzähl mir von diesen Leuten!«

Ich schlage das Album am Anfang auf. Auf jeder Seite ist nur ein Bild, geschützt durch eine Plastikfolie. Für die Reise wollte ich keinen schweren Ballast mitschleppen.

»Das sind Bonnie und Mick. Sie wohnen nebenan. Das ist ihr Dugout.«

»Die Mauern sind ja direkt in den Felsen gehauen«, staunt Alessandro und betrachtet die rauen Flächen.

»Ja. Die meisten streichen sie, damit es nicht so staubt.«

Was leider nicht funktioniert. In Italien ist mir aufgefallen, wie sauber alles im Vergleich zu meiner Heimat ist. Immer wieder fahre ich mit dem Finger über Regale, so wie es meine Nan gern getan hat, und wundere mich dann, dass kein Staub darauf liegt.

Ich blättere um zu einem Pärchen von Anfang sechzig. »Das sind Vera und Laszlo.«

Lächelnd nimmt Alessandro mir das Album ab und hält es sich näher vors Gesicht, um das Bild genauer zu betrachten.

»Spielt ihr da etwas?«

»Ja, bei uns in der Küche. Unsere Leidenschaft war *Scrabble*.«

»*Scrabble*?«

Ich erkläre, um was es dabei geht.

»Ah! Auf Italienisch heißt es *Scarabeo*«, sagt er. »Ist nur ein bisschen anders. Entschuldigung, erzähl weiter!«

»Laszlo durfte nur englische Wörter legen, Vera und ich nur ungarische.« Ich muss lächeln, als ich daran denke, wie schwer es immer war, uns Vokabeln einfallen zu lassen. Laszlo war allerdings nicht der Beste im Buchstabieren, deshalb mussten wir immer alles im ungarischen Wörterbuch nachschlagen, das ich in der Buchhandlung für uns bestellt hatte.

»Das müssen wir mal spielen, um dein Italienisch zu trainieren«, sagt Alessandro.

»Niemals! Dann gewinnst du ja immer!«

»Bist du ehrgeizig, Angel?«

»Wenn es um *Scrabble* geht, ja«, erwidere ich lachend. »Wahrscheinlich auch bei *Scarabeo*.«

»Und wer ist das?« Alessandro deutet auf das nächste Foto.

»Das sind Magnus und Astrid auf dem Hügel hinter meinem Dugout.«

»Krumkake«, erinnert er sich an das Wort für die norwegischen Waffeln, die ich in der Woche zuvor mit ins *Serafina* gebracht habe.

»Richtig!« Ich bin beeindruckt.

»Was ist das?« Er meint die Rohre, die hinter Magnus und Astrid aus dem Boden ragen.

»Lüftungsrohre«, antworte ich. »Daran kann man erkennen, ob ein Hügel bewohnt ist oder nicht. Darüber wird das Dugout belüftet.«

»Interessant!«

Alessandro blättert um. Jimmy sieht ihn aus seinem einen verbliebenen Auge an. Es ist so dunkelbraun, dass es auf dem Foto fast schwarz wirkt. Das andere ist hinter einer verstaubten Augenklappe verborgen. Jimmys langer, wirrer grauer Bart bildet einen starken Kontrast zu seiner kaffeebraunen Haut.

»Das ist Jimmy.«

»Der ehemalige Kollege deines Großvaters und Fan von Patricia Cornwell.« Alessandro erinnert sich an die Postkarte.

»In der Schule haben manche Mädchen behauptet, er sei mein Vater.«

Skeptisch sieht Alessandro mich an.

Jimmy ist ein Aborigine vom Volk der Antakirinja Matu-Yankuntjatjara.

Das Land, auf dem Coober Pedy liegt, gehört seinem Volk. Der Name der Stadt selbst ist von einem Wort der Aborigines abgeleitet: *kupa-piti*, das Loch des weißen Mannes. Schon früher schliefen die Schürfer zum Schutz vor der Wüstenhitze in den Schächten, und das tun sie – wir – bis heute.

»Ich weiß, das ist Blödsinn. Meine Haut ist sogar noch heller als deine.« Ich ziehe den Ärmel meiner Strickjacke hoch und halte meinen Arm an Alessandros. Wir betrachten unsere Hautfarben, dann streife ich den Ärmel wieder hinunter. »Es lag an den Haaren. Jimmys sind so kraus wie meine. In der Grundschule hat Nan mir deshalb die Haare abgeschnitten. Sie behauptete, es sei zu anstrengend, sie zu kämmen, doch die Hänseleien hörten damit nicht auf. Es wurde sogar noch schlimmer, weil ich dadurch wie ein schmächtiger Junge aussah.«

»Was für furchtbare Mädchen!«, bemerkt Alessandro düster.

Ich zucke mit den Schultern. »Eigentlich nicht. Waren halt Kinder. Heute sind wir befreundet.«

Überrascht sieht er mich an. »Das sind jetzt deine Freundinnen?«

»Einige. Andere sind weggezogen.« Ich nehme ihm das Album ab und blättere weiter, bis ich zu einem Bild von Trudys und Ritas Hochzeitstag komme. »Das sind Trudy und Rita mit Jan und Jakub, den Brüdern aus Polen, von denen ich dir erzählt habe.«

»Das sind die beiden Pärchen, die du verkuppelt hast?«

»Genau.«

»Du hast ein großes Herz, Angel.«

»Nein, nein. Ich bin nur nicht nachtragend.«

Kaum habe ich das gesagt, muss ich an Nan denken.

»Normalerweise jedenfalls nicht«, füge ich leise hinzu.

Alessandro zieht die Augenbrauen zusammen. »Bei wem bist du denn nachtragend?«

»Es fällt mir schwer, meinen Großeltern zu verzeihen, dass sie mir die Wahrheit über Giulio vorenthalten haben«, gestehe ich.

»Ah, verstehe«, sagt er ernst.

»Wie kommst du denn damit klar, dass du nichts über deinen leiblichen Vater weißt?«

Das frage ich mich schon länger. Auch, aus welchem Land sein Vater wohl kam und woher Alessandro die grünen Augen hat …

»Ich habe mich damit abgefunden«, antwortet er. »Meine Mutter war nicht stolz darauf, dass sie so viele Liebhaber hatte. In Italien bekommen Kinder den Nachnamen des Vaters, auch wenn die Eltern nicht verheiratet sind. Wenn Frauen heiraten, behalten sie ihren Nachnamen. Meiner Mutter war es peinlich, dass ich ihren Namen annehmen musste, Mancini, aber sie bereute nie, mit mir schwanger geworden zu sein. Nur dass sie mir nicht sagen konnte, wer mein Vater war. Da sie nichts daran ändern konnte, hatte ich keine andere Wahl, als es zu akzeptieren. Auf gewisse Weise war es leichter so.«

Gedankenverloren nehme ich meine Teetasse und trinke einen Schluck. Ich werde nie erfahren, was meine Großeltern sich dabei dachten, mir nicht die Wahrheit über meinen Vater zu erzählen. Werde ich lernen, es zu akzeptieren?

»Hast du mal darüber nachgedacht, was passiert wäre, wenn du es früher erfahren hättest?«, fragt Alessandro, als könnte er meine Gedanken lesen. »Giulio war ja verheiratet«, erklärt er. »Wenn deine Großeltern sich nach deiner Geburt und dem Tod deiner Mutter bei ihm gemeldet hätten, weiß ich nicht, wie er reagiert hätte.«

»Sie hätten jedenfalls niemals zugelassen, dass ich auf der anderen Seite der Welt lebe.«

»Also hätten sie dich eh großgezogen.«

»Was wohl passiert wäre, wenn meine Mutter nicht gestorben wäre?«

»Vielleicht hätte Giulio sie gebeten, wieder nach Italien zu kommen«, überlegt Alessandro. »Aber dann wäre Carlotta nie geboren worden.«

Ich sehe ihn an. Erst jetzt wird mir klar, dass meine Halbschwester und ich nicht im selben Orbit hätten leben können. Ich hatte gedacht, meine Großeltern hätten mir die potenzielle Möglichkeit verwehrt, Carlotta kennenzulernen. Aber vielleicht stimmte das so nicht.

»Ich bin froh, dass deine Mutter nicht nach Italien zurückgekommen ist«, erklärt Alessandro feierlich.

Er ist dankbar für die Existenz seiner Schwester, obwohl er ihren schmerzhaften Verlust ertragen musste.

»Klar bist du verletzt, weil deine Großeltern dir nichts von Giulio erzählt haben, auch nicht, als du älter wurdest, aber was hättest du schon tun können?«, fragt er. »Hättest du sie verlassen? Nein. Dein Herz wäre hin und her gerissen gewesen.«

»Nachdem Nan krank wurde, hätte ich sie nicht mehr verlassen«, stimme ich ihm zu. »Und wenn Bonnie mir erzählt hätte, was sie wusste, hätte es mich total fertiggemacht, dass mein Vater irgendwo lebt, aber ich keine Möglichkeit hätte, loszuziehen und ihn zu suchen. Ich hätte ja keine Ahnung gehabt, wo ich anfangen sollte; ohne den Brief hätte ich nicht gewusst, wo er ist.«

»Also ist das alles vielleicht doch gut so für dich gewesen.«

Das könnte tatsächlich sein.

»Hast du auch Bilder von deinen Großeltern?«

Ich nicke, nehme das Album und schlage das Ende auf, wo ein Bild uns drei zeigt, wie wir im Schatten der Palmen vor dem Haus sitzen.

Alessandro betrachtet es näher. »Wann wurde das aufgenommen?«

»An meinem sechzehnten Geburtstag.«
Alle strahlen wir Vicky an, Jimmys Frau. Kurz danach wurde sie krank.
»Der Bart deines Großvaters sieht cool aus«, sagt Alessandro grinsend.
»Finde ich auch.«
Er war lang und drahtig, ein Gewirr aus grauen, weißen und braunen Haaren. Als kleines Mädchen versuchte ich immer, die Barthaare geradezuziehen. Hatte ich lange damit herumgespielt, waren meine Hände mit Staub überzogen. Ich sehe meinen Großvater vor mir, seine blaubraunen Augen vergnügt funkelnd, während ich die Hände an seinem Hemd abwische. Wir wussten beide nur zu gut, dass Nan mit mir geschimpft hätte, weil ich meine Sachen schmutzig gemacht hatte. Nur in Bezug auf ihren Mann hatte sie längst aufgegeben.

Es tut immer noch weh, wenn ich an meinen Großvater denke. Vielleicht liegt es an der Art und Weise, wie wir ihn verloren – er wurde uns so plötzlich und brutal entrissen, dass es vielleicht nie aufhören wird zu schmerzen. Ich habe keine Schuldgefühle, was seinen Tod angeht, weil ich damals natürlich keine Erleichterung empfand. Und ich bin nicht böse auf ihn wie auf Nan, vielleicht weil er mir nie ein schlechtes Gewissen machte, wenn ich sagte, ich würde so gerne reisen und die Welt kennenlernen. Meine Großmutter redete mir immer Schuldgefühle ein, weil ich sie verlassen wollte, und als sie krank wurde, hatte ich fast den Eindruck, sie würde mich mit Absicht an sich binden.

So viele Gefühle kämpfen in mir – wahrscheinlich wird es noch lange dauern, bis ich mit all dem Frieden schließe.
»Bist du müde?«, fragt Alessandro.
»Nein, du?«

»Nein. Hast du Lust, einen Film zu gucken? Den, der in Coober Pedy gedreht wurde?«

Ich nehme an, er meint *Planet der Finsternis*. »Den habe ich nicht dabei«, erwidere ich voller Bedauern.

»Technik, Angel«, sagt er. »Den kann ich runterladen.«

Meine Augen leuchten auf. *Natürlich!*

Ich ziehe meinen Schlafanzug an und hole die Bettdecke aus meinem Zimmer, während Alessandro Popcorn in die Mikrowelle stellt. Als er mich eingekuschelt auf der Couch sieht, muss er grinsen.

Früher bin ich gerne ins Kino gegangen. *Samstagabend im Drive-In* ... Warme Wüstennächte, über mir ein Himmel voller Sterne, der Geruch von Popcorn in der Luft und die blecherne Tonspur des Films im Autoradio. Als kleines Kind nahm Grandad mich oft mit, später ging ich manchmal mit Nan – bis sie sich weigerte, ins Auto zu steigen, und alles zu kompliziert wurde.

Ich erinnere mich noch daran, mit Pieter *Oben* gesehen zu haben, kurz bevor er Coober Pedy verließ. Ich fand den Film herrlich, aber was habe ich geheult, Mannomann. Kurz zuvor war Grandad gestorben, und meine Reisepläne wurden auf die lange Bank geschoben, so dass der Film mich doppelt traf: *Ein trauriger alter Mann voller Fernweh, der mitsamt seinem Haus von Ballons davongetragen wird* ... Wie sehr wünschte ich mir einen großen Bund Luftballons, die mich fortbrachten!

In den folgenden Jahren sehnte ich mich noch mehr danach, doch ich saß in Coober Pedy fest.

Schon komisch, dass es mir jetzt so fehlt.

Irgendwann während des Films muss ich eingedöst sein, denn ich wache auf, als Alessandro mich ins Bett trägt. Ohne ein Wort verlässt er den Raum und kehrt mit meiner Bettdecke zurück.

»Bleib!«, flüstere ich. Es ist zu spät, um zurück zum *Serafina* zu laufen, wo sein Bulli steht. Da Alessandro keinen Schlafsack dabei hat, klopfe ich neben mich aufs Bett. »Mich stört es nicht.«

Er zögert, dann geht er ums Bett herum auf die andere Seite. Ich schlage die Bettdecke zurück, bevor er auf die Idee kommt, sich darauf zu legen. Es ist kälter draußen als vor einer Woche.

»Ich hoffe, bei anderen bist du nicht so vertrauensselig«, murmelt er. Lächelnd rücke ich näher an ihn heran.

Er versteht die Geste, streckt den Arm aus und drückt mich fest an seinen warmen Körper.

Mein Herz vollführt einen Freudentanz. Ich lege meine Wange auf seine Brust. Mein Verstand schimpft mit mir.

So schlafen wir ein.

30

Als ich aufwache, ist Alessandro verschwunden.
Nein, das stimmt nicht. Ich höre ihn in der Küche. Als ich aus dem Badezimmer komme, hat er mir bereits einen Milchkaffee gemacht.

»*Buongiorno*«, begrüßt er mich und reicht mir die Tasse.

»*Grazie.*«

»Hast du gut geschlafen?«

»Ja, wirklich gut«, gestehe ich überrascht. »Normalerweise höre ich im Schlaf eine Stecknadel fallen. Wie hast du es bloß geschafft, mich nach nebenan zu tragen? Ich bin nicht gerade leicht.«

»Deine Flügel haben mir geholfen«, erwidert Alessandro mit einem frechen Grinsen, das mich an den Jungen auf dem Foto von der Hochzeit seiner Mutter erinnert.

Ich werfe den Kopf nach hinten und lache. »Auf den Spruch bist du echt stolz, was?«, necke ich ihn.

»Einer der besten Sätze aller Zeiten.«

»Ich weiß nicht genau, wie ich den Spitznamen finde«, sage ich mit gespieltem Ernst. Alessandros Albernheit heute Morgen gefällt mir. »Ich glaube, er passt nicht zu mir.«

Er runzelt die Stirn, sagt aber nichts.

»Hast du den Film zu Ende gesehen?«, frage ich.

Er nickt. »War nett.«

Coober Pedy kommt am Anfang vor, als ein Raumschiff auf einem Wüstenplaneten abstürzt. Nach Einbruch der

Dunkelheit stehlen sich die Aliens heraus. Wahrscheinlich habe ich vor Anspannung irgendwann die Augen zugekniffen und sie nicht mehr aufgemacht.

Ich greife zu meinem Rezeptbuch.

»Lamingtons«, liest Alessandro über meine Schulter.

»Das Rezept meiner Großmutter«, erkläre ich und erinnere mich daran, wie schwer es war, es aus ihr herauszubekommen. Sicher hätte ich im Internet eins gefunden, aber ich wollte es mit ihren Worten aufschreiben. »Ich mache welche für Cristinas Geburtstag.«

Alessandro greift an mir vorbei und blättert zum Einband des Backbuchs. »Ist das das Buch, das du zusammengestellt hast?«

»Ja.«

»Backclub Coober Pedy« steht in großen Buchstaben über neun pastellfarbenen Quadraten, in die Gebäckstücke oder Torten gezeichnet sind. Auf der Rückseite sind noch mehr.

»Wer hat die gemalt?«, will er wissen.

»Ein paar von uns.«

Er sieht mich an. »Von uns? Bist du auch noch Künstlerin?«

»Von mir sind die Monte Carlos und die Marmeladenherzen.« Ich zeige sie ihm.

Eigentlich war das Malen nur ein Versuch, die arme Astrid vor ihrer Hüftoperation bei Laune zu halten. Doch selbst Nan hatte Spaß an den Wasserfarben. Sie wusste zwar nicht, wer wir alle waren, doch es gelang ihr, einen Cupcake zu zeichnen.

»Dann entlasse ich dich mal in deinen Tag.«

»Hast du es eilig?« Als Alessandro in den Flur geht und seine Jacke vom Haken nimmt, bin ich enttäuscht.

»Ich muss zur Arbeit.«

»Du arbeitest sehr viel.«

Ich glaube, außer montags arbeitet er an jedem Werktag.

»Ich brauche das Geld.«

»Für deine Abenteuer?«, frage ich mit einem traurigen Lächeln, das ihm nicht auffällt.

»Genau.« Er entdeckt eine Postkarte, die ich am Vortag erhalten habe. »Aada?«, fragt er, unsicher, ob er die Schrift richtig liest.

»Und Onni«, ergänze ich. »Irgendwann mache ich mal ihre finnischen Baiserplätzchen.«

»Sie schreiben was von einer Anmeldung?«

»Ich habe ihnen bei einem Antrag geholfen. Sie bedanken sich bei mir und freuen sich, dass sie Wohnrecht in Australien erhalten.«

Eine Weile sieht er mich an.

»Sie hatten Probleme, die Antragsformulare zu verstehen«, erkläre ich. Warum guckt er mich so seltsam an? »Was ist?«, frage ich befangen.

»Und du denkst, dein Spitzname passt nicht zu dir«, bemerkt Alessandro mit einem vielsagenden Blick, dann geht er und schließt die Tür hinter sich.

31

Den Rest des Tages bin ich damit beschäftigt, den Kuchen und die Glückwunschkarte für Cristinas Geburtstag zu fabrizieren und an Alessandro zu denken.

Es fällt mir schwer, nicht happy zu sein, weil er bei mir übernachtet hat, auch wenn mich die Vernunft gelegentlich daran erinnert, dass wir nie mehr als Freunde sein werden.

Vielleicht komme ich irgendwann damit zurecht. Ich muss meinen Hormonen bloß mal die Möglichkeit geben, sich zu beruhigen, so aus der Übung, wie ich bin.

Weil Cristina so gerne snowboarded, hatte ich die Idee, ihr einen ganzen Berg aus Lamington-Plätzchen zu backen: zehn Zentimeter lange, rechteckige Biskuitblöcke, mit Schokoladenguss überzogen und in Kokosflocken getaucht. Ich mache rund dreißig davon und stapele sie so übereinander, dass ein Berg entsteht. Darauf türme ich noch mal eine große Menge Kokosraspel, die den Schnee darstellen sollen.

Ich zeichne zwei winzige snowboardende Cristinas auf Papier – eine von vorn, eine spiegelverkehrt von hinten, und schneide sie aus. Dann lege ich einen Zahnstocher in die Mitte und klebe die beiden Hälften zusammen. Das kleine Kunstwerk spieße ich in den Berg, damit es aussieht, als würde Cristina den Hang hinabsausen.

Ich bastele noch so eine Miniatur-Cristina und knicke Pappe zu einem Berg, auf dem ich die Figur befestige. Das Ganze klebe ich auf ein gefaltetes Stück himmelblauer Pappe.

Es macht mir großen Spaß, Geburtstagskarten selbst zu gestalten. Manchmal habe ich sogar welche für Bekannte gemacht, die sie zu besonderen Anlässen an Verwandte verschenken wollten.

Zu guter Letzt schreibe ich etwas hinein:

Liebe Cristina,
HERZLICHEN GLÜCKWUNSCH ZUM 30. GEBURTSTAG!
Dieses Jahr wird bestimmt das beste überhaupt! Alles, was das Leben für Dich bereithält – Liebe, Lachen, Snowboarden –, hast Du mehr als verdient. Freue mich darauf, später mit Dir zu feiern.
Alles Liebe, Angie xxx

Als Cristina um halb sechs nach Hause kommt, ist die Wohnung aufgeräumt, der Kuchen steht mit Karte auf dem Tisch inmitten von Luftballons und Girlanden, und ich bin in einer Skinny Jeans, einem schwarzen Spitzentop und den höchsten Absätzen, die ich tragen kann (was nicht sehr hoch ist), zu allen Schandtaten bereit. Ich habe mir die Haare gewaschen, mit einem Diffusor geföhnt und anschließend mit dem grünen Haarband von Valentina gestylt. Außerdem habe ich ein paar Snacks bereitgestellt, und im Kühlschrank liegt eine eiskalte Flasche Prosecco.

»Herzlichen Glückwunsch!«, rufe ich, als die Tür aufgeht.

Cristina kommt mit roten Augen herein.

Mir fällt die Kinnlade hinunter. »O je, was ist passiert?«

Sie schüttelt den Kopf, bekommt kein Wort heraus.

»Alles in Ordnung zu Hause?«, frage ich.

Sie nickt verdrießlich. »Ist wegen Rebecca«, bringt sie

hervor. »Sie hat gerade abgesagt. Will mit ihrem Freund essen gehen«, fügt sie verbittert hinzu.

»Ach, Cristina«, murmele ich und will sie in den Arm nehmen.

Sie steht starr da und zieht sich dann verlegen zurück.

»Was hast du jetzt vor?«, frage ich.

Sie schüttelt den Kopf. »Hab keine große Lust zu feiern.« Ihre Unterlippe bebt bedrohlich. Ich nehme Cristina wieder in die Arme. Dieses Mal lässt sie sich meinen Trost gefallen.

»Du musst ja nicht sofort entscheiden. Wenn wir uns mit einer Flasche Prosecco und einem großen Stück Geburtstagskuchen vor den Fernseher setzen, ist das auch kein schlechter Plan B.«

Sie lächelt schwach und blickt zum Esszimmertisch hinüber. »Hast du Luftballons für mich geholt?«, fragt sie überrascht.

Als sie den Kuchen und die Karte sieht, bricht sie in Tränen aus. Dann fängt sie an zu lachen.

»*Cazzo!*«, flucht sie unter Tränen und weist auf die beiden Sektgläser auf dem Tisch. »Komm, wir saufen uns einen!«

»Stell mal fröhliche Musik an!«, fordere ich sie auf, als ich die Flasche Prosecco aus dem Kühlschrank hole und die beiden Gläser fülle. Kurz darauf sitzen wir draußen im warmen Sonnenschein, eine Platte mit Knabbereien und den Lamington-Berg auf dem Tisch zwischen uns. Cristina wollte den Kuchen unbedingt mit nach draußen nehmen, um ihn in Ruhe zu betrachten.

»Das ist der beste Kuchen, den je einer für mich gebacken hat«, sagt sie.

»Du hast ihn noch nicht probiert.«

»Ist egal, wie er schmeckt. Es geht darum, dass du ihn gebacken hast.« Sie sieht mich an. »Danke.«

»Gern geschehen.« Ich stoße mit ihr an.

»Du siehst gut aus«, sagt sie.

Ich schaue an mir hinab. »Dachte, ich mache mich dir zu Ehren ein bisschen schick.«

»Dann sollten wir vielleicht doch rausgehen.«

»Entscheide du. Wie du willst. Ich bin dabei. Aber es wäre schon schade, diesen Meilenstein nicht zu feiern. Herzlichen Glückwunsch!«, sage ich erneut und stoße wieder an.

»Danke.« Cristina lächelt aufrichtig.

»Möchtest du darüber reden?«

»Da gibt's nicht viel zu reden. Rebecca hat entschieden, dass sie ein schönes, einfaches, *straightes* Leben will. Auch wenn ihr Freund sie nie glücklich machen wird«, behauptet sie.

»Meinst du denn, dass Rebecca dich je glücklich gemacht hätte?«

Cristina überlegt eine Weile. »Wahrscheinlich nicht.«

Ich warte noch ein bisschen länger.

»Nein. Sie ist kein besonders netter Mensch, oder?«

»Ich kenne sie kaum«, erwidere ich vorsichtig. »Aber sie hat dich bis jetzt nicht gerade gut behandelt.«

»Ich bin durch mit ihr«, verkündet Cristina.

Wieder stoßen wir an. Jetzt grinst sie endlich. Und seufzt schwer.

»Sie ist bloß so verdammt schön. Ja, ich weiß, Schönheit ist vergänglich und so, aber … mein Gott … diese Augen!«

»Alle Augen sind schön, wenn man sich die Zeit nimmt, tief hineinzuschauen«, sage ich. »Zum Beispiel Lindseys.«

»Lindsey?« Cristina ist verblüfft. Sie versteht nicht, warum ich das Gespräch auf ihre Snowboard-Freundin bringe.

»Meinst du nicht, dass ihre Gefühle über Freundschaft hinausgehen?«

»Nein. Warum sollten sie? Glaubst du das?«

»Letzten Freitag hat sie dich und Rebecca mit so einem seltsamen Blick beobachtet, dass ich dachte, sie sei vielleicht eifersüchtig.«

Ich hoffe, ich überschreite gerade keine Grenze. Falls das so sein sollte, entschuldige ich mich jetzt schon bei Lindsey.

»Sie mag Rebecca nicht besonders, aber das heißt ja noch lange nicht, dass sie mich mag.«

»Ganz im Gegenteil! Ich glaube, sie mag dich sehr gern.«

»Als Freundin.«

Ich zucke mit den Schultern. Habe schon genug gesagt. Wenn es so sein soll, wird es sich schon richten. Mund halten jetzt. »Wie war dein Besuch zu Hause?«

»So lala«, sagt sie. »Immer dasselbe. ›*Wann findest du denn einen netten Mann und gründest eine Familie?*‹, äfft sie die Fistelstimme einer alten Frau nach, dann legt sie die Hände um den Mund wie ein Sprachrohr und ruft: ›*Ich bin lesbisch, Nonna, also nie!*‹«

Ich nehme an, dass Cristina schreit, weil ihre Großmutter schlecht hört, nicht weil sie es einfach nicht begreift.

»Das hat Rebecca mehr als alles andere gestört«, erklärt sie. »Die Vorstellung, dass sie es ihrer Familie sagen muss. Da ist sie die Prinzessin. Sie möchte es einfach haben. Ein stinknormales, *langweiliges* Leben«, fügt Cristina verbittert hinzu.

»Stinknormal muss nicht unbedingt schlecht sein«, werfe ich ein. »Ich meine, wenn man den richtigen Menschen findet. Gefühlsfeuerwerk ist am Anfang sicher aufregend, aber nach einer Weile wird es anstrengend, und am Ende ist alles verbrannt und man hat nichts mehr. Ein langsam brennendes Feuer hat auch was für sich. Es hält einen viele Jahre lang warm.«

Ich denke an Bonnie und Mick, an Jimmy und Vicky, an Nan und Grandad, bevor sie getrennt wurden.

»Rebecca ist auf jeden Fall ein Feuerwerk«, sagt Cristina düster. »Und manchmal ist sie sogar eine echte Handgranate. WUMM!«

Sie macht eine Geste, als würde ihr Herz explodieren.

»Das klingt mir nicht nach sehr viel Spaß.«

Cristina schüttelt den Kopf. »Ist es auch nicht.«

»Meinst du nicht, es wäre besser, sie gehen zu lassen?«

»Das liegt nicht an mir. Sie hat sich schon für ihren Freund entschieden.«

»Aber das war doch schon öfter so, oder? Wenn sie wieder angekrochen kommt, was machst du dann?«

»Dann versuche ich, stark zu bleiben«, sagt Cristina und stößt mit mir an. »Darf ich den Kuchen mal probieren?«

»Aber natürlich!«, erwidere ich. »Ist ja deiner.«

Cristina will wissen, wie meine Woche gewesen ist. Ich erzähle ihr alles, auch von Julia und Nino, den neuen Aushilfen.

»Gestern war ein Aussie-Pärchen im Restaurant, da hab ich ganz schön Heimweh bekommen«, gestehe ich.

Cristina ist so klug, dass sie schnell merkt, wie schlecht es mir gerade geht. Mir ist lieber, wenn sie glaubt, es sei Heimweh, als dass es an Alessandro liegt.

»Tut mir leid.« Sie ist voller Mitgefühl. »Damit steht es fest.«

»Was steht fest?«

»Dass wir auf jeden Fall auf die Rolle gehen. Schenk dir noch ein Glas ein und dreh die Musik auf. Ich mache mich fertig!«

Wir nehmen ein Taxi ins Zentrum, und da ich vom Prosecco schon einen Schwips habe, fürchte ich nicht so sehr um mein Leben wie sonst, obwohl der Fahrer die Kurven wahnwitzig rasant nimmt und nur knapp den anderen Autos ausweicht, in denen ebenfalls nur Verrückte sitzen.

Stefano hatte die Mittagsschicht im *Serafina*. Er trifft uns in der Bar, auch Lindsey und ein paar mehr stoßen hinzu. Cristina sagt, sie hätte Alessandro erst gar nicht gefragt, weil er abends arbeitet und eh »keinen Bock auf Clubs« habe.

Wir ziehen von einer Bar zur nächsten und schließlich in einen Laden, wo wir hemmungslos auf der Tanzfläche abzappeln. Ich tanze, als sei ich allein auf der Welt, obwohl mir alle zusehen, wie Stefano mir mehrmals zuruft.

»Ich passe auf dich auf, Angel«, erklärt er und verdrängt einen Typen, der vor mir mit den Hüften kreist, nur um es dann selbst zu tun.

Ich bewege mich in die Richtung von Cristina und Lindsey. Die beiden werden nicht belästigt, wahrscheinlich weil Cristina jeden wegschubst, der sie auch nur ansatzweise streift.

In den frühen Morgenstunden landen wir bei uns. Cristina zieht Lindsey und Stefano in die Küche, um ihnen meinen Kuchen zu zeigen.

»Angel hat mir einen mehrstöckigen Kuchen gebacken!«, erklärt sie, und wieder treten ihr Tränen in die Augen. Alle überschlagen sich vor Begeisterung. Lindsey kommt gar nicht über die winzige Cristina-Figur hinweg.

»Ist das schön, Angie! Man kann sie wirklich erkennen!«

»Angie hat echt was drauf«, sagt Cristina und legt den Arm um meine Taille, um mich zu drücken. »So einen Kuchen hat noch niemand für mich gemacht. Und habt ihr die Karte gesehen?« Sie holt sie schnell vom Tisch.

»Oh, wow! Würde ich mich freuen, wenn mir jemand mal eine Karte basteln würde«, sagt Lindsey.

»Wann hast du denn Geburtstag?«, frage ich.

Sie nennt mir das Datum, und ich merke es mir in meinem noch nicht ganz von Alkohol benebelten Hirn. Als ich mich vor gut vier Stunden auf meine innere Stärke besann, über die ich ja verfügt habe, als ich für jemand anderen verantwortlich war, bin ich auf Wasser umgestiegen.

Am nächsten Tag habe ich doch einen kleinen Hänger vom Alkohol, Cristina hat sogar einen richtig dicken Kater. Gemeinsam sitzen wir auf der Couch und gucken alte Filme. Am Nachmittag wird unser Gespräch noch einmal vertraulich.

»Was wolltest du als Kind immer werden?«, fragt Cristina.

Ich zucke mit den Schultern. »Keine Ahnung. Ich war ziemlich gut in der Schule. Ich bin wohl davon ausgegangen, dass ich irgendwo eine Stelle finden würde. Reisen wollte ich. Das war alles, was ich mir wirklich gewünscht habe. Und du?«

»Ich habe nicht gedacht, dass ich mal als Kellnerin ende«, sagt sie trocken.

»Wofür interessierst du dich denn?«

»Fürs Snowboarden.«

»Und, kannst du das gut?«

Sie zuckt mit den Schultern. »Jo, glaub schon.«

»Könntest du das unterrichten?«

»Das kann man nicht das ganze Jahr über machen. Außerdem weiß ich nicht, ob ich eine gute Lehrerin wäre.«

»Ich bin mir sicher, dass du gut wärst, wenn es dir wirklich Spaß macht. Wenn du die Berge so liebst, warum wohnst du dann nicht dort?«

»Weiß ich nicht. Ich bin hierher gezogen, weil ich aus unserer kleinen Stadt rauswollte, aber ich muss immer an die Berge denken.«

»Warum suchst du dir dann nicht dort einen Job? Du könntest in einer Bar oder einem Restaurant arbeiten und tagsüber snowboarden.«

»Dafür bin ich ein bisschen alt. So was macht man doch mit achtzehn, neunzehn oder Anfang zwanzig: in die Berge gehen und eine Saison da bleiben.«

»So viele machen das auch nicht. Ich spreche sowieso nicht von einer Saison. Ich meine, richtig in den Bergen leben, in einer Gegend, die dich anspricht. So leben, wie es dir gefällt.«

»Ich weiß nicht, ob es mir noch gefallen würde, wenn ich immer da wäre.«

»Dann mach es so wie Alessandro. Sechs Monate im Jahr in Rom kellnern, die anderen sechs irgendwo im Schnee arbeiten.«

»Ich glaube nicht, dass ich damit bei Giulio durchkäme.«

»Natürlich! Du arbeitest schon so lange für ihn, du gehörst praktisch zur Familie. Du bist loyal, und dafür hast du auch seine Loyalität verdient. Sprich mal mit ihm darüber! Frag ihn, ob du nächstes Jahr eine Weile weggehen kannst.«

»Mal sehen«, sagt sie zögernd, aber ich spüre, dass sie darüber nachdenkt.

32

Um neun Uhr am Montagmorgen bekomme ich eine Textnachricht von Alessandro. Mein Puls steigt leicht an. In der Erinnerung haben Freitagabend und Samstagmorgen etwas Traumähnliches bekommen, und ab Sonntag verdrängte eine Ahnung kommenden Unheils das Hochgefühl vom Vortag. Heute empfinde ich mich irgendwie seltsam abgeschnitten von allem. Es hilft, noch einen Tag ohne ihn zu verbringen, dennoch bin ich nervös, als ich seine Nachricht lese: *Wenn Giulio was trinkt, lass dich nicht von ihm nach Hause fahren. Dann ruf mich an, ich hole dich ab.*

Ein warmes Gefühl schiebt die Zweifel von Sonntag beiseite. Ich bedanke mich bei ihm, und sofort textet er zurück: *Nimm dein Fotoalbum mit!*

Vielleicht glaubt er, Serafina würde es gerne sehen. Es ist ein guter Vorschlag. Ich stecke das Album in meine Handtasche.

Unruhig warte ich auf Giulio. Er kommt eine Viertelstunde zu spät, was nicht gerade hilfreich ist, doch als er endlich da ist, ist er so überschwänglich wie immer.

Ich öffne ihm die Tür mit einer Dose Monte-Carlo-Plätzchen in der Hand. »Aah, du hast wieder gebacken!«, ruft er begeistert.

Ich nicke. »Ja, gestern.« Dann nehme ich den Deckel ab, damit er die Kekse bewundern kann: halbrunde Plätzchen, mit Marmelade und Buttercreme dazwischen.

»Sehr gut! Die wird Mamma mögen.«

Er führt mich nach draußen zu einem kleinen grünlichgrauen Auto. Das Schild am Wagen verrät mir, dass es ein Fiat Panda mit Allradantrieb ist. Bisher bin ich noch nicht mit Giulio gefahren.

»Das ist ja süß!« Ich hoffe, dass man das sagen darf.

»Ja. Alessandro behauptet immer, wenn sein Bulli ein Baby bekäme, würde es so aussehen.«

Ich muss lachen. Ich verstehe genau, was er meint – die beiden Fahrzeuge haben dieselbe Farbe, und beide sehen zweckmäßig kastenförmig aus.

»Wie war Alessandro heute Morgen drauf?«, frage ich beiläufig, als wir uns angeschnallt haben.

Giulio wirft mir einen düsteren Blick zu. »Hat genervt, wie immer.«

Haben sie sich vielleicht wegen Giulios übermäßigem Alkoholkonsum gestritten? Ich hake nach, doch er winkt ab.

Es ist seltsam. Normalerweise bin ich nicht um Worte verlegen, doch es fällt mir schwer, mit meinem Vater zu sprechen. Vielleicht liegt es daran, dass er mir so gut wie nie Fragen stellt. Unsere Unterhaltung kann man nicht als Dialog bezeichnen, auch nicht als Befragung, weil er am liebsten ohne Unterbrechung vor sich hin quasselt. Zum Glück hauptsächlich auf Englisch, so dass ich ihn verstehen kann, aber gelegentlich verfällt er ins Italienische, was, gelinde gesagt, ziemlich verwirrend ist.

Als wir Roms Vororte in östlicher Richtung verlassen, erzählt er mir die lange, komplizierte Geschichte eines Freundes, der ein sehr eindrucksvolles Anwesen an der Amalfiküste besitzt. Er will es verkaufen und stattdessen ein Haus auf Capri erwerben, vielleicht um dort ein Restaurant zu eröffnen.

Es fällt mir schwer, seinen Erzählungen zu folgen, aber ich versuche es. Meine Gedanken schweifen ab, ich überlege, wie ich ihn zu einem richtigen Austausch über etwas bewegen kann, das uns vielleicht beide interessiert oder angeht.

Mir kommt die Idee, dass auch er nervös sein könnte. Giulio wirkt immer selbstsicher und extrovertiert, aber vielleicht überspielt er damit seine Unsicherheit.

Als wir auf der Straße nach Tivoli sind, hole ich tief Luft und springe über meinen Schatten. Ich muss die Initiative ergreifen.

»Viel Regen heute.«

Das üben wir aber noch mal, Angie. Ein Gespräch übers Wetter!

»Davon gibt's bei uns in der Wüste nicht viel.«

Jetzt kann mein Vater richtig was lernen. Ich rede weiter, immerhin ist er verstummt. »Dafür kann man da die unglaublichsten Gewitter erleben«, fahre ich fort. »Man kann meilenweit gucken, und der ganze Himmel wird von gewaltigen Blitzen erhellt, die aus allen Richtungen hinunterzucken. Fast wie in der Bibel. Manchmal habe ich mich in das Auto meines Großvaters gesetzt und von dort zugeguckt, wie es schüttete. Das war eigentlich der einzige Moment, in dem ich mir mal gewünscht habe, nicht unter der Erde zu wohnen.«

»Ich kann mir nicht vorstellen, in einem Haus ohne Fenster zu leben«, bemerkt Giulio. »Dafür mag ich das Licht zu sehr.«

»Am Anfang hatte ich hier echt Schwierigkeiten, mich an die Helligkeit zu gewöhnen«, gestehe ich. »Unter der Erde ist es so dunkel und ruhig, und hier ist es so hell und laut. Vollkommen anders.« Ich warte, doch er erwidert nichts. »Bei uns gibt es auch Sandstürme«, bemerke ich.

»Ja?«

»Die sind echt eindrucksvoll. Der Himmel kann stahlblau sein, und plötzlich wird der ganze Horizont rot, und eine riesige Wolke rollt auf die Stadt zu.«

»Oh!«

»Wenn sie kommt, wird es stockdunkel. Es ist, als würde das Licht ausgeknipst. Schon aufregend, aber das anschließende Putzen hat meine Nan immer an ihre Grenzen gebracht. Der Staub liegt sowieso überall, aber nach einem Sandsturm ist die Schicht zentimeterdick. Meine Großmutter hasste Wind und Sand. Keine Ahnung, wie sie es so lange in Coober Pedy ausgehalten hat.«

Nur an windstillen Tagen saß Nan draußen unter der Palme, und auch noch in den späten Phasen ihrer Krankheit ertappte ich sie dabei, wie sie mit den Fingern über verstaubte Blätter wischte und verärgert die Stirn runzelte. Die Bank putzte ich natürlich, aber die einzelnen Palmwedel zu säubern hätte mich doch an meiner geistigen Gesundheit zweifeln lassen. Es war schon anstrengend genug, die Pflanzen immer zu gießen, aber immerhin hatten wir viel Abwasser von der Wäsche des Motels.

»Sie muss die Wüste gemocht haben«, sagte Giulio.

»Ja, sie liebte sie. Vor allem die Menschen dort, die Gemeinschaft. Nan hatte viele Freunde. Wirklich tolle Leute. Sie fehlen mir auch.«

»Deine Mutter hat mir von dem Staub erzählt«, sagt Giulio.

»Ja?«

»Ja. Vom Staub und vom Wind. Sie meinte, beides zusammen wäre furchtbar, aber als sie hier war, fand sie den Wind ganz herrlich. Ich erinnere mich an einen sehr windigen Tag, da stand sie auf dem Dach der Basilica Papale di

San Pietro in Vaticano, hielt das Gesicht in den Wind und heulte.«

»Wie, sie heulte?«

»Ja, wie ein Wolf.« Er grinst. »Sie war verrückt.«

Ich drehe mich zu ihm um, möchte mehr erfahren. »Basilica … Meinst du den Petersdom?«

»*Sì*. Ja.«

»Warst du mit ihr da?«

»Ja. Da war sie zum ersten Mal auf dem Dach. Wir haben uns den Sonnenuntergang angesehen.«

»Das würde ich auch gerne mal machen.«

Er wirft mir einen kurzen Blick zu. »Vielleicht können wir zusammen hingehen, hm?«

»Das wäre schön«, sage ich, auch wenn vor meinem inneren Auge automatisch Alessandro dort mit mir steht und meine Hand hält.

»Hast du meine Mutter geliebt?«

Giulio nickt. »*Sì*. Ich war sofort verliebt in sie. Zuerst waren wir nur Kollegen, dann Freunde, aber sie brachte mich von Anfang an zum Lachen. Sie war so jung und fröhlich, machte ständig Witze. Ganz anders als Marta. Ich hatte Angst, dass meine Hochzeit ein Fehler gewesen sein könnte, weil ich nicht wusste, wie ich meiner Frau wirklich helfen konnte. Ich befürchtete, wir würden niemals den Weg aus dem Dunkel finden. Aber wenn ich zur Arbeit kam, war alles hell und licht. Ich konnte gar nicht anders, als mich in Angie zu verlieben, weil sie mich zum Lachen brachte. Und ich wollte, dass sie lachte, deshalb habe ich ihr alles gezeigt, was schön ist in Rom. So haben wir uns angefreundet.«

»Und wann habt ihr euch zum ersten Mal geküsst?«

»In der Nacht, als wir dich machten.«

Wow!

»Als sie verschwand, wollte ich ihr erst hinterherfliegen«, bemerkt Giulio leise.

Er wollte Marta und Alessandro im Stich lassen?

»Warum ist sie denn verschwunden?«, frage ich.

»Weil ich ihr gesagt habe, dass ich sie liebe. Weil unsere Beziehung außer Kontrolle geriet. Wir waren nur einmal zusammen, dabei gestand ich ihr meine Gefühle. Ich dachte, das wüsste sie längst. Für mich war es offensichtlich. Und ich wusste, dass sie mich auch mochte. Wir standen uns nahe, aber bis zu dieser Nacht im *Serafina* war noch nichts passiert. Da küssten wir uns und konnten nicht mehr aufhören.« Er seufzt. »Anschließend hatte deine Mutter große Schuldgefühle, ich auch. Marta kam nur selten ins Restaurant, deshalb kannte Angie sie nur flüchtig, aber Alessandro kam oft mit zur Arbeit, und Angie mochte ihn. Sie wollte nicht, dass er durch unsere Affäre Schaden nahm.« Giulio schluckt. »Deshalb ist sie verschwunden«, sagt er mit rauer Stimme. »Vier Tage nach unserer einzigen gemeinsamen Nacht. Sie hat sich nicht mal verabschiedet.«

»Wusstest du, wo sie hinwollte?«, frage ich vorsichtig.

»Ja, nach Barcelona. Ich wusste, dass sie sich Gaudís Sagrada Família ansehen wollte.«

Ich kenne die fremdartig wirkenden hohen Türme von einer meiner Postkarten.

»Ich malte mir aus, dass ich mich einfach jeden Tag auf die Treppenstufen der Kirche setzen würde. Irgendwann würde sie schon kommen«, fährt Giulio fort. »Aber ich konnte nicht weg. Ich konnte Alessandro und Marta nicht im Stich lassen.«

»Wie war Alessandro als kleiner Junge?«

Er grinst. »*Sehr* frech! Marta war immer müde, weil sie Tabletten nehmen musste, deshalb kam Alessandro mit ins

Serafina und spielte uns dort Streiche. Einmal hat er meinen Ehering im Pizzateig versteckt. Als ich den Teig in die Luft warf, flog der Ring heraus und traf meinen Papà am Kopf!«

»Oh, nein!«

»*Sì!* Mein Papà war sehr böse. Aber dann musste er doch lachen, und Alessandro kam ungeschoren davon.«

»Hat sich Alessandro gefreut, als du seine Mutter geheiratet hast?«

»*Sì!*« Er nickt ernst. »Ich war ja schon sein Zio Giulio – Onkel Giulio«, übersetzt er. »Wir hatten immer viel Spaß zusammen. Alessandro war der Hauptgrund, warum ich seine Mutter geheiratet habe.«

Ich bin überrascht. »Wirklich?«

»*Sì*. Alessandro brauchte einen Papà. Er war so traurig, als Giorgio starb.« Ich wusste schon, dass Giorgio Alessandros richtiger Onkel war, Martas Bruder und Giulios bester Freund.

»Eine Zeitlang waren wir glücklich.« Giulio klingt niedergeschlagen.

Meint er, bevor er meine Mutter kennenlernte, oder nachdem sie fort war?

»Dass Marta schwanger wurde, war das Beste, was uns passieren konnte. Mit der Zeit hatte sich zwischen uns eine richtige Liebe entwickelt. Martas Medikamente halfen ihr. Sie war glücklich, zumindest stabil. Dann sagte der Arzt, sie dürfe keine Tabletten mehr nehmen, sie würden dem Baby schaden. Das Jahr war sehr hart. Es ging ihr schlecht. Als Carlotta da war, wollte Marta nicht wieder mit den Tabletten anfangen. Sie sagte, davon würde sie müde, sie sei immer schon müde genug. Aber Carlotta machte sie glücklich. Sie machte uns alle glücklich.«

Er verstummt. Ich warte, bis er weitersprechen kann.

»Wenn Marta nicht schwanger geworden wäre, hätte sie ihre Medikamente weiter nehmen können, und alles wäre in Ordnung gewesen. Aber dann hätten wir Carlotta nicht bekommen. Ich hatte lieber nur einen einzigen Tag mit *mio angelo* als gar keinen.«
Sein Engel?
»So habe ich sie immer genannt«, erklärt er. »Mein Engel.« Er schielt zu mir hinüber. »So wie Alessandro dich nennt: Angel.«
»Aber er sieht mich doch nicht als Ersatz für Carlotta, oder?«, frage ich besorgt.
»Nein, nein, nein«, wehrt Giulio ab. »Vielleicht glaubt er, dass du hier bist, um uns alle zu retten.«
In seiner Stimme liegt Humor. Hoffe ich wenigstens.
»Stört es dich, dass er mich Angel nennt?«
Wenn ja, werde ich Alessandro bitten, es zu lassen.
»Nein, überhaupt nicht. Das ist was anderes. Ich hatte *mio angelo*, du bist unsere Angel. Unser Engel vom anderen Ende der Welt.«
Ich entspanne mich.

Ehe ich mich versehe, sind wir auf der unbefestigten Straße, die zum Haus der Marchesis führt. Kurz hört der Regen auf, doch als ich meine Scheibe herunterlasse, liegt der feuchte Geruch schwer in der Luft. Ich atme tief durch. In der Wüste habe ich den Duft von Regen immer geliebt, und die Art, wie der Boden durch jeden Regentropfen, der auf dem Weg nach unten Staub mitnahm, immer glatter wurde. Hier ist der Geruch erdiger, modriger, aber genauso berauschend.
Große graue Wolken hängen am Himmel, der bei meinem letzten Besuch blau war. Die Farben der Umgebung sind gedämpft, die grasbewachsenen Hänge mehrere Töne dunkler.

Im Fluss entlang dem Weg am Fuße des Hügels rauscht das Wasser gräulich weiß über die Steine.

Eliana und Enzo sind in Venedig, um ein paar Tage mit ihrer ältesten Tochter Melissa zu verbringen, aber Serafina, Jacopo und Valentina sind da. Als wir vorfahren, bleibt Serafina auf der Veranda stehen, weil sich die Himmelsschleusen von neuem öffnen. Ihre Enkelkinder kommen uns mit Regenschirmen entgegen, die uns vor der Nässe schützen, während wir durch die Pfützen springen.

Lachend platzen wir ins Haus, und sofort schließt mich Serafina in ihre Arme und plappert drauflos, halb auf Italienisch und halb auf Englisch. Wie froh sie sei, mich wiederzusehen.

Ihren Sohn begrüßt sie ebenso warmherzig, während ich Jacopo und Valentina hallo sage. Valentina freut sich, als sie sieht, dass ich ihr smaragdgrünes Haarband trage.

Im Haus riecht es nach brennendem Holz. Als wir ins Wohnzimmer kommen, knistert ein Feuer im Kamin. Es erinnert mich an meine Kindheit, wenn ich mit Grandad Campingausflüge in den Busch machte. In den glimmenden Kohlen unseres Lagerfeuers backten wir »*damper*«, ein einfaches Buschbrot, wie es die frühen australischen Siedler zubereiteten, die Wanderarbeiter, Viehhändler und Züchter, die sich sehr einfach ernährten. Grandad gab gerne Sultaninen in den Teig, der normalerweise aus Mehl, Backpulver, Salz und Wasser bestand, und ich erinnere mich, wie lecker das Brot mit guter Butter schmeckte. Der Rest am nächsten Tag war allerdings steinhart. Den benutzten wir als Ball.

Grandad backte gerne in seiner Freizeit. Seine Spezialität waren Pies, vor allem herzhafte, auch wenn Nan eine Schwäche für Süßes hatte. In der Schule lag jeden Tag etwas frisch Gebackenes in meiner Brotdose.

Bei der Erinnerung zieht sich meine Brust zusammen.

Serafina weist mir den Platz auf der Couch zu, der dem Kamin am nächsten ist. Typisch Großmutter, breitet sie eine Decke über meine Knie, um dann zu verschwinden und uns ein warmes Getränk zuzubereiten. Valentinas Angebot, ihr zu helfen, lehnt sie ab, protestiert aber nicht, als ihr Sohn ihr in die Küche folgt.

»Was macht Alessandro heute?«, fragt mich Jacopo.

»Weiß ich nicht.«

Er ist wahrscheinlich enttäuscht, weil sein Cousin nicht mitgekommen ist.

»Was habt ihr so getrieben?«, erkundige ich mich.

»Das Übliche. Ziege melken, Schweine füttern«, antwortet Jacopo achselzuckend.

»Ist das schwer, eine Ziege zu melken?«, will ich wissen.

»Möchtest du es mal probieren?«, fragt Valentina entzückt.

»Ja, klar!«

»Heute habe ich sie schon gemolken, deshalb müssen wir noch ein bisschen warten.«

»Vielleicht, wenn der Regen nachlässt«, schlage ich vor.

»Oh!« Jacopo ist etwas eingefallen. Er springt auf und kommt mit seinem Handy zurück. »Ich muss ein paar Fotos von dir machen. Alle haben nach dir gefragt.«

Ich nehme an, dass er die Verwandten meint, die ich noch nicht kennengelernt habe.

»Setz dich doch zu mir!«, sage ich zu Valentina und klopfe neben mir auf die Couch.

Sie drückt ihre Wange an meine und strahlt in die Kamera. Lachend folge ich ihrem Beispiel.

»Und jetzt eins mit dir!«, sagt sie zu ihrem Bruder. Er tauscht den Platz mit ihr.

Anschließend fordert Valentina ihre Großmutter und Giulio auf, sich links und rechts neben mich zu setzen. Serafina macht keine Anstalten, wieder aufzustehen. Giulio, der eigentlich wieder gehen wollte, scheint es sich auch anders zu überlegen.

»Ich habe Fotos mitgebracht«, verkünde ich, als mir Alessandros Vorschlag einfällt. »Wollt ihr sie anschauen?«

Serafina möchte, sehr gerne. Auch Valentina und Jacopo kommen und stellen sich hinter uns, damit sie besser sehen können.

»Das sind meine Freunde«, erkläre ich befangen und blättere schnell weiter in die Mitte, wo die weniger persönlichen Bilder sind: Aufnahmen von der Stadt, der Landschaft und den Häusern.

»Sieht aus wie auf dem Mond!«, ruft Jacopo.

»Ja, das sagen immer alle.« Ich lächele.

»Ist das dein Hund?«, will Valentina wissen.

»Ja, aber er ist gestorben, als ich noch ganz klein war. Er hieß Dingo. War zwar keiner, aber sah wie einer aus, oder?« Ich schaue mich über die Schulter um. »Weißt du, was ein Dingo ist?«

Valentina schüttelt den Kopf.

»Ich zeige dir gleich ein paar Bilder«, verspreche ich.

»Den Hund kenne ich«, wirft Giulio plötzlich ein. »Dingo. Der Hund deiner Mutter?«

»Ja«, sage ich überrascht. Für mich war Dingo immer der Hund meiner Großeltern. Ich war erst vier, als er starb, deshalb kann ich mich nicht so gut an ihn erinnern. Ich weiß nur noch, dass mein Großvater ihm Tricks beibrachte.

»Deine Mutter hatte ein Foto von ihm in ihrem Portemonnaie. Sie hatte immer große Sehnsucht nach ihm.«

Serafina fragt: »Hast du auch ein Bild von deiner Mutter?«

»Ja.« Mir ist mulmig zumute, als ich es aufschlage. Ich kann mir vorstellen, dass es Giulio genauso geht. Er wird Mum wohl nicht mit nach Tivoli genommen haben, um sie dort vorzustellen. »Das ist sie.«

Das Bild zeigt meine Mum mit meiner Nan in Adelaide. Meine Mutter sitzt lächelnd auf einer Bank, ihre dunklen Haare wehen im Sommerwind.

»Jetzt erinnere ich mich«, sagt Serafina.

Giulio ist ruhig, er beugt sich vor, um das Foto genauer zu betrachten.

»Sie hat für uns gearbeitet«, ergänzt sie lächelnd. »Sie war ein liebes Mädchen … sehr freundlich und nett zu den Gästen. Wie traurig, dass sie gestorben ist.«

»*Sì*«, murmelt Giulio, der noch immer die Aufnahme studiert. »Hast du noch mehr?«

Ich nicke. Langsam arbeiten wir uns durch das letzte Drittel des Albums, das Fotos von meinen Großeltern und mir als Kind enthält.

Anschließend knipse ich selbst ein paar Bilder. Die Freunde aus dem Backclub haben mich bekniet, doch ein paar Bilder meiner Familie online zu stellen. Ich werde Bonnie daran erinnern, dass sie sie Jimmy zeigt, wenn die beiden sich das nächste Mal treffen. Er ist nicht auf Facebook. Er hat auch keine E-Mail, nicht mal einen Computer. »*Was soll ich mit dem ganzen Kram?*« Aber Postkarten zu schreiben macht ihm offensichtlich Spaß. Ich habe schon fünf von ihm bekommen. Auf der letzten stand, dass Bonnie der Serie von Patricia Cornwell regelrecht verfallen sei. Ich freue mich, dass sie ihm immer noch Gesellschaft leistet.

Es wird ein wunderschöner Tag. Valentina und ich sitzen eine gute Stunde gemeinsam am Klavier – ich bringe ihr ein Duett bei, das wir zusammen spielen können. Unsere Großmutter freut sich unendlich darüber. Unter vier Augen vertraut Valentina mir an, dass sie es nicht erwarten könne, im September zur Uni zu gehen, sie sich aber Sorgen mache, dann nicht mehr ihren Aufgaben nachkommen zu können. Sie kann sich nicht vorstellen, dass Fiocco und Nocciolina jemandem so wichtig sind wie ihr. Für sie sind es Haustiere, ja, sogar Familienmitglieder. Für alle anderen sind die Ziegen nicht viel mehr als Lebensmittellieferanten.

Als wir uns am Nachmittag auf den Heimweg machen wollen, kommen Eliana und Enzo zurück. Enzo versucht uns zu überreden, noch etwas länger zu bleiben, er lockt damit, eine Flasche Wein vom eigenen Weinberg zu öffnen, doch Giulio lehnt ab.

»Zu Hause wartet Alessandro mit einem Alkoholtest auf mich«, brummt er und verdreht die Augen zum Himmel.

Und dann sitzen wir wieder zu zweit im Auto. Als ich etwas über Serafina sagen will, unterbricht Giulio mich.

»Sie möchte gerne, dass du sie *Nonna* nennst«, sagt er. »Und ich weiß nicht, aber kannst du vielleicht *Papà* zu mir sagen?«, fragt er zögernd. »Musst du nicht«, fügt er schnell hinzu, um das verlegene Schweigen im Wagen zu vertreiben.

»Ich nenne dich gerne Papà, wenn du magst.« Ich bin so gerührt, dass ich fast kein Wort herausbringe.

»*Sì*, das mag ich«, erwidert er.

33

Am Dienstagmorgen schüttet es wie aus Eimern.
»Das wird ja lustig, zu Fuß zur Arbeit zu gehen«, sage ich ironisch und schaue durch die Balkontür auf die Pfützen, die sich auf der Terrasse bilden.
»Ich habe einen Helm übrig«, bietet Cristina an. Alarmiert drehe ich mich zu ihr um.
»Ich fahre auch langsam«, fügt sie hinzu.
»Nein, schon gut.«
»Komm, Angel, mach dich mal locker!«
»Versprichst du mir, ganz, ganz langsam zu fahren?«
»Ja, verspreche ich. Mensch nochmal ...«
»Gut. Dann los!«
Lachend und von den Hüften abwärts durchnässt, kommen wir im *Serafina* an. Cristina stört es nicht, sie trägt wie immer eine kurze Hose, aber meine Jeans ist klatschnass.
»Angel!«, ruft Giulio, als er uns sieht.
»*Buongiorno, Papà*«, sage ich verschmitzt, immer noch über unseren Zustand lachend.
Bei der Anrede erhellt sich sein Gesicht. Zu meiner Überraschung breitet er die Arme aus und geht auf mich zu, um mich zu umarmen und mir zwei Küsschen zu geben.
In dem Moment kommt Alessandro aus dem Pausenraum und stutzt.
»*Ciao!*«, rufe ich ihm fröhlich zu.
»*Ciao*«, erwidert er zurückhaltend und geht hinter die Bar.

Na, super. Jetzt ist er also wieder der Reservierte. Ich bemühe mich, mir nicht den Spaß nehmen zu lassen.

»Und, schönes Wochenende gehabt?«, frage ich und setze mich an die Theke.

Er nickt. »Du auch?«

»Ja. Am Samstagabend haben wir Cristinas Geburtstag gefeiert«

»Und, wie war's?«

»Hat Spaß gemacht. Und der Besuch in Tivoli gestern war auch nett. Du wurdest vermisst.«

Er schweigt.

»Ich habe überlegt, ob ich übernächste Woche vielleicht ein paar Tage frei nehme und den Rest der Familie in Venedig besuche. Wäre das in Ordnung?«

»Natürlich. Sag Bescheid, wenn du weißt, welche Tage das sein sollen.«

Ich überlege. »Du hättest nicht zufällig Lust, mitzukommen?«

Überrascht sieht er mir in die Augen, dann senkt er den Blick und schüttelt den Kopf. »Ich muss arbeiten, aber Loreta und Boris sind sehr gute Gastgeber, und deine Cousine Melissa führt dich bestimmt gerne herum.«

Ich versuche, meine Enttäuschung zu verbergen.

»Und was hast du gestern gemacht?«, hake ich nach.

»Hab mir einen ruhigen Tag gegönnt«, erwidert er, geht aber nicht weiter darauf ein.

Ich mache mich daran, die Tische zu decken.

Am Freitagnachmittag will ich eine Getränkebestellung am Tresen aufgeben, als Alessandro mich anspricht. Es ist nicht viel los. Stefano und ich bedienen die einzigen beiden Tische.

»Was machst du morgen Abend?«, fragt er.

»Nichts, warum?«

»Logan hat geschrieben. Lea und er würden gerne noch mal mit uns essen gehen.«

»Klingt gut.«

»Was ist?«, mischt sich Stefano ein.

»Nichts. Wir wollen uns nur morgen Abend mit alten Freunden von Alessandro treffen.«

Gespielt überrascht sieht Stefano Alessandro an. »Du hast Freunde?«

Alessandro starrt zurück, Stefano zuckt mit den Schultern. »Ist doch berechtigt«, sagt er. »Ich hab noch nie welche gesehen.« Er schlägt mir auf den Arm, während Alessandro die Getränke zusammenstellt. »Ich dachte, wir wollten morgen Abend in den Club gehen?«

»Wann haben wir das denn besprochen?«, frage ich.

»Letzte Woche. Du hast gesagt, du würdest von jetzt an bis in alle Ewigkeit mit mir Samstagsabends tanzen gehen.«

»Ach, ja?«

»Ja«, bekräftigt Stefano.

»Da muss ich wohl ziemlich betrunken gewesen sein«, erwidere ich entschuldigend.

»Okay. Dann könnten wir stattdessen heute Abend gehen.«

»Mal sehen«, sage ich, um ihn abzuwimmeln, und nehme das Tablett mit den Getränken hoch.

Aber mit »Mal sehen« lässt Stefano sich nicht abspeisen. Schließlich gebe ich seinem Drängen nach und erkläre mich bereit, abends mit ihm loszuziehen. Cristina wird ebenfalls überredet. Da sie immer noch am Post-Rebecca-Blues leidet, können wir sie überzeugen, dass sie dringend einen Abend mit ihren Freunden braucht.

Sie ist nicht die Einzige. Die ganze Woche hatte ich Probleme mit Alessandros Distanziertheit, auch wenn ich weiß, dass ich mich davon nicht runterziehen lassen darf. Nicht, wenn ich endlich die Freiheit habe, mein eigenes Leben zu leben. Ich muss schlicht und einfach mehr Freundschaften schließen, damit ich nicht so abhängig von ihm bin.

»Bis später, Papà!«, rufe ich mit einem neckischen Grinsen.

Als Giulio aus der Küche kommt, nimmt er mich wieder überglücklich in den Arm.

Ihn Papà zu nennen, geht mir nicht ganz so leicht über die Lippen, aber es macht mir Spaß, wenn ich sehe, wie er sich freut. Dass so eine Kleinigkeit jemanden so happy machen kann! Den Gefallen tue ich ihm schon deswegen gerne. Außerdem scheint es uns einander näherzubringen.

Als Giulio mich an sich drückt, wird mir ganz warm.

»Montagmorgen hole ich dich ab, neun Uhr«, sagt er und sieht mir in die Augen.

»Dann bis dann!«

Giulio und ich wollen wieder nach Tivoli. Ich hoffe, das wird unser gemeinsames »Ding«, etwas, das wir regelmäßig zusammen unternehmen.

Ich drehe mich zu Alessandro um. »Willst du wirklich nicht mitkommen, was trinken?«

Er schüttelt den Kopf. »Wir sehen uns morgen Abend.«

»Soll ich irgendwo sein?«

»Nein. Ich hole dich ab. Um sieben?«

»Machst du früher Feierabend?«, frage ich.

»Ausnahmsweise, ja. Schönen Abend!«, wünscht er mir und nickt in Richtung der Tür, wo Stefano steht und mir zuruft, das Taxi sei da.

»Danke, dir auch.«

Ich habe wirklich einen schönen Abend, trotz der diffusen

Unruhe, die mich erfasst, wann immer ich an Alessandro denke. Ich fühle mich jung und frei. Als wir um vier Uhr morgens nach Hause kommen, kann ich es kaum glauben: So lange bin ich unterwegs gewesen!

Zum ersten Mal seit einer gefühlten Ewigkeit mache ich Sachen, die meinem Alter entsprechen.

Am nächsten Morgen schlafen Cristina und ich aus und pflegen den Rest des Tages unseren Kater vor dem Fernseher. Eigentlich wollte ich in die Stadt und mich ein bisschen umsehen – aus Wochen werden bald Monate, und ehe ich mich versehe, muss ich zurück –, aber mir fehlt die Energie.

Zumindest die Fahrt nach Venedig steht. Übernächsten Dienstag soll es losgehen, ich plane, drei Nächte dort zu verbringen. Meine Tante Loreta und ihr Mann Boris führen ein kleines Hotel. Ein Zimmer haben sie für mich reserviert. Es wird bestimmt nett, weitere Verwandte kennenzulernen.

Ich weiß gar nicht, was ich erwartet habe, aber als Alessandro mich am Samstagabend abholt, ist er genauso distanziert wie auf der Arbeit.

Es wäre wahrscheinlich komischer, wenn er wie auf Knopfdruck plötzlich nahbar wäre, dennoch verstören mich seine beiden kühlen Küsse auf die Wangen. Wir berühren uns kaum. Eine liebevolle Umarmung scheint völlig undenkbar.

»Trinkst du heute Abend nichts?«, frage ich, als wir draußen direkt auf seinen Wagen zusteuern.

Er schüttelt den Kopf. »Wenn du mit dem Taxi nach Hause fährst, schlafe ich hier drin.«

»Ah, okay.«

Er stellt die Musik auf höchste Lautstärke, so dass wir während der Fahrt in die Stadt kaum miteinander sprechen können. Ich bin unruhig, frage mich, ob ich irgendwas getan habe, das ihn gegen mich aufgebracht hat. Irgendwann halte ich es nicht länger aus. Ich drehe die Musik leiser und frage: »Habe ich was falsch gemacht?«

Er wirkt überrascht. »Nein. Warum?«

»Du warst die ganze Woche so abweisend.«

Alessandro schüttelt den Kopf. »Wir arbeiten zusammen. Giulio ist da, viele andere. Nein, alles in Ordnung. Heute bin ich mit den Gedanken woanders.«

»Wo denn?«

Ein paar Sekunden vergehen, ehe er antwortet. »Ich denke darüber nach, was passiert, wenn ich weg bin.«

»Wenn du weg bist?«

»Ja, mit Frida.«

»Oh. Worüber machst du dir Sorgen?«

»Über nichts«, erwidert er. »Ist alles gut.«

Ich glaube ihm zwar nicht, aber mehr bekomme ich nicht aus ihm heraus.

Wir treffen Logan und Lea in einer Bar. Als wir ankommen, sind sie schon da. Logan ruft uns herüber, zum Glück grölt er nicht so wie in Pompeji, aber er ist immer noch so laut, dass sich einige zu ihm umdrehen. »Allez, Allez, Allez!«

Lachend schaue ich zu Alessandro hinüber. »Wo hat er das bloß her?«

»Von der Tour de France. Das ist der Ruf, mit dem die Zuschauer die Fahrer antreiben«, erklärt er.

»Hopp, hopp, hopp!«, ruft Logan, dann gibt er Alessandro die Hand. »Und in Liverpool ist das ein Gesang im Stadion geworden.« Er beugt sich vor, um mich auf die Wange zu küssen.

Ich bin nicht ganz so unbekümmert wie bei meinem ersten Treffen mit Logan und Lea, da ich jetzt mehr übers Basejumping weiß, doch das Gespräch kommt schnell in Gang. Allmählich entspanne ich mich.

Nach einem Getränk ziehen wir weiter in ein Steakhouse, das dunkel, aber elegant eingerichtet ist. Man weist uns eine Sitzecke zu, in der die Bänke mit schwarzem Samt gepolstert sind. Lea rutscht auf einer Seite rein, ich nehme ihr gegenüber Platz. Die Männer setzen sich jeweils neben uns.

Den ersten Teil des Abends berichten Logan und Lea von ihren Reisen. Alessandro war schon überall, wo sie waren, doch ich hänge ihnen an den Lippen, besonders als sie von Venedig erzählen und was sie dort gemacht haben.

In der Pause zwischen Vorspeise und Hauptgericht legt Logan den Arm um Lea und zieht sie an sich. Kurz darauf spüre ich Alessandros Hand auf meinem Knie.

Ich werfe ihm einen Seitenblick zu und greife nach meinem Weinglas, lasse seine Hand aber, wo sie ist.

Als wir uns den Nachtisch teilen, sind wir noch enger zusammengerückt. Jeder Fremde, der unseren Tisch sieht, würde meinen, dort säßen zwei verliebte Pärchen.

Natürlich küssen wir uns nicht, doch Alessandro ist sehr liebevoll. Gerade hat er den linken Arm um mich gelegt und isst mit der rechten Hand.

Ich begreife nicht, wie er nach dieser Woche so sein kann. Fast kommt es mir vor, als folge er dem Beispiel von Logan und Lea. Wenn ich nichts getrunken hätte, wäre ich vielleicht mehr auf der Hut, aber im Moment denke ich lieber nicht darüber nach, weil es mir zu gut gefällt.

Viel zu gut.

Wir bezahlen und ziehen weiter in eine Bar. Wir haben Glück, dass zwei große gemütliche Sessel am Fenster frei werden.

Alessandro und Logan gehen zur Theke, um Getränke zu

holen. Lea und ich sehen uns nach zwei Stühlen um. Da wir keine finden, besetzen wir erst mal die Sessel. Lea beugt sich zu mir herüber.

»Seid ihr jetzt zusammen, Alessandro und du?«

Ich schüttele den Kopf. »Nein, wir sind nur Freunde.«

»Ihr steht euch aber sehr nah.«

»Manchmal«, sage ich und nicke. »Er kann auch anders sein.«

»Logan meint, er hätte Alessandro noch nie mit einer Frau gesehen.«

»Echt?«

»Nein, noch nie.«

Ich weiß nicht, was ich dazu sagen soll.

»Finde ich schön«, fügt Lea lächelnd hinzu. »Er wirkt glücklich.«

Ich schaue zur Theke hinüber. Logan und Alessandro werden noch nicht bedient.

»Hat Logan mal erzählt, wie Alessandro so war, als sie sich kennenlernten?«, frage ich.

Sie nickt und wird ernst. »Ein bisschen.«

»Und?«

»Ich weiß nicht, ob ich das sagen darf. Ich meine, er scheint jetzt ja ganz gut drauf zu sein.«

Irgendwas an ihrem Ton und ihrem Blick verunsichert mich.

»Ich mache mir Sorgen um ihn«, gestehe ich. »Wenn ich ihn besser verstehen würde, könnte ich ihm vielleicht helfen.«

Sie überlegt, dann seufzt sie. »Logan hat gesagt, dass Alessandro sich ein paarmal sehr leichtsinnig verhalten hat. Nicht immer«, schickt sie schnell hinterher. »Nur manchmal.«

»Inwiefern?«

»Er ist unter gefährlichen Bedingungen gesprungen, wenn es keiner sonst gewagt hat. Logan meinte, es sei ein Wunder, dass er das immer überlebt hat. Wenn die Bedingungen nicht stimmen, kann es Selbstmord sein. Logan hat mehr als einmal versucht, Alessandro zum Umkehren zu bewegen, aber er war immer stur.«

O Gott ...

»Logan war stocksauer. Die anderen Springer auch. Die meisten haben dem Tod schon ins Auge geblickt oder kennen jemanden, der schwer oder tödlich verletzt wurde. Niemand will zusehen, wie der eigene Freund ein böses Ende nimmt. Und wenn sich nur einer leichtsinnig verhält, wirft das ein schlechtes Licht auf die Basejumping-Szene als Ganzes. Wenn jemand stirbt oder sich schwer verletzt, ist die Wahrscheinlichkeit groß, dass Sprünge verboten werden. Denn dann kommen jede Menge Adrenalinjunkies und wollen die verbotenen Jumps machen. Das ist schlechte Werbung für den Sport. Nach dem letzten solcher Sprünge konnte Logan Alessandro überreden, mit ihm nach Griechenland zu fahren und da zu springen. Er wollte ihm ins Gewissen reden. Alessandro hat das an sich abprallen lassen. Logan hat nie wieder was von ihm gehört und ihn erst wieder in Pompeji wiedergesehen.« Lea schaut mich mitleidig an, denn sie weiß, dass es hart ist, das zu hören. »Logan hat sich so gefreut. Er hat viel an Alessandro gedacht und sich oft gefragt, was aus ihm geworden ist. Als er hörte, dass er immer noch springt, war er enttäuscht.«

»Was würde ihn denn zum Aufhören bringen?«

»Das kann niemand erzwingen. Das muss er selbst wollen.« Sie lächelt mich traurig an. »Er bedeutet dir wirklich etwas, oder?«

Ich nicke und schaue zu Alessandro an der Theke hinüber. Er dreht sich zu uns um. Unsere Blicke finden sich, sein sorgloser Gesichtsausdruck verschwindet. Logan sagt etwas zu ihm, das ihn ablenkt.

Ich entschuldige mich und gehe zur Toilette. Ich brauche einen Moment, um mich zu sammeln, bevor Alessandro zurückkommt.

Basejumping an sich ist ein Sport, der den Tod herausfordert. Wenn Alessandro sich leichtsinnig verhält, wie lange dauert es dann, bis der Tod die Herausforderung annimmt?

Als ich an den Tisch zurückkehre, sitzt er in meinem Sessel. Lea hockt auf Logans Knie.

Alessandro rückt so weit wie möglich nach hinten und klopft zwischen seine Beine. Ich setze mich, er schlingt die Arme um mich und legt das Kinn auf meine Schulter, als er nach seinem Glas greift.

Ich nehme meins – irgendein Cocktail –, und er stößt mit mir an.

»Was ist?«, flüstert er mir ins Ohr.

»Reden wir später drüber«, murmele ich. Sofort spüre ich, wie er sich hinter mir anspannt.

Bevor der Abend vorbei ist, addet mich Lea auf Facebook. Ich bin froh, dass ich nun eine Möglichkeit habe, sie anzutickern, falls es nötig ist. Am nächsten Tag fliegen die beiden zurück nach Kalifornien. Wir mussten ihnen versprechen, dass wir uns melden, falls wir mal in ihrer Gegend sein sollten.

Beim Gehen holt Alessandro sein Handy heraus und führt ein kurzes Gespräch. Weit hinten, am Ende der Straße, leuchtet golden das Denkmal für Vittorio Emanuele II.

»Was hat Lea dir erzählt?«, fragt er, als er aufgelegt hat.

Ich habe nicht damit gerechnet, dass er so schnell auf das Thema zu sprechen kommt.

»Dass du leichtsinnig warst, als Logan dich das letzte Mal getroffen hat.«

Alessandro leugnet es nicht.

»Du warst der Einzige, der gesprungen ist«, füge ich hinzu.

»Ich bin heil runtergekommen«, erwidert er. Ich würde nicht so weit gehen zu behaupten, dass er sauer ist, aber erfreut ist er auf jeden Fall nicht.

»Sie meinte, die Bedingungen waren riskant.«

»Ich bin heil runtergekommen«, wiederholt er. »So riskant können sie also nicht gewesen sein.«

»Warum ist dann sonst niemand gesprungen?«

»Das müsstest du die anderen fragen.«

»Meinst du, sie waren übervorsichtig?« Ich will, dass er bejaht, doch das tut er nicht.

»Ich halte mich mit Bewertungen von anderen zurück und wäre ihnen dankbar, wenn sie das auch bei mir täten. Ich treffe meine eigenen Entscheidungen. Ich bin niemandem Rechenschaft schuldig.« Er sieht mich an. »Und auch du bist nicht für mich verantwortlich, Angel.« Es klingt wie eine Warnung.

»Nein, ich bin nicht für dich verantwortlich, aber du bist jetzt ein Freund.« Ich greife nach seiner Hand. »Und ich will dich nicht verlieren.«

Er entzieht sich mir. »Letztlich verliert man jeden.«

»Was soll das denn heißen?«, frage ich, nun lauter.

»Das heißt, dass wir alle irgendwann sterben müssen. Ich habe den Tod als Teil des Lebens akzeptiert. Wenn meine Zeit gekommen ist, werde ich gehen.«

»Aber du siehst dem Tod jedes Mal ins Gesicht, wenn du

von einer Klippe springst!«, rufe ich. »Wer zwingt dich dazu?«

»Das stimmt nicht. Nur beim Springen fühle ich mich lebendig.«

Ich betrachte ihn entsetzt. »Nur da?« Was ist mit uns? Was ist mit Freundschaften?

»Das ist das Einzige, wo ich mich frei fühle«, murmelt er.

Ich runzele die Stirn. »Wovon frei?«

Er wirkt frustriert. »Ich höre damit nicht auf, bitte mich also nicht darum.«

»Ich bitte dich gar nicht«, sage ich, auch wenn es das Einzige ist, was ich jetzt gern täte.

Er weist mit dem Kinn nach vorn. »Ich glaube, da kommt dein Taxi.«

Deshalb hat er telefoniert?

Durch das offene Fenster spricht er mit dem Fahrer und reicht ihm ein paar Scheine aus dem Portemonnaie.

»Ich habe selbst Geld«, protestiere ich, als er mir die Hintertür öffnet. Ich steige ein, er drückt die Tür hinter mir zu und geht, ohne ein weiteres Wort zu sagen, in die entgegengesetzte Richtung davon.

Entsetzt über das plötzliche Ende unseres Abends sehe ich aus dem Rückfenster, während der Fahrer den Wagen auf die Straße lenkt. Als er um die nächste Ecke biegt, bleibt Alessandro stehen und dreht sich um.

Sein gequälter Gesichtsausdruck wird mir heute Nacht keinen Schlaf gönnen.

34

Coober Pedy ist eine Kleinstadt, in der viel geredet wird. Ich bin verschwiegen.

Wenn mir jemand ein Geheimnis erzählt hat, habe ich sein Vertrauen nie enttäuscht. Nicht einmal in meinen siebenundzwanzig Jahren.

Deshalb habe ich ein furchtbar schlechtes Gewissen, als ich Alessandros Vertrauen nun verrate.

»Er hat deine Hand gehalten?«, fragt Louise.

Immerhin ist sie am anderen Ende der Welt. Unwahrscheinlich, dass sich die beiden je treffen werden.

»Ja.«

»Das ist nicht normal.«

»Es fühlte sich aber nicht komisch an«, entgegne ich. Wie kann ich ihr klarmachen, wie meine Beziehung zu Alessandro aussieht, wenn wir nicht im *Serafina* sind?

»Aber es ist nicht normal. Ihr kommt mir vor wie zwei Kindergartenkinder, die ein Liebespaar spielen. Das ist komisch.«

Allmählich ärgere ich mich, nicht Bonnie angerufen zu haben.

»Und er hatte noch nie eine Freundin?«, fragt Louise.

»Tut mir leid, Angie, aber das ist echt gruselig. Fünfunddreißig und noch nie eine Freundin gehabt? Sieht er aus wie der Elefantenmann, oder was?«

»Nein!«, rufe ich. »Er sieht gut aus.«

»Was stimmt dann nicht mit ihm?«

»Seine Mutter und seine Schwester starben im Abstand von drei Tagen.« Das habe ich ihr zwar schon erzählt, aber offenbar muss ich sie daran erinnern. »Er ist von zu Hause weggelaufen. Sex hat er schon; bloß entwickelt sich nichts aus diesen Begegnungen.«

»Hast du mit ihm gepennt?«

»Wenn ja, hätte ich dir das wohl als allererstes erzählt, oder?«

»Stimmt.«

»Er hat mit mehreren Kellnerinnen im *Serafina* geschlafen. Von mindestens zweien weiß ich es sicher.«

»Das ist doch unangenehm.«

»Die haben beide gekündigt.«

»Ich muss sagen, ich bin nicht gerade begeistert von dem, was du da erzählst.«

Ich seufze schwer. Für meine Begriffe ist Louise viel zu geradeheraus. »Ich bin kaputt«, sage ich, um das Gespräch zu beenden. Es ist zwei Uhr morgens.

»Was glaubst du, warum lässt er niemanden an sich heran?«, fragt sie hellwach.

»Weil er nicht will, dass ihm jemand verbietet, was er am liebsten tut, schätze ich.«

So ähnlich drückte er sich in Pompeji aus.

»Und warum lässt er dann zu, dass ihr euch nahekommt?«, sinniert sie.

»Ich habe das Gefühl, dass er die Tür heute Nacht zugemacht hat. Mehr als Freundschaft wird es eh nie sein.«

»Händchenhalten ist mehr als Freundschaft, Angie«, sagt Louise mit Nachdruck. »Wenn wirklich nicht mehr daraus wird, solltest du solchen Sachen besser einen Riegel vorschieben.«

»Warum?«

»Kannst du damit umgehen?«, fragt sie. »Ich könnte es nicht. Ich weiß nicht, was ich sonst sagen soll, aber so was habe ich noch nie gehört.«

»Ich muss auflegen«, erinnere ich sie.

»Aber er muss dich ja mögen.« Louise ist noch nicht fertig. »Vielleicht solltest du ihn geradeheraus fragen, was mit ihm ist. Aber warte, selbst wenn er bereit sein sollte, einen Schritt weiter zu gehen, weiß ich nicht, ob das auch für dich das Beste ist. Hört sich ein bisschen so an, als wäre er ein Aufreißer. Tut mir leid, Angie, aber vielleicht gehst du ihm besser aus dem Weg.«

Als wir schließlich auflegen, bin ich verwirrter und gestresster als zuvor.

Ich kann Alessandro nicht aus dem Weg gehen. Das ist schlichtweg unmöglich. Aber ich will auch nicht mit diesen Unstimmigkeiten zwischen uns am Dienstag zur Arbeit kommen.

Aus einem Impuls heraus schreibe ich ihm.

Bist du wach?

Innerhalb einer Minute antwortet er. *Was passiert?*

Ich wähle seine Nummer.

Das Telefon klingelt, dann bricht es ab. Die Mailbox springt jedoch nicht an.

Ich rufe wieder an, jetzt meldet er sich.

»Was is'?« Er klingt betrunken, deutlich betrunkener als zu dem Zeitpunkt, da wir uns trennten.

»Mir geht's gut. Und dir?«

»Bissu gut na' Haus gekomm'?« Jedes Wort fällt ihm schwer.

»Ja, alles gut«, wiederhole ich. »Bei dir auch?«

»Pscht …«, macht er zu jemandem im Hintergrund. Das

Blut gefriert mir in den Adern, als eine Frauenstimme in leisem, erotischem Italienisch antwortet. Er erwidert etwas auf Italienisch, sie kichert. Etwas anderes ist nicht zu hören. Sie sind nicht in einer Bar, sondern unter sich. Vielleicht in einem Hotelzimmer oder sogar in seinem Bus?

»Bis morgen«, sagt Alessandro, dann ist die Leitung tot.

35

Am nächsten Tag meldet sich Alessandro nicht bei mir. Ich rufe ihn auch nicht an. Ich kann es immer noch nicht richtig fassen, dass er mich in ein Taxi gesetzt hat und dann in die nächste Bar zog, um ein Mädchen aufzureißen. Noch schlimmer ist, dass ich mir total bescheuert vorkomme, weil ich es nicht glauben kann.

Cristina will wissen, warum ich so schlecht drauf bin, aber ich kann es ihr irgendwie nicht sagen. Ich kann es niemandem erzählen. Und ganz bestimmt rufe ich nicht Louise an, um sie auf den neuesten Stand zu bringen.

Trotzdem denke ich irgendwie die ganze Zeit, dass Louise recht hat. Ich bin mit der Geschichte überfordert. Alessandro ist viel zu kompliziert für mich. Ich habe sowieso nicht die Absicht, mit jemandem eine Beziehung einzugehen, schon gar keine so vertrackte, als wie diese hier sich nun entpuppt.

Ich habe keine Ahnung, wie alles gekommen ist. Wieso fühle ich mich zu dem einzigen Mann hingezogen, den ich nicht haben kann – und sollte? Ich bin erst siebenundzwanzig! Eigentlich müsste ich unterwegs sein, Spaß haben, den einen oder anderen daten und vielleicht ein bisschen herumknutschen. Selbst ich habe gemerkt, dass die Jungs Freitagnacht im Club mich durchaus beachtet haben, und ein paar davon waren wirklich niedlich, aber ich habe sie, ohne weiter drüber nachzudenken, abblitzen lassen.

Am Montag fahren Giulio und ich wieder nach Tivoli, wo wir einen herrlichen Sommertag auf dem Land verbringen. Valentina hat die Ziegen am Morgen extra nur kurz gemolken, damit ich ihr helfen kann. Sie lacht sich scheckig, als sie mir zu zeigen versucht, wie man die Milch aus den schlaffen Zitzen bekommt.

Nonna – und es fühlt sich nicht so seltsam an, wie ich dachte, sie so zu nennen – bringt mir bei, wie man Ravioli macht. Gebannt verfolge ich, wie sie aus Ricotta, Spinat, Muskatnuss und Pfeffer perfekte kleine Täschchen formt.

Am Nachmittag üben Valentina und ich unser Duett auf dem Klavier. Dabei fällt mein Blick wieder auf das Foto von Carlotta. Ich frage, ob es noch mehr Bilder von ihr gibt, und Jacopo sucht die Familienalben heraus.

Mit meiner Großmutter auf der einen und meinem Vater auf der anderen Seite blättern wir durch die Aufnahmen. Es sind erstaunlich viele von Carlotta, wenn man bedenkt, wie kurz ihr Leben war. Während ich verfolge, wie sie sich von einem winzigen Neugeborenen mit einem Schopf fusseliger schwarzer Haare zu einem pausbackigen Kleinkind mit großen braunen Augen und langen Wimpern entwickelt, muss ich immer wieder einen Kloß im Hals hinunterschlucken. Ich betrachte auch Fotos von Giulio und Marta. Auf vielen lacht Marta und wirkt viel glücklicher und zufriedener als auf ihrem Hochzeitsbild. Natürlich sind auch Aufnahmen von Alessandro darunter, zum Beispiel eine von ihm an seinem achten Geburtstag. Vergnügt lacht er in die Kamera, und seine grünen Augen schimmern im Licht der Kerzen auf der Geburtstagstorte. Giulio deutet auf den Hintergrund, wo meine fröhliche, hübsche Mutter mit ihren langen dunklen Zöpfen steht, und ich bin sprachlos. Sie wirkt so jung, und das war sie ja auch. Als sie nach Australien zurückkehrte, war sie erst zwanzig, sieben Jahre jünger als ich jetzt.

Ich reiße den Blick von ihr los und blättere weiter.

Schnell wird mir klar, warum mir Alessandro so fremd vorkommt. Es liegt nicht nur daran, dass er auf dem Bild noch ein kleiner Junge ist, sondern weil er etwas Buntes trägt. Ein Foto, auf dem er Carlotta auf dem Schoß hat, hat es mir besonders angetan. Es sei kurz nach ihrem ersten Geburtstag gemacht worden, meint Giulio. Demnach müsste Alessandro darauf dreizehn sein. Er hat lange, schlaksige Gliedmaßen, sein gebräuntes Gesicht ist sehr kantig, die Zähne wirken etwas zu groß für seinen Mund. Er trägt ein hellblaues T-Shirt und grinst Carlotta in ihrem gelben Kleid an, die mit aufgeregtem Gesichtsausdruck die Hand dem Fotografen entgegenstreckt. Ich glaube, ich weiß, was sie will, denn auf dem nächsten Bild hält sie ein mir bekanntes rosa Häschen in den Händen, das sie voller Hingabe betrachtet. Alessandro lächelt.

Ihn mit einer anderen Frau zu hören war genau der Schock, den ich brauchte, sage ich mir, als sich meine Brust zusammenzieht.

Wenn er morgen wieder so distanziert zu mir ist, ist das nur gut.

Als es Zeit wird aufzubrechen, frage ich meinen Vater, ob wir auf dem Rückweg am Friedhof vorbeifahren könnten, um Blumen auf Carlottas Grab zu legen.

Mit ihm an meiner Seite vor der Engelsstatue zu stehen ist irgendwie tröstlich. Auch wenn ich meine kleine Halbschwester nicht gekannt habe, war sie doch blutsverwandt mit mir, und wir haben denselben Vater. Mein Herz zieht sich vor Sehnsucht zusammen.

Giulio legt den Arm um meine Schultern. Ein paar Schritte gehen wir so.

»Wann willst du noch mal zurück nach Hause?«, fragt er.

»Anfang September.«

»Warum musst du los? Warum bleibst du nicht hier?«

»Bis Weihnachten?«

»Für immer.«

Ich sehe ihn kurz an und habe ein komisches Gefühl im Bauch. »Ich finde es hier wirklich wunderbar«, sage ich nachdenklich. »Aber mir fehlen meine Freunde. Und ich muss überlegen, was ich mit dem Haus meiner Großeltern mache. Aber ich komme zurück, ist doch klar.«

»Wir müssen dir die italienische Staatsbürgerschaft besorgen«, sagt er. »Ich möchte nicht, dass du Probleme wegen des Visums bekommst.«

»Ich weiß nicht, wie das gehen soll. Du stehst ja nicht in meiner Geburtsurkunde.«

»Dann machen wir einen Vaterschaftstest. Ich spreche mal mit meinem Freund, der ist Anwalt.«

Ich habe Angst, am Dienstag wieder arbeiten zu gehen, Angst vor dem Wiedersehen mit Alessandro. Ich ärgere mich darüber, dass ich mich betrogen fühle. Natürlich ist er mir nichts schuldig und muss sich nicht rechtfertigen, was Frauen angeht.

Doch er ist so umgänglich wie immer. Ich bin erleichtert und leicht unterkühlt, als wir uns einen guten Morgen wünschen.

Am Nachmittag gehen uns die Shrimps aus. Ich biete an, zu *Da Bruno* zu gehen und dort welche zu holen, falls der Gastronom welche übrig hat.

Bruno selbst ist nicht da, aber sein Sohn Carlo kommt aus

der Küche, um hallo zu sagen. Er ist ungefähr in meinem Alter, groß und schlank und hat ein schmales Gesicht, eine lange Nase und dunkles glattes Haar. Carlo hat freundliche braune Augen und einen leichten Schlafzimmerblick. Er erinnert mich an einen Welpen.

»Giuseppe packt die Shrimps gerade ein«, erklärt Carlo.

»Ein Espresso, bis er fertig ist?«

»Gerne.«

Während er das Getränk zubereitet, unterhält er sich mit mir. Ihm fällt auf, dass ich das Gesicht verziehe.

»Magst du keinen Espresso?«, fragt er mit leisem Lachen. »Hättest du doch sagen können, dann hätte ich was anderes gemacht.«

»Ich versuche, mich an den Geschmack zu gewöhnen. Bevor ich nach Australien zurückgehe, möchte ich wie eine richtige Italienerin leben, wenigstens in Bezug auf Getränke.«

»Nicht weit von hier gibt es ein wirklich tolles Café, das *Da Lucia*. Kennst du das?«

Ich schüttele den Kopf.

»Die haben super Kuchen und Cappuccino. Können wir ja mal zusammen hingehen!«

Er wirkt nett und freundlich. Warum sollte ich ablehnen?

Ich sage zu.

Wir tauschen Telefonnummern aus. Dann kommt Giuseppe mit den Shrimps aus der Küche. Mit beschwingtem Schritt gehe ich zurück ins *Serafina*. Ich habe das gute Gefühl, mein Leben wieder selbst in die Hand zu nehmen.

Bei Nan hatte ich immer das Gefühl, fremdbestimmt zu sein. Das will und werde ich nicht noch mal mitmachen, nicht, wenn ich es irgendwie verhindern kann.

Carlo meint es ernst. Noch am selben Tag bekomme ich eine Nachricht von ihm, in der er fragt, ob ich am nächsten Morgen Zeit hätte.

Als Cristina in die Küche will, schnappe ich sie mir. »Kennst du Carlo, den Sohn von Bruno?«, frage ich leise.

»Flüchtig. Warum?«

»Ist er in Ordnung? Ich meine, ist er nett? Er ist kein Serienmörder oder so, nicht?«

Sie lacht. »Soweit ich gehört habe, ist er okay. Warum? Magst du ihn?«

»Er will mit mir einen Kaffee trinken gehen.«

»Dann los!«

Ich nicke und schreibe ihm zurück.

Am nächsten Tag treffen wir uns in dem Café, von dem Carlo sprach, und verbringen dort einen angenehmen Vormittag. Er ist freundlich und sympathisch, ich kann gut mit ihm reden. Der einzige peinliche Moment kommt am Ende, als er mit rotem Kopf fragt, ob ich einen Freund in Australien hätte.

»Nein, ich bin Single«, erwidere ich. »Und du?«

»Meine Freundin und ich haben uns vor ein paar Wochen getrennt.«

»Oh, das tut mir leid.«

»Schon gut. Ich komme klar, sie auch«, fügt er mit einem lockeren Schulterzucken hinzu.

»Was ist passiert?«

»Es lief so ...« Er lenkt die Hände in verschiedene Richtungen. Ich nicke verständnisvoll, er legt den Kopf schräg. »Darf ich dich morgen Abend zum Essen einladen?«

Mit dieser Frage habe ich so schnell nicht gerechnet,

stimme aber zu, ohne groß zu überlegen. »Aber ich muss erst fragen, ob ich nicht im Restaurant gebraucht werde.«

Giulio und Alessandro sind da, als ich das *Serafina* betrete. Mein Vater begrüßt mich so überschwänglich wie immer.

»Braucht ihr mich morgen Abend?«, frage ich Alessandro direkt.

»Warum? Hast du ein heißes Date?«, neckt mich Giulio.

Ich lache, ohne zu bestätigen oder zu verneinen.

Alessandro schaut auf den Plan. »Nein, alles gut.«

»Ich freu mich, dass du uns bei der Arbeit hilfst«, sagt Giulio, »aber ich freue mich auch, wenn du dir mal frei nimmst. Du musst dich richtig umgucken hier, die Stadt erkunden.«

»Ja, stimmt«, antworte ich. »Die Wochen ziehen nur so ins Land.«

Es ist Anfang Juli, ich bin schon seit einem Monat in Rom. Wenn ich nicht aufpasse, werden die nächsten beiden Monate wie im Flug vergehen. Einer der Hauptgründe für die Reise nach Italien war, meinen Vater und das Leben in Rom kennenzulernen. Das mache ich zum Glück auch, aber ich möchte noch mehr vom Land sehen, gern auch entferntere Gegenden.

»Soll ich dir ein paar Schichten freischaufeln?«, fragt Alessandro.

»Hm ... Braust du mich Freitag tagsüber?« Es wäre schön, mir Rom mal ohne die Wochenendtouristen anzusehen. »Freitagabend könnte ich arbeiten.«

Er nickt. »Kein Problem. Und wenn du aus Venedig zurückkommst, gucken wir uns den Plan noch mal an.«

»Danke.« Ich mache mich wieder an die Arbeit.

Carlo und ich verabreden, dass ich nach Feierabend zum Restaurant seines Vaters komme, doch als ich mich gerade fertig mache, steht er in der Tür des *Serafina*. Alessandro begrüßt ihn per Handschlag, Giulio kommt extra aus der Küche.

»Alles in Ordnung? Fehlt euch was?«, fragt mein Vater, während ich die Schürze abnehme. »Was brauchst du?«

»Nur deine Tochter«, erwidert Carlo mit einem Lächeln in meine Richtung.

»Ich hole meine Tasche«, sage ich und eile in den Pausenraum. Alessandros und Giulios Verwunderung ist mir nicht entgangen.

Aus irgendeinem Grund bin ich nervös, aber ich glaube nicht, dass es an der Verabredung mit Carlo liegt. Ich stopfe meine Schürze in den Wäschekorb, schnappe mir meine Handtasche und kehre in den Gästebereich zurück.

»Bis morgen!«, rufe ich betont fröhlich, gebe meinem Vater zum Abschied einen Kuss und vermeide jeden Blickkontakt mit Alessandro.

»Bis morgen«, antwortet Giulio.

Ich glaube, er hat nichts gegen meine Männerwahl, auch wenn das jetzt ziemlich überraschend kam.

Carlo führt mich in das Restaurant, in dem ich mit Alessandro und meinem Vater an meinem ersten Abend in Rom war. Eigentlich ist es intimer, als mir lieb ist – ich hatte gehofft, wir gingen in einen Laden im Stadtzentrum, wo mehr los ist –, aber der Abend ist nett, uns gehen die Gesprächsthemen nicht aus. Die Unterhaltung ist locker und eher oberflächlich, und auch wenn ich nicht bereit bin, unseren Abend mit einem Kuss abzuschließen, wie es Carlo wahrscheinlich lieb wäre, schlafe ich an dem Abend leichten Herzens ein.

Am nächsten Morgen fahre ich mit der Straßenbahn in die Stadt, ein Experiment, das mir immer noch Angst macht. Aber als ich an der Station Flaminio aussteige und unter einem blauen Himmel über die Piazza del Popolo gehe, habe ich das tolle Gefühl, etwas geleistet zu haben. Ich hab's geschafft. Ganz allein.

Heute muss ich mich nur um mich kümmern, und auch wenn der Gedanke an Alessandro meine Stimmung ein klein wenig drückt, bin ich fest entschlossen, diese negativen Gefühle zu verdrängen. Ich kann gehen, wohin ich will, und genau das tue ich auch: Ich suche mir den Weg zum Kolosseum und zahle dort den Eintritt, bummle durch das gewaltige ovale Bauwerk und nehme interessiert die Geschichte des Orts auf. Von dort gehe ich zum Forum Romanum, anschließend marschiere ich in Richtung des geschäftigen Zentrums. Absichtlich wähle ich weniger volle Seitenstraßen, um mich umzusehen. Irgendwann überquere ich eine ruhige, baumbestandene Piazza, die von sand- oder ockerfarbenen Häusern gesäumt wird. Auf der gegenüberliegenden Seite befindet sich ein Restaurant mit Außenterrasse. Die Stühle und Tische glitzern silbern in der Nachmittagssonne. Ich habe einen Riesenhunger, deshalb nehme ich allen Mut zusammen und gehe hinüber, um mich an einen leeren Tisch zu setzen. Als ein Teller mit knusprigen *calamari fritti* neben meinem Glas mit kühl britzelndem Prosecco steht, wird mein Herz ganz weit. Ich kann kaum glauben, wie weit ich es gebracht habe.

Am liebsten würde ich Jimmy anrufen und ihm erzählen, was ich gerade mache, aber in Australien ist es mitten in der Nacht, deshalb hole ich stattdessen eine der Postkarten aus der Tasche, die ich am Kolosseum gekauft habe, und schreibe ihm eine Nachricht.

Lieber Jimmy, ich war gerade im Kolosseum! Man fasst es kaum, dass dort vor 2000 Jahren die römischen Kaiser saßen und zusahen, wie Russell Crowe gegen Löwen kämpfte ... Haha – wir müssen uns Gladiator angucken, wenn ich wieder da bin! Im Moment sitze ich draußen in der Sonne und esse zu Mittag, und es ist nicht zu heiß! Unglaublich! Es ist herrlich hier, aber du fehlst mir. Alles Liebe, Angie xxx

Als ich abends zur Arbeit gehe, habe ich immer noch gute Laune, nur ein wenig Sorge, weil ich schon den ganzen Tag auf den Füßen bin.

Nachdem wir die Woche über ziemlich kühl miteinander umgegangen sind, kann ich Alessandro inzwischen relativ freundlich begrüßen. Heute haben Stefano, Cristina und ich Dienst, das erste Mal, dass wir drei zusammenarbeiten, seit Julia und Nino zum Team gestoßen sind.

Mein Italienisch wird allmählich besser, nicht besonders schnell und absolut nicht perfekt, aber ich kann inzwischen auch nicht Englisch sprechende Gäste übernehmen. Hin und wieder kommt Giulio aus der Küche und verkündet, dass ich seine Tochter bin, dann sind die Leute nicht so streng mit mir. Besonders gutmütig werden sie, wenn er ihnen auch noch einen Limoncello ausgibt.

Meine Bevorzugung durch Giulio scheint Cristina leicht zu nerven, doch ich sehe sie nur schulterzuckend an und hebe entschuldigend die Handflächen, um sie daran zu erinnern, dass wir uns das Trinkgeld ja teilen.

Sie muss grinsen.

Obwohl meine Füße brennen, läuft meine Schicht gut, doch am Ende des Abends brauche ich eine Verschnaufpause.

Ich setze mich auf einen Hocker an der Theke, drehe mich um. Vor mir gibt Stefano eine kleine Stepptanzeinlage zum Besten, weil er mich überreden will, noch mit ihm auf die Piste zu gehen.

»Ich bin heute bestimmt dreißigtausend Schritte gelaufen«, sage ich mit einem nur leicht übertriebenen Stöhnen.

»Wie geht es dir?«, frage ich Cristina.

Rebecca hatte sie angerufen. Cristina legte auf.

Sie nickt. »Ganz gut.«

»Sie muss auch mitkommen! Lindsey ist auch dabei«, sagt Stefano hintergründig.

»Ich habe kein Interesse an Lindsey«, bemerkt Cristina.

»Ich finde sie nett«, werfe ich ein.

»Ist sie auch«, stimmt Cristina mir zu. »Deshalb ist sie ja auch meine *Freundin*.«

»Eine Freundin mit besonderen Vorzügen?«, scherzt Stefano.

Vorsichtig klopft mir Alessandro auf die Schulter. Ich drehe mich um. Er hält mir ein Glas Rotwein hin und sieht mir dabei in die Augen – der erste richtige Blickkontakt seit Tagen. Unsere Finger berühren sich kurz, als ich das Glas entgegennehme. Ich werde unruhig.

»Gehst du auch mit, Alessandro?«, fragt Stefano, wie jeden Freitagabend. Ich glaube, er bekäme einen Herzinfarkt, wenn Alessandro plötzlich zusagen würde. Stefano wartet die Antwort gar nicht ab, sondern gibt mir einen Klaps auf den Arm. »Wir können ja Carlo einladen, hm?«

Ich zucke mit den Schultern. »Von mir aus.«

»Yeah! Wir gehen tanzen!«, ruft Stefano, als sei es das erste Mal seit Monaten, dass er das geschafft hat.

Ich stelle mein Glas auf dem Tresen ab und rutsche langsam vom Hocker. Auf dem Weg in den Pausenraum brennen meine Füße. Ich bin verrückt, mich noch einspannen zu lassen, nachdem ich den ganzen Tag auf den Beinen war, aber man lebt schließlich nur einmal, oder?

Während wir uns die Pizza zu Gemüte führen, antwortet Carlo auf Stefanos Nachricht. Er hat Lust, mitzukommen.

»Das sind vier Leute für ein Taxi«, sagt Stefano. »*Perfetto*. Ich rufe uns eins.«

Aus irgendeinem Grund muss ich zu Alessandro hinübersehen. Er steht nicht bei uns, sondern putzt die Theke. Wider besseres Wissen gehe ich zu ihm hinüber.

»Kann man dich nicht überreden, mitzukommen?«

Er schüttelt den Kopf und wischt weiter. »Muss morgen arbeiten.«

Mein Blick wandert zu seinem Hals, wo das goldene Kreuz aus dem schwarzen T-Shirt gerutscht ist. Als ich ihm in die Augen sehe, wirkt sein Gesicht hohl, leer.

Nein, *verloren*.

Ohne nachzudenken, schiebe ich meine Hand in seine.

Es ist, als würde ein Licht eingeschaltet, als würde der Dimmer hochgedreht. Langsam erwacht seine Hand in meiner zum Leben, seine Augen brennen sich intensiv in meine.

In dem kurzen Moment, bevor Carlo an die Tür klopft, jubelt mein Herz.

36

Hast du schon eine Zugfahrkarte nach Venedig gekauft?, schickt Alessandro mir am Sonntagmorgen eine Nachricht.
Nein, schreibe ich zurück.
Gut. Kauf auch keine.
Warum nicht?
Er antwortet nicht.
Ich liege noch im Bett, aber schleppe mich in die Küche, um mir eine Tasse Tee zu machen. Da fällt mir ein, dass gestern die Milch ausgegangen ist. Die Geschäfte haben noch nicht auf, deshalb kippe ich nur einen schwarzen Espresso hinunter und stelle mich unter die Dusche.
Als ich fertig angezogen bin, hat Alessandro immer noch nicht geantwortet. Ich versuche, nicht pausenlos auf mein Handy zu starren, aber das ist leichter gesagt als getan.
Ich nehme Einkaufstüten aus der Ecke hinter der Tür, rufe Cristina zu, dass ich weg bin, und ziehe los.
Es ist ein heller, klarer Morgen. Die Vögel singen in den Bäumen, die Sonne scheint. Am Vortag hat es geregnet, und als ich über die dreieckige Rasenfläche gehe, schmatzt der Boden unter mir bei jedem Schritt.
Nicht lange, da komme ich an Alessandros früherer Wohnung vorbei. Die ganze Woche war ich nicht hier, weil Cristina mich immer auf ihrem Roller mitgenommen hat. Sie fährt vorsichtig, und am Ende jedes Wegs bin ich ein bisschen

entspannter. Aber die ersten Sekunden, nachdem sie angefahren ist, jagen mir noch immer das Adrenalin durch die Adern.

Ich bin nicht der Typ, der den Kick sucht. Dafür habe ich viel zu viel Angst.

Erst als ich vor dem geschlossenen Supermarkt stehe, fällt mir ein, dass die Läden sonntags später öffnen. Ich habe nichts dagegen, ein wenig Zeit totzuschlagen, denn es ist ein herrlicher Tag. Ich beschliefle, etwas durch die Gegend zu schlendern.

Kurz darauf komme ich an einem großen, offiziell wirkenden Gebäude vorbei, das sich von den Nachbarhäusern absetzt. Vorne erheben sich weiße Säulen, und eine weiße Marmortreppe führt vom baumgesäumten Bürgersteig hinauf. Leute strömen durch die Türen nach draußen. Da erst merke ich, dass es eine Kirche ist. Die Sonntagsmesse ist offenbar vorbei.

Plötzlich muss ich stutzen. Ein ganz in Schwarz gekleideter Mann geht die Treppe hinunter. Es ist Alessandro. Ich beobachte, wie er die entgegengesetzte Richtung einschlägt und hinter den Bäumen verschwindet. Er ist zu weit weg, um ihn zu rufen. Vielleicht würde ich mich eh nicht trauen.

Er geht zur Kirche?

Was hat er noch mal auf dem Petersplatz gesagt? Er habe eine turbulente Beziehung zu Gott.

Ich weiß nicht, wie ich darauf komme, doch ich frage mich, ob seine Kette früher seiner Mutter gehört hat.

Kurz darauf trifft endlich eine Antwort auf meine SMS-Frage ein. *Ich kann dich mitnehmen. Muss mal ein paar Tage raus.*

Das will ich sofort klären. Ich wähle Alessandros Nummer. Als er sich meldet, frage ich leicht atemlos: »Heißt das, du kommst mit nach Venedig?«

»Nein, aber ich bringe dich hin und hole dich wieder ab. Zurück fahren wir über Florenz und Siena. Ich dachte, da möchtest du gerne mal hin.«
»Und was machst du in der Zeit?« Ich bin verwirrt.
»Ich fahre in die Dolomiten.«
Ich zucke zusammen. »Zum Basejumping?«
»Vielleicht. Ich muss mal raus aus der Stadt.«
»Ist alles in Ordnung?«, frage ich.
»Ja«, sagt er nur. »Wo bist du?« Ich nehme an, dass er die Verkehrsgeräusche im Hintergrund hört.
»Auf dem Weg zum Supermarkt. Und du?«
»Muss was erledigen.«
Das ist vielleicht nicht gelogen, aber es klingt, als habe er ein äußerst lockeres Verhältnis zur Wahrheit.

Er fragt mich nicht nach Freitagabend. Ich weiß nicht, was ich davon halten soll. Ich müsste erleichtert sein – ich habe bestimmt keine Lust, ihm zu schildern, wie Carlo im Club versuchte, mich zu küssen, und ich mich gerade noch rechtzeitig wegdrehen konnte. Das war so schon peinlich genug.

Ich hatte gedacht, ich sei für einen kleinen Flirt zu haben und würde Carlo mögen. Er ist ja auch freundlich und lieb, ein offenes Buch. Dennoch kann ich mir nicht vorstellen, mehr als mit ihm befreundet zu sein.

Die Ironie der Geschichte entgeht mir nicht. Alessandro will auch nur mit mir befreundet sein, weshalb bloß fühle ich mich zu ihm hingezogen?

Ich hoffe, dass es nicht die Düsternis ist, die mich fesselt. Dass er für mich nur ein Problem darstellt, das ich lösen will.

Dieser Gedanke wandert mir noch am Abend durch den Kopf, als ich mich bettfertig mache.

Obwohl ich schon mit dem Anruf bei Louise Alessandros Vertrauen missbraucht habe, wähle ich Bonnies Nummer. Ich muss unbedingt mit einem besonnenen, vernünftigen Menschen sprechen.

»Sei vorsichtig, Angie!«, mahnt Bonnie, als ich ihr alles erzählt habe. »Das hört sich an, als hätte der Mann jede Menge Probleme. Ich weiß, wie du bist. Du willst allen helfen, aber man kann nicht jeden retten, Schätzchen. Die Vorstellung, dass du ganz allein am anderen Ende der Welt bist und in irgendwas verstrickt wirst, mach mich ganz krank.«

»Ich bin nicht allein«, gebe ich zurück. »Ich habe hier Freunde gefunden.«

Auch wenn ich mit keinem über Alessandro sprechen könnte ...

»Hättest du mich mal früher angerufen! Bevor du Carlo einen Korb gegeben hast. Es klingt, als sei er ein netter, unkomplizierter junger Mann.«

»Es gibt keine netten, unkomplizierten jungen Männer«, bemerke ich trocken.

»Tja, vielleicht nicht«, stimmt Bonnie mir zu. »Aber immerhin klingt es, als seist du auf dem richtigen Weg: mit Freunden Spaß haben, sich verabreden. Warum machst du nicht einfach so weiter und guckst, was draus wird?«

»Mal sehen«, erwidere ich, wenig begeistert.

»Du hast immer gesagt, dass du nicht sofort wieder gebunden sein willst, dass du dich erst ein bisschen austoben möchtest. Genau das würde ich jetzt machen, Angie: Genieß das Leben! Das klingt alles sehr schwierig. Und denk dran, du kannst immer nach Hause zurück. Du kannst deinen Flug umbuchen. Wir sind alle hier und warten auf dich.«

Die Vorstellung, in die Wüste zurückzukehren, lässt mich erstaunlich kalt.

37

Am frühen Dienstagmorgen brechen Alessandro und ich nach Venedig auf. Die Fahrt dauert fünfeinhalb Stunden. Er behauptet, sie sei total langweilig. Normalerweise nimmt er mit seinem Bulli nicht die Autobahn, sondern wählt Landstraßen, um sich die Gegend anzusehen. Aber heute will er mich, glaube ich, so schnell wie möglich abliefern, damit er weiter in die Berge kann.

»War schön gestern in Tivoli«, sage ich, ohne dass er danach gefragt hat.

»Freut mich«, antwortet er. Nicht gerade die interessierteste Entgegnung, doch ich rede trotzdem weiter.

»Ich habe wieder die Ziegen gemolken.«

Alessandro grinst mich an. »Du melkst die Ziegen?«

»Ja! Letzte Woche auch schon.«

»Na, *das* hätte ich gerne mal gesehen.«

»Hättest ja mitkommen können.«

Er schüttelt den Kopf. »Du brauchst mich nicht mehr.«

Die Bemerkung kommt mir seltsam vor, dann fällt mir wieder ein, dass ich ihn ja beim ersten Mal gebeten hatte, mich zu begleiten, weil mir so mulmig bei der Vorstellung war, die Familie kennenzulernen.

»Es geht nicht nur um mich. Deine Familie freut sich auch, dich zu sehen. Besonders Jacopo.«

Er schweigt, ich halte den Mund. *Wenn ich so wie sonst geduldig warte, sagt er vielleicht …*

»Sollen wir Musik anmachen?«, fragt er und gibt mir sein Handy.

Oh.

»Klar«, murmele ich und versuche herauszufinden, wie das geht.

»Da!«, sagt er nachsichtig und weist auf das Musik-Icon. »Du hast die letzten Jahre wirklich in einer Höhle gelebt, nicht?«, neckt er mich. Auch wenn er sich über meine Unfähigkeit lustig macht, mit allen Finessen ausgestattete Smartphones zu benutzen, freue ich mich doch, dass er etwas lockerer wird.

»Tipp auf *Shuffle*!«, sagt er.

»Wo steht das?«

»Da.«

Ich stöpsele sein Handy ein, und Musik erfüllt den Bulli.

Wir unterhalten uns immer wieder ein bisschen, aber den Großteil der Zeit schweigen wir und hören Musik. Von der Autobahn aus gibt es tatsächlich nicht viel zu sehen, dennoch staune ich unablässig darüber, wie grün alles ist, wie hübsch die in der Landschaft verstreuten schirmförmigen Pinien sind, wie hoch die Zypressen in den vergissmeinnichtblauen Himmel ragen. Sicher, auch die Wüste hat ihre Schönheit – wenn der unendliche Himmel in die Farben eines Sonnenuntergangs getaucht ist oder tintenschwarz vor Sternen funkelt –, aber hier ist so viel Leben, so viel üppiges Grün. Und es gibt *Vögel*! In großen schwarzen Schwärmen segeln sie über die Bäume hinweg und schießen hinunter. Wir überqueren braune Flüsse und kommen an blauen Seen vorbei, und in der Ferne sehe ich manchmal kleine Dörfer, die sich an dunstige Hügel schmiegen, mit prachtvollen Kirchen, auffälligen Glockentürmen und in Rosé- und Ockertönen gestrichenen Häusern.

Als wir uns Venedig auf einer stark befahrenen doppelspurigen Schnellstraße nähern, wird die Umgebung deutlich industrieller. Zu meiner Rechten erhasche ich einen Blick aufs Wasser und sehe die Hafenanlagen mit Schiffen und Booten in allen Größen. Dann sind wir auf einer langen Brücke, die parallel zu den Eisenbahn- und Straßenbahnschienen verläuft, und kommen der Insel Venedig im Eiltempo näher.

Das Wasser glitzert unter einem sonnigen Himmel. Wir verlassen die Brücke, fahren an einem Meer von Motorrollern vorbei und biegen rechts ab.

Alessandro hält an einer Schranke und spricht mit der diensthabenden Angestellten. Sie öffnet den Schlagbaum, wir fahren hindurch.

»Hier darf man normalerweise nicht rein«, erklärt er mir. »Aber Melissa hat einen Parkplatz an der Universität organisiert, damit ich dich in der Nähe des Hotels herauslassen kann. Ist nicht weit.«

Wir halten direkt am Wasser. Ich bin schwer beeindruckt von den riesigen Kreuzfahrtschiffen, die an den nahegelegenen Kais festgemacht haben.

Cristina hat mir ihren großen Rucksack geliehen, damit ich keinen Koffer mit mir herumschleppen muss. Nachdem Alessandro den Wagen abgeschlossen hat, nimmt er mir den Rucksack ab.

»Ich bringe dich noch ins Hotel«, sagt er, wie um mich zu erinnern, dass er nicht vorhat, länger zu bleiben.

Wir gehen hinten um ein Lagergebäude aus rotem Backstein herum, das zur Uni gehört, nehmen eine Brücke über einen Kanal, dessen Wasser eine gewisse Ähnlichkeit mit der Farbe von Alessandros Augen hat. Ich lächele ihn an, denn plötzlich dämmert mir voller Aufregung, dass ich tatsächlich in Venedig bin, an einem Ort, den ich schon so lange besuchen wollte.

Ich glaube, er kann gar nicht anders als zurückzugrinsen.

Das Hotel von Loreta und Boris befindet sich in Santa Croce, einem Viertel westlich des historischen Stadtkerns. Es ist ideal für Reisende mit einem kleineren Budget, und verglichen mit den prächtigeren Hotels im Zentrum ist es nicht teuer, ungefähr fünfzig Euro pro Nacht.

Meine Tante besteht darauf, dass ich umsonst bei ihr übernachte. Melissa, Loretas Nichte und die ältere Schwester der Zwillinge, wohnt ebenfalls dort. Zu wissen, wie sehr diese Familie zusammenhält, wärmt mir das Herz.

Das Hotel befindet sich in einem weiß getünchten Haus mit grünen Fensterläden. Es steht auf einem Eckgrundstück. Auf einer Seite ist ein Kanal, in dem mehrere Boote vertäut sind. Autos sind nicht zu sehen; ganz Venedig ist allein den Fußgängern vorbehalten.

Wir betreten eine dämmrige Empfangshalle. Die Rezeption ist leer. Rechts von uns ist ein kleiner Speiseraum mit runden Tischen und alten Holzstühlen.

»Der Frühstücksraum«, erklärt Alessandro und drückt auf eine Glocke am Tresen.

Der Boden besteht aus glänzendem gelbem Marmor mit bunten Einschlüssen.

Es riecht nach Putzmittel, doch der Dunst brackigen Meerwassers vom Kanal draußen lässt sich nicht übertünchen.

Eine in die Empfangshalle führende Tür öffnet sich, und ein untersetzter Mann mittleren Alters mit schütterem pechschwarzem Haar erscheint. Er erkennt Alessandro auf der Stelle und wirft vor Freude die Hände in die Luft.

»Ihr seid früh dran!«, ruft er.

»Wir sind gut durchgekommen«, antwortet Alessandro dem Mann, den ich für Boris halte, umfasst dessen Oberarme und schüttelt ihn. Es ist keine richtige Umarmung, aber man spürt die Zuneigung. Dann wendet sich Boris mir zu.

»Hallo, ich bin Angie.«

»Ah, Angie!«, ruft er und küsst mich rechts und links auf die Wange. »Willkommen in Venezia! Ich bin Boris. Wie war eure Fahrt?«

Nach ein wenig Plaudern schaut er auf die Uhr. »Melissa hat noch zwei Stunden Uni, und Loreta ist bis vier Uhr unterwegs. Ich kann dir dein Zimmer zeigen, und dann hast du vielleicht Lust, in die Stadt zu gehen? Das dauert ungefähr zwanzig Minuten. Für morgen ist Regen angesagt, deshalb musst du die Sonne heute ausnutzen!«

»Das mache ich auf jeden Fall«, erwidere ich fröhlich. »Habt ihr einen Stadtplan?«

»Sì.« Boris deutet auf einen großen Block mit Stadtplänen zum Abreißen, der auf dem Tresen liegt. »Hier sind wir. Du nimmst diesen Weg zur Piazza San Marco.« Mit einem blauen Kugelschreiber zeichnet er die Strecke ein, reißt das Blatt ab und gibt es mir.

»Danke.«

»Ich zeige dir dein Zimmer«, verkündet er und geht zur Treppe.

Ich bin im ersten Stock untergebracht. Mein Zimmer hat Holzbalken unter der Decke und cremefarbene Wände. Die dunkelrote Tagesdecke mit Blumenmotiv passt perfekt zu den Vorhängen am Fenster. Das Kopfteil vom Bett und ein vergoldeter Spiegel sind kunstvoll verziert.

»Wunderschön«, sage ich ergriffen, als Boris mir die Schlüssel gibt.

»Wir sehen uns später. Nutz das gute Wetter aus!«, drängt er.

Wir treten nach draußen auf den breiten Gehsteig. Alessandro bleibt stehen und sieht mich an, die Hände in den Hosentaschen.

»Findest du dich damit zurecht?« Er weist mit dem Kinn auf den Stadtplan.

Ich spähe darauf. Der Plan sieht sehr kompliziert aus. Venedig ist ein Gewirr aus gewundenen schmalen Gassen, Kanälen und Brücken.

»Das geht schon«, erwidere ich unsicher.

Alessandro schaut in Richtung Zentrum. »Ich komme noch ein bisschen mit.«

Als wir nebeneinander gehen, erwachen die Schmetterlinge wieder in meinem Bauch. Alessandro hat die Hände in den Hosentaschen, doch dann zieht er die rechte mit seinem Handy heraus. Nach einer Weile wird mir klar, dass er es zum Navigieren nutzt.

»Geht das gut?«, frage ich.

»Ja, aber ich bin es auch gewöhnt. Wir wollen da hin!« Er zeigt es mir.

Ich vergleiche seine Karte mit meiner auf Papier. Hm. Vielleicht hätte ich mir doch ein besseres Handy kaufen sollen.

Wir laufen an smaragdgrünen Kanälen und in Ocker-, Lachs- und Cremetönen gehaltenen Häusern mit hölzernen Fensterläden entlang. Irgendwann taucht noch ein Gebäude der Universität auf, modern weiß mit einem grünen Kupferdach, und dahinter ist ein begrünter Platz, gesäumt von Cafés.

Ein geschminkter Pantomime in schwarzem Anzug und Zylinder gibt eine kleine Vorstellung vor einem farbenfrohen Blumenstand, die Luft ist erfüllt vom himmlischen

Duft karamellisierten Zuckers aus einer nahegelegenen Crêperie.

Ich atme tief ein, und meine Brust füllt sich mit mehr als purer Luft. Ich bin außer mir vor Freude, endlich in Venedig zu sein. Es ist genauso unwirklich und fesselnd, wie ich es mir ausgemalt habe. Wenn man die Stadt im Film sieht, wirkt sie wie eine Kulisse. Aber das ist sie nicht. Sie ist real. Durch und durch. Es kommt mir vor, als liefe ich durch mein persönliches Märchen.

Als wir uns dem historischen Stadtkern nähern, sind mehr Menschen auf den Straßen. Manche Häuser sehen ziemlich heruntergekommen aus, aber hin und wieder kann ich durch ein Fenster einen Blick hineinwerfen und entdecke einen riesigen Kristallüster oder ein gewaltiges Ölgemälde in einem goldenen Rahmen und denke, wie sehr der äußere Eindruck doch täuschen kann.

Irgendwann gelangen wir an eine Holzbrücke mit Stufen, auf der sich die Touristen nur so drängeln. Rechts von uns, am Ende eines langen Kanalabschnitts, erhebt sich eine große Kirche mit einer Kuppel. Boote mit Fahrgästen oder Waren für Hotels und Restaurants fahren unter uns entlang. Als ich zwei Gondeln sehe, quietsche ich fast vor Begeisterung. Eine Gondelfahrt will ich auf jeden Fall machen.

Wir lassen den Kanal hinter uns und gelangen in ein Viertel mit engen Gassen und noch kleineren Gängen. Überall sind Geschäfte: Chanel, Dior und weitere internationale Designer. Daneben Juweliere, Läden mit venezianischem Glas und unzählige Shops mit billigem Touristennepp.

Ich starre auf meinen Stadtplan und stelle fest, dass ich überhaupt nicht mehr weiß, wo ich bin.

Alessandro zeigt es mir auf seinem Handy. »Da ist das Hotel. Wir sind über diese Brücke gekommen.«

Meine Freude erhält einen leichten Dämpfer, als ich mir den langen, komplizierten Rückweg ansehe. Ich habe keine Ahnung, wie ich das schaffen soll. Ich muss wirklich lernen, Pläne und Karten zu lesen, wenn ich irgendwo allein klarkommen will.

Seufzend drückt mir Alessandro sein Telefon in die Hand und nimmt mir den Stadtplan ab, um ihn zusammenzufalten. »Du kannst mein Handy haben, so lange du hier bist«, sagt er.

Ich schüttele den Kopf. »Nein, lass! Ich komme schon klar.«

»Dann hätte ich aber ein besseres Gefühl, dich allein zu lassen«, sagt er. »Erinnere mich, dass ich das Ladekabel aus dem Bulli hole, bevor ich losfahre.«

Normalerweise würde ich mir so ein teures Gerät nicht ausleihen, aber es rührt mich, dass er sich solche Sorgen um mich macht.

Außerdem verspüre ich den seltsamen Wunsch, etwas bei mir zu tragen, das ihm gehört.

Alessandro schaut mir über die Schulter, zeigt auf das Display und weist nach vorn. »Da entlang müssen wir.«

Wir nehmen einen dunklen Bogengang mit Kolonnaden, und nach wenigen Sekunden werden wir durch die Menschenmassen voneinander getrennt. Alessandro greift nach meiner Hand. Das Herz schlägt mir bis zum Hals, als er mich durch die Menge auf einen gewaltigen Platz leitet.

Am anderen Ende erhebt sich eins der prachtvollsten Gebäude, das ich je erblickt habe. Es ist hell und hat mehrere Kuppeln auf dem Dach. An der Fassade glitzern goldene Fresken.

»Die Basilica San Marco, der Markusdom«, sagt Alessandro. Ich spüre, wie er mich beobachtet, während ich leicht atemlos den spektakulären Anblick in mir aufnehme.

Rechts von mir ist ein Glockenturm aus rotem Backstein, der sich hoch in den Himmel reckt. Der Säulengang umgibt den Platz von drei Seiten. Zu unserer Linken schimmern Hunderte von Bogenfenstern grellweiß in der Nachmittagssonne.

Wir überqueren den Platz. Die Kolonnaden auf der rechten Seite werden gerade gesäubert und sind deshalb halb von einem Gerüst verdeckt. Die daneben sind schmutzig-grau.

»Dieser Platz steht oft unter Wasser«, erklärt mir Alessandro.

Ich kann es kaum glauben.

Ich bin zu aufgeregt, um meine Umgebung entsprechend zu würdigen, weil wir noch immer Händchen halten.

Vor meinem inneren Auge sehe ich Louise, die alles andere als beeindruckt ist.

Sie hat ja recht. Die Schmetterlinge drehen durch. Sie müssen sich wieder beruhigen.

Ich zwinge mich, Alessandros Hand unter dem Vorwand loszulassen, mein Haarband zurechtzurücken, dann konzentriere ich mich auf sein Handy.

Er schiebt die Hände in die Hosentaschen, und mein Herz zieht sich ein klein wenig zusammen.

Rund um den Markusplatz befinden sich voll besetzte Cafés. Leckere Düfte erfüllen die Luft und vermischen sich mit dem Geruch des Meeres.

»Oh, guck mal, was die für schöne weiße Anzüge tragen!« Ich stoße Alessandro an und deute hämisch auf die Uniformen der Kellner.

»Ich bekomme schon Stress, wenn ich die nur sehe«, gibt er sich entrüstet, doch sein Mund verzieht sich zu einem Grinsen, während er mich aus dem Augenwinkel beobachtet.

»Gestern in Tivoli habe ich Fotos von dir gesehen«, bemerke ich beiläufig.

»Ach, ja?«

Ich nicke. »Du hattest so bunte Sachen an, dass ich dich kaum erkannt habe.«

»Waren auch Fotos von Carlotta dabei?«, fragt er.

»Ja.« Ich senke den Blick und füge hinzu: »Sie war bezaubernd.«

Als wir den Glockenturm hinter uns lassen, kommt der Palazzo Ducale beziehungsweise der Dogenpalast in Sicht. Mit seinen unzähligen Bögen und kunstvollen Kolonnaden gehört er ebenfalls auf die Liste der reich verziertesten Gebäude, die ich je gesehen habe. Wir bummeln weiter und weichen den anderen Touristen aus.

Das Meer ist rechts von uns, weit und blau. Es sieht völlig anders aus als in Adelaide, wo meine Großeltern manchmal mit mir Urlaub machten. Statt an lange Sandstrände reicht das Wasser hier direkt an die zauberhafte Stadt heran.

Wir gelangen an eine Brücke. Von dort aus zeigt Alessandro mir eine weitere, perfekt geschwungene Brücke aus reich verziertem weißen Stein weiter hinten, die den Dogenpalast mit einem Gebäude auf der anderen Kanalseite verbindet.

»Die Seufzerbrücke«, erklärt er mir. »Das da ist das neue Gefängnis.« Er zeigt auf das Gebäude rechts. »Die Brücke verbindet es mit den Verhörkammern im Dogenpalast. Wenn Gefangene ihren Weg ins Gefängnis antraten, konnten sie hier einen letzten Blick auf Venedig werfen.«

»Kein Wunder, dass sie Seufzerbrücke heißt«, sage ich. »Ich würde auch seufzen, wenn ich glaubte, dass ich diese wunderschöne Stadt zum letzten Mal sehe.«

»Lord Byron hat den Namen aufgegriffen und berühmt gemacht«, bemerkt Alessandro lächelnd.

»Er ist so poetisch.«

In Venedig gehört selbst eine Brücke zu den schönsten Dingen, die ich je gesehen habe.

Als ich meinen Blick davon losreiße, bemerke ich, dass Alessandros mich ansieht.

»Ich muss langsam los«, sagt er.

Auf dem Rückweg zum Hotel trübt seine bevorstehende Abreise meine Freude.

Melissa und ihr Freund Otello warten schon auf uns. Melissa sieht aus wie ihre Mutter Eliana, nur jünger und cooler mit einer Designer-Hornbrille und schwerem schwarzen Haar, das sie locker zu einem Knoten hochgesteckt hat. Kaum kommen wir herein, springt sie auf und begrüßt uns beide, küsst und umarmt uns herzlich. Ich nehme an, dass sie Alessandro länger nicht gesehen hat.

Otello ist zurückhaltender: ein großer, schmaler junger Mann mit dicken Augenbrauen und spitzem Kinn. Er macht einen netten Eindruck, ist nur etwas schüchtern.

»Willst du nicht warten, bis Loreta zurück ist?«, fragt Melissa Alessandro entgeistert, als er Anstalten macht zu gehen. »Sie hat dich seit einem Jahr nicht gesehen!«

»Ich kann wirklich nicht länger bleiben«, erwidert er. »Aber am Freitag trinke ich einen Kaffee mit ihr.«

»Ich gehe mit dir zum Auto, ich brauche ja noch das Ladekabel«, verkünde ich und bitte ihn, noch kurz auf mich zu warten.

Als ihm klarwird, dass ich mein eigenes Ladekabel von oben geholt habe, damit ich ihm mein Handy leihen kann, winkt er ab. Er käme so klar.

»Was ist, wenn du auf einem Berg bist und Hilfe rufen musst?« Eine beängstigende Vorstellung.

»Na gut«, lenkt er ein, als wir über die Brücke gehen.

»Ich verspreche dir auch, deine Nachrichten nicht zu lesen.«

»Da gibt es nichts Interessantes zu sehen, kannst du mir glauben.« Nach einer kurzen Pause füge ich hinzu: »Ich lese deine auch nicht.«

»Da gibt es nichts Interessantes zu sehen, kannst du mir glauben«, wiederholt er.

»Keine Nachrichten von Mädchen, die wissen wollen, warum du nicht zurückrufst?«, necke ich ihn, auch wenn es mir schwerfällt.

»Ich gebe meine Nummer nie heraus, von daher ist das höchst unwahrscheinlich.«

»Du gibst deinen Freundinnen nicht deine Nummer?«

Er sieht mich bedeutungsschwer an.

Stimmt ja, er hat keine Freundinnen. Ich muss an die Frau denken, die ich neulich im Hintergrund gehört habe, und bekomme Bauchschmerzen.

Stumm gehen wir weiter. Schließlich unterbricht Alessandro das Schweigen.

»Als du mich an dem Abend angerufen hast, nachdem wir mit Logan und Lea essen waren ...«

Ich schiele zu ihm hinüber. Worauf will er hinaus?

»Da ist nichts passiert«, sagt er. »Ich meine ... mit dieser Frau ist nichts passiert.«

Sofort wende ich den Blick ab und erröte. Am liebsten würde ich sagen, dass es mir völlig egal sei, aber ich kann mich nicht überwinden zu lügen.

»Und wenn Carlo anruft?«, fragt Alessandro, ohne zu erklären, warum er in der Nacht damals weiterzog, nachdem er mich ins Taxi gesetzt hatte. »Soll ich ihm irgendwas von dir ausrichten?«

Ich weiß nicht, ob er mich veräppelt oder es ernst meint.

»Ich halte es für höchst unwahrscheinlich, dass Carlo sich bei mir meldet.«

»Und warum?«

»Weil wir nie mehr als Freunde sein werden.«

Ich habe ein Déjà-vu. Das sind genau die Worte, die Alessandro mal zu mir gesagt hat.

»Ah«, macht er, und wir verstummen beide wieder.

Die Strecke vom Hotel zum Bulli ist immerhin nicht sehr kompliziert. Ich glaube, dass ich es schaffe, allein zurückzufinden. Alessandro zieht die Seitentür auf und steigt in den Wagen, um einen Schrank zu öffnen.

»Wie lange dauert es von hier in die Berge?«, will ich wissen.

»Rund zweieinhalb Stunden.«

Das ist nicht besonders lang. Es tut mir trotzdem leid, dass er wegen mir keine Musik hören kann.

Alessandro kommt wieder heraus.

»Ladekabel.« Er reicht mir einen Stecker. »Und eine Powerbank.« Er legt mir ein kleines, schweres schwarzes Gerät in die Hände. »Wenn du das Navi vom Handy benutzt, saugt das schnell den Akku leer, deshalb nimm immer die geladene Powerbank in der Tasche mit. Sie ist zwar ein bisschen schwerer, aber ich will dich nicht verlieren«, sagt er beiläufig.

Einen ähnlichen Spruch hat er schon mal gemacht, nachdem ich das mit Carlotta herausfand, doch diesmal verändert sich der Sinn seiner Worte in meinem Kopf.

Ich will *ihn* nicht verlieren.

Als er mir in die Augen sieht, erschrickt er über meinen Blick.

Was ist, wenn er sich verletzt? *Ich will nicht, dass er das tut.*

»Bitte, spring nicht!«, platzt es aus mir heraus.

Alessandro macht ein sehr ernstes Gesicht und schüttelt den Kopf. »Verlang das nicht von mir, Angel.«

Mein Herz zieht sich zusammen, ich wende den Blick ab, lasse die Tasche von meiner Schulter rutschen und stelle sie auf dem Boden ab. Ich hocke mich hin, verstaue sein Ladekabel darin und hole mein Handy mit dem Kabel heraus. Langsam richte ich mich auf und gebe es ihm.

»Viel Spaß«, flüstere ich.

»Freitag hole ich dich ab«, erwidert er.

»Noch mal danke, dass du mich hergebracht hast«, sage ich, ohne ihn anzusehen. »Und für das geliehene Handy.«

Als ich mich abwende und gehe, spüre ich seinen Blick auf mir.

38

Trotz meiner wirren Gefühle für Alessandro verbringe ich herrliche Tage in Venedig. Meine Tante Loreta ist genauso nett wie der Rest der Familie, und mit Melissa verstehe ich mich prächtig.

Sie wohnt mit Otello unterm Dach. Einmal schleppt sie mich mit nach oben, weil ich ihr helfen soll zu entscheiden, was sie am Abend anzieht. Ich schaue mich in ihrem holzvertäfelten Kämmerchen mit den Veluxfenstern um. Als ob ausgerechnet ich sie bei der Kleiderwahl beraten könnte!

Nach dem ersten Bier legt Otello seine Zurückhaltung ab und entpuppt sich als sehr lustiger Zeitgenosse. Zusammen mit Melissa macht er es sich zur Aufgabe, mir das Beste zu zeigen, was Venedig zu bieten hat. Die beiden haben nichts dagegen, Touristen zu spielen: Wir fahren gemeinsam mit einer Gondel, ich bin aufgeregt wie ein kleines Kind, wir trinken sogar Bellini in Harry's Bar, jener berühmten Bar aus den Dreißigerjahren, die von so illustren Schriftstellern, Künstlern und Prominenten wie Ernest Hemingway, Charlie Chaplin und Alfred Hitchcock besucht wurde. Der Cocktail aus frischem Pfirsichpüree und Prosecco wird schnell mein neues Lieblingsgetränk, was gar nicht so gut ist, denn mit rund zwanzig Euro ist es das teuerste Getränk, das ich je bestellt habe. Wir gönnen uns bloß einen.

Ich bin völlig fasziniert von Venedig und seiner ätherischen Schönheit, auch wenn ich gelegentlich das Gefühl habe, durch einen aufwendig gestalteten Freizeitpark zu laufen. An manchen Ecken ist die Stadt mit ihren baufälligen Mauern, dem bröckelnden Putz und all der Graffiti ganz schön heruntergekommen, doch ich finde sie magisch und will auf jeden Fall zurückkehren.

Als es Freitag wird, habe ich mich in Bezug auf Alessandro etwas gefangen. Er hat mir am Donnerstag geschrieben, damit ich Bescheid weiß, dass es bei unserer Verabredung bleibt, dennoch bin ich erleichtert, als ich ihn sehe.

Wie versprochen, bleibt er auf einen Kaffee bei seiner Stieftante, ist aber sehr kühl und abweisend, so dass ich mich vor Verlegenheit winde, als wir endlich gehen. Die letzten Tage waren entspannt und unbeschwert, jetzt drückt Alessandros Benehmen auf die Stimmung. Was hat ihm diese Familie nur getan? Ich begreife es nicht.

Auch als wir im Bulli sitzen, kann man die Anspannung zwischen uns förmlich spüren. Ich dachte, er wäre erleichtert, endlich mal aus Rom rauszukommen, und jetzt behandelt er mich wieder so reserviert.

Ich kann mich nicht länger zusammenreißen. »Wieso bist du so komisch bei denen?«, fahre ich ihn an.

»Wie: komisch?«

»Du warst so ...« Ich suche nach dem richtigen Ausdruck. »Kalt«, ist das Wort, für das ich mich entscheide.

Unhöflich würde eher zutreffen, wenn ich ehrlich bin.

Alessandro antwortet nicht. Ich warte, er starrt düster durch die Windschutzscheibe.

»Ich kenne sie nicht so gut«, sagt er schließlich und nagt an seinem Daumennagel.

»Ich auch nicht!«

»Ich bin nicht wie du«, brummt er und schlägt mit der Hand so heftig aufs Lenkrad, dass ich erschrecke.

Das kann ich nicht bestreiten.
Die Minuten vergehen. Ich weiß nicht, was ich sagen soll.
Schließlich stößt er einen langen, tiefen Seufzer aus.
»Tut mir leid, wenn du dich für mich geschämt hast«, knurrt er. »Hab ein paar seltsame Tage hinter mir.«
Ich sehe ihn an. »Inwiefern?«
Er schüttelt den Kopf, zieht die Mundwinkel nach unten. »Kann ich nicht erklären.«
»Bitte!«
»Vielleicht später.«
»Soll ich Musik anmachen?«, frage ich nach einer Weile.
Er nickt und reicht mir das Handy, das ich ihm zurückgegeben hatte.
»Francesca hat gefragt, ob wir Lust hätten, mit ihr in Bologna essen zu gehen«, erzähle ich. Das war ein Vorschlag von Loreta, weil Bologna auf dem Weg nach Florenz liegt. »Weiß ja nicht, ob du in der richtigen Stimmung …«
»Kein Problem«, unterbricht er mich. »Wir müssten gegen Mittag da sein – frag sie, wo wir sie treffen sollen.«
Ich bin mir nicht sicher, ob das eine gute Idee ist, aber Alessandro scheint entschlossen, sich aufheitern zu lassen, also rufe ich an und verabrede mich mit Francesca.

Sowohl Francesca als auch ihr Mann Pepe schaffen es, ihre Pause so zu legen, dass sie mit uns Mittag essen können. Pepe ist Dozent an der Universität von Bologna, der angeblich ältesten Uni Europas – sie wurde 1088 gegründet! Francesca ist Zahnärztin. Mit fünfunddreißig ist sie meine älteste Cousine; Pepe ist nochmal zehn Jahre älter.
Wir gehen zu einem kleinen, unauffälligen Restaurant am Stadtrand, von dem Francesca schelmisch behauptet, es könne dem *Serafina* das Wasser reichen. Sie besteht darauf,

dass ich unbedingt *tagliatelle al ragù* probieren müsse, was ich gerne tue.

Das Rezept von Spaghetti Bolognese stammt aus Bologna, doch hier nennt man es nur *ragù*. Es muss mindestens zwei verschiedene Fleischsorten enthalten, normalerweise Schwein und Rind, außerdem Pancetta und Möhren, Sellerie und Tomaten. In Bologna isst man es nie mit Spaghetti, da die Nudelsorte aus dem Süden stammt, sondern immer mit frischen, selbstgemachten Eiernudeln wie Tagliatelle oder Fettuccine.

Es ist super lecker, aber meiner Meinung nach nicht viel anders als das Gericht von Giulio.

Beim Essen erkundige ich mich bei Francesca nach ihrer Schwangerschaft, und sie gibt zu, erleichtert zu sein, die morgendliche Übelkeit hinter sich zu haben. Sie hat am 18. Dezember ihren Termin; das Baby kommt also wahrscheinlich noch vor Weihnachten.

Alessandro unterhält sich fast nur mit Pepe über die Arbeit an der Uni, und ich bin dankbar, dass er seit Venedig etwas aufgetaut ist.

Gerne würde ich mir den mittelalterlichen Stadtkern ansehen, aber wir haben einfach nicht genug Zeit dafür, weil wir auf der Rückfahrt ja noch in Florenz und Siena vorbei wollen. Als wir uns in einem kunstvoll verzierten Säulengang verabschieden, nimmt mir Francesca das Versprechen ab, irgendwann wiederzukommen, damit sie mir alles zeigen kann.

Nach zwei weiteren Stunden Fahrt erreichen wir Florenz. Alessandro hat inzwischen bessere Laune, dafür ist meine im Keller.

Es ist halb vier. Mir war nicht klar, wie hektisch der Tag werden würde.

Alessandro schaut auf die Uhr. »Wir müssen uns beeilen.« Er will mir den Grund für die Hast nicht verraten, trotzdem rennen wir durch die Straßen von einer der schönsten Städte Italiens. Wir haben keine Zeit, stehenzubleiben und die Umgebung zu genießen. Die Straßen werden immer enger und voller, und als wir um eine Ecke biegen, trifft es mich wie ein Schlag: Vor uns erhebt sich ein eindrucksvolles Gebäude. Es ist gewaltig – ich habe keine Ahnung, warum es mir bisher nicht aufgefallen ist –, jetzt sehe ich nichts anderes mehr. Die grauen und weißen Steine der Mauern bilden eindrucksvolle Muster. An einem Ende erhebt sich ein hoher Glockenturm in den Himmel, am anderen eine riesige achteckige Kuppel aus rotem Backstein.

»Die drittgrößte Kirche der Welt, nach dem Petersdom in Rom und der St. Paul's Cathedral in London«, erklärt Alessandro. »Sie ist Santa Maria del Fiore geweiht, der heiligen Maria der Blume.«

Davon habe ich noch keine Postkarte bekommen!

»Da würde ich gerne mal reingehen.«

Alessandro schaut auf die Uhr. »Sie macht um halb fünf zu. Beeilen wir uns!«

Die Westfassade der Kirche ist noch eindrucksvoller. Sie ist mit Marmorblöcken in Grün- und Apricottönen verkleidet, dazu viel Weiß.

Im Innern der Kirche können wir uns endlich in Ruhe umsehen. In der Kuppel befindet sich eine Darstellung des Jüngsten Gerichts. Ich stehe eine Weile darunter und betrachte das wunderbare Kunstwerk, ehe ich merke, dass Alessandro nicht mehr da ist.

Ich entdecke ihn vor einem prächtigen baumförmigen Kerzenleuchter. Dutzende Teelichter flackern am Ende der Zweige, und als ich näher komme, wirft Alessandro Münzen in ein Kästchen und holt zwei neue Teelichter heraus. Er setzt sie in zwei leere Halter und entzündet sie mit einem Streichholz.

Erst in dem Moment bemerkt er mich. Für einen Sekundenbruchteil hält er meinen Blick. Meine Gegenwart scheint ihn nicht zu stören, deshalb bleibe ich stehen.

Wir betrachten die Lichter.

»Letzten Sonntag war ich spazieren und habe gesehen, wie du aus einer Kirche kamst«, bemerke ich.

Er erstarrt und sieht mich kurz an. »Warum hast du nichts gesagt?«

»Du bist zu schnell gegangen, ich konnte dich nicht mehr rufen.«

Mein Blick fällt auf die Goldkette um seinen Hals. Vorsichtig greife ich nach dem kleinen Kreuz und ziehe es unter seinem schwarzen Shirt hervor.

»Hat das deiner Mutter gehört?«

Er nickt. Sein Gesichtsausdruck ist widersprüchlich. Langsam dreht er sich zu mir um und nimmt mich in die Arme.

Zuerst bekomme ich keine Luft, doch ich lasse mich in ihn hineinsinken. Mir ist beinahe übel vor Glück.

»Ich habe mich nach deiner Berührung gesehnt«, flüstert er. »Auch wenn wir das nicht tun sollten.«

Ich frage mich erschrocken, warum er das sagt, wo doch vorher alles in Ordnung zu sein schien.

»Logan hat gedacht, bei uns würde mehr dahinterstecken«, bemerkt Alessandro. »Er meinte, ich würde widersprüchliche Signale aussenden.«

Ich antworte nicht, bin wie gelähmt.

»Ich möchte dir einfach nur nah sein«, fügt er hinzu.

Ich umarme ihn fester, da ich dasselbe empfinde.

Auch wenn es weh tut.

Der Dom schließt in Kürze, wir müssen uns voneinander lösen. Als wir zum Ausgang schlendern, nimmt Alessandro meine Hand.

»Die Kuppel ist bis sieben Uhr geöffnet«, sagt er. »Sollen wir hochgehen und den Ausblick genießen?«

»Ja, gerne!«

Mehrere hundert Stufen später hat meine Begeisterung deutlich gelitten. Alessandro grinst mich an, weil ich erneut stehenbleiben muss, um Luft zu holen. Er japst noch nicht mal ansatzweise!

»Für dich als geübten Bergsteiger ist das ja kein Problem«, brumme ich.

»Wir haben's fast geschafft«, ermutigt er mich.

Wir treten nach draußen zwischen die weißen Marmorsäulen, die das dekorative Türmchen oben auf der Kuppel halten. Der Dom überragt alles, nur der Glockenturm des Palazzo Vecchio ist noch höher. Die Stadt mit ihren roten Dächern liegt uns zu Füßen.

Plötzlich wird mir schwindelig. Ich taumele rückwärts und taste nach einer Säule.

Alessandros Hand schießt hervor und hält mich fest.

»Alles in Ordnung?«, fragt er besorgt.

»Ich bin noch nie so hoch gewesen«, erkläre ich. Ein kalter Schauer läuft mir über den Rücken.

»Hast du Höhenangst, Angel?«, fragt er, leicht belustigt.

»Keine Ahnung. Hab ich das?«

»Könnte sein.«

Er stellt sich neben mich, lehnt sich gegen die Säule und nimmt wieder meine Hand.

»Diese Kuppel wurde 1418 von Filippo Brunelleschi entworfen, nachdem er den Wettbewerb gewonnen hatte«, erzählt er. »Sie ist bis heute die größte je gebaute Backsteinkuppel, hält Blitzen und Erdbeben stand und trotzt offenbar auch dem Zahn der Zeit«, fügt er hinzu.

»Versuchst du gerade, mich abzulenken?«, frage ich.

»Klappt es?«

»Nicht wirklich.«

»Willst du nach unten?«

Ich nicke. »Ja, bitte!«

Kaum sind wir auf der Treppe, lässt das Schwindelgefühl nach. Auf dem Weg hinunter habe ich das Gefühl, versagt zu haben. Welche Gelegenheit ich da verpasst habe!

In der Zeit, die uns zur Verfügung steht, können wir Florenz nicht gerecht werden. Und noch nach Siena zu fahren lohnt sich kaum. Die Stadt ist bestimmt hübsch im Dunkeln, aber ich würde sie gerne bei Tag sehen.

Ich könnte heute in Florenz übernachten und morgen mit dem Zug über Siena nach Rom fahren.

»Hättest du Lust, hier zu übernachten?«, fragt Alessandro, als wir nach draußen treten.

Ich drehe mich zu ihm um. »Ginge das?«

Er schmunzelt über meinen Gesichtsausdruck und holt sein Handy heraus. »Ich rufe Giulio an. Dürfte kein Problem sein, dass er mich noch einen Tag vertritt.«

Ich bin glücklich und erleichtert. Die Vorstellung, mich durch die Zugverbindungen zwischen Florenz und Rom zu arbeiten, hat mir schon wieder Angst gemacht.

»Alles in Ordnung«, sagt Alessandro, nachdem er aufgelegt hat. »Sollen wir ein Hotel suchen?«

»Schläfst du da auch?«, will ich wissen.

Alessandro schüttelt den Kopf. »Ich nehme Frida.«

»Kann ich nicht …« Ich breche ab.

»Du willst auch im Bulli schlafen?«, fragt er angenehm

überrascht. »Das kannst du gerne machen. Man kann die Bank ausklappen.«

»Schön.« Ich lächele ihn an.

Da die Entscheidung gefallen ist, müssen wir uns nicht mehr beeilen. Alessandro will mir den Sonnenuntergang von einem bestimmten Aussichtspunkt zeigen. In gemächlichem Tempo schlendern wir in Richtung Bulli und kehren in einer gemütlichen Enoteca ein, um etwas zu essen.

Im Auto fahren wir dann ein Stück durch die Stadt, bis wir den Fluss überqueren und einen Hügel hinaufkriechen. Die Landschaft um uns herum wird grüner. Schließlich verlässt Alessandro die Straße und biegt auf einen Parkplatz.

»Piazzale Michelangelo«, verkündet er und sucht eine Lücke. Als wir stehen, klettert er zwischen den beiden Sitzen nach hinten, öffnet seinen winzigen Kühlschrank und holt eine Flasche Prosecco heraus.

»Ich hatte gehofft, dass wir irgendwo ein Gläschen zum Sonnenuntergang trinken können«, erklärt er und nimmt zwei Blechtassen aus dem Schrank.

Wir setzen uns auf eine Mauer und schauen hinunter auf eine der schönsten Städte der Welt. Selbst aus der Ferne ist der Dom gewaltig. Alles um ihn herum wirkt zwergenhaft.

Die Sonne spiegelt sich im Arno und fällt im Untergehen durch die Brückenbögen. Rechts, hinter der Kathedrale, verschwinden die Hügel im violettblauen Dunst, der immer dunkler wird, bis er bläulich grau aussieht.

Die Mauern des Doms leuchten pastellfarben, die Kuppel und die roten Dächer strahlen knallrot. Ich seufze tief, so wunderschön ist es.

Alessandro beobachtet mich.

»Du verpasst den Sonnenuntergang«, raune ich.

»Dein Gesichtsausdruck ist besser als die Aussicht.«

Ich schürze verächtlich die Lippen, aber spüre, dass er es ernst meint.

»Ich würde die Welt so gerne mit deinen Augen sehen«, sagt er sehnsüchtig.

»Ich hätte gerne, dass du mir die Welt zeigst«, entgegne ich.

Er verzieht das Gesicht vor Schmerz.

»Was ist?«

Er reißt sich zusammen, aber antwortet nicht, sondern fragt: »Gefällt es dir?«

Ich nicke. »Ich habe immer davon geträumt, dieses Land zu besuchen, mehr als jedes andere, und es ist genauso, wie ich es mir vorgestellt habe.«

»Und mit Giulio läuft es gut?«

»Doch, ja«, antworte ich. »Inzwischen fühle ich mich wohler in seiner Nähe, und ich bin mir sicher, dass unsere Beziehung noch enger wird.«

»Mir ist aufgefallen, wie entspannt er inzwischen ist. Am Anfang kam er mir ziemlich nervös vor.«

»Ich war auch nervös.«

»Freut mich, dass ihr euch besser kennenlernt, auch Serafina ...«

»Nonna«, berichtige ich ihn.

»Ja«, sagt er lächelnd. »Die ganze Familie freut sich, dich zu haben.«

»Und warum bist du so traurig?«

Er überlegt, ehe er antwortet. »Weil ich bald weg muss.«

»Weg? Wo musst du denn hin?«

»Auf die Straße. Meine sechs Monate im *Serafina* sind fast um.«

»Was meinst du damit?«

»In ein paar Wochen mache ich mich auf den Weg.«

»Aber ich dachte, du arbeitest den ganzen Sommer im *Serafina*!« Selbst ich höre die Panik in meiner Stimme.

Alessandro schüttelt den Kopf. »Ich bin schon fünfeinhalb Monate hier.«

Wieso habe ich das nicht gewusst? Als wir zum ersten Mal miteinander telefonierten, schlug er vor, dass ich den Sommer in Rom verbringe, deshalb nahm ich wohl an, er würde auch so lange da sein, doch jetzt wird mir klar, dass nie jemand genau gesagt hat, wann Alessandro Rom immer verlässt.

Wenn er Ende Juli losfahren will, werde ich über einen Monat ohne ihn hier sein.

Es macht mir Angst, wie sehr mich diese Vorstellung aus dem Gleichgewicht wirft.

»Ich wollte, dass du Giulio und den Rest der Familie besser kennenlernst, bevor ich fahre, deshalb bin ich froh, dass du dich wohl fühlst.«

»Im Moment fühle ich mich alles andere als wohl.« Mein Inneres zieht sich zusammen. »Ich will nicht, dass du gehst.«

»Ich bin auch noch nicht bereit, mich von dir zu verabschieden, aber ich muss.«

»Warum? Warum so eilig?«

»Das kann ich nicht erklären.«

»Bitte, Alessandro!«

»Ich kann nicht. Ich verstehe selbst nicht richtig, warum das so ist, aber ich kann es nicht ändern.«

Voller Kummer sehe ich ihn an, er schaut in die Ferne, das Gesicht konzentriert und angespannt.

»Die Stadt kommt langsam zur Ruhe«, sagt er nach einer Weile.

Ich reiße meinen Blick von ihm los, um mich umzusehen. Die Laternen entlang dem Arno erwachen zum Leben, glitzern gelb im dunkler werdenden Licht. Der Dom erstrahlt in einem goldenen Schimmer.

»Komm, wir machen uns bettfertig«, sagt Alessandro schließlich.

Während ich mir die Zähne putze, klappt er die Bank aus, um das Bett zu bauen, legt Schlafsack und Kopfkissen heraus.

»Ich habe nur eine Garnitur, deshalb nehme ich den da«, sagt er und greift zu dem orangefarbenen Quilt, der sonst auf der Bank liegt.

»Ist der denn warm genug?«

»Das geht schon.«

»Bleib noch ein bisschen bei mir«, lade ich ihn ein. »Wollen wir noch einen Prosecco trinken?«

»Klar.« Bisher hat er kaum einen Tropfen angerührt. »Dann hätte ich die Bank besser oben gelassen.«

»So ist es gemütlicher.«

Ich krabbele ans Ende des Betts und kuschele mich in seinen Schlafsack. Mit dem Rücken zum Heckfenster klopfe ich auf den Platz neben mir. Alessandro kommt dazu und stößt mit mir an.

Nachdem er auf der Fahrt hierher kaum ein Wort herausbekommen hat, will er jetzt genau wissen, was ich in Venedig alles unternommen habe. Wir unterhalten uns und trinken den Prosecco. Der Schlafsack ist gemütlich und warm. Darin fühle ich mich Alessandro nah, weil er ihn jede Nacht benutzt. Irgendwann breitet er ihn über seine Beine.

»Morgen«, sagt er schließlich, »gehen wir über die Ponte Vecchio nach Florenz. Das ist eine überdachte mittelalterliche Brücke, auf der immer noch Geschäfte stehen, so wie früher.«

»Hört sich gut an.«

»Dann besuchen wir die Piazza della Signoria. Soll ich dir den David von Michelangelo zeigen?«

»Aber natürlich!«

»Vor dem Palazzo Vecchio, dem Rathaus, steht eine Nachbildung. Das Original ist in den Gallerie dell'Accademia, da können wir es uns gerne ansehen, wenn du willst. Außerdem müssen wir zum Neptunsbrunnen und natürlich auf jeden Fall in die Uffizien, das Kunstmuseum. Langweile ich dich?«

Er merkt, dass ich gähne.

»Nein! Entschuldige, das klingt alles ganz wunderbar. Ich höre dir gerne zu. Deine Stimme ist so melodisch und getragen. Schön.«

Ich stelle meinen leeren Blechbecher in die Spüle und nehme eine gemütliche Schlafhaltung ein. Habe keine Lust, mir noch mal die Zähne zu putzen.

»Besser, du schläfst jetzt«, sagt Alessandro.

»Bleib hier!« Ich lege ihm die Hand auf die Brust.

Er bleibt sitzen. Nach einer Weile greift er unter meinen Kopf und löst das Band, um meine Locken zu befreien. Zärtlich streicht er mir übers Haar, immer wieder, in gleichmäßigem Rhythmus.

Die Wärme meines Herzens dehnt sich auf jeden Zentimeter meines Körpers aus.

Ich spüre es genau: Ich bin auf dem besten Weg, mich in ihn zu verlieben.

39

»*Sono terrorizzato.*«

Als ich Alessandros Worte höre, fahre ich hoch. Ich hebe den Kopf und sehe ihn im Dunkeln an. An ihn gekuschelt, bin ich eingeschlafen, er sitzt noch aufrecht da, den Rücken ans Heckfenster gelehnt. Mit glänzenden Augen streicht er mir über die Haare.

»Entschuldigung. Ich wollte dich nicht wecken.«

»Schon gut. Ich habe einen leichten Schlaf.«

Beruhigend streichelt er mir weiter über den Kopf, damit ich wieder im Reich der Träume versinke.

»Was ist los? Was hat dich so aufgeschreckt?«, frage ich, will mich nicht beschwichtigen lassen.

Seine Hand hält inne. »Du hast mich verstanden?«

Ich nicke. Weil ich das Wort *Terror* herausgehört habe. Die Verwandtschaft war mir schon beim Vokabellernen aufgefallen.

Alessandro seufzt leise, aber antwortet nicht.

Ich setze mich auf, damit wir auf Augenhöhe miteinander sprechen können.

»Wovor hast du Angst?«

Im Dunkeln starrt er mich an. »Das hier macht mir Angst«, flüstert er und zeigt auf mich und sich.

Mir wird flau im Magen.

»Du brauchst keine Angst zu haben«, erwidere ich mit bebender Stimme, als sei es ganz einfach. »Das ist in Ordnung.«

Sein Blick wandert zu meinen Lippen. Dann schaut er zur Seite und schüttelt den Kopf. »Es ist nicht in Ordnung.«

»Doch, ist es«, widerspreche ich, nehme seine Hand und fordere ihn auf, mich anzusehen.

»Ich will dir nicht weh tun.«

»Warum solltest du?«

»Ich möchte dir gerne nah sein, aber es geht nicht. Ich kann so nicht weitermachen.«

»Das verstehe ich nicht.« Ich bin mir sicher, dass er überlegt, mich zu küssen, was ich mir sehnlichst wünsche. »Wir sind erwachsen. Wir können unsere eigenen Entscheidungen treffen. Wenn es so sein soll, können wir es nicht einfach wegdrücken, nur weil du Giulio mal was versprochen hast.«

»Es geht nicht um mein Versprechen gegenüber Giulio.«

»Hast du noch jemandem was versprochen?«

Er wendet den Blick ab.

»Wem? Dir selbst?«

Alessandro schweigt.

»Ich habe dich gern«, sage ich. »Sehr gern.«

»Genau davor habe ich Angst.«

»Du hast Angst, dass ich versuche, dich von etwas abzuhalten, woran dein Herz hängt, oder? Nein, das tue ich nicht. Nicht, wenn es dir so viel bedeutet. Natürlich finde ich es schrecklich, dass du dich von Klippen stürzt, aber irgendwie werde ich damit klarkommen.«

»Ich bin gestern gesprungen«, gesteht er. Ich erstarre. Mit gequälter Stimme fährt Alessandro fort: »Wie schon gesagt, fühle ich mich normalerweise nur dabei wirklich frei. In dem Moment, wo ich springe, ist der Kopf absolut glasklar ... Ich bin total konzentriert, zuerst aufs Fallen und dann aufs Überleben. Aber gestern ...« Er schüttelt den Kopf. »Gestern war ich in Gedanken nicht beim Sprung. Sondern bei dir.«

Wärme breitet sich in mir aus, die Angst wird schwächer, doch dann begreife ich, dass er darüber nicht erfreut ist.

»Beim Fallen musste ich an dich denken. Ich war abgelenkt, konnte nicht mehr mitzählen, habe den Fallschirm zu spät geöffnet.«

Mir wird schummrig vor Entsetzen.

»Ich bin sicher unten angekommen, aber das hat mir wirklich Angst gemacht.«

»Vielleicht ist es ein Zeichen, dass du mit dem Springen aufhören sollst«, sage ich so ruhig und besonnen wie möglich.

Heftig schüttelt er den Kopf. »Das geht nicht. Nein. Ich höre niemals auf.«

Seine Inbrunst wirkt fast krankhaft auf mich. Ich weiß, dass er es nicht erklären kann, deshalb bitte ich ihn gar nicht erst darum.

»Tut mir leid, dass ich dich geweckt habe«, wechselt er das Thema. »Komm, wir müssen ein bisschen schlafen.«

Er schiebt sich nach unten, um mir zu signalisieren, dass es ihm ernst ist.

Zögernd tue ich es ihm nach, kann den Blick aber nicht von ihm abwenden.

Alessandro liegt auf dem Rücken und sieht an die Decke. Ich vergehe innerlich. Ich weiß nicht, wie ich ihm helfen soll.

Ich strecke die Hand aus und streiche ihm über die Wange, dann lege ich sie auf seine Brust. Er atmet tief ein und bedeckt meine Hand mit seiner.

Als ich endlich die Augen schließe, starrt er noch immer nach oben ins Leere.

40

Es wundert mich nicht, dass Alessandro nach unserer Rückkehr in Rom wieder auf Distanz geht. Aber das mache ich nicht mit. Jetzt nicht mehr. Nicht nach dem, worüber wir in Florenz gesprochen haben.

»He!«, rufe ich, als er am Pausenraum vorbeigeht, wo ich mir gerade eine neue Schürze hole.

Er stutzt, kommt zurück und bleibt in der Tür stehen. »Was ist?«

»Komm mal her!«

Zögernd tritt er vor und sieht sich über die Schulter um.

Mein Vater ist mit Antonio und Maria in der Küche, Cristina deckt die Tische. Außer uns ist niemand hier.

»Was ist denn?«, fragt er mit ausdrucksloser Miene.

Mit seinem leichten Bartschatten sieht er heute besonders anziehend aus.

Ich gehe zu ihm und schlinge die Arme um seine Taille.

»Nimmst du mich mal in den Arm?«

»Nicht hier.« Mit blitzenden grünen Augen greift er nach meinen Handgelenken und zieht sie von seinem Körper. Sein Blick streift meine Lippen, er wendet ihn schnell ab. Unvermittelt frage ich: »Wo hast du meine Eltern zusammen gesehen?« Das möchte ich schon die ganze Zeit wissen.

Alessandro runzelt die Stirn. »Wie meinst du das?«

»Damals, als du klein warst. Wo hast du sie gesehen?«

»Hier, im Pausenraum.« Er weist auf die hintere Wand.

Ein Schauer läuft mir über den Rücken. Ich drehe mich um. *Wurde ich hier gezeugt?*

»Wieso bist du eigentlich nicht sauer auf die beiden?« Auch das wollte ich ihn schon lange fragen.

Alessandro denkt nach. »Wahrscheinlich habe ich schon damals verstanden, weshalb Giulio mit einer anderen Frau zusammen sein wollte. Ich habe es zu Hause ja auch nicht ausgehalten. Bin immer lieber ins *Serafina* gegangen, als bei meiner Mutter zu bleiben. Giulio muss große Schuldgefühle gehabt haben. Ich hatte auf jeden Fall welche.«

Ich mache einen Schritt auf ihn zu.

»Jacopo kommt heute«, sagt er abrupt. Bevor ich mich freuen kann, fügt er hinzu: »Die Zwillinge haben nächste Woche Geburtstag und werden achtzehn, dann kann Jacopo die Theke machen, während ich weg bin.«

Fassungslos bleibe ich zurück, noch lange nachdem Alessandro den Pausenraum verlassen hat.

Es ist, als sähe ich Wasser über Felsen stürzen. Der Fluss fließt unablässig weiter, ich kann ihn nicht aufhalten.

Ich dachte, ich hätte noch zwei Wochen Zeit, um auf Alessandro einzureden, damit er es sich vielleicht anders überlegt, doch mit jedem vergehenden Tag wird dieses Ziel unerreichbarer.

Er trifft Vorbereitungen, bemüht sich, alles geordnet zu hinterlassen. Er nimmt sich sogar die Zeit, sich mit mir hinzusetzen und für die übernächste Woche meinen Ausflug nach Capri und an die Amalfiküste zu planen. Er zeigt mir, welche Züge und Fähren ich nehmen muss, und erklärt mir die Strecke auf einer Landkarte.

Immerhin nimmt er noch an Valentinas und Jacopos Geburtstagsfeier am Sonntag teil – das *Serafina* bleibt an dem Tag geschlossen. Sie feiern mit allen Freunden und Verwandten zu Hause in Tivoli; Loreta, Boris, Melissa und Otello kommen aus Venedig, Francesca und Pepe aus Bologna.

Giulio bricht schon einen Tag früher auf, um beim Kochen zu helfen. Alessandro fährt am Sonntag mit Cristina, Stefano und mir hin. Unsere Kollegen verbringen die Nacht bei Freunden in der Nähe; Giulio und ich schlafen im Haus. Valentina nimmt mich auf. Alessandro hält sich natürlich an Frida.

Am frühen Sonntagnachmittag holt er uns ab. Ich schlage ihm vor, kurz hereinzukommen, weil Cristina noch nicht fertig ist.

»Neue Postkarten«, murmelt er und nimmt einen kleinen Stapel von der Kommode.

Es sind mehrere eingetroffen, während ich unterwegs war: Cathy schreibt mir, wie sehr sich ihre Tochter über die eigens für sie gebastelte Hochzeitskarte gefreut habe, die ich ihr dagelassen hatte. Rita und Jan haben die wunderbare Nachricht für mich, dass sie endlich schwanger ist, nachdem die beiden es lange vergeblich versucht haben. Pasha, ein russischer Freund von mir, teilt mir mit, dass er für seine Dissertation an der Open University, bei der ich ihm geholfen hatte, die Bestnote erhalten habe. Jimmy erzählt, dass er meinen Wein mit Bonnie, Mick, Vera und Laszlo am Geburtstag seiner verstorbenen Frau Vicky getrunken habe. Sie hätten auf mich angestoßen.

»Fehlen sie dir?«, fragt Alessandro.

Ich nicke. »Besonders Jimmy und Bonnie. Ich mache mir Sorgen um Jimmy, weil er allein ist, auch um Bonnie. Sie hat zwar Mick, aber früher war sie sehr oft bei Nan und mir. Mick geht noch jeden Tag schürfen, und Bonny ist im Ruhestand, deshalb sucht sie immer Gesellschaft.« Ich bin froh, dass sie sich regelmäßig mit Jimmy trifft, seit ich fort bin. »Mit den meisten anderen bin ich über Facebook befreundet. Ich habe nicht das Gefühl, dass sie so weit weg sind.«

»Sie schreiben dir auf Facebook, und trotzdem schicken sie dir Postkarten.«

Ich zucke mit den Achseln und lächele schwach. »Das mag ich halt.«

»Und wie findest du es, dass du im September wieder zurückmusst?«

Ich kneife meinen Mund zusammen. »Ich bin hin und her gerissen. Natürlich freue ich mich, alle wiederzusehen, außerdem muss ich mich um einiges kümmern, aber ich möchte bald wieder nach Italien.« Giulios Vaterschaftstest war positiv, es läuft also alles wie geplant, was mich unheimlich freut. Die Vorstellung, dass ich vielleicht ein uneingeschränktes Visum für dieses Land erhalte, so dass ich kommen und gehen kann, wie es mir gefällt, macht mich ganz kirre, aber ich will mir nicht zu große Hoffnungen machen, bevor es nicht ganz sicher ist. »Ich wäre gerne zu Weihnachten in Tivoli«, verrate ich sehnsüchtig.

Alessandros Blick sucht meinen. Der Schmerz in seinem Gesicht raubt mir den Atem. Bevor ich ihn fragen kann, was los ist, tritt Cristina aus ihrem Zimmer. »Fertig!«

Alessandro legt die Postkarten wieder auf die Kommode und öffnet die Wohnungstür.

Für die Geburtstagsfeier übertreffen die Marchesis sich selbst. Bunte Pompons, Girlanden und Sterne hängen in den Bäumen. Die große Tafel biegt sich unter einer leckeren Auswahl von Antipasti und eisgekühlten alkoholischen Getränken. Jacopo und Valentinas Schulfreunde spielen live, ihre

Musik erfüllt die Luft. Mehrere Dutzend Gäste feiern auf der oberen Terrasse, plaudern, essen und trinken.

Selbst Carlo und Bruno sind da. Ich bin schon rübergegangen und habe sie begrüßt. Abgesehen vom ersten leicht befangenen Moment, als Carlo nach meinem doppelten Wangenkuss errötete, haben wir uns angenehm unterhalten.

Allmählich geht der Nachmittag in den Abend über. Die Lampionketten in den Bäumen leuchten. Die Gäste fangen an zu tanzen, Stefano natürlich in erster Reihe. Er hat gute Laune, weil er einen Rückruf von der Seifenoper bekommen hat, für die er vorgesprochen hat. Ich drücke ihm die Daumen.

Als ich mit Melissa auf der Terrasse stehe, gesellt sich Cristina zu uns. Meine Cousine geht ihren Freund Otello suchen.

»Hey«, sage ich zu ihr und halte währenddessen Ausschau nach Alessandro. Er steht mit Jacopo bei der Band.

»Ich habe gestern Abend Lindsey geküsst«, platzt es aus Cristina heraus.

Sofort bin ich hellwach. »Ja?«

Sie nickt und wird rot.

»Und, wie war's?«

Cristina zuckt mit den Schultern, doch ihre Augen strahlen. »Irgendwie schon geil.«

»Das ist ein guter Anfang«, sage ich lachend.

»Ich weiß gar nicht, wie es passiert ist. Wir waren am Tanzen, kamen uns immer näher und näher, und auf einmal haben wir uns geküsst. Ich weiß nicht mal, von wem es ausging, war halt so.«

»Hast du heute schon was von ihr gehört?«

»Sie hat mir geschrieben.«

»Was denn?«

»Ob ich heute Mittag Zeit hätte, aber ich bin ja hier.«

»Aber morgen hast du frei, oder?«

»Meinst du, ich soll ihr zurückschreiben?«

Ich verdrehe nur die Augen.

Grinsend holt Cristina ihr Handy heraus.

Alessandro steht immer noch bei Jacopo, doch sie reden nicht miteinander.

Stefano kommt zu mir und nimmt sich noch ein Bier aus dem mit Eis gefüllten Eimer. Er legt mir seinen leicht verschwitzten Arm um die Schultern und folgt meinem Blick.

»Du liebst ihn, nicht?«, sagt er.

»Stefano!«, ruft Cristina entrüstet.

Ich erstarre und schaue Stefano schockiert an.

»Merkt man«, sagt er achselzuckend und trinkt einen Schluck Bier.

Ich sehe Cristina fragend an, die ebenfalls nickt und mit den Schultern zuckt. »Absolut.«

Ich lasse die Schultern hängen. Cristinas Handy klingelt, sie meldet sich und geht ein paar Schritte zur Seite. Ich habe die Vermutung, dass es Lindsey ist.

»In dem Fall eh hoffnungslos«, sage ich zu Stefano und blicke wieder zu Alessandro hinüber.

»Tja, das wissen wir alle«, erwidert er flapsig.

Ungewollt muss ich grinsen, obwohl ich traurig bin.

»Wie kann er nur etwas von Teresa gewollt haben?«, murmele ich vor mich hin. »Mal abgesehen von ihrem Aussehen ...«

»Teresa hat ihn so umgarnt, wie sie es mit den Gästen macht«, erklärt Stefano. »Und Susanna ist verwöhnt. Sie wollte Alessandro haben. Sie hätte nicht eher aufgegeben, als bis sie ihn bekommen hätte.«

Ich seufze. »Ist egal. Wie Cristina schon sagte: Er wird mich nicht anrühren.«

»Warum nicht?«

»Aus Respekt vor Giulio.«

»Pah!« Stefano winkt ab. »Alessandro macht, was er will. Das heißt nicht, dass ich es gut finde, wenn du ihn anschmachtest. Wenn du mich fragst, ist er etwas seltsam. Warum suchst du dir keinen netten Jungen wie Carlo? Oder mich?«, schlägt er neckisch vor.

»Ja, klar.« Ich klopfe ihm auf die Brust.

»Okay. Wenn du Carlo nicht willst, versuche ich vielleicht mal, ihn vom Pfad der Tugend zu locken.«

»Ich wusste es!«, rufe ich und deute mit dem Finger auf Stefano.

»Ich mag Männer *und* Frauen, Angel. Steck mich nicht in eine Schublade!«

Belustigt schüttele ich den Kopf.

»Schluss jetzt mit diesen ernsten Themen«, sagt er. »Komm, wir tanzen!« Er nimmt meine Hand und zieht mich zur Band.

Alessandro ist nicht mehr dort. Im Laufe des Abends sehe ich ihn mal hier, mal da. Ich habe das Gefühl, dass er alles aus sicherem Abstand beobachtet.

So fühlte ich mich anfangs auch, als ich nach Italien kam, doch seine selbstauferlegte Zurückhaltung verstehe ich nicht. Ich weiß, dass er innerlich nicht kühl und reserviert ist, warum also spielt er es allen vor?

Ich habe heute versucht, ihn in Ruhe zu lassen, um mir selbst – und ihm – zu beweisen, dass ich auch ohne ihn glücklich sein kann, aber gelegentlich fange ich seinen Blick auf, und in seinem Gesicht steht eine unergründliche Mischung von Gefühlen. Er wirkt zufrieden, aber gleichzeitig verzweifelt traurig, und es ist noch eine andere Emotion dabei, die ich nicht richtig zu fassen bekomme.

Als sich unsere Blicke beim nächsten Mal treffen, sehe ich nicht beiseite. Er genauso wenig. Plötzlich geht er auf mich zu und bleibt einen Meter vor mir stehen. Ich erstarre.

»Hast du kurz Zeit für einen kleinen Spaziergang?«, fragt er und schaut mir tief in die Augen.

Ich nicke nervös.

Wir lassen die bunten Partylichter hinter uns und schlendern den Abhang hinunter. Das Gras unter unseren Füßen wird immer länger, je näher wir dem Fluss kommen.

»Früher habe ich so gerne hier gespielt«, verrät er. »Ich habe Schiffchen aus Papier gebastelt und sie ins Wasser gesetzt.« Er weist nach links. »Dann habe ich versucht, sie einzuholen.« Er nickt zum Haus seiner Großeltern hinüber. Die weiß getünchten Mauern leuchten im Mondschein. »Hab ich selten geschafft.«

»Wohnt da noch jemand?«

Wir bleiben stehen.

Er schüttelt den Kopf.

Das habe ich mir gedacht. Irgendwie fühlt sich das Haus leer und dunkel an.

»Carlotta war auch so gerne am Fluss«, fährt Alessandro fort. »Ich hatte ständig Angst, dass sie reinfällt. Man musste wie ein Luchs auf sie aufpassen. Sie war blitzschnell, wenn sie etwas wollte.« Er seufzt. »Morgen wäre sie dreiundzwanzig geworden.«

Vor Mitgefühl zieht sich mein Herz zusammen. »Entschuldigung. Ich habe das Gefühl, das hätte ich wissen müssen. Ihr Geburtstag ist direkt nach dem von Valentina und Jacopo.«

Alessandro nickt traurig.

»Ich freue mich, dass du zur Party gekommen bist«, sage ich.

»Wollte ich mir nicht entgehen lassen.«

»Alessandro, warum bist du so reserviert gegenüber deiner Familie?«, will ich wissen. »Und erzähl mir bitte nicht, das wäre nicht deine Familie, denn das sehen die alle anders. Sie haben dich lieb. Das merkt man total. Meinst du nicht, es wird langsam Zeit, dass du ihre Liebe zulässt? Dass es an der Zeit ist, dir selbst zu vergeben?«

Er sieht mich argwöhnisch an.

»Deine Großeltern haben dir verziehen, dass du damals verschwunden bist«, fahre ich vorsichtig fort. Er dreht sich zum Fluss um. »Und das war richtig von ihnen. Was du mitmachen musstest, war der Horror. Du warst noch ein kleiner Junge! Man kann dir keinen Vorwurf machen, weil du weggelaufen bist, oder für das, was danach geschah. Angesichts deines Traumas wäre jegliches Verhalten verständlich gewesen. Und Giulio, Serafina, Eliana, Loreta – die haben dir mit Sicherheit alle vergeben, nicht dass ich meine, dass es überhaupt etwas zu verzeihen gab. Ich finde wirklich, es wird Zeit, dass du dir selbst vergibst«, wiederhole ich.

Er atmet schwer aus und wendet sich mir zu. Die Lampions vom Haus spiegeln sich in seinen Augen. Er lächelt mich traurig an.

»Dein Heiligenschein leuchtet wieder«, murmelt er und greift nach meinem Haar. Offenbar wird es von hinten angeschienen. »Ich kenne niemanden, der so ein reines Herz hat wie du, Angel«, sagt er und streicht mir mit dem Daumen über die Wange. »Darf ich dich in den Arm nehmen?«

Mein Herz schlägt schneller. Alessandro legt die Arme um mich, ich drücke ihn an mich, aber wir sind uns immer noch nicht nah genug. Ich weiß nicht, wie viel Distanz mein Körper ertragen kann.

Oben am Haus spielt die Band ein langsames Stück. Während wir uns im Halbkreis drehen, spüre ich, wie er die Rückenmuskeln anspannt. Ich hebe ihm das Gesicht entgegen und kann nicht anders, als auf seinen Mund zu schauen. Seine Lippen sind geöffnet. Wir sind uns so nah, dass ich fühle, wie seine kurzen, kräftigen Atemzüge seine Brust an meiner weiten.

Doch ihm geht nie die Puste aus.

Mein Blick schießt hoch, ich halte die Luft an. Er scheint zu schwitzen.

»Alessandro?«

Er nimmt mein Gesicht in die Hände. Im Dunkeln sehen wir uns an.

»*Che Dio mi perdoni*«, flüstert er gequält.

Dann drückt er seinen heißen, trockenen Mund auf meinen.

Mein Herz stockt, dann erwacht es mit einem Ruck zum Leben, und mir fährt solch ein mächtiger Stromstoß durch die Adern, dass ich das Gefühl habe, in eine Steckdose zu fassen.

Zuerst küssen wir uns vorsichtig, zögernd, unsere Zungen erforschen den Mund des anderen, dann ändert sich etwas – irgendeine chemische Reaktion sorgt dafür, dass plötzlich alles Fahrt aufnimmt.

Meine Hände ballen sich um sein T-Shirt, unsere Hüften pressen sich aneinander. Ich ringe nach Luft, als sich sein Körper an meinem reibt und er mich nach hinten drückt, bis ich mit dem Rücken an die Mauer des Elternhauses seiner Mutter stoße. Alessandro hebt mich hoch und legt meine Beine um seine Taille. Er küsst mich leidenschaftlich. Mein

Körper ist voller Verlangen und Lust, und ich weiß, dass es ihm genauso geht. Ich kann es spüren. Ich will, dass er mich an Ort und Stelle nimmt. Das ist Wahnsinn, denn nur hundert Meter weiter findet die Party statt.

Mit einem tiefen, gequälten Stöhnen, das tief aus seinem Bauch zu kommen scheint, reißt er sich von mir los. So fühlt es sich zumindest an: wie ein körperlicher Schmerz.

»Warte!« Ich halte ihn am Handgelenk fest.

Er atmet schwer und streift mich kopfschüttelnd ab.

»Was stimmt denn nicht?«, will ich wissen.

»Alles!«, sagt er mit bebender Stimme. »Das hätte ich nicht tun dürfen.«

»Es ist gut«, erwidere ich bestimmt. »Das ist richtig.«

»Nein.« Er schüttelt den Kopf. »Nein. *Du bist nicht für mich bestimmt!*«

Was soll *das* denn bedeuten?

Ich habe keine Gelegenheit, ihn danach zu fragen, denn er macht kehrt und marschiert davon. Verzweifelt schaue ich ihm nach, den Rücken noch immer an der kalten Mauer des Hauses seiner verstorbenen Großeltern.

Den Rest des Abends halte ich Ausschau nach Alessandro, kann ihn aber nirgends finden. In den frühen Morgenstunden gehe ich nach draußen und will zu seinem Bulli, aber muss feststellen, dass Frida nicht mehr da ist.

41

Nach einer gemeinsamen Putz- und Aufräumaktion am nächsten Tag nimmt mich Giulio mit nach Hause. Normalerweise gehe ich solcher Arbeit nicht aus dem Weg, aber ich kann es nicht erwarten, zurück nach Rom zu fahren. Ich mache mir zu viele Sorgen um Alessandro. Er geht nicht dran, wenn ich ihn anrufe. Ich will einfach nur ins *Serafina*, sein Gesicht sehen und ihm versichern, dass alles gut wird.

Als wir schließlich am späten Nachmittag auf den Parkplatz rollen, ist sein Bulli nicht da.

»Er kommt wieder, keine Sorge«, sagt Giulio unbeeindruckt.

Am nächsten Morgen gehe ich früh zur Arbeit. Beim Anblick des leeren Parkplatzes gefriert mir das Blut in den Adern.

Ich stecke den Kopf in die Küche.

»Wo ist Alessandro?«

»Wahrscheinlich zur Beichte«, erwidert Giulio beiläufig.

»Ist er gestern nach Hause gekommen?«

»Keine Ahnung. Ich bin früh ins Bett gegangen. Hatte Kopfschmerzen.«

Er hat auf der Feier wirklich viel getrunken.

Als mir klarwird, was er gesagt hat, hake ich nach: »Was meinst du mit ›Beichte‹?«

»Beichte. In der Kirche. Da geht er jede Woche hin.«

»Was beichtet er denn?«, frage ich und merke erst dann, wie dumm die Frage ist.

»Keine Ahnung«, antwortet Giulio schmunzelnd. »Das bleibt ein Geheimnis zwischen ihm, dem Priester und dem da oben.« Er zeigt zur Decke.

»Ich wusste gar nicht, dass Alessandro so gläubig ist«, murmele ich und frage mich, wie viele Geheimnisse dieser Mann noch hat.

Giulio zuckt mit den Schultern. »War er früher nicht. Er hat mir mal erzählt, Gott sei ihm auf einem Berg begegnet. Er hätte oben auf dem Gipfel gestanden und unten im Tal eine Kirche gesehen. Da hätte er beschlossen, hinunterzusteigen und zu beichten. Seitdem macht er das, glaub ich.«

Mir fällt wieder die Party ein, wo Alessandro irgendwas über Gott sagte – *Dio* –, bevor er mich küsste. Was war das noch mal? Es klang so ähnlich wie »Pardon«. Ja, das war's: »*perdoni*«. Ich schlage es nach. Es heißt »vergeben«.

Da erinnere ich mich an den Rest des Satzes: »*Che Dio mi perdoni.*«

Möge Gott mir vergeben.

Bloß was?

Der nächste Tag vergeht, und noch immer keine Spur von Alessandro.

»Ich mache mir Sorgen um ihn«, sage ich zu Giulio.

Wir stehen auf dem Dach des Petersdoms im Vatikan, nachdem wir unzählige Stufen hochgestiegen sind. Ich hatte Angst, es könnte zu viel für Giulios Herz sein, doch er schaffte es mit weniger Husten und Prusten als ich.

Seit er mir erzählt hat, dass er mit meiner Mutter hier oben war, will er mich herbringen. Leider kann ich den Anblick nicht richtig genießen, dafür bin ich zu besorgt.

»*Sì.*« Mein Vater seufzt niedergeschlagen. »Es kann sein, dass er weg ist. Das hat er schon öfter gemacht; einfach losfahren, ohne jemandem ein Wort zu sagen. Er hat einen bestimmten Tag im Kopf, und wenn es so weit ist, macht er sich auf und verschwindet. Ich glaube, er verabschiedet sich nicht gerne. So ist Alessandro nun mal. Er kann sehr egoistisch sein.«

»Nein.« Ich schüttele den Kopf und schaue an den großen weißen Marmorstatuen von Jesus, Johannes dem Täufer und den elf Aposteln vorbei, die oben auf der Fassade stehen. Unter uns ist der gewaltige Petersplatz, dahinter die Stadt mit ihrer Vielzahl weißer Kirchenkuppeln, die in der gleißenden Morgensonne schimmern. Wir sind besonders früh hergekommen, um den Menschenmassen auszuweichen.

»Alessandro ist nicht egoistisch«, widerspreche ich. »Das glaube ich nicht. Es muss einen anderen Grund dafür geben, warum er ohne ein Wort verschwindet.«

»Der Junge ist mir ein Rätsel«, bemerkt Giulio. »Du wirst ihn nie verstehen, versuch es erst gar nicht! Er kommt und geht, wie es ihm gefällt. So wird es immer sein. Du wirst dich dran gewöhnen.«

Ich versuche zu verbergen, dass ich mit den Tränen kämpfe.

»Er muss einfach weg«, setzt Giulio hinzu. »Im Herzen ist er eben kein Stadtmensch.«

Eine einfache Erklärung, doch ich habe das Gefühl, dass mehr dahintersteckt.

Ich weiß nicht, wie ich die Woche überstehe. Ich schreibe sogar Lea eine Nachricht über Facebook, frage sie, ob sie oder Logan etwas von Alessandro gehört haben, doch sie verneint. Er antwortet weder auf meine Nachrichten, noch ruft er zurück. Wenn ich ihn anrufe, klingelt sein Handy so lange, bis die Mailbox anspringt. Ich kann es kaum begreifen, dass er verschwunden ist, ohne sich zu verabschieden, und ich kann mir nicht vorstellen, zurück nach Australien zu fliegen, ohne ihn vorher noch einmal zu sehen. In der nächsten Woche will ich eigentlich zur Amalfiküste aufbrechen, doch ich kann mich nicht darauf freuen.

Als ich am Wochenende im Bett liege und immer wieder meinen Opal in den Händen drehe, ruft Bonnie an.

»Ich habe gerade an dich gedacht!«, sage ich. Ich wollte mich bei ihr melden, wollte mit jemandem über Alessandro sprechen, doch weil sie versuchen würde, ihn mir auszureden, habe ich es gelassen. Es fällt mir deutlich leichter, Ratschläge zu erteilen als anzunehmen, stelle ich fest.

»Oh, Angie ...« Ihre Stimme ist voller Mitgefühl.

»Was ist denn?«

»Ich soll es dir eigentlich nicht sagen, aber ich kann nicht noch mehr vor dir geheim halten. Jimmy geht es nicht gut, Schätzchen.«

»Was hat er denn?«

»Krebs, Angie. An der Bauchspeicheldrüse, genau wie Vicky. Er hat nicht mehr viel Zeit.«

Oh, nein ... Bitte nicht ...

»Er will nicht, dass ich es dir erzähle, will dir nicht die Reise verderben, aber vielleicht rufst du ihn mal an.«

»Mache ich. Sofort.« Ich schlucke den Kloß im Hals hinunter.

Als Jimmy ans Telefon geht, klingt er müde. In Coober Pedy ist es erst acht Uhr abends.

»Jimmy? Ich bin's, Angie.«

»Hat sie es dir doch erzählt, ja?«, schimpft er. »Ich wusste, dass sie es nicht für sich behalten kann!«

»Es tut mir so leid«, flüstere ich mit Tränen in den Augen. »Ich buche den Flug um und komme früher zurück.«

»Genau das wollte ich verhindern!«, schreit er. »Dass du durch Italien reist und deinen Spaß hast, ist so ungefähr das Einzige, worüber ich mich noch freuen kann. Wenn du früher zurückkommst, schadet mir das eher, als dass es nützt, das kann ich dir versprechen.«

»Ach, Jimmy ...«

»Nicht, Schätzchen«, brummt er. »Ist alles gut. Ich bin bereit. Es ist Zeit, dass ich meine Vicky wiedersehe.«

Ich unterdrücke ein Schluchzen.

»Weißt du, Angie, als dein Großvater starb, da hast du als Einzige nicht gedacht, dass es mich hätte treffen sollen.«

»Das stimmt nicht!« Ich schnappe nach Luft. »Das hat niemand gedacht!«

»Oh, doch, mein Schatz«, erwidert er leichthin. »Aber ich habe es verstanden. Ich hatte keine Familie zu ernähren, ich hatte meine Vicky ein Jahr davor verloren, ich hatte, ehrlich gesagt, nicht viel, für das es sich zu leben lohnte. Doch das hast du anders gesehen.«

»Ja, natürlich!«

»Du bist ein ganz besonderer Mensch, Angie. Damals warst du erst siebzehn, aber du hast mich im Krankenhaus besucht, weißt du das noch?«

Ich nicke, bis mir klarwird, dass er das nicht sehen kann. Unter Tränen bejahe ich.

»Du warst so traurig wegen deines Großvaters, und trotzdem hast du nach meiner OP an meinem Bett gesessen, hast meine Hand gehalten und geweint, als ich klagte, es hätte mich treffen sollen. Du hast wirklich geweint und mir eingebläut, das dürfe ich nie wieder sagen.«

»Ich möchte nach Hause kommen.«

»Wag es nicht!«, ruft er. »Ich will dich nicht sehen, hörst du? Deine Stimme zu hören reicht mir.«

»Du warst es, der mir den Opal geschenkt hat, nicht? Der mit den hundert Karat.« Ich wiege ihn in der Hand, balle meine Faust darum, doch er tröstet mich nicht.

»Ja«, sagt Jimmy nach einer langen Pause leise. »Ich konnte nicht anders.«

Mein Herz zieht sich zusammen. Wie gerne würde ich durchs Telefon kriechen und ihn in die Arme nehmen!

»Ich habe ihn noch, hörst du?«, verrate ich.

»Warum hast du ihn nicht verkauft?«

»Ich mag ihn zu sehr. Er erinnert mich an die Heimat, und irgendwie auch an Grandad.«

»Nun ja, er stammt ja aus unserer Mine. Dein Großvater hat sich von seinem Anteil ein Auto gekauft und ist mit euch in Urlaub gefahren. Ich habe immer gedacht, dass mein Anteil irgendwann seinen Weg in deine Hände finden wird. Ich hoffe, du kannst ihn mal gebrauchen.«

Ich bringe kein Wort heraus. Als ich irgendwann wieder sprechen kann, sage ich mit rauer Stimme: »Jimmy?«

»Ja, Schätzchen?«

»Kannst du versuchen, bis September durchzuhalten? Dann komme ich zurück, und ich möchte dich gerne noch in die Arme nehmen.«

»Abgemacht«, erwidert er.

Ich entschließe mich, den Ausflug nach Capri zu verschieben. Noch immer mache ich mir Sorgen um Alessandro, und jetzt muss ich auch noch mit der Nachricht von Jimmy fertigwerden.

Ich sende Lea über Facebook eine Mitteilung, frage sie, ob Logan vielleicht bei seinen alten Basejumping-Kumpeln nachhorchen könne, ob irgendjemand Alessandro gesehen oder von ihm gehört habe.

Am nächsten Morgen ruft Logan persönlich zurück.

»Lea hat mir erzählt, dass du dir Sorgen um Allez machst.«

»Hast du von ihm gehört?«, frage ich hoffnungsvoll.

»Nein, nichts. Wahrscheinlich ist er auf dem Weg nach Norwegen. Er hat ja gesagt, dass er dahin will. Ist eine lange Fahrt.«

»Weißt du, wohin genau er will?«

»Nach Kjerag und Trollveggen, schätze ich. Es gibt ein Basejumping-Lager in Lysebotn, in der Nähe von Kjerag, da kannst du vielleicht anrufen und eine Nachricht für ihn hinterlassen.«

»Super Idee. Danke!«

»Kein Problem.«

»Logan«, setze ich zögernd nach. »Kannst du mir erzählen, wie ihr euch kennengelernt habt?« Ich habe immer noch das Gefühl, dass mir ein Puzzlestein fehlt. »Alessandro hat mir erzählt, dass es in den Dolomiten war. Er wäre oben auf dem Berg gewesen, als du mit deinen Freunden hochkamst. Ein paar Tage später hättet ihr euch wieder getroffen, da wärt ihr miteinander ins Gespräch gekommen.«

»Ja, so ähnlich war das.« Logan verstummt.

Als ich ihn bedränge, seufzt er und fährt fort: »Um ehrlich zu sein, dachte ich damals, er will sich umbringen«, gesteht Logan. »Er stand direkt am Abgrund. Erst glaubten wir, er sei ein Kollege von uns, bis uns auffiel, dass er keinen Fallschirm angeschnallt hatte. Mir setzte das Herz aus. In dem Moment bemerkte er uns und trat von der Kante zurück.«

»Was habt ihr gemacht?« Mir klopft das Herz bis zum Hals.

»Wir haben unser Ding durchgezogen und sind gesprun-

gen, selbstsüchtig, wie wir damals waren. Wir hatten den langen Aufstieg hinter uns und wollten belohnt werden, wollten den Adrenalinrausch, und zwar sofort. Aber anschließend musste ich immer wieder an den Typen auf dem Berg denken. Ich habe mich danach sogar informiert, ob sich jemand in den Tod gestürzt hat. Dann habe ich Allez ein paar Tage später wiedergesehen.«
»Das war der Tag, wo ihr euch unterhalten habt?«
»Genau. Ich wollte meinen Fehler wiedergutmachen. Er interessierte sich fürs Basejumping, also habe ich ihm von einem Kumpel erzählt ...«
Der Rest der Geschichte ist so, wie ich sie von Alessandro kenne.

Ein paar Tage später macht Giulio Jacopo im Restaurant zur Schnecke. Ein Gast hat den Kaffee zurückgehen lassen, weil er nicht heiß genug war.
»Alles in Ordnung?«, frage ich meinen Cousin, der ziemlich zittrig wirkt.
»Ja, schon.« Er nickt. »Zu dieser Jahreszeit ist Onkel Giulio immer empfindlich.«
»Was ist denn das Besondere an dieser Jahreszeit?«, frage ich stirnrunzelnd.
»Morgen ist der Todestag von Carlotta.«
Es ist, als würde mir ein Licht aufgehen. Schnurstracks laufe ich raus und rufe Logan an. Hoffentlich meldet er sich! In L. A. ist es neun Uhr morgens.
»Hallo?«
»Logan!«
»Wer ist da?«
»Ich bin's, Angie. Angel!«
»Oh, hallo. Alles in Ordnung?«

»Weiß nicht genau. Logan, kann ich dich was fragen? Weißt du zufällig, wo du den letzten leichtsinnigen Sprung von Alessandro gesehen hast?«

»Ähm, ja, das war in Chamonix. In den französischen Alpen.«

»Weißt du auch noch, zu welcher Jahreszeit das war?«

»Im Sommer.«

»Mitte August?«

»Kann sein.«

»Und als du ihn das erste Mal oben in den Dolomiten auf dem Berg sahst?«

»Das war auch im Sommer.«

»Wann genau? Kannst du dich an andere Gelegenheiten erinnern, als er besonders leichtsinnig war?«

»Könnte ich nachsehen«, erwidert Logan. »Ich führe über fast alle Sprünge Buch.«

»Super!«

»Glaubst du, dass die Daten was zu sagen haben?«

»Ich bin mir fast sicher.«

»Ich gucke mal nach, dann melde ich mich wieder.«

Nur zehn Minuten später tut er das tatsächlich. Verwirrt fragt er: »Was hat er bloß am vierzehnten und sechzehnten August erlebt?«

42

Astrid und Magnus, meine Freunde vom Backclub in Coober Pedy, haben einen Sohn namens Erik, der in Stavanger lebt, einer Stadt nicht weit entfernt von Kjerag, wo Alessandro nach Logans Meinung am nächsten Tag seinen ersten Sprung machen wird. Als ich Astrid erzähle, dass ich dorthinfliegen will, meldet sich Erik über Facebook bei mir und bietet mir an, seine Wohnung zu nutzen. Er sei mit seiner Familie den ganzen August über fort, seine Nachbarin habe einen Schlüssel und würde mich hereinlassen.

»Das ist das mindeste, was ich tun kann nach allem, was du für meine Eltern getan hast«, schreibt er. »Besonders nach der Hüft-OP meiner Mutter. Meine Eltern sind große Fans von dir.«

Ich bin gerührt.

Da ich keinen Abendflug mehr bekomme, buche ich den ersten verfügbaren Platz am nächsten Morgen in der Hoffnung, dass ich nicht zu spät bin.

Mein Vater bringt mich zum Flughafen. Ausnahmsweise schweigt er. Ich habe ihm nichts von meinen Sorgen um Alessandros geplante Sprünge erzählt – schließlich habe ich Alessandro ein Versprechen gegeben –, aber mein Vater muss meine Ängste spüren. Als ich ihm erzählte, dass ich nach Norwegen fliegen will, um Alessandro zu treffen, war er regelrecht erschüttert.

Er hält vor der Abflughalle. »Ich bin blind gewesen«, sagt er und schielt zu mir hinüber. »Venedig, Florenz ...«

Ich schüttele den Kopf. Er glaubt, wir hätten einen Liebesurlaub gemacht. »So war das nicht. Aber ich habe ihn gern, Papà. Sehr.«

»Das merke ich. Ich wusste nur nicht, wie gern.«

»Ich liebe ihn«, sage ich leise. Giulio zuckt zusammen. »Aber du brauchst dir keine Gedanken zu machen.«

»Wie soll ich mir keine Gedanken machen?«, platzt es aus ihm heraus. »Alessandro wird dich genau so fallen lassen wie alle anderen Mädchen. Er kann seinen ...«

Er wechselt ins Italienische, zu aufgebracht, um weiter Englisch zu sprechen.

»Beruhige dich«, sage ich, nachdem er eine Zeitlang herumgeschimpft hat. »Das ist nicht gut für deinen Blutdruck.«

Er schnaubt verächtlich.

»Vergiss nicht, deine Tabletten zu nehmen, wenn ich weg bin.«

Er schnaubt wieder, ich seufze.

»Bei mir ist Alessandro anders.«

Auch von der Bemerkung scheint er nicht viel zu halten.

»Ich habe eine Seite von ihm gesehen, die er anderen nicht so schnell zeigt«, fahre ich fort.

Giulio grummelt weiter auf Italienisch vor sich hin. Ich versuche es nicht mal zu verstehen, will es gar nicht wissen.

»Ihm gehen der Tod seiner Mutter und seiner Schwester noch immer sehr nah. Mehr als dir klar ist. Deshalb verschwindet er immer wieder, nicht weil er egoistisch wäre.«

Giulio verstummt.

Ich greife nach seiner Hand und drücke sie. »Papà, das wird schon. Was auch immer passiert, es wird nichts an unserer Beziehung ändern, das verspreche ich dir.« Ich beuge mich vor und gebe ihm einen Kuss auf die Wange. »Bis bald!«

In drei Wochen fliege ich von Rom zurück nach Australien.

Ich weiß, dass er davon nicht begeistert ist, aber er wird es überleben.

Wenn man eins über Giulio sagen kann, dann, dass er eine Kämpfernatur ist.

An einem strahlend sonnigen Morgen landet das Flugzeug in Stavanger, aber von dem Gerüttel ist mir speiübel. Ich habe herausgefunden, dass es verschiedene Fähren über den Lysefjord gibt, die mich ins Dörfchen Lysebotn an dessen Ende bringen können. Von dort brechen die Basejumper auf, aber man braucht zweieinhalb Stunden dorthin; und ich habe Angst, dass ich es nicht rechtzeitig schaffe. Wenn ich Alessandro schon nicht von dem Sprung abhalten kann, möchte ich ihn wenigstens einholen, bevor er zum nächsten Ziel aufbricht, doch selbst dafür könnte es schon zu spät sein.

Auf gar keinen Fall schaffe ich es vorher noch in Eriks Wohnung, und so erreiche ich mit dem von Cristina geborgten Rucksack auf den Schultern atemlos und verschwitzt den Fähranleger. An Bord der Fähre gehe ich nach oben an Deck und stelle mich an die Reling, zu nervös, um mich hinzusetzen. Die skandinavische Architektur nehme ich kaum wahr: Satteldächer und bunte holzverschalte Häuser am Hang hinter dem Hafen.

Wir lassen die Stadt hinter uns und passieren mit Nadelbäumen bewachsene kleine Felseninseln. Bald sind wir im Lysefjord, einem zweiundvierzig Kilometer langen Küsteneinschnitt, der in Lysebotn sein abruptes Ende findet.

Die Granitfelsen zu beiden Seiten des Fjords fallen jäh

zum Wasser hin ab. Irgendwann höre ich Fahrgäste über »die Kanzel« sprechen und folge ihren ausgestreckten Fingern. Zu unserer Linken erhebt sich eine gewaltige Klippe, auf der ein kleiner Würfel zu balancieren scheint.

Die Felswand zum Wasser ist teilweise so glatt und steil, dass nichts daran wächst. Andere Plateaus sind durchaus grün, an einem Hang entdecke ich sogar ein paar Ziegen.

Alles wirkt wie aus einer anderen Welt, doch ich bin zu gestresst, um die Aussicht zu genießen.

Was ist, wenn ich Alessandro nicht in Lysebotn finde? Wenn er seine Meinung geändert hat und woanders springen will? Ich habe mehrmals versucht, das Basejumping-Lager anzurufen, aber es ging niemand ans Telefon. Wahrscheinlich ist es eh besser, wenn er nicht weiß, dass ich komme.

Während sich die Fähre Lysebotn nähert, stelle ich mich vorne in den Bug, die Nerven zum Zerreißen gespannt. Plötzlich hüpft mein Herz vor Freude.

Ich erkenne Frida – sie steht am Hafen.

Ich weiß nicht, was Alessandro dazu veranlasst hat, an den Todestagen seiner Schwester und seiner Mutter von Klippen zu springen, aber offensichtlich ist es ein Ritual, das er jedes Jahr einhält, egal, bei welchem Wetter. Ist es gut, springt er. Ist es schlecht, springt er trotzdem. Das ist es, was Logan beobachtet hatte: Alessandros geradezu zwanghaftes Bedürfnis, sich von einer Klippe zu stürzen, selbst wenn er dabei das eigene Leben aufs Spiel setzt.

Es ist Irrsinn. Angsteinflößender Irrsinn. Ich habe keinerlei Erfahrung im Umgang mit psychischen Störungen; die Vorstellung, Alessandro zur Vernunft bringen zu müssen, jagt mir eine Heidenangst ein. Ich weiß nur, dass ich es versuchen muss.

Als Logan Alessandro zum ersten Mal in den Dolomiten sah, vermutete Logan, er sei lebensmüde. Vielleicht war Alessandro das wirklich, ist es möglicherweise noch immer. Sein Verhalten auf der Geburtstagsfeier am Sonntag war so seltsam. Als würde er sich für immer verabschieden …
»Darf ich dich in den Arm nehmen?«
»Ein letztes Mal«, hätte er hinzufügen können.
Außerdem merkte ich im Lauf des Abends immer wieder, dass er mich ansah. So viele widersprüchliche Gefühle spiegelten sich in seinem Gesicht, dass ich sie nicht alle einordnen konnte. Ich meine, ich hätte Freude und Traurigkeit erkannt, doch vor allem sah ich wohl Schicksalsergebenheit.

Ich glaube, er hielt es für seine Aufgabe, dafür zu sorgen, dass ich mich in Rom heimisch fühle. Als ich zum ersten Mal aus Australien anrief, freute er sich, von mir zu hören, er freute sich, mich nach Italien zu holen, damit ich eine Beziehung zu Giulio aufbaute. Er hat alles in seiner Macht Stehende getan, damit ich mich an die fremde Umgebung gewöhne: von der nächtlichen Besichtigungstour durch Rom über seine Begleitung beim Kennenlernen meiner Familie bis zu dem Abend, als ich Heimweh hatte, er herüberkam und mit mir einen Film schaute. Er übernahm die Rolle des Beschützers, Kümmerers, Trösters.

Alle anderen halten ihn für egoistisch.

Ist er das? Hat er das alles für sich selbst getan? Inwiefern? Was nützt es ihm, dass ich da bin, mich in Rom wohl fühle, meinen Vater kennenlerne?

Plötzlich begreife ich. Angst steigt in mir auf, ich bekomme so weiche Beine, dass ich die Reling umklammern muss, um nicht ohnmächtig zu werden und umzukippen.

Alessandro hat in mir nie einen Ersatz für Carlotta gesehen.
Ich bin der Ersatz für ihn selbst.

43

Mit klopfendem Herzen laufe ich zum Bulli und versuche, die Seitentür zu öffnen. Sie ist verschlossen. Ich spähe durch das Fenster. Kümmert mich nicht, wenn Alessandro vor Schreck einen Herzinfarkt bekommt. Ich muss wissen, wie es ihm geht.

Doch Frida ist dunkel und leer. Ich schaue mich um und entdecke den Laden für Basejumper, doch auch der ist geschlossen.

Ich laufe hinüber und haste um das Gebäude herum, nur um verdutzt stehenzubleiben, als vor mir ein junger Mann an einem Picknicktisch sitzt und ein Buch liest.

»Hi!«

Er blickt hoch.

»Entschuldigung, ich suche einen bestimmten Basejumper. Er heißt Alessandro. Kennst du ihn?«

Er zuckt mit den Schultern. »Kann sein, aber die Gruppe ist schon losgegangen. Die müssten in ungefähr anderthalb Stunden runterkommen.«

Ich bin zu spät!

»Wie ist das Wetter?«, frage ich besorgt. »In Ordnung?«

Er sieht mich skeptisch an. »Das ist gut. Super. Sonst würden sie ja nicht springen.«

Ich werde von Erleichterung übermannt. Wenn alle springen, weiß ich wenigstens, dass Alessandro nicht leichtsinnig ist.

»Wo kommen sie denn runter?«, will ich wissen.
Der Typ zeigt auf den Fjord. »Ein bisschen weiter da hinten. Wenn du willst, kannst du mit mir im Boot rausfahren.«
»Ja?«
»Ja, du musst nur erst ein Ticket kaufen. In ungefähr einer Stunde lege ich ab.«
»Der Laden hat zu.«
»Schon gut, kauf die Karte später.«
Ich habe das Gefühl, dass er weiterlesen will.
Vorne am Ufer ist ein kleines Café. Ich gehe hinüber und hole mir eine Tasse Tee, um die Zeit totzuschlagen, doch meine Hände zittern so heftig, dass ich ihn kaum trinken kann.

Alessandro ist ein erfahrener Basejumper, rede ich mir beruhigend ein. *Wenn das Wetter stimmt, kommt er klar.*

Doch solange ich nicht genau weiß, dass er sicher unten gelandet ist, werde ich diese Übelkeit im Magen nicht los.

Ich bin zu nervös zum Sitzen, deshalb stehe ich auf und laufe über eine Wiese mit violetten und rosafarbenen glockenförmigen Wildblumen. Am Wasser hat jemand aus weißen Kieselsteinen eine Skulptur gebaut, die ich mir genauer ansehe. Links von mir rauscht ein Wasserfall über die Felswand in die Tiefe, und vor mir erstreckt sich der Lysefjord. Schräg fallen die Klippen links und rechts zum glasklaren Wasser ab, hier nicht so steil wie auf dem Weg hierher, wo sie wirklich senkrecht waren. Das Wasser im Fjord reflektiert sie wie ein Spiegel.

Es kann nicht viele Orte auf der Erde geben, die so idyllisch sind.

Da ich das Boot auf keinen Fall verpassen möchte, gehe ich zum Anleger und warte dort.

Nach einer Weile kommt der Typ herüber, der hinter dem Laden saß und las.

»Alles klar?«, frage ich.

»Yep.« Er klettert die Leiter hinunter und steigt in das Bötchen, dann hält er es fest, damit ich ihm folgen kann.

»Rettungswesten sind unter den Bänken.«

Das ist so gut wie alles, was er auf der Fahrt zu mir sagt, doch das stört mich nicht. Ich bin eh nicht in der Stimmung zu plaudern.

Es dauert nicht lange, da werden die Klippen wieder steiler, und dann sehe an einem Felsen vor mir eine Windhose, daneben eine kleine rot-weiß gestrichene Hütte. Die Wände links gehen in steinige Hänge über, die zum Wasser hin in steile Wiesen auslaufen. Das kleine Stück Land ist auf drei Seiten von Wasser begrenzt, dahinter ist die nackte Felswand. Wenn die Basejumper unten ankommen, können sie Lysebotn nur mit dem Boot erreichen.

Der junge Mann stellt den Motor aus, wir treiben zu einer kleinen Plattform neben einem großen Felsen im Wasser. Von hier führt ein Holzsteg zum grasbewachsenen Ufer.

»Du kannst hier warten und dir angucken, wie sie springen«, sagt der Bootskapitän. »Ich muss in das Dinghy umsteigen, falls einer im Wasser landet.«

Ich steige auf den Anleger und sehe ihm nach, wie er zu einem roten aufblasbaren Dinghy fährt, das an einer Boje festgemacht ist, dann schaue ich wieder nach oben.

Ich weiß nicht, wo ich hingucken muss. Das Plateau scheint nicht so weit entfernt, aber ich habe das Gefühl, dass die Entfernung täuscht. Ich sitze auf dem Felsen, und als mir der Nacken vom Hochsehen weh tut, lege ich mich hin, den Kopf auf dem Rucksack. Der Wind ist kalt, ich fröstele, lausche dem Krächzen der kreisenden, taumelnden Vögel hoch über mir im Himmel. Während die Minuten verrinnen, wächst mein Unbehagen. Wie wird Alessandro reagieren, wenn er mich sieht?

Er hat Italien verlassen, weil er allein sein wollte. Jetzt dränge ich mich in eine für ihn höchst persönliche Angelegenheit. Es kann gut sein, dass er sich aufregt oder sogar sauer auf mich ist. Doch ich will ihm beweisen, dass er nicht allein ist, wie sehr er sich das auch einredet.

Ich bin mir sicher, dass er nie vorhatte, Gefühle für mich zu entwickeln, aber irgendwann passierte es doch. Das weiß ich genau. Es kann sogar sein, dass er sich in mich verliebt hat, selbst wenn er nicht imstande ist, das zuzugeben.

Er ist auch nicht in der Lage, meine Liebe anzunehmen. Alessandro hat das Gefühl, keine Liebe wert zu sein – weder sie zu geben noch sie zu empfangen.

Ich verstehe einfach nicht, warum das so ist.

Bestraft er sich noch immer für die Jahre, in denen er untergetaucht war? Hasst er sich selbst so sehr dafür, Giulio und seine Großeltern in ihrer Trauer im Stich gelassen zu haben?

Oder steckt noch mehr dahinter?

»Sie kommen gleich runter!«, ruft der Mann im Dinghy zu mir herüber.

»Wo denn?«, rufe ich zurück und richte mich auf, überrollt von einer Welle nervöser Erwartung.

Er deutet auf die Stelle an der Klippe, die ich beobachten muss. Schnell springe ich auf und schaue blinzelnd nach oben, und plötzlich kann ich eine Bewegung ausmachen. Die Höhe täuscht tatsächlich – die Gestalten sind winzig, kleiner als Ameisen, lediglich schwarze Punkte. Ich erkenne drei Personen, nein, vier. Aber es können noch mehr dort sein, die ich nicht sehe.

Einige Minuten vergehen, bis der Erste springt. Ich sehe, wie sie oder er am Rand der Klippe steht, dann ist die Person verschwunden. Meine Augen suchen die Felswand ab, und *da!* Ein kleiner Farbfleck vor dem grauen Granit. Er bewegt sich diagonal nach unten. Ich versuche, ihn zu verfolgen, das Herz schlägt mir bis zum Hals, dann entdecke ich den nächsten, kurz dahinter. Auf einmal tut es einen Schlag, und die Fallschirme entfalten sich zu roten und blauen Baldachinen, immer noch klein vor dem Grau der Wand. Der fröhliche Jubel der Springer wird wie Vogelschreie vom Wind herübergetragen, während die Fallschirme durch die Luft schweben, drehen und pendeln, rechts und links, dem Boden entgegen. Es sieht aus, als würden sie auf dem harten Felsen aufschlagen, was gefährlich sein muss – da bricht man sich bestimmt schnell die Knochen –, doch irgendwie gelingt es einem nach dem anderen, sicher im Gras zu landen.

Fast auf der Stelle ist mir klar, dass Alessandro nicht dabei ist. Aus der Ferne kann ich die Gesichter kaum erkennen, doch an der Art, wie sich die Springer aufgeregt miteinander unterhalten, während sie die Fallschirme zusammenpacken, merke ich, dass es Freunde sind.

Ich schaue wieder zum Plateau hinauf, wo zwei weitere Springer bereit sind und sich nacheinander in die Tiefe stürzen. Tragen sie Wingsuits?

Ich recke den Hals. Zwei Gestalten fliegen hoch über mir, weit oben im Himmel. Sie sehen aus wie Flughörnchen.

Dann öffnen sich ihre fröhlich-bunten Fallschirme, und sie gleiten unter dem Jubel und Applaus der anderen nach unten.

Als sie landen, sehe ich, dass eine Frau dabei ist. Immer noch kein Alessandro.

Zwei weitere kommen herunter, einer davon landet im

Wasser, worüber er nicht glücklich zu sein scheint. Eine Schimpftirade dringt zu mir herüber. Der Typ im Boot fährt schnell hin, um den Springer aus dem Fjord zu ziehen. Fast zeitgleich kommen die ersten beiden Basejumper – zwei ungepflegt wirkende Jungs mit Bart – zu dem Felsen, wo ich warte.

Einer von ihnen lacht über seinen Kameraden im Wasser und hält mir die Hand entgegen, um mich abzuklatschen. Er hält mich für eine Zuschauerin, eine Touristin, die sich das Spektakel ansieht.

Weil ich nicht unhöflich sein will, schlage ich ein, befürchte aber, mich jeden Moment übergeben zu müssen. *Wo ist Alessandro? Habe ich mich geirrt? Ist er woanders gesprungen?*

»Ist noch jemand oben?«, frage ich den Typen neben mir.

Er sieht sich um und prüft, wer alles unten ist. »Ja, Allez. Er springt gerne als Letzter«, fügt er leicht spöttisch hinzu.

Beide schauen wir blinzelnd empor, und dann entdecke ich ihn, eine einsame Gestalt am Rand der Klippe.

Im nächsten Moment ist er nicht mehr da.

Er springt nicht vom Felsen ab, auch nicht diagonal nach unten.

Atemlos sehe ich, wie er fast senkrecht hinunterstürzt.

Keine Ahnung, wie lange der Fall dauert. Zehn, fünfzehn Sekunden … Es sind die längsten Sekunden meines Lebens.

Bitte, bitte, bitte, bete ich mit einem Kloß im Hals, dann platzt sein Fallschirm auf. Im Gegensatz zu den anderen ist er schwarz. Ich stehe da und sehe zu, kann den Blick nicht für den Bruchteil einer Sekunde von Alessandro abwenden, der unter leisem Jubel und Klatschen der anderen zu Boden gleitet. Er landet im Gras, nur dreißig oder vierzig Meter von mir entfernt, und hinter ihm bläht sich der Fallschirm elegant auf, wunderschön schwarz vor dem grünen Gras und dem blauen Himmel.

Kurz bevor er mich erblickt, weiß ich, dass er glücklich und zufrieden ist. Er ist *frei*.

Eine Woge der Liebe und Erleichterung verdrängt die Dunkelheit in mir, als ich auf ihn zulaufe.

44

Alessandros Augen finden mich, er erstarrt. Sein am Rucksack befestigter Fallschirm bauscht sich im Wind auf, seine Arme hängen herunter, die Haare peitschen ihm ins Gesicht. Seit ich ihn zuletzt gesehen habe, hat er sich nicht mehr rasiert. Der Bart lässt ihn zwar im Gesicht etwas massiger erscheinen, doch hat er offenbar etwas abgenommen.

Er trägt wie immer Schwarz – ein langärmeliges T-Shirt und eine Hose –, aber es ist keine Spezialausrüstung wie die gepolsterten Anzüge oder Wingsuits der anderen Springer, sondern ganz normale Kleidung.

Während ich über das steinige Feld auf ihn zugehe, sieht er mir entgegen. Sein Gesicht ist ausdruckslos. Ich erkenne weder Wut noch Freude. Ist das Angst? Oder vielleicht Skepsis?

Einen Meter vor ihm bleibe ich stehen. Irgendwas an seiner Körperhaltung warnt mich, ihm näher zu kommen.

»War das für Carlotta?«, frage ich.

Kaum merklich nickt er, sein Blick bohrt sich in meinen.

Einer der Typen auf dem Fels im Wasser ruft etwas, das Alessandro wachrüttelt.

»Ich muss den Fallschirm einpacken«, murmelt er, löst seinen Rucksack mit einem Klick und nimmt ihn schwungvoll ab. Ich verfolge, wie penibel er das Material zusammenfaltet, will ihn nicht ablenken.

Als ich einen Motor höre, sehe ich mich über die Schulter um. Der junge Mann hat sein Dinghy wieder gegen das größere Boot getauscht, die anderen Springer machen sich bereit, an Bord zu gehen.

Alessandro spricht kein Wort mit mir, als wir über das Feld zum Boot gehen. Die anderen versuchen, sich mit ihm zu unterhalten, einer von ihnen will sich mit ihm abklatschen. Ich weiß nicht, ob sie merken, dass Alessandros Reaktion halbherzig ausfällt, oder ob es ihnen egal ist. Sie sind im Adrenalinrausch.

Alessandro setzt sich mir gegenüber in den Bug. Den Großteil der Rückfahrt beobachtet er mich mit undurchdringlichem Gesichtsausdruck.

Als wir anlegen, wartet er, damit ich die Leiter als Erste hochsteige. Während die anderen verschwinden oder um das Gebäude der Basejumper herum nach vorne gehen, marschiert Alessandro direkt auf Frida zu.

»Kommst du?«, fragt er, als ich zögere.

»Ich muss die Bootstour noch bezahlen.« Ich weise mit dem Kinn zum Boot.

»Aha.« Er öffnet den Bulli, wirft den Fallschirm hinein und macht die Tür wieder zu.

Zwei Basejumper sind im Laden. Einer sagt das Wort »Troll«. Ich überlege, ob er von dem Ort spricht, wo Carl Boenish, der Vater des modernen Basejumping, sein Leben verlor.

»Wir gehen eine Kleinigkeit essen«, sagt Alessandro zum Bootskapitän.

»Dann sehen wir uns heute Nachmittag wieder?«, fragt der.

Alessandro nickt.

»Was ist denn heute Nachmittag?«, will ich auf dem Weg zum Auto wissen.

»Der letzte Sprung des Tages.«
Ich bin verdattert. »Du willst da heute noch mal hoch?«
Er nickt. »Wahrscheinlich.«
Wahrscheinlich heißt nicht ja.
»Wo wohnst du?«, fragt er mich.
»In Stavanger.«
»Im Hotel?«
»Nein, in einer Wohnung. Sie gehört dem Sohn von Freunden aus Coober Pedy. Er ist im Urlaub und hat sie mir angeboten. Ich hatte aber keine Zeit, sie mir anzugucken, weil ich direkt hierhergekommen bin.«

Er sagt nichts dazu, öffnet nur die Beifahrertür und wartet, bis ich mich hingesetzt habe. Dann wirft er sie zu und legt meinen Rucksack hinten rein.

Ich weiß immer noch nicht, was in seinem Kopf vorgeht. Seine Gefühlswelt ist für mich ein Buch mit sieben Siegeln.

Schweigend verlassen wir das Dorf, aber Alessandro biegt nicht ab, um hoch in die Berge zu fahren, sondern lässt die Straße rechts liegen, rumpelt an mehreren kleinen Häusern vorbei und parkt an einer grünen Wiese.

»Was machen wir hier?«

»Picknick«, erwidert er und schiebt sich zwischen den Vordersitzen nach hinten, um ein paar Sachen in seinen Rucksack zu packen.

Wir trotten über eine Schafwiese, die von Bergen flankiert wird. An der Seite rauscht ein Fluss über große graue Felsbrocken, vor uns ist ein baumgesäumter Holzweg, auf den die Sonne fällt. Wir gelangen an eine kleine Brücke, die wir überqueren. Unter uns schäumt das Wasser weiß über die glatten dunklen Steine. Auf der anderen Seite des Flusses ist es so üppig grün, dass ich kaum meinen Augen traue. Moos so dick wie zottelige Schafwolle überzieht die Äste und Baumstämme.

Die Steinbrocken, die uns hin und wieder im Weg liegen, sind glatt von der Gischt des Flusses. Es ist wie im Paradies.

Wir gelangen auf eine grasbewachsene Lichtung inmitten hoher Felsen. Zu meiner Überraschung steht hier ein Picknicktisch im Nirgendwo.

Alessandro packt seinen Rucksack aus: einen knusprigen Laib Brot, ein großes Stück Käse und zwei Dosen Limonade. Mit einem Schweizer Taschenmesser schneidet er Scheiben vom Käse und bereitet uns zwei Brote zu.

»Danke.« Wann kommen wir zu der Frage, was ich hier zu suchen habe?

Ich weiß nicht, wo ich anfangen soll.

Endlich sieht er mir in die Augen.

Wir schauen uns lange an, sehr lange. Alessandro hat noch immer diesen seltsamen, ernsten Gesichtsausdruck, aber ich misstraue ihm jetzt nicht mehr so sehr.

Leise fange ich an zu sprechen.

»Du springst jedes Jahr an den Todestagen der beiden.«

Er schweigt, dann nickt er.

»Egal, wie das Wetter ist. Ob es regnet, stürmt oder schneit, du springst.«

»Ich bin nicht lebensmüde«, sagt er.

Ich warte, dass er weiterspricht.

»Ich habe nicht vor, mich umzubringen.«

»Als du damals in den Dolomiten auf dem Berg warst…?«

Er nickt. »Ja, da habe ich darüber nachgedacht. Ich war müde, wollte allem ein Ende machen. Ich hatte die Nase voll. Ich war so weit gewandert, so hoch geklettert, ich wollte nicht mehr.«

In einem Winkel meines Gehirns frage ich mich, wie wir angesichts der Umstände so ruhig und gefasst sprechen können.

»Da sah ich unten im Tal eine wunderschöne Kirche mit einem Zwiebelturm und verspürte den überwältigenden Wunsch, dort zu sein, hineinzugehen. In dem Moment tauchte Logan mit seinen Freunden auf.«
»Standest du da direkt am Rand?«
»Ich hatte noch nie Höhenangst.«
»Aber als sie kamen, bist zu zurückgetreten.«
Er nickt. »Ich habe ihnen zugesehen. Wie sie *flogen*.« Seine Stimme ist ehrfurchtsvoll. »Sie sprangen los, einfach vom Rand des Felsens. Es war unglaublich. Ich weiß nicht, woher ich die Kraft genommen habe, aber ich bin wieder nach unten gestiegen, in die Kirche gegangen und die ganze Nacht da geblieben. Es war kalt und dunkel, aber zum ersten Mal seit Jahren fand ich Frieden. Der Priester entdeckte mich am nächsten Morgen. Er brachte mir etwas zu essen und zu trinken, dann erzählte er mir vom Leben in den Bergen, und ich hörte zu. Irgendwann habe ich auch angefangen zu reden.«
»Was hast du ihm erzählt?«
»Alles. Ich gestand ihm, dass ich überlegt hatte, vom Berg zu springen, und er meinte, Selbstmord sei eine Sünde. Er wollte, dass ich mein Leben in Gottes Hände lege. Gott würde mich holen, wenn meine Zeit gekommen sei, nicht früher. Am Todestag meiner Mutter bin ich wieder hochgeklettert, ich wollte den Ausblick genießen und an sie denken. Da tauchte Logan auf. In dem Jahr danach konnte ich an nichts anderes mehr denken als an das, was er mit seinen Kumpels gemacht hatte. Das hielt mich aufrecht. Ich setzte mir in den Kopf, an Carlottas nächstem Todestag zu springen. Ich war fest entschlossen. Weil ich noch nicht genug Sprünge auf dem Konto hatte, erklärte Logan sich bereit, mit mir zu üben, wenn ich nach Amerika käme – das war in

dem Jahr sein Ziel. Ich habe Tag und Nacht gearbeitet, um das Geld für die Reise zu verdienen, hab in einer winzigen Abstellkammer geschlafen. So habe ich jahrelang gelebt: von der Hand in den Mund. Putzen, Kellnern, Aushilfsjobs. Hin und her zwischen Kanada und Amerika und immer auf der Hut vor den Behörden. Irgendwann hatte ich genug Geld gespart, um länger reisen zu können. Doch als ich hörte, dass meine Großeltern krank waren, bin ich sofort zurückgekommen.«

»Dieser Wunsch, an den Todestagen von Carlotta und deiner Mutter zu springen, woher kommt der? Willst du dich in ihre Lage versetzen, das fühlen, was sie bei ihrem Sturz fühlten?«

Er sieht mich an. »Ja. Genau das.«

Mein Herz zieht sich zusammen. Wie kann er sich selbst nur so verletzen? Bildet er sich ein, den beiden dadurch irgendwie eine Ehre zu erweisen?

»In einem Wingsuit ist es wie Fliegen. Es ist der pure Rausch, der beste Adrenalinkick, den man sich vorstellen kann. Wenn ich *slick* springe, also ohne Wingsuit, ist die Angst schier unerträglich. Wenn man den Schritt macht, das ist ... grauenvoll. Jedes einzelne Haar richtet sich auf, weil der Körper weiß, dass es falsch ist. Dein Kopf will etwas, was dein Körper um jeden Preis verhindern will. Und dann ziehst du am Fallschirm, merkst, dass er funktioniert, dass die Leinen nicht verheddert sind und du nicht gegen den Felsen prallst. Wenn man Abstand zur Felswand hat und sicher nach unten schwebt ... das ist es. Dann fühle ich mich frei. Zumindest bis zum nächsten Sprung.«

»Aber warum bestrafst du dich so?«

Er unterbricht den Blickkontakt, schaut nach unten.

»Du trauerst immer noch um die beiden, nicht?«, sage ich

vorsichtig. »Das ist der wahre Grund, warum du Schwarz trägst, nicht weil es unkompliziert ist.«

Er zuckt mit den Schultern und nickt, dann öffnet er eine Limonadendose. »Können wir jetzt essen? Ich habe Riesenhunger.«

Ich merke, dass es mir genauso geht. Die ganze Zeit war ich so nervös, dass mir übel war und ich den quälenden Hunger nicht wahrgenommen habe.

»Wie bist du hergekommen?«, fragt Alessandro, als wir zu seinem Bulli zurückgehen.

»Heute Morgen mit der Fähre.«

»Legt heute Nachmittag noch eine ab?«

»Nein, ich bin hier gestrandet. Es sei denn, du fährst mich nach Stavanger. Kann ich dich damit locken? Mit einer heißen Dusche? Einem richtigen Bett? Rasieren?«

Er reibt sich über den Bart. »Gefällt er dir nicht?«, fragt er und sieht mich kurz an. Ich kann es kaum fassen: Habe ich da eine Prise Humor herausgehört?

»Vielleicht können wir Preikestolen beziehungsweise die Kanzel besuchen, oder wie auch immer das heißt«, schlage ich hoffnungsvoll vor.

»Vielleicht«, brummt er. »Eigentlich wollte ich hier noch mal springen, aber vielleicht lasse ich das aus.«

Ich bin unendlich erleichtert.

Zurück im Dorf, parkt Alessandro vor dem Basejumping-Laden. »Kann ein bisschen dauern, das zu klären. Musst du vielleicht zur Toilette? Da drüben.« Er zeigt auf ein Häuschen mehrere hundert Meter entfernt, links vom Café.

»Ja, danke. Willst du einen Kaffee oder so für unterwegs?«

»Nein, alles gut.«

Als ich losgehe, sehe ich mich über die Schulter zu ihm um. Er steht neben dem Bulli, schaut mir nach. Sein Gesichtsausdruck lässt die alten Sorgen wieder hochkommen. Wir sind noch nicht aus dem Gröbsten heraus.

Als ich die Tür zur Toilette abgeschlossen habe, höre ich es: das unverkennbare Geräusch des vorbeibsausenden Bullis.

Ich stürze nach draußen, doch Alessandro ist fort.

45

Ich kann es nicht glauben. Voller Panik renne ich zurück zum Laden und entdecke erschrocken meinen Rucksack auf dem Tresen.

Der Bootskapitän nimmt mehrere Geldscheine von der Theke und hält sie mir hin. »Das Motel ist da drüben. Zimmer ist schon bezahlt.«

»Was?«

»Das Motel ist da drüben.« Er weist mit dem Daumen in die entgegengesetzte Richtung vom Fjord. »Zimmer ist bezahlt.«

»Das habe ich wohl verstanden. Ich begreife es nur nicht.«

»Allez hat dir das hier gelassen.« Er wedelt mit einem Zettel. »Er meinte, er wäre dir das Motel und die Fähre schuldig.«

»Ist er weg?«

»Ja, er hat den letzten Sprung gestrichen. Meinte, er müsste weiter. Hat er dir das nicht gesagt?«

»Wo ist er hin?«

Der Typ zuckt mit den Schultern. »Keine Ahnung.«

Das furchtbarste Gefühl von Düsternis legt sich über mich.

Draußen sammeln sich die anderen Springer an einem Minibus. Ich erkenne den Typ, der vorher etwas von »Troll« gesagt hat. In meinem Kopf macht es »Klick«.

Ich drehe mich zu dem Bootsfahrer um. »Heißt ›Trollveggen‹ Trollwand? Ist das dasselbe?«

»Ja.«

Ich schnappe mir meinen Rucksack von der Theke und laufe nach draußen.

»Wartet!«, rufe ich. »Will jemand hier zur Trollveggen? Zur Trollwand?«

Ein paar junge Männer tauschen unsichere Blicke, und mir fällt ein: Dort zu springen ist verboten.

»Kann mich einer mitnehmen?«, frage ich verzweifelt. »Statt den letzten Sprung hier zu machen? Und könnten wir sofort losfahren?«

Wieder sehen sie sich fragend an. Offensichtlich denken sie, ich habe den Verstand verloren.

»Ich zahle auch dafür!«, rufe ich und wedele mit den Scheinen, die Alessandro für mich liegen gelassen hat.

»Tut mir leid«, sagt einer und schüttelt den Kopf.

Ich stelle meinen Rucksack auf den Boden und krame nach meinem Portemonnaie, aber es ist nicht genug Geld drin, um jemanden zu überzeugen, den letzten Sprung vom Kjerag auszuschlagen.

»Wie viel würde das kosten?«, frage ich.

Einer von ihnen, der Typ, der mir vorher die Hand zum Abschlagen hingehalten hat, zuckt mit den Schultern. »Vielleicht sechs-, siebenhundert Euro?«

Hektisch wühle ich herum, bis ich ihn finde. »Ich könnte euch den hier als Pfand geben.« Ich halte meinen Opal hoch, und mein Herz zerreißt bei der Vorstellung, etwas zu verlieren, das mich an Jimmy erinnert. »Der ist neuntausend australische Dollar wert. Den überlasse ich euch so lange, bis wir einen Bankautomaten finden, aber ich muss *jetzt sofort* los.«

»Neuntausend?«, fragt der High-Fiver.

Als sich seine Finger um die Belohnung schließen, ziehe ich den Kopf ein.

»Das ist ein Opal mit hundert Karat«, erkläre ich.

Er wirft seinem Freund einen Blick zu und schaut zum Minibus hinüber, mit dem sie zum nächsten Sprung auf den Berg fahren wollten.

»Bitte!«, flehe ich ihn an. »Ich muss jetzt sofort los. Schnell. Ich mache mir Sorgen um Alessandro.«

Die beiden nicken sich zu. Die Entscheidung ist gefallen.

Ich denke an Jimmys Worte bei unserem letzten Gespräch: *»Ich hoffe, du kannst ihn mal gebrauchen.«*

Wenn dieser Opal mir hilft, Alessandro zu retten, ist er unbezahlbar.

Die Fahrt nach Trollveggen dauert dreizehn Stunden, ohne Pause, aber meine Begleiter, Friedrich und Paul aus Deutschland, haben ihre eigene Vorstellung von einer angenehmen Reisegeschwindigkeit.

Paul ist mit seinem strahlend blauen Mercedes Vito von Deutschland nach Norwegen gekommen, und nur Gott weiß, wie lange er dafür gebraucht hat. Offenbar habe ich mich an den flotten italienischen Fahrstil gewöhnt, denn ich drehe fast durch vor Ungeduld, als er die Haarnadelkurven in den Bergen im Schneckentempo nimmt. Die Straße windet sich an glatten, runden Granitfelsen vorbei, die in der Sonne glänzen, an glitzernden Bergseen, in denen sich die Wolken spiegeln, und an Hunderten aufgehäufter Steinskulpturen wie die, die ich unten im Lysefjord gesehen habe. Parallel zur Straße rauscht ein Fluss, weiß wie ein Wasserfall. Schafe ziehen daran entlang, sie tragen Glocken, die wir noch lange hören. Wir fahren durch kleine Ortschaften mit seltsamen Namen, in denen das O durchgestrichen ist und ein Kreis über dem A steht. Wir sehen zahlreiche Wasserfälle, die an anthrazitgrauen Felswänden hinabstürzen. Auf manchen Hausdächern wächst sogar Gras. Die Landschaft könnte sich nicht stärker von der Wüste zu Hause unterscheiden, und unter anderen Umständen würde ich vor Ehrfurcht nur so staunen. Doch im Moment ist mir übel vor Angst.

Ich bin überzeugt, dass Alessandro sich in zwei Tagen von einem der gefährlichsten Basejumper-Ziele der Welt stürzen will: der höchsten Steilwand in Europa.

Als Paul und Friedrich Feierabend machen und halten, würde ich am liebsten schreien. »Wir brauchen unseren Schlaf, Angie«, sagt Paul und packt sein Zelt aus, damit ich im Auto übernachten kann. »Es ist eh zu riskant, hier im Dunkeln herumzufahren.«

Ich kann nur hoffen, dass auch Alessandro sich zum Schlafen hingelegt hat.

Am nächsten Tag unterhalten sich Friedrich und Paul auf Deutsch. Sie lachen und scherzen, während ich hinten sitze und Panik schiebe.

Klar, für die beiden ist das nur ein Abenteuer; sie wollten eh zur Trollwand. Sie bestehen darauf, regelmäßig Pausen einzulegen, und wenn ich mich zu sehr aufrege, sagen sie, ich solle mich beruhigen. Das Einzige, was mich aufrecht hält, ist die Überzeugung, dass Alessandro erst am nächsten Tag springen wird, am sechzehnten August. Bis dahin sollten wir ihn eingeholt haben.

Ich habe keine Ahnung, was ich tun soll, wenn ich dort bin, wie ich ihn aufhalten will. Ich hoffe, mir fällt in den nächsten Stunden etwas ein.

Bei einer Pause frage ich die Jungs, ob sie mir zeigen können, von wo Basejumper vielleicht springen würden.

Sie holen eine Landkarte heraus und erklären mir die Route zu einem der meistgenutzten Absprungpunkte.

»Ist der Aufstieg schwierig?«

Sie zucken mit den Schultern. »Kommt drauf an, wie gut du trainiert bist.«

Als wir wieder auf der Straße sind, leihe ich mir eins ihrer Handys und schaue nach.

Schwerer Bergweg. Trittsicherheit, stabile Trekkingschuhe und alpine Erfahrung erforderlich ...

Ich schiele auf meine Converse und werde blass. Dann lese ich weiter.

Die Trollwand gehört zum Bergmassiv Trolltindene (Trollgipfel) und ist die höchste Steilwand in Europa. Am Gipfel überragt sie die Talsohle um ungefähr 1700 Meter. Sie besteht aus Gneis, der hier steile Felswände mit schroffen Abbrüchen, überhängenden Vorsprüngen und tiefen Rissen bildet, auf der Kammlinie gekrönt von einer Reihe Türmen und Spitzen. Das Gestein ist ziemlich locker, an der großen Nordwand ist Steinschlag normal.

Carl Boenisch, der »Vater« des modernen Basejumpings, starb 1984 bei einem Sprung von den Trollgipfeln, kurz nachdem er den Weltrekord für den höchsten Sprung der Geschichte aufgestellt hatte. Seit 1986 ist Basejumping in dieser Gegend verboten.

Ich hoffe wirklich, dass ich Alessandro unten aufhalten kann. Es muss mir gelingen.

Am Abend sitze ich mit Friedrich und Paul zusammen. Sie haben eine Neuigkeit für mich: »Es zieht ein Unwetter auf. Bis das vorbei ist, springt keiner vom Trollveggen. Alessandro wartet bestimmt unten mit einer Tasse Tee auf dich.«

In ihren Augen ist das eine gute Nachricht, weil sie meinen, dass wir uns nun nicht mehr beeilen müssen.

Mir gefriert das Blut in den Adern. »Bitte gebt Gas, jetzt erst recht!«, ist meine Reaktion.

Ich habe die Trollveggen auf Fotos gesehen, doch nichts kann mich auf den tatsächlichen Anblick vorbereiten. Wenn die Sonne scheint, wirkt der Berg vielleicht anders, aber an diesem dunklen, düsteren Jahrestag von Martas Tod ist er finster und unheimlich, eine riesige schwarze Wand, die in den Himmel ragt, gekrönt von schroffen, spitzen Gipfeln.

»Da!«, rufe ich, als ich Frida am Straßenrand entdecke.

Hoffentlich ist er da drin, hoffentlich ist er da drin, hoffentlich ist er da drin ...

Ich springe aus dem Mercedes, noch ehe er angehalten hat, und laufe zum Bulli hinüber.

Er ist leer. Alessandro ist bereits aufgebrochen.

Mit brennenden Tränen in den Augen sehe ich mich panisch um. Es regnet noch nicht, aber der Himmel ist voll dunkler Wolken, kalter Wind peitscht mir ins Gesicht. Wie soll ich das alleine schaffen?

»Könnt ihr mich oben zum Absprungpunkt bringen?«, frage ich Paul und Friedrich.

»Bei diesem Wetter springt keiner«, erwidern sie kopfschüttelnd.

»Alessandro schon!«

»Aber das ist Selbstmord«, sagt Paul stirnrunzelnd.

»Bei diesem Wetter würde ich nicht mal bis zur Hälfte hochsteigen«, fügt Friedrich hinzu.

»Kommt, wir suchen uns einen Laden, wo wir frühstücken können. Ich meine, hier wäre irgendwo ein Café«, schlägt Paul vor.

»Kannst du mir bitte zeigen, wo der Aufstieg beginnt?«

»Klar«, antwortet er schulterzuckend und macht mir Zeichen, wieder in den Van zu steigen.

Friedrich ist beunruhigt, als ich ihm sage, dass ich ein bisschen hochgehen will, um zu sehen, ob ich Alessandro entdecke. »Hast du eine Jacke?«

Ich nicke und schlüpfe schnell hinein. »Das geht schon«, füge ich hinzu, als ich seinen kritischen Blick auf meine Schuhe bemerke.

»Na gut. Wir machen ein Feuerchen und warten auf dich.«

»Danke«, stoße ich aus, werfe verstohlen meinen Rucksack über den Sitz und schlüpfe mit ihm nach draußen.

Die beiden sind zu sehr in ihr Gespräch vertieft, um zu merken, dass ich einen Fallschirm von ihnen mitgenommen habe.

46

Ich weiß nicht, ob Paul und Friedrich wirklich auf mich warten. Sollten sie wegfahren, hätte ich Jimmys Opal für immer verloren, aber darüber kann ich jetzt nicht nachdenken. Hier geht es ums Überleben – Alessandros und meins. Ob es mir gefällt oder nicht: Mein Herz ist an ihn gekettet, und wenn er untergeht, dann sterbe ich mit ihm.

Ich habe die Landkarte eingesteckt, aber die Strecke ist gut ausgeschildert und der felsige Bergpfad leicht zu erkennen. Der Aufstieg zum Absprungpunkt dauert dreieinhalb Stunden, und ich habe keine Ahnung, wann Alessandro aufgebrochen ist. Ich hoffe einfach, dass ich ihn erreiche, bevor es zu spät ist.

Ich wandere über Bergwiesen, komme an Bergseen mit grauem Kieselstrand vorbei und sehe sogar zum ersten Mal in meinem Leben echten Schnee, doch ich gönne mir keine Pause, um stehenzubleiben und ihn zu berühren. Hin und wieder werfe ich einen Blick über das Tal, und je höher ich gelange, desto kleiner fühle ich mich, aber ich mache mir zu große Sorgen um Alessandro, um meine Höhenangst wahrzunehmen.

Die Anstrengung hält mich wach, doch was passiert, wenn ich stehenbleibe? Friere ich dann fest? Ich verdränge den Gedanken und stiefele weiter, stemme mich gegen den bitterkalten Wind und bete, dass der Regen noch länger ausbleibt.

Keine Menschenseele ist hier oben zu sehen – niemand ist so verrückt.

Im Kopf gehe ich Rezepte durch, um mich abzulenken ...

Je einen Becher Mehl, Haferflocken, Kokosraspel und Rohrzucker miteinander vermischen.

Einen halben Becher Butter mit zwei Esslöffeln Sirup zum Schmelzen bringen.

Einen Teelöffel Natron mit zwei Esslöffeln kochendem Wasser vermischen und unter die Buttermischung rühren.

Die Flüssigkeit zu der Mehlmischung gegeben und gut vermengen.

Das Rezept für Anzac-Plätzchen, ein Lieblingsrezept meiner Nan.

Was würden Großvater und sie sagen, wenn sie mich jetzt sehen könnten? Sie haben mich geliebt wie ihre eigene Tochter. Wenn sie sähen, dass ich mein Leben aufs Spiel setze, würde es ihnen das Herz brechen.

Ich gelange an einen Abschnitt, der über einen Felsen führt. Das Herz klopft mir bis zum Hals. Die Stelle sieht gefährlich aus.

Ich bringe mich hier noch um.

Ich habe zu große Angst, um zu weinen. Beim Versuch, den felsigen Abschnitt zu überqueren, rutsche ich immer wieder aus. An scharfen Kanten reiße ich mir die Finger auf.

Eigentlich sollte ich mich auf jeden einzelnen tückischen Schritt konzentrieren, doch in Gedanken bin ich woanders ...

Ich öffne meine Brotdose in der Schule, und der herrliche Duft von Plätzchen verbreitet sich. Alle um mich herum recken den Hals. Ich gebe ihnen etwas ab, und sie sagen, ich hätte großes Glück, dass meine Großmutter jeden Tag für mich backt.

Ich verstehe, warum du es getan hast, Nan, sage ich zu ihr. *Du hast mich geliebt, so wie du meine Mutter geliebt hast, und du hattest riesengroße Angst, mich auch zu verlieren.*

Ich verzeihe dir, dass du mir nicht die Wahrheit gesagt hast.

Frieden breitet sich in mir aus, und dann sehe ich Grandad vor mir, der Bart weiß vor Steinstaub. Ich sage ihm, dass ich ihm auch vergebe.

Er nimmt mich in die Arme und drückt mich fest an sich. Ich umarme ihn ein letztes Mal, dann bin ich mit meiner Aufmerksamkeit wieder bei dem gefährlichen Weg vor mir.

Jetzt bin ich von Gipfeln umgeben, schroffen dunklen Dreiecken, die sich in den Himmel bohren.

Und dann sehe ich ihn, eine schwarze Gestalt vor dem Gewitterhimmel.

Kurz keimt Hoffnung in mir auf und verdrängt die mich mit kalter Hand umklammernde Angst, doch das Gefühl ist nur von kurzer Dauer: Er steht am Abgrund, und ich weiß, dass er springen will.

»Warte!«, rufe ich. Der Wind reißt mir die Worte aus dem Mund. Ich rutsche aus und falle auf die Knie. Mit eiskalten Fingern suche ich am glitschigen Felsen Halt und stemme mich wieder hoch.

Wie weit ich gekommen bin: von der trockensten Wüste zu den erhabenen Gipfeln windumpeitschter Berge. Für ihn würde ich bis ans Ende der Welt gehen – und weiter.

Ich weiß immer noch nicht, ob es die geringste Hoffnung gibt, diesen gepeinigten Mann von seiner Entscheidung abzubringen, aber ich muss es versuchen, koste es, was es wolle.

Weiß Gott, wie ich es allein von hier oben hinunterschaffen soll.

Ich atme so tief wie möglich ein, öffne den Mund und schreie, so laut ich kann ...

»*SANDRO!*«

Sein Name übertönt das Brausen der Elemente.

Er sieht sich um. Den Ausdruck in seinem Gesicht werde ich mit ins Grab nehmen. Es ist leer, gehetzt, düster. In seiner Vorstellung ist er bereits gesprungen, hat sein Leben bereits in Gottes verdammte Hände gegeben. Er wird sterben. Der Wind ist so stark, dass ich Mühe habe, aufrecht zu stehen.

Dann verändert sich seine Miene. Ungläubig sieht er mich an.

»Angel?«

»Spring nicht!«, flehe ich.

Er macht ein paar Schritte auf mich zu, dann bleibt er abrupt stehen, und sein Gesicht wird zur Maske.

»Du bist gegenüber deinen Verwandten distanziert, nicht weil du sie nicht lieben würdest«, rufe ich, »sondern weil du nicht willst, dass sie *dich* lieben. Du versuchst sie zu schützen, weil du denkst, du würdest nicht mehr lange leben. Jedes Jahr, an jedem Todestag, glaubst du, es ist der letzte Sprung. Und heute *weißt* du, dass es passiert. Aber egal, wie schroff du zu allen bist, zu Serafina, Jacopo, den anderen ... Sie lieben dich trotzdem. Sie wären untröstlich, wenn dir etwas zustoßen würde, und für Giulio wäre es das Ende.«

Alessandro wendet das Gesicht ab.

»Ist das der Grund, warum du beichten gehst?«, frage ich. »Weil du weißt, dass du die Menschen verletzt, die dich lieben? Du brauchst nicht bei einem Priester zu beichten, du musst zu einem Therapeuten! Guck mich an!«

Widerwillig gehorcht er, sein Blick ist kalt und tot.

Eindringlich spreche ich weiter: »Wenn ich deinen geplatzten blutigen Körper sehen muss, so wie den meines Großvaters, so wie du die Leichen von Carlotta und deiner Mutter gesehen hast ... Das werde ich nie vergessen. Damit muss ich den Rest meines Lebens klarkommen. Das wird mich *kaputtmachen*.« Alessandro kneift die Augen zusammen und schließt sie. »Ich weiß, dass du kein selbstsüchtiger Mensch bist, deshalb tu es nicht! Hör bitte auf! Ich bitte dich nicht, mit dem aufzuhören, was du gerne tust – das musst du selbst entscheiden –, nur dass du aufhörst, an den Todestagen zu springen. Hör auf, dein Leben so leichtfertig aufs Spiel zu setzen!«

Ich habe keine Ahnung, ob ich zu Alessandro durchdringe oder ob er nur weißes Rauschen wahrnimmt. Als er die Augen wieder öffnet, zieht sich mein Magen zusammen. Er sieht aus wie in einer Art Trance.

»Ich habe ein Versprechen geleistet«, sagt er mit leiser, monotoner Stimme. »Dass ich die beiden jedes Jahr durch einen Sprung ehre. Wenn ich überlebe, ist es Gottes Wille. Dann kann ich zumindest ein weiteres Jahr ohne Schuldgefühle leben.«

Was hat er noch mal zu mir gesagt? *Ich tue das nicht, um zu sterben ... Ich tue es, um zu überleben.*

»Das ist doch krank!«, schreie ich. Ein kalter Knoten der Angst droht alles in mir zu verschlingen. »Du redest, als hättest du einen Pakt mit dem Teufel geschlossen!«

»Nicht mit dem Teufel. Mit Gott«, entgegnet Alessandro, und seine Stimme wird kräftiger.

»Das heißt, mit deinem Sprung forderst du Gott heraus? Hast du ihm das Versprechen gegeben?«

»Ja. Ich gebe Gott die Möglichkeit, mein Leben zu nehmen. Wenn er will, dass ich lebe, rettet er mich.«

Er klingt völlig irre, wie von Sinnen. Als hätte er den

Bezug zur Realität verloren. Was kann ich tun, damit er vernünftig wird?

»Aber bis jetzt hast du nur Glück gehabt! Ja, vielleicht bist du ein Überlebenskünstler. Vielleicht bist du gut im Springen. Aber jeder von uns versagt auch mal bei dem, was er gut kann. Das ist einfach nicht richtig. Du hast den Tod nicht verdient! Wie kommst du überhaupt auf diesen Gedanken? Könnte sich doch jeder vom Berg stürzen und zu Gott sagen, er solle ihn holen. Warum willst du so anders sein als der Rest? Warum bist du was Besonderes? Soll ich mich auch von einer Klippe stürzen? Würdest du es dann einsehen?« Ich schlage mir auf die Brust. Alessandro reißt den Blick von meinem Gesicht los und registriert meine Aufmachung.

Als ich den Gedanken hatte, *Wenn er untergeht, dann sterbe ich mit ihm*, war das metaphorisch gemeint. Nie im Leben würde ich tatsächlich von hier oben springen. Den Fallschirm habe ich mir umgeschnallt, damit Alessandro mir abnimmt, dass ich mich zu springen traue.

Mein Plan geht auf. Alessandro erwacht aus seiner Trance.

»*BIST DU TOTAL VERRÜCKT?*«, schreit er, und ehe ich mich versehe, ist er bei mir und wirft mich zu Boden, um mir den Fallschirm vom Rücken zu reißen.

»*Hör auf!*«, rufe ich, als er ihn in die Tiefe werfen will. »Der gehört mir nicht.«

Er sieht mich an. Sein Gesichtsausdruck ist wie von Sinnen, gleichzeitig berauscht und gequält und ziemlich verwirrt.

»Den habe ich Paul und Friedlich gestohlen«, erkläre ich mit Nachdruck.

Ungläubig starrt er mich an, dann stößt er ein hohles

Lachen aus. »Jetzt bist du wegen mir auch noch zur Diebin geworden?«

»Ich würde alles tun, um dich zu retten. Alles«, wiederhole ich inbrünstig. »Bitte, Alessandro!«, flehe ich. Ich zittere unkontrolliert und hoffe gegen jede Vernunft, dass er nicht wieder in Trance fällt. »Ich schaffe es nicht allein runter.«

Er blinzelt mich an. Dann verschwindet alles Maskenartige aus seinem Gesicht. Sein Blick schweift über meinen Körper.

»Du frierst ja.« Sorge umwölkt seine Züge. Er lässt sich auf die Knie fallen und legt mir die Hände auf die Arme. Bei der Berührung zucke ich zusammen. »Ich muss dich runter zu Frida bringen.«

»Kommst du mit?«, frage ich und wage kaum zu hoffen.

Er nickt, leicht benommen. »Ja, ich komme mit.«

Ich breche in Tränen aus.

47

Ich weiß nicht, wie wir unverletzt nach unten gelangen. Es fängt an zu regnen, wir werden völlig durchnässt, und ich rutsche zig Mal aus, manchmal so schnell, dass Alessandro mich nicht mehr auffangen kann.

Wir sprechen kaum miteinander, müssen uns zu sehr auf jeden Schritt konzentrieren. Beim Bulli angekommen, sind wir nass bis auf die Knochen.

»Zieh deine Sachen aus!«, befiehlt Alessandro und stellt die Heizung im Wagen an.

Unauffällig verfolgt er, wie ich mich abmühe. Meine Finger sind so kalt und taub, dass ich nichts spüre. Er eilt mir zur Hilfe, schält mich aus der Jacke und den Schuhen. Ich zittere heftig. Alessandro murmelt etwas von Unterkühlung, zieht mir eilig das T-Shirt über den Kopf und streift mir meine nasse Jeans ab, dann baut er die Bank zum Bett um.

»In meinen Schlafsack, aber dalli!«, kommandiert er. Ich gehorche bibbernd. Im Liegen sehe ich zu, wie er sich selbst auszieht und ein Handtuch hervorholt.

Jetzt steht auch er in Unterwäsche da, und er hat Angst, das sehe ich in seinem Gesicht, als er mir das Handtuch um die nassen Haare wickelt und zu mir in den Schlafsack schlüpft. Er zieht den Reißverschluss zu, so dass wir auf engstem Raum aneinandergeschmiegt liegen, und breitet den Quilt zusätzlich über uns aus. Dann bin ich in seinen Armen, und er drückt mich an sich, reibt mir über Rücken und Arme, versucht mich zu wärmen.

Ich weiß nicht, wie lange wir so daliegen – draußen tobt der Sturm, Regen prasselt auf das Dach, der Wind bläst so stark, dass der Bulli manchmal wackelt. Um uns herum wird es wärmer, und allmählich tauen auch wir in unserem Kokon auf.

Als ich schließlich nicht mehr zittere, drückt Alessandro mich an sich und wiegt mich, als sei ich etwas besonders Kostbares. Ich hebe den Kopf und schaue ihn an.

Seine Augen sind groß und angsterfüllt. Noch immer schaukelt er mich, hält mich fest, völlig versteinert.

»Du hast mir Angst eingejagt«, flüstert er.

»Du mir auch«, flüstere ich zurück.

Dann verzieht sich sein Gesicht.

»*Alessandro* ...« Sein Name klingt für mich wie ein Gebet. Ich schiebe die Arme aus dem Schlafsack, drücke sein Gesicht an meine Brust und schlinge die Beine um seine Taille, um ihm noch näher zu sein.

Sein Körper bebt und schüttelt sich, ich halte ihn fest. Ihn so schluchzen und weinen zu hören zerreißt mir das Herz.

Verzweifelt klammert er sich an mich. Ich gebe beruhigende Geräusche von mir, streiche ihm über den Rücken, wische seine Tränen fort und muss selbst unentwegt weinen. Er hört nicht auf. Er ist am Ende, absolut fertig. Aber er ist in Sicherheit. Er lebt. Er ist hier.

Irgendwann geht sein Weinen in ein abgehacktes Schluchzen über. Ich rutsche in den Schlafsack zurück, und so liegen wir da und sehen uns an.

Er wirkt todunglücklich, und ich ertrage es kaum. Wie kann ich ihm nur helfen?

»Ich liebe dich«, flüstere ich. Wieder steigen mir Tränen in die Augen und verschleiern meinen Blick.

Er wischt die Tränen mit dem Daumen fort und schaut mich an. Auch sein Blick schimmert im schwachen Licht glasig.

»Ich liebe dich auch«, erwidert er. Mein geschundenes Herz will schier zerspringen.

Alessandro legt mir die Hände auf die Wangen und nähert sich langsam meinen Lippen.

Sein Kuss macht mich so schwindelig, dass ich fast den Verstand verliere. Ich bin benommen vor Liebe, vor Verlangen, vor Lust, derweil sich unsere Lippen streifen, unsere Zungen einander abtasten und unsere Körper sich aneinander pressen. Der Kuss wird inniger, liebevoller, leidenschaftlicher, verzweifelter. In dem engen Raum, der uns zur Verfügung steht, gelingt es uns irgendwie, die restlichen Kleidungsstücke abzustreifen. Alessandro drückt sich an mich, ich ziehe ihn enger heran, und der Hautkontakt ist so intensiv, dass wir an den Lippen des anderen keuchen. Irgendwann kommt er zur Besinnung und holt schnell ein Kondom, und als er sich wieder auf mich legt, ist es noch intensiver als zuvor. Die letzten Momente, bevor wir beide kommen, sind so atemberaubend schön, dass ich anschließend weine.

Als wir beide ruhig werden, hebe ich den Kopf und sehe ihn an. Seine Augen glänzen.

Zärtlich küssen wir uns auf den Mund, unsere Arme und Beine noch ineinander verschlungen, die Hüften aneinandergepresst. Ich will nicht, dass er mich loslässt.

Ich lege den Kopf in seine Halsbeuge und bin so glücklich wie lange nicht mehr.

Alessandros Stimme übertönt den Lärm des Unwetters draußen.

»Es war meine Schuld, dass sie gestorben sind.«

Ich hebe den Kopf und sehe ihn fragend an.

»Es war meine Schuld, dass sie gestorben sind«, wiederholt er.

Sein Ausdruck ist hohl und verloren. Er ist wieder in der Vergangenheit.

»Ich habe mich immer auf den Balkon gesetzt«, sagt er mit leiser, gequälter Stimme. »Und zwar auf die Brüstung, die Beine über dem Abgrund. Ich hatte noch nie Höhenangst. Es gefiel mir, ich fühlte mich dort wohl. Manchmal habe ich mich sogar auf die Kante gestellt und dachte, ich sei unbesiegbar. Angst hatte ich nie.«

Ich wische seine Tränen mit den Daumen fort, nehme sein Gesicht in die Hände, während wir daliegen und uns ansehen. Irgendwann spricht er weiter.

»Als meine Mutter es zum ersten Mal sah, regte sie sich so auf, dass sie gar nicht wieder aufhörte zu schreien.« Er erschaudert. »Aber das hat mich nicht aufgehalten. Irgendwie machte es das sogar noch schlimmer. Ich wollte von ihr beachtet werden. Sie hatte immer nur Augen für Carlotta. Sofort ging es auch dabei um Carlotta. ›Wenn sie das sieht, macht sie es nach. Dann klebt ihr Blut an deinen Händen, Sandro!‹«

Ach, du meine Güte, nein …

»Sie hatte recht. Carlotta sah mich auf dem Balkon. Mehr als einmal. Ich redete mir ein, es sei egal. Achtete darauf, die Balkontür immer hinter mir zuzumachen. Bis auf den einen Tag. Da passte ich nicht auf und ließ sie offen. Carlotta ist wegen mir auf die Balkonbrüstung gestiegen. Sie ist wegen mir gefallen. Meine Mutter hatte recht. Ihr Blut klebt an meinen Händen.«

Wieder weint er unkontrolliert, und wieder nehme ich ihn

in die Arme und halte ihn, während die Schluchzer seinen gesamten Körper erschüttern.

Meine Gedanken rasen.

Es war ein Unfall. Das hat Giulio gesagt. Er wollte Alessandro versichern, dass es nicht seine Schuld war. Doch Alessandro glaubt ihm nicht. Hat er noch nie. Er war schon immer überzeugt, dass er die Schuld an dem trägt, was passiert ist. Und er hat recht: Wahrscheinlich wäre Carlotta nie auf die Brüstung geklettert, wenn sie es nicht bei ihrem angehimmelten Bruder gesehen hätte. Seine Mutter wäre vor Trauer nie vom Balkon gesprungen, wenn sie zwei Tage vorher nicht ihre kleine Tochter verloren hätte.

Kein Wunder, dass es Alessandro so schwerfällt, sich selbst zu verzeihen.

Doch jeder kann mal vergessen, eine Tür zuzumachen. Das habe ich selbst mit Nan erlebt. Manche Fehler haben tragische Folgen, aber deshalb ist er noch lange nicht schuldig oder unwürdig, freigesprochen zu werden. Alessandro hat einfach unwahrscheinliches, unglaubliches Pech gehabt.

»Als du dich dann gemeldet hast, war das für mich wie ein Zeichen des Himmels«, fährt er mit erstickter Stimme fort. »Ich dachte, du seist ein Geschenk Gottes, du seist hier, um mir meine Verpflichtungen gegenüber meinem Stiefvater abzunehmen. Ich dachte, das sei der Grund, warum Gott mich am Leben hält: weil er mich Giulio nicht nehmen wollte. Ich war überzeugt, dass es eine Erleichterung für mich wäre, endlich loslassen zu können und dabei zu wissen, dass er jetzt dich hat. Dass du für ihn hier bist, nicht für mich. Deshalb hatte ich solche Schuldgefühle, dich zu lieben. Ich dachte, meine Zeit sei gekommen, ich müsste meine Buße antreten, aber du ... du ...« Er sieht mir tief in die Augen. Sein Gesicht ist absolut ernst und voller Liebe.

»Du bist anders als alle, die ich kenne. So offen, ehrlich und wahrhaftig. So rein und gut und liebevoll, nachsichtig und wunderschön, von innen wie von außen. Ich dachte, du bist vielleicht wirklich ein Engel.«

»Ich bin kein Engel«, flüstere ich. »Nur ein Mädchen, das dich liebt. Und dieses Mädchen würde sich freuen, wenn du ihr eine Chance gibst – wenn du dem Leben mit ihr eine Chance gibst – und sie auch liebst.«

Sein Mund verzieht sich zu einem schwachen Lächeln.

»Ich liebe dich auch.«

48

Wir fahren nicht direkt nach Stavanger. Alessandro will mit mir noch weiter in den Norden, aber zuerst bringen wir den gestohlenen Fallschirm zurück.

Paul und Friedrich haben noch nicht gemerkt, dass ich ihn mitgenommen hatte – wir finden sie in einem Café, wo sie frühstücken, offenbar frei von allen Sorgen.

Als Alessandro ihnen erklärt, dass mein Opal für mich von großem persönlichen Wert ist, gibt Paul ihn mir sofort zurück.

»Wir hätten ihn eh nicht behalten«, sagt er und nimmt stattdessen die vierhundert Euro entgegen, die Alessandro ihm anbietet. »Wir haben gesehen, wie viel er dir bedeutet.«

»Danke.« Ich bin unglaublich dankbar, Jimmys Opal zurückzuhaben. »Wenn ihr mir eure Kontoverbindung gebt, überweise ich euch das restliche Geld.«

»Keine Sorge«, wiegelt Friedrich ab. »Wir haben nur einen Sprung vom Kjerag ausgelassen. Und wir wollten eh hier hin.«

Sie können den heutigen Kick kaum abwarten. Das Gewitter ist abgezogen, das Wetter wieder gut.

»Danke«, sage ich erneut, und die beiden stehen auf, um mich zum Abschied zu umarmen. »Seid vorsichtig!«

Ich kann nur hoffen, dass ich in den Nachrichten nichts über sie höre …

Wir lassen uns Zeit mit unserer Tour in den Norden von Norwegen und nutzen die großzügigen Regelungen zum Wildcampen voll aus. Irgendwann kann ich nicht mehr mitzählen, wie oft wir uns geliebt haben. Es ist einfach wunderbar, so lebensbejahend und verbindend. Ich wüsste nicht, wo ich lieber wäre als in Alessandros Armen im Bulli, um im dunkler werdenden Fenster den Blick über schimmernde Fjorde und gleißende Bergspitzen zu genießen.

Wir sind im Land der Mitternachtssonne. Die Sonne ist kaum untergegangen, da kommt sie auch schon wieder. Sonnenauf- und -untergang verschmelzen miteinander, der Himmel leuchtet rot, rosa und orange, so bunt wie die Farben von Jimmys Opal.

Und als die Nordlichter den Himmel erhellen, ist es so, als würde das Blau und Grün im Opal zum Leben erwachen.

Auch wenn Polarlichter im August selten sind, hatte Alessandro gehofft, dass wir sie sehen könnten, und es ist ein Erlebnis, das ich immer im Herzen tragen werde.

Auf unseren langen Tagesfahrten habe ich den Opal immer bei mir, und oft muss ich an Jimmy denken. Wenn ich mit dem Daumen über die raue Oberfläche kratze, kann ich manchmal ein paar kleine Bröckchen Sandstein lösen. Dann erkennt man die Farbtiefe darunter. Wenn Alessandro mich dabei beobachtet, zieht er die Stirn kraus, denn er weiß, dass ich mir Sorgen um Jimmy mache und mich frage, wie es ihm geht.

Schließlich erreichen wir Stavanger. Eriks Wohnung ist schlicht und schick, der Blick geht über rote Dächer aufs Wasser. Als wir ankommen, gleitet gerade ein Kreuzfahrtschiff vorbei, und die Sonne taucht den Himmel in goldenes Licht.

Alessandro grinst mich an. »Jetzt würde ich mit großer

Verspätung gerne auf dein Angebot zurückkommen, dass ich mich duschen und rasieren kann.«

»Dann besorge ich uns etwas zu trinken«, erwidere ich. Der Balkon scheint mir der ideale Ort für einen Aperitif.

Als ich im Badezimmerspiegel einen Blick auf seinen wunderschönen nackten Körper erhasche, überlege ich es mir jedoch anders. Die Getränke können warten. Ich hoffe, die Dusche ist groß genug für zwei.

Wir bleiben ein paar Tage in Stavanger und sehen uns die Stadt an – Cafés, Bars und Restaurants mit leuchtend bunter Holzverkleidung. Wir erkunden die Altstadt in der Nähe des Hafens mit ihren weißen Cottages, den Boutiquen und Galerien an kopfsteingepflasterten Straßen.

Wir reden viel und machen uns nichts vor: Uns ist bewusst, dass der vor uns liegende Weg schwierig werden wird. Alessandro weiß, dass er ernste, tiefsitzende Probleme hat, um die er sich kümmern muss, doch durch den Verzicht auf den letzten Sprung hat er irgendwie das Gefühl, einen Bann gebrochen zu haben, dieses krankhafte Bedürfnis, Gott jedes Jahr an diesen zwei furchtbaren Tagen herauszufordern. Er hat sich einverstanden erklärt, eine Therapie zu beginnen, damit er lernt, mit dem zu leben, was passiert ist.

An einem klaren, sonnigen Morgen entschließen wir uns, zum Preikestolen hochzusteigen, doch zuerst kaufen wir ein robustes Paar Wanderschuhe für mich.

Wir nehmen die Fähre auf die andere Seite des Lysefjords und fahren das kleine Stück zum Parkplatz vom Preikestolen. Von dort dauert der Aufstieg zum Plateau ungefähr zwei Stunden.

Es geht über unbefestigte Wege durch Wälder, wir kraxeln über steinige Pfade und stapfen über angenehm ebene Holzstege durch feuchte Hochmoore. Nach einer gewissen Zeit jedoch müssen wir nur noch Stufen bewältigen; über mächtige Felsen geht es immer höher.

Die Sonne scheint uns auf den Scheitel und macht die Schritte schwer, aber immerhin ist der Untergrund nicht so glitschig wie bei feuchter Witterung. Alessandro wartet geduldig, wenn ich nach Luft ringend stehen bleibe. Er macht sich nicht ansatzweise über meine erbärmliche Kondition lustig. Es ist, als stände ihm stets vor Augen, wie ich allein auf den Trollveggen geklettert bin. Immer wieder greift er nach meiner Hand, und ich lasse wieder los, weil sie so heiß und verschwitzt ist.

Irgendwann wird der Weg flacher und führt über größere Felsen. Wir werden mit wunderschönen Aussichten belohnt. Es sind viele Leute unterwegs, Dutzende vor und hinter uns.

»Ich dachte, du magst keine Menschenmassen«, necke ich Alessandro japsend. Wir haben noch ein bisschen vor uns, ehe wir das Plateau erreichen.

»Mag ich auch nicht. Das tue ich für dich.«

Der Weg wird schmaler. Seitlich geht es steil bergab. Ich bleibe stehen und sehe Alessandro an.

»Komm, du musst nur um die Ecke!« ermutigt er mich.

»Das schaffe ich nicht.«

»Der Weg ist drei Meter breit, du kannst nicht fallen.«

»Das ist zu schmal.«

»Angel, du bist so nah dran«, sagt er. »Jetzt gibst du nicht auf.«

Er fasst nach meiner linken Hand und weist mich an, mich mit der rechten an der Felswand festzuhalten, um das Gleichgewicht zu halten.

Ich habe Angst, selbst als wir die berühmte Plattform vor uns erblicken, doch bald wird der Weg wieder breiter, und

Alessandro führt mich zu einer Felswand, die angenehme zehn Meter oder mehr vom Klippenrand entfernt ist. Er hebt mich hoch und setzt mich auf einen Vorsprung. Ich rutsche nach hinten, bis ich mit dem Rücken an der Wand sitze, so weit weg von der Klippe wie möglich. Alessandro schmunzelt, dann stellt er sich vor mich und küsst mich. Das gibt mir viel mehr Halt als irgendein Fels.

»Okay?«, fragt er nach einer Weile.

Ich nicke, leicht außer Atem.

Grinsend löst er seinen Rucksack, nimmt ihn ab und stellt ihn neben mich auf den Vorsprung, dann klettert er hoch und setzt sich auf meine andere Seite. Ich beschäftige mich damit, die Picknicksachen auszupacken, die wir mitgebracht haben.

»Wie fühlst du dich?«, fragt er beim Essen.

Langsam gewöhne ich mich an die Höhe und kann den Ausblick endlich genießen. Wir können tief hinunter in den Lysefjord schauen, bis hinten nach Lysebotn. Über den Bergen in der Ferne liegt ein grauvioletter Hitzeschleier, das Wasser unten im Fjord funkelt so blau wie der Himmel.

»Ich fühle mich absolut obenauf«, erwidere ich schmunzelnd.

Vor der viereckigen Plattform unter uns ist eine Schlange – *eine Schlange!* – von Menschen, die sich nacheinander an den sechshundert Meter tiefen Abgrund stellen und für ein Foto posieren.

»Würdest du das ohne Fallschirm machen?«, frage ich Alessandro mit einem Seitenblick.

Er nickt. »Ich habe ja keine Höhenangst.«

Augenblicklich sackt meine Stimmung in den Keller. Ich habe vielleicht behauptet, irgendwie lernen zu können, mit seinem Basejumping zu leben, aber das war, bevor ich mich so heftig in ihn verliebte. Bei der Vorstellung, er könnte sich verletzen, habe ich nun das Gefühl, von hundert Messern durchbohrt zu werden.

Alessandro dreht sich zu mir um.

»Angel«, sagt er leise, als ich weiterhin zu der Menschenschlange hinüberschaue, obwohl ich seinen Blick auf mir spüre. »Hey«, flüstert er und nimmt mein Kinn liebevoll zwischen Zeigefinger und Daumen. Besorgt dreht er mein Gesicht zu sich. »Ich höre mit dem Basejumping auf«, sagt er leise. »Ich bin damit durch. Ich *habe* aufgehört.«

Mein Herz macht einen Satz, dann fällt mir ein, dass er schon öfter Dinge gesagt hat, die er nicht meinte, zum Beispiel, dass er mit mir nach Stavanger führe, nur um mich in Lysebotn sitzenzulassen.

»Ich verspreche es dir«, sagt er ernst. »Ich werde nie wieder springen.«

Ich finde meine Stimme wieder. »Wie kannst du das sagen? Das ist doch deine große Leidenschaft. Ich will dich nicht überreden, das aufzugeben, was du liebst.«

»*Du* bist meine große Leidenschaft«, sagt er inbrünstig. »*Dich* liebe ich am meisten. Ich will dir nicht weh tun. Ich habe dich schon genug verletzt, das werde ich nie wieder tun.«

In seinen grünen Augen schimmern die unterschiedlichsten Gefühle.

Ich lächele schwach. »Du kannst nicht versprechen, dass du mich nie verletzen wirst. Das kann man nicht wissen.«

»Aber ich kann versprechen, dass ich es versuchen will. Ich möchte dich beschützen, nicht, dir Schmerzen zufügen.«

»Ich möchte dir auch nicht weh tun, aber ich weiß, dass es dich schmerzt, nie wieder Basejumping oder Wingsuiting machen zu können.«

Seufzend schaut er in den Lysefjord hinunter, bevor er mich wieder ansieht. »Ich kann bestimmt nicht versprechen, dass mir der Adrenalinkick nicht fehlen wird«, sagt er dann. »Aber *du* bist der größte Adrenalinkick in meinem Leben. Du bedeutest mir mehr als alles andere.« Ich blinzele meine Tränen fort, er wischt mir über die Wange. »Ich habe viel über das nachgedacht, was Logan gesagt hat. Warum er aufgehört hat. Dass er mit Lea eine Familie gründen will und nicht das Risiko eingehen möchte, seinen Sohn oder seine Tochter ohne Vater zurückzulassen.«

Ich nicke. An diese Unterhaltung erinnere ich mich nur zu gut.

»Er ist nicht der erste Basejumper, von dem ich das gehört habe«, fährt Alessandro fort. »Basejumping und Wingsuiting sind egoistische Sportarten. Alles dreht sich allein darum, was der eine Mensch, der Springer, will. Für die meisten geht es dabei um den Kick. Bei mir ging es an den beiden besonderen Tagen im Jahr um etwas anderes. Aber ich werde nicht mehr an Todestagen springen. Das kann ich dir versprechen«, sagt er mit Nachdruck. »Und was den Kick angeht, den brauche ich nicht mehr. Ich will kein egoistischer Mensch sein. Es gibt so viel, wofür es sich zu leben lohnt, und ich will dabei sein. Für dich da sein. Für Giulio. Für meine Familie. Ich möchte eine Zukunft mit dir. Ich hoffe, dass *wir* eines Tages heiraten und Kinder bekommen.«

Als ich das höre, steigt mein Herz höher als der Lysefjord, doch Alessandro ist noch nicht fertig.

»Es gibt nur einen Grund, warum ich immer weiter springen wollte. Weil ich davon ausging, dass ich irgendwann dabei sterben würde.«

Ich zucke zusammen. Es tut weh, das von ihm laut ausgesprochen zu hören, auch wenn ich es längst ahnte.

Alessandro beugt sich vor und drückt mir einen zarten Kuss auf die Stirn. Dann spricht er weiter:

»Ich will nicht sterben. Ich möchte leben. Nicht nur für dich, sondern für *mich*. Wenn ich jetzt an meine Todestagsprünge denke, ist es so, als sähe ich mich durch Milchglas. Ich kann gar nicht glauben, dass ich das wirklich getan habe. Es kommt mir so surreal vor. Als hätte ich unter Drogen gestanden oder sei in einer Art Trance gewesen. Ich war nicht ich selbst. Jetzt fühle ich mich wie ein komplett anderer Mensch. Das hier, das bin ich.« Er legt die Hand aufs Herz. »Das ist der Mensch, der ich sein möchte, der Mensch, der ich sein *soll*, der Mensch, der ich wohl geworden wäre, wenn Carlotta und meine Mutter nicht gestorben wären. Mir kommt es vor, als hättest du geholfen, mein wahres Ich zum Vorschein zu bringen. Ich möchte diesen Menschen nicht wieder verlieren. Endlich bin ich von diesem Fluch befreit, der auf mir lag.«

»Alessandro«, murmele ich und streiche ihm mit den Fingern über die Lippen.

Er legt mir die Hand in den Nacken, wuschelt mir durch die Locken und sieht mir tief in die Augen.

»Ich liebe dich. Von ganzem Herzen. Unglaublich. Zutiefst.« Seine Mundwinkel ziehen sich nach oben, er spricht jedes Wort mit Nachdruck aus. »Endlos. Unaufhörlich. Ewig.« Er grinst. Gleich gehen ihm die Wörter aus. »Intensiv. Innig. Ohne jeden Zweifel.«

Ich muss lachen. »Hörst du jetzt vielleicht mal auf, mit deinem großen englischen Wortschatz anzugeben, und küsst mich endlich?«

»Mal sehen.« Mit der Hand, die in meinem Nacken liegt, zieht er mich an sich. Unsere Lippen treffen sich, und ich spüre das vertraute Kribbeln und die Hitze des Bluts in meinen Adern. Ich bin völlig berauscht. Ich muss mich zusammenreißen, um mich von ihm zu lösen.

»Davon wird mir schwindelig«, erkläre ich atemlos. »Das ist mir hier oben nicht so lieb.«

»Schon gut. Ich halte dich fest«, brummt er und gibt mir einen letzten innigen Kuss.

Ich drücke das Gesicht an seinen warmen Hals und atme seinen Geruch ein.

»Begleitest du mich auf meinen Reisen?«, flüstert er mir ins Ohr.

Ich hebe den Kopf, meine Augen leuchten. »Wirklich?«

»Ja. Mit Frida. Glaubst du, du kämst damit klar, länger so zu leben?«

»Auf so kleinem Raum? Oh, 'tschuldigung, hab ich vergessen«, sage ich grinsend und ahme seine Stimme nach: »Man lebt nicht *im* Bulli, man lebt in der Landschaft ...«

Alessandro lacht und will meine Hand festhalten, die eine ausholende Geste beschreibt.

»Ich fände es herrlich, wenn du mir die Welt zeigen würdest«, sage ich, nun ernst. »Aber ich glaube, zuerst müssen wir uns darauf konzentrieren, dich gesund zu bekommen.«

»Ich habe mich nie besser gefühlt als jetzt«, sagt er aufrichtig, und ich glaube ihm. Ich glaube ihm wirklich.

»Wo möchtest du denn mit mir hin?«, frage ich lächelnd.

»Nach Kappadokien. In die Türkei.«

Ich hebe die Augenbrauen. »Das hast du dir gerade ausgedacht.«

Alessandro schüttelt den Kopf. »Nein, hab ich nicht. Kappadokien ist bekannt als eine der besten Gegenden für Heißluftballons. Man fliegt über den Nationalpark Göreme und sieht unter sich eine unglaubliche Landschaft aus Feenkaminen und vielfarbigen vulkanischen Tälern. Die Menschen da leben in Höhlen, wie in Coober Pedy. Ich habe Bilder davon gesehen, aber ich war noch nie da. Es sieht aus wie im Märchen. Es würde dir gefallen.«

»Und wie genau glaubst du, dass jemand mit Höhenangst in einem Heißluftballon klarkommt?«, frage ich trocken.

»Wir haben fast zwölf Monate Zeit, daran zu arbeiten«, antwortet er. »Ich habe gedacht, wir könnten nächstes Jahr am vierzehnten August hinfahren.«

Mein Herz schmilzt dahin. Er will den nächsten Jahrestag von Carlottas Tod mit mir begehen? Dafür muss ich ihn einfach küssen!

Irgendwo in der Nähe klingelt ein Handy.

»Das ist deins, Angel«, sagt Alessandro und lächelt an meinen Lippen.

»Oh!«

Er greift an mir vorbei nach seinem Rucksack und hält ihn mir hin, damit ich das Telefon heraushole.

»Hallo?«, melde ich mich.

»Angie, Schätzchen. Hier ist Bonnie.«

»Bonnie! Du glaubst nicht, wo ich gerade bin!«

»Ich habe leider eine schlechte Nachricht für dich, Spatz.«

Mein Herz stockt.

»Jimmy ist tot, Süße. Er ist heute in den frühen Morgenstunden gestorben.«

49

Alessandro fliegt mit mir nach Australien. Wir können meinen Flug umbuchen und verbringen eine Nacht bei Louise in Adelaide, damit die Reise nicht so anstrengend ist. Dann mieten wir uns ein Auto und fahren die neun Stunden hoch nach Coober Pedy.

Meine Freundin teilte mir sachlich mit, nach allem, was sie über meinen »Neuen« wisse, würde sie mit ihrem Urteil noch warten, doch als wir uns tränenreich voneinander verabschiedeten – tränenreich, weil sie weiß, wie viel Jimmy mir bedeutete –, hatte sie sich an Alessandro gewöhnt.

Die Beerdigung findet in zwei Tagen statt, deshalb mussten wir Hals über Kopf in Stavanger aufbrechen – kein schönes Ende für dieses heilsame Abenteuer.

Trotz der tragischen Umstände, die mich eine Woche früher als geplant nach Australien zurückführen, bin ich froh, Alessandro zeigen zu können, wo ich groß geworden bin.

»Das sieht wirklich aus wie auf Tatooine«, staunt er, als wir nach Coober Pedy hineinfahren.

Wir halten vor dem Drahtzaun, den ich leider aufstellen musste, damit Nan nicht durch die Gegend spazierte und in ein Grubenloch fiel.

Zu meiner Überraschung und Freude blüht und gedeiht der Garten.

Alessandro sieht sich neugierig um, als wir zur Haustür gehen. Ich klopfe laut.

Nach ungefähr einer Minute macht Aada auf.

»Angie!«, ruft sie. »Ist das schön, dich wiederzusehen! Das mit Jimmy tut mir so leid.«

Seit ich weg bin, wohnen Aada und Onni in meinem Haus. Sie waren ein bisschen knapp bei Kasse und man drohte ihnen mit Zwangsräumung, da lag es nahe, dass sie so lange bei mir wohnten. Hoffentlich kehrt Onnis Glück bald zurück. So ist das bei den Opalsuchern: Alles ist möglich. Onni könnte schon Morgen Edelsteine im Wert von einer Million Dollar finden.

»Das ist Alessandro«, stelle ich meinen Freund vor, doch dann quietscht nebenan eine Insektentür. Ich schaue hinüber, und Bonnie kommt aus ihrem Haus.

»Angie!«, ruft sie.

Ich laufe hinüber, um sie fest in die Arme zu schließen.

Die Beerdigung beschwört viele Erinnerungen an die meines Großvaters herauf – alle alten Schürfkollegen von ihm und Jimmy sind da –, aber es ist schön, dass Alessandro bei mir ist und meine Hand hält.

Er wirkt mental unheimlich stabil, als würde meine Trauer ihm Kraft geben, mich zu stützen.

Der Leichenschmaus findet im Pub statt. Alessandro steht da und betrachtet staunend die Dutzende von Postkarten an der Wand, hauptsächlich aus Italien.

»Hast du die alle geschickt?«, fragt er.

Ich nicke. Meine Freunde haben sie wohl aufgehängt, damit sie jeder bewundern kann.

Bonnie kommt herüber und legt mir den Arm um die Taille. »Die finde ich am schönsten.« Sie zeigt auf einen eindrucksvollen großen Brunnen in einem italienischen Renaissancegarten.

»Die Villa d'Este«, erkläre ich. »Ganz in der Nähe ist Alessandro aufgewachsen.« Ich sehe sie kurz an. »Das wollte ich dir die ganze Zeit schon erzählen: Kannst du dich erinnern, dass die anderen Kinder in der Schule immer dachten, Jimmy wäre mein Vater, weil wir beide so krause Haare hatten?«

Bonnie nickt. »Deine Nan hat sie ganz kurz geschnitten, damit die Kinder aufhörten, dich zu ärgern.«

»*Deshalb* hat sie es gemacht?«, rufe ich. *Verdammt nochmal! Daraufhin wurde ich erst recht gehänselt, weil ich wie ein Junge aussah!*

Bonnie lächelt. »Du wolltest sie dir sofort wieder lang wachsen lassen. Du mochtest Jimmys Haare.«

»Stimmt«, bestätige ich mit einem traurigen Lächeln.

»Wie kommst du darauf?«, fragt Bonnie.

»Als ich das erste Mal nach Tivoli fuhr, um Alessandros Familie kennenzulernen«, ich drücke seine Hand, »hat meine Großmutter Serafina schwer gestaunt. Ich habe nämlich genauso krause Haare wie meine Cousine Valentina! Und meine Großmutter hatte in ihrer Jugend auch solche Haare. Ich habe mich immer schon gefragt, woher ich sie habe. Bei ihnen sind sie natürlich dunkel. Keine Ahnung, warum ich blond bin.«

Bonnie sieht mich überrascht an. »Aber, Schätzchen, wusstest du nicht, dass du nach deiner Nan kommst?«

»Wieso das?«

»Deine Großmutter hatte genau dieselbe Haarfarbe wie du. Sie war blond.«

Sprachlos sehe ich sie an. Aus der Zeit, als Nan jünger war, kenne ich nur Schwarzweißfotos.

»Du kommst nach deinen beiden Großmüttern«, bemerkt Alessandro.

Der Tag ist schon emotional genug, doch das gibt mir den Rest.

Wir bleiben zwei Wochen in Coober Pedy, weil so viel zu erledigen ist und ich so viele Leute treffen muss. Ich glaube, es gefällt Alessandro, meine Freunde kennenzulernen – er ist hier ganz anders als in Rom. Seine Unnahbarkeit ist einer warmherzigen Freundlichkeit und einem lockeren Humor gewichen, der meinen Freunden gut gefällt.

Jimmy hat mir alles hinterlassen, unter einer Bedingung: dass sein Haus augenblicklich zum Verkauf angeboten wird. Ich glaube, er hatte Angst, dass ich seinen Dugout umsonst vermieten könnte, so wie ich das mit Nans getan habe. Er will, dass ich von dem Erlös meine Reisen bezahle und wenn ich mag, mir irgendwann selbst ein Haus kaufe.

Er hatte einen beachtlichen Vorrat an Opalen, darunter sehr kostbare schwarze Steine, die er vor vielen Jahren in Andamooka fand. Keine Ahnung, warum er das Geld nie benutzt hat, sondern immer zu Hause blieb. Vielleicht gehörte sein Herz einfach hierher, ins Land der Antakirinja Matu-Yankunytjatjara.

Aada und Onni werden noch so lange im Dugout meiner Großeltern wohnen, bis Onni das große Los zieht und sich leisten kann, es mir abzukaufen. Ich überlasse ihnen die Möbel, nehme nur ein paar persönliche Dinge mit: meine Fotoalben, ein paar Bücher, von denen ich mich nicht trennen kann, die übrigen Postkarten und Nans Schmuck, darunter die Eheringe von Grandad und ihr. Außerdem leite ich in die Wege, dass mein Klavier nach Italien verschifft wird. Es ist nicht besonders wertvoll, ich könnte mir ohne weiteres ein neues kaufen, aber es hat Grandad gehört, und ich hätte gerne etwas bei mir, das mich an ihn erinnert.

Mein Abschied ist zwar kein endgültiger, aber er fühlt sich so an. Es kann sein, dass ich erst in einigen Jahren wiederkomme. Vielleicht besuchen mich meine Freundinnen und Freunde vorher in Italien oder anderswo. Wir haben auf jeden Fall genug Anlaufstellen in Europa, wenn wir herumtouren: all die Weltreisenden, die nach Hause zurückgekehrt sind, und natürlich die Familien der Siedler, die noch in Coober Pedy leben.

»Kommst du zurecht?«, frage ich Bonnie zum Abschied.

»Das geht schon, Schätzchen. Mick spricht davon, in den Ruhestand zu gehen, ob du's glaubst oder nicht. Vielleicht kommen wir jetzt endlich dazu, eine Kreuzfahrt rund um den Globus zu buchen.«

»Dann vergiss bloß nicht, in Italien vorbeizukommen!«

»Auf jeden Fall«, verspricht sie. »Und, was ist jetzt mit euch? Habt ihr schon entschieden, wo's zuerst hingeht?«

»Zum Great Barrier Reef«, erwidere ich und strahle Alessandro an.

Australien gehört zu den wenigen Ländern, die er noch nicht kennt. Es scheint mir nur gerecht, dass ich meine eigene Heimat erkunde, bevor ich für wer weiß wie lange wieder in Europa bin. Genau so hat Mum es damals auch gemacht.

Wir halten Giulio telefonisch auf dem Laufenden. Frida steht sicher in Norwegen, wo wir sie zurücklassen mussten, deshalb haben wir es nicht eilig, nach Italien zu fliegen.

Wir haben nur einen Termin, den wir einhalten müssen, und ich bin fest entschlossen, ihn nicht zu verpassen …

50

An einem verregneten, windigen Heiligabend, fast vier Monate nach Jimmys Beerdigung, rollen wir in Tivoli ein. Es ist wirklich knapp – in den Alpen haben wir uns mit Schneestürmen herumgeschlagen, deshalb haben wir niemandem erzählt, dass wir kommen, denn wir waren uns nicht sicher, ob wir es schaffen.

Ich weiß nicht, ob Giulio Fridas Brummen erkannt hat – es ist schwer zu überhören –, denn er steht vor der Tür, als wir vor dem Haus halten. Ihm fällt die Kinnlade hinunter, und er ruft etwas, das ich nicht verstehe.

Bevor ich aus dem Bulli steige, lege ich das rosa Häschen, das einst meiner kleinen Halbschwester gehört hat, aufs Armaturenbrett. Ich bilde mir gerne ein, dass sie dort sitzt und die Welt an sich vorbeiziehen lässt. Es war keine Überraschung, als ich hörte, dass das kleine Häschen Frida heißt.

Der gesamte Haushalt heißt uns willkommen. Alessandro eilt zur Beifahrerseite herum. Ich nehme seine Hand, und er lächelt ein wenig nachdenklich.

»Es wird Zeit, dass du ihre Liebe zulässt«, flüstere ich.

Er nickt mit glänzenden Augen.

Serafina ist als Erste bei uns.

»Du hast ihn zu Weihnachten nach Hause gebracht!«, ruft sie, nimmt Alessandro an eine und mich an die andere Hand. Als sie uns endlich loslässt, laufen ihr Tränen über die Wangen.

Ich drehe mich zu Giulio um. »Hallo, Papà«, sage ich mit schelmischem Grinsen.

»*Mio angelo*«, stößt er aus und nimmt Alessandro und mich gleichzeitig in den Arm. Dann werden wir weitergereicht und voneinander getrennt, um alle anderen zu begrüßen. Die ganze Großfamilie ist da, sogar Francesca und Pepe mit ihrem neugeborenen Sohn. Von allen Seiten sind wir von unserer Familie umgeben, von unseren Freunden, und vor allem von Liebe.

Epilog

Wir wohnen am Fluss in Tivoli im Haus von Alessandros Großeltern. Es stand seit Jahren leer und verfiel allmählich, weil Alessandro es nicht übers Herz brachte, es zu verkaufen, aber genauso wenig dort wohnen konnte. Ich hatte nicht gewusst, dass seine Großeltern es ihm hinterlassen hatten. Typisch Alessandro. Er wird noch für so manche Überraschung gut sein.

So wie ich für ihn.

Wir haben gemeinsam beschlossen, das Haus zu renovieren. Das war eine Herzensangelegenheit für uns beide. Seit Weihnachten sind wir schwer am Schuften, doch jetzt können wir endlich die Früchte unserer Arbeit ernten. Es ist wunderschön, auf dem Land zu leben, selbst wenn es bedeutet, dass Alessandro nach Rom hineinfahren muss, wenn er Schicht im *Serafina* hat.

Ich für meinen Teil habe mich in Nonnas Landküche eingerichtet und helfe ihr, Pasta zu machen oder Gemüse einzulegen, kurz: bei allem, wofür das *Serafina* bekannt ist. Ich melke auch Valentinas geliebte Ziegen, wenn sie an der Uni ist, und füttere Jacopos Schweine, da er in die Stadt gezogen ist. Im Moment hat er Cristinas Apartment gemietet und hütet es, während sie mit Lindsey in Chamonix ist. Sie hat beschlossen, sich ein Jahr Auszeit zu nehmen, um auszuprobieren, wie es sich in den Bergen lebt. Bis jetzt ist sie begeistert – es tut so gut, das zu sehen.

Bei Stefano ist alles beim Alten, er arbeitet im *Serafina* und wurde für eine Herrenhaarpflegewerbung gebucht. Jetzt muss ich immer grinsen, wenn er im Fernsehen ist und seine glänzenden Locken schüttelt. Die Rolle in der Seifenoper damals hat er nicht bekommen, aber ich bin mir sicher, dass er es eines Tages schafft.

Was Papà angeht – der war anfänglich reserviert, ist jetzt aber total happy, dass Alessandro und ich ein Paar sind. Regelmäßig fordert er uns auf, uns frei zu nehmen und zu verreisen, und er freut sich riesig, wenn wir uns melden und ihm eine Postkarte schicken. Alessandro hat ihm versprochen, dass er nie wieder längere Zeit verschwinden wird, ohne ein Wort zu sagen.

Durch eine Therapie hat Alessandro gelernt zu verstehen, dass er seinem inneren Kind von damals vergeben muss, aber es wird wahrscheinlich noch lange dauern, bis er wirklich Frieden findet, wenn überhaupt.

Wir wollten Giulio und Serafina nicht mit der ganzen Wahrheit belasten, so düster, wie sie ist. Alessandro hat ihnen nur erklärt, dass er starke Schuldgefühle mit sich herumgetragen hat und immer wieder das Gefühl hatte, sich für den Tod seiner Mutter und seiner Schwester bestrafen zu müssen.

Als Giulio und Serafina das hörten, waren sie untröstlich. Seitdem überschütten sie Alessandro mit Liebe.

Das Leben ist schön, doch manchmal wollen wir beide nur weg von unserer verrückten, lauten und manchmal auch aufdringlichen Familie. Dann ist Frida sehr nützlich.

Wir steigen einfach ein und fahren los, immer weiter, manchmal ohne zu wissen, wo wir hinwollen, nur auf der Suche nach dem nächsten Abenteuer.

Ich habe inzwischen die italienische Staatsbürgerschaft

angenommen – was haben wir gefeiert, als es so weit war! Dadurch ist das Reisen innerhalb von Europa unkompliziert für mich geworden. Wir waren schon in Frankreich, um Cristina im Schnee zu besuchen, in Südspanien, um im Winter ein bisschen Sonne zu genießen, und natürlich waren wir überall in Italien. Eines Tages würden wir gerne Logan und Lea in Kalifornien besuchen. Die beiden haben sich so gefreut, als sie hörten, dass wir nun doch mehr als Freunde sind.

Im Moment sind wir jedoch in der Türkei. Wir schweben in einem Heißluftballon über den Nationalpark Göreme. Heute ist der Jahrestag von Carlottas Tod, und Alessandro wollte etwas Besonderes machen. In diesem Jahr fliegen wir gemeinsam, statt zu fallen.

Unter uns erstreckt sich die märchenhafteste, phantastischste Landschaft von Felsformationen, die ich je gesehen habe.

Das könnte ich mit niemand anderem tun. Alessandro gibt mir Halt, so wie ich ihm Kraft zu verleihen scheine.

Er umarmt mich von hinten, schlingt die Hände um meine Taille und flüstert mir etwas auf Italienisch ins Ohr. Ist das ein Gebet?

Vorsichtig drehe ich mich zu ihm um und wische Tränen aus seinen schönen Augen. »Was hast du gesagt?«, frage ich.

»*Riposa bene, sorellina. Anche te, Mamma*«, flüstert er. »Das heißt: Ruhe sanft, kleine Schwester. Du auch, Mamma.«

»Ruhet in Frieden«, wispere ich und denke nicht nur an Marta und Carlotta, sondern auch an meine Großeltern.

Alessandro legt die Hände auf meine Wangen und küsst mich. Mein Kopf dreht sich, aber er soll nicht aufhören.

Ich bin mir nicht sicher, ob ich je locker auf Berge steigen kann oder durch die Luft fliegen werde, und Alessandro wird wahrscheinlich nie völlig glücklich sein, wenn er am Boden ist, aber er liebt mich, und ich liebe ihn, und die Welt liegt uns zu Füßen.

Wir können überall hin. Wohin wir wollen.

Gemeinsam.

Danksagung

Zuallererst möchte ich mich bei meinen wundervollen Leserinnen und Lesern dafür bedanken, dass sie mich auf dieser Reise begleitet haben – ich hoffe, euch hat die Geschichte von Angie und Alessandro gefallen! Falls ihr die beiden ebenso ungern wie ich zurücklasst, meldet euch auf paigetoon.com unter #TheHiddenPage an, ich habe nämlich irgendwann vor, eine Kurzgeschichte über Angie und Alessandro zu schreiben. Mal sehen, was den beiden noch so einfällt …

Ich danke allen bei Simon & Schuster für ihre galaktisch gute Arbeit, besonders meiner wunderbaren Lektorin Suzanne Baboneau, aber ebenso Rebecca Farrell, Jess Barratt, Sara-Jade Virtue, Dominic Brendon, Hayley McMullan, Richard Vlietstra, Joe Roche, Justine Gold, Rachel Stewardson, Danielle Wilson, Maddie Allan und zu mehr als guter Letzt Pip Watkins für ihr umwerfendes Cover.

Ich danke auch meiner Korrektorin Anne O'Brien und Dawn Burnett für alles, was sie im Laufe der Zeit für mich getan haben – niemals werde ich vergessen, wie Dawn als Stewardess verkleidet zur Buchpräsentation von *Lucy in the Sky* erschien!

Vielen Dank allen Mitarbeitern von Penguin Random House ANZ, ganz besonders der großartigen Ali Watts, Emily Cook und Rosie Pearce. Ebenfalls ein Dankeschön an Louisa Maggio für das schöne ANZ-Cover.

Unglaublich dankbar bin ich Kimberley Atkins, die so freundlich war und eine frühe Fassung dieses Buchs las. Ihr Feedback war sehr hilfreich. Dasselbe gilt für andere liebe Freundinnen, nämlich Jane Hampton, Katherine Reid und Katherine Stalham. Ich schulde euch ein ordentliches Besäufnis!

Großen Dank an meine besten Autorenkollegen, die in vielerlei Hinsicht eine super Unterstützung sind, besonders Lucy Branch, Ali Harris, Dani Atkins, Lindsey Kelk und Giovanna Fletcher.

Grazie mille an meine alte Freundin Giulia Cassini für ihre endlose Hilfe bei allem, was mit Italien zu tun hat – es ist schon lange her, dass sie mir bei den Schimpfworten in *Einmal rund ums Glück* half. Mir wird ganz warm ums Herz, wenn ich daran denke, dass sie immer noch für mich da ist.

Ein großes Dankeschön an Nick Troisi vom Umoona Opal Mine & Museum in Coober Pedy, der Unmengen wahlloser Fragen beantwortete und damit half, Angies Umgebung zum Leben zu erwecken. Ich möchte kurz darauf hinweisen, dass Nick mir nichts Persönliches über die Einwohner von Coober Pedy erzählt hat (ich hätte ihn auch nicht danach gefragt). Es gab schon in den älteren Büchern Parallelen zum wahren Leben; wenn das auch diesmal der Fall sein sollte, ist das hundertprozentig Zufall!

Ich bedanke mich sehr bei Wendy Dunn von der Alzheimer's Society (alzheimers.org.uk) für ihre Unterstützung bei meiner Alzheimer-Recherche. Das weiß ich sehr zu schätzen. Ebenfalls bei Eric Magut, einem Basejumper aus Deutschland, der freundlicherweise meine Fragen beantwortete, als ich ihn auf Recherchereise im norwegischen Lysebotn ansprach.

Dank an meine Eltern Jen und Vern Schuppan und an meine Schwiegereltern Helga und Ian Toon, die mir auf mehr als eine Art geholfen haben, die Katze aus dem Sack zu lassen.

Zum Schluss das größte Dankeschön an meine großartige Familie: an meine Kinder Indy und Idha und an meinen Mann Greg, der mir bei diesem Buch wahrscheinlich mehr geholfen hat als alle anderen zusammen. Ohne dich wäre ich verloren. Im wahrsten Sinne des Wortes.

Leseprobe aus

»Im Herzen so nah«

von Paige Toon

Jetzt als Taschenbuch erhältlich
(ISBN 978-3-596-00063-0)

Prolog: Vierzig

»Ach, Spätzchen«, murmele ich und streiche meinem Sohn die Haare aus der Stirn. Er kämpft mit den Tränen. Luke ist immer noch mein Spätzchen, auch wenn er jetzt fast fünfzehn Jahre alt ist.

»Ich fasse es nicht, dass ich den ganzen Sommer zu Hause rumhängen muss«, bringt er mit erstickter Stimme hervor. »Und jetzt verpasse ich auch noch Angies Party«, fügt er hinzu.

Ich nehme an, dass ihn das noch mehr ärgert als der gebrochene Knöchel.

»Wahrscheinlich ist sie bald mit Jake zusammen, und das war's dann für mich«, vermutet er verbittert.

Ich beuge mich vor und drücke seine Schulter. »Angela Rakesmith himmelt dich an, als würde dir die Sonne aus dem Hintern scheinen«, sage ich. »Bei ihr brauchst du dir wirklich keine Sorgen zu machen.«

Luke muss grinsen, doch kurz darauf verzieht er vor Schmerz das Gesicht.

»Brauchst du noch eine Schmerztablette?«, frage ich besorgt und habe den Finger schon fast auf der Taste, um die Krankenschwester zu rufen.

Er schüttelt den Kopf. »Nee, davon wird mir schlecht.«

»Tut mir leid, dass du die Party verpasst«, sage ich und meine es auch so. Luke hatte sich so darauf gefreut. »Ich weiß, wie blöd das ist. Aber wenn du wieder in der Schule bist, kümmern sich alle um dich! Und die Mädels werden sich bestimmt darum reißen, auf deinem Gips unterschreiben zu dürfen. Da wird Angie vor Eifersucht an die Decke gehen.«

Lukes Unterlippe bebt, er schluckt, doch es gelingt ihm nicht, die Tränen des Schmerzes und der Enttäuschung zurückzuhalten.

»Ich hatte in diesem Sommer so viel vor! Wieso bin ich überhaupt auf das dämliche Surfbrett gestiegen?« Er schlägt mit der flachen Hand aufs Bett.

»Es hätte viel schlimmer kommen können.« Bei dem Gedanken, was alles hätte passieren können, läuft mir ein Schauer über den Rücken.

Luke verdreht die Augen. »Es kann immer schlimmer kommen. Das macht es auch nicht besser, Mum.«

»Ich weiß, dass dir jetzt alles sinnlos erscheint, aber eines Tages …« Mir wird ganz komisch, als ich neu ansetze: »In fünf Jahren guckst du vielleicht zurück und verstehst, warum es so kommen musste.«

»Nein, tu ich nicht«, erwidert er mürrisch. »In fünf Jahren werde ich nur denken, wie bescheuert es von mir war, Jensen zu fragen, ob er mit uns surfen will.«

Ich verdrehe die Augen zur Decke. Zum Unfall ist es nur gekommen, weil Luke seinem Freund Jensen helfen wollte, der in eine Rippströmung geraten war. Auf dem Rückweg ans Ufer wurden beide gegen die Felsen geschleudert. Jensen schlug mit der Stirn dagegen, seine Augenbraue musste mit drei Stichen genäht werden, sonst blieb er aber unverletzt. Mein Sohn hatte nicht so viel Glück.

»Stimmt. Du hättest ihn besser nicht mitgenommen«, sage ich. »Bei dem Wetter hätte keiner von euch in Porthleven surfen dürfen, schon gar nicht Jensen. Er hat viel zu wenig Erfahrung!«

Anders als Luke, der seit seinem zehnten Lebensjahr fast täglich auf dem Brett steht.

Er beißt sich auf die Lippe, weil er weiß, dass er sich noch einiges wird anhören müssen.

»Aber«, versuche ich meine Argumentation zu Ende zu führen, auch wenn Luke nichts davon wissen will, »vielleicht ist das alles ja doch zu etwas gut. In Zukunft schaltet Jensen vielleicht seinen Verstand ein, bevor er bei solchen Verhältnissen aufs Brett steigt. Oder du oder einer von deinen Freunden tut das für ihn. Das kann Leben retten. Und in diesem Sommer beschäftigst du dich halt mal mit etwas anderem oder lernst vielleicht jemanden kennen, den du sonst nicht treffen würdest, jemand, der Auswirkung auf dein ganzes weiteres Leben hat. Das könnte wiederum Angies Gefühle für dich beeinflussen, positiv wie negativ, aber wenigstens wüsstest du dann Bescheid und könntest dich nach einer anderen umsehen. Ich will damit nur sagen: Auch wenn dir der gebrochene Knöchel gerade wie die größte Katastrophe überhaupt vorkommt, schaust du vielleicht eines Tages zurück und verstehst, dass es aus einem bestimmten Grund passiert ist. Mein Vater hat mir mal gesagt: In fünf Jahren sieht alles anders aus. Das habe ich nie vergessen.«

Luke atmet tief durch, sein Gesicht verzieht sich vor Schmerz.

»Willst du wirklich nicht noch eine Tablette?«, frage ich besorgt.

Er schüttelt den Kopf. »Geht schon. Aber ich brauch irgendwas zum Ablenken. Bitte überleg dir was!«, presst er hervor.

»Soll ich dir eine Geschichte erzählen?« Ich lächele ihn hoffnungsvoll an.

»Solange sie nicht von Schummel und Bummel handelt«, antwortet er schmunzelnd und zuckt erneut zusammen.

»Du bist ganz schön frech«, gebe ich mich künstlich empört. »Schummel und Bummel sind das Beste, was ich je hervorgebracht habe!«

Das stimmt nicht ganz, und Luke weiß es.

Er grinst mich an. »Ja, sie sind echt super. Aber wann hat Grandad dir das mit den fünf Jahren gesagt?«

»Lustigerweise, als ich so alt war wie du jetzt. Zehn Jahre früher habe ich den Spruch allerdings mal so ähnlich gehört.«

»Als du fünf warst? Und das weißt du noch?«

Ich nicke. »Ruth war eine Frau, die man nicht so schnell vergisst.«

»Wer ist Ruth?«

»Die große Liebe deines Großvaters«, erkläre ich. »Und ich rede nicht von deiner Oma«, füge ich mit bedeutungsschwerem Blick hinzu.

»Was ist denn mit ihr passiert?«

»Ach, das ist eine andere und sehr lange Geschichte.«

Er sieht mich kleinlaut an. »Ich habe ja jetzt erst mal Zeit.«

»Na gut.« Ich lächele in mich hinein. »Dann fange ich am besten ganz vorne an.«

Für mich begann es nämlich, als ich fünf Jahre alt war.

Fünf

Auf Nells Bett saß ein Junge.
Ihr Stoffhäschen an sich gedrückt, musterte sie ihn misstrauisch. Mürrisch starrte er zurück.

»Nell, das ist Vian«, sagte ihr Vater mit betont heiterer Stimme.

»Vian, runter von dem Bett!«, mahnte Ruth leise.

Nell hatte Ruth bereits unten im Wohnzimmer kennengelernt. Die Frau hatte ein nettes Lächeln und rote Locken, die beim Gehen wippten. Auf Anhieb hatte Nell die neue Freundin ihres Vaters gemocht. Aber wenn sie der Grund war, weshalb jetzt ein Junge auf der unteren Matratze des Etagenbetts saß, wo Nell immer schlief, dann musste sie vielleicht noch mal darüber nachdenken, wen sie mochte und wen nicht.

»Vian!«, wiederholte Ruth.

Nell löste den Blick von dem Jungen mit den unergründlich dunklen Augen und sah ihren Vater an. »Was macht der auf meinem Bett?«

Daddy wirkte kurz ratlos, dann setzte er wieder seine fröhliche Stimme auf. »Wir dachten, weil du jetzt ein großes Mädchen bist, möchtest du lieber im oberen Bett schlafen.«

Nell schüttelte den Kopf. »Ich will unten schlafen.«

Ihr Vater tauschte einen betretenen Blick mit Ruth.

Ruth kniete sich hin. »Stehst du bitte auf, Vian?«

»Nein«, presste Vian hervor und rückte so weit nach hinten, bis er die Wand berührte. Seine dunklen Haare hoben sich von der weißen Tapete ab.

Nells Blick schweifte durchs Zimmer, sie registrierte die fremden Teddys auf der Bettdecke und die Spielzeugautos auf dem schmalen Regal über dem Kopfkissen. Es sah aus, als würde Vian schon länger in ihrem Bett schlafen.

Und es war wirklich ihr Bett. Es war schon immer ihr Bett und ihr Zimmer gewesen. Unter die Holzlatten, auf der die obere Matratze lag, hatte sie sogar Sterne geklebt, die im Dunkeln leuchteten. Schnell sah sie nach, ob die Sterne noch da waren. Ja, waren sie.

»Schon gut«, beruhigte Nells Vater seine Freundin und legte ihr die Hand auf den Arm. »Wie wär's, wenn wir erst mal nach unten gehen und einen schönen heißen Kakao trinken und Kekse essen?«

Kakao und Kekse *vor* dem Abendessen? Nell war von dem Vorschlag begeistert, nur Vian machte weiter ein düsteres Gesicht. Es war geradezu so, als sei *sie* der Eindringling.

»Daddy, ich will nicht im oberen Bett schlafen«, flüsterte sie ihrem Vater befangen zu, als sie ihm aus dem Zimmer folgte. Sie verstand den Grund für die ganze Aufregung nicht. »Dann kann ich meine Sterne nicht sehen.«

»Wir können neue holen, die wir an die Wand kleben«, schlug ihr Vater vor und drehte sich am Fuß der Treppe um, um Nell auf den Arm zu nehmen.

»Aber ich find es schön, wenn sie *über* mir sind«, beharrte sie. Tränen stiegen ihr in die Augen, während ihr Vater sie in die Küche trug.

»Dann besorgen wir dir Sterne für die Decke«, erwiderte er.

»Aber ich mag mein Bett.«

»Nell, *bitte*!« Genervt legte er die Stirn in Falten und setzte seine Tochter auf dem Boden ab. »Sei lieb, ja?«

Nell war verletzt. Sie *war* doch lieb. Sie wohnte gerne bei ihrem Vater in Cornwall. Sie freute sich darauf, die Sommerferien mit ihm gemeinsam zu verbringen. Warum musste das plötzlich anders sein? Warum waren diese Leute hier?

Ihre Mutter hatte es ihr natürlich vorher erklärt. Daddy hätte eine neue Freundin, die »nicht schnell genug einziehen konnte« ...

»*Passt gar nicht zu deinem Vater. Total untypisch. Hab erst gedacht, sie hätte ihn komplett auf links gedreht, aber ich hab mit ihr gesprochen, und sie macht einen ganz netten Eindruck. Tut ihm wahrscheinlich gut – dann ist endlich Schluss mit seinem Eremitendasein. Außerdem bist du dann nicht allein, ihr Sohn ist nämlich genauso alt wie du, hat nur zwei Tage vor dir Geburtstag. Dein Dad meint, das wäre Schicksal und ihr wärt bestimmt bald dicke Freunde.*«

Von all den Informationen war Nell ganz schwindelig geworden, aber sie hatte aufmerksam zugehört, weil Mummy sonst immer zu viel zu tun hatte, um mit ihr zu sprechen, und sie jetzt sogar richtig fröhlich war und lachte.

Der einzige Mensch, der Mummy in letzter Zeit zum Lachen gebracht hatte, war ihr Tennislehrer Conan.

Auch wenn sie schon länger nicht mehr mit Conan Tennis gespielt hatte.

»Ruth? Kommst du?«, rief Daddy nach oben.

»Sofort!«, rief Ruth zurück.

Daddy lächelte Nell an. »Vian ist ein bisschen schüchtern, aber sonst ist er wirklich nett. Du wirst ihn mögen, versprochen.«

Das hatte er schon am Telefon gesagt.

»Und, auf welche Kekse hast du Lust?«, fragte Daddy. »Die mit Vanillecreme oder die dunklen? Oder vielleicht die mit Marmeladenfüllung?«

»Die mit der Marmelade«, antwortete Nell lächelnd. Strahlend öffnete ihr Vater die Packung und verteilte den Inhalt auf einem Teller. »Da sind sie ja!«, sagte er fröhlich, als Ruth mit Vian an der Hand auftauchte.

Der Junge war ungefähr so groß wie Nell, höchstens ein paar Zentimeter größer. Im Küchenlicht konnte Nell sehen, dass seine Augen blau waren. Dunkelblau. Er wirkte immer noch sehr schlechtgelaunt.

Nell drückte ihren Stoffhasen an die Brust und versteckte sich hinter den Beinen ihres Vaters.

»Alles geklärt«, sagte Ruth heiter. »Vian schläft ab jetzt im oberen Bett.«

»Aber ...«, setzte Nells Vater an.

»Pst!«, unterbrach Ruth ihn. »Ist schon gut. Er ist einverstanden. Stimmt doch, Schatz, oder?«

Vian funkelte seine Mutter böse an und zog einen Stuhl unter dem Tisch hervor. Als die Beine über die Küchenfliesen schrammten, zuckten alle zusammen, nur der Verursacher nicht. Schmollend ließ er sich auf den Stuhl sinken, schob die Unterlippe vor, verschränkte die Arme vor der Brust und starrte vor sich hin.

Es sah nicht so aus, als sei Vian einverstanden.

Nell versuchte, ihn nicht zu beachten. Sie hatte sich schließlich nur zurückgeholt, was ihr gehörte. Sie schlief wirklich gern im unteren Bett.

Später am Abend, nach einem Abendessen in angespannter Atmosphäre – Nells Vater hatte viel mehr als sonst geredet, Vian dagegen kein Wort gesagt –, saß Nell unruhig zappelnd im Dunkeln vor dem Badezimmer auf dem Boden. Ruth half ihrem Sohn, sich bettfertig zu machen, während Nells Vater die Küche aufräumte. Nell wartete darauf, sich die Zähne putzen und zur Toilette gehen zu können, wie ihre Mutter es ihr gezeigt hatte, aber Vian und Ruth brauchten Ewigkeiten da drin. Die Tür war einen Spaltbreit geöffnet. Nell sah, dass Vian mit hängendem Kopf neben der Badewanne stand.

»Die ziehe ich nicht an«, brummte er. Sein Gesicht war rot.

»Nur so lange, bis du dich an die Leiter gewöhnt hast«, sagte Ruth leise.

»Windeln sind was für Babys.«

Nell spitzte neugierig die Ohren. *Machte Vian etwa ins Bett?*

Er schniefte.

Heulte der?

Ruth hockte sich neben ihn. »Das wird schon, Vian. Ich verspreche es dir. Wenn du morgen erst mal mit Nell gespielt hast und ihr euch kennengelernt habt, dann wird es besser.«

»Sie mag mich nicht.«

»Sie *kennt* dich nicht. Das ist auch für sie alles neu, vergiss das nicht! Sie ist es gewöhnt, ihren Daddy ganz für sich zu haben, wenn sie herkommt. Sonst sieht sie ihn doch nicht.«

»Warum sehe ich meinen Daddy nicht?«

Ruth seufzte schwer und richtete sich auf. »Komm, Schatz!«, drängte sie.

Nells Gedanken überschlugen sich. Wer war Vians Daddy? Und wo war er?

»Zieh das Ding heute Nacht an, dann bist du auf der sicheren Seite. Du willst doch nicht, dass dir ein Missgeschick passiert, während Nell unter dir schläft.«

Nells Augenbrauen schossen in die Höhe.

Als beide bettfertig waren, las Daddy Nell und Vian eine Geschichte vor. Das machte er nicht wie sonst immer oben in Nells Bett, sondern unten auf dem Sofa. Nell schaute zu Vian hinüber, der reglos dasaß und aufmerksam lauschte. Er hatte dunkelbraunes, fast schwarzes Haar und dieselben Locken wie seine Mutter, nur kürzer. Sie umrahmten sein Gesicht und fielen ihm teilweise in die Augen.

Vian hatte immer noch kein Wort mit Nell gesprochen. Sie konnte sich nicht vorstellen, dass er ihr Spielkamerad werden würde und sie freiwillig Zeit mit ihm verbrachte.

»So, das war's! Schlafenszeit!«, sagte Nells Vater und tätschelte die nackten Knie der Kinder.

Nell sprang auf und gab ihrem Vater einen Kuss auf den Mund.

»Nachti, hab dich lieb!«, rief sie.

Ihr Vater schien sich zu wundern, als sie sich umdrehte und die Treppe hochlief.

Normalerweise zog Nell die Gutenachtgeschichte ewig in die Länge, bettelte um eine weitere Geschichte, einen weiteren Kuss oder sogar um ein Lied. Doch an diesem Abend trieb sie die Entschlossenheit in ihr Zimmer. Sie warf den Plüschhasen auf das obere Bett und kletterte die Leiter hinauf. Als Vian in der Tür erschien, hatte sie sich bereits unter die Bettdecke gekuschelt. Erstaunt sah er zu ihr hoch.

»Von mir aus kannst du das untere Bett haben«, sagte Nell großmütig.

Vian stürzte in den Flur und rief: »Mummy! Nell sagt, ich kann unten schlafen!«

»Ach, das ist aber lieb von ihr!«, sagte Ruth im Wohnzimmer.

Nell spürte, wie sich eine kribbelige Freude in ihr ausbreitete, als ihr Vater die Treppe heraufkam. Er trat in ihr Zimmer, und seine schokoladenbraunen Augen strahlten vor Stolz.

»Danke«, flüsterte er, stieg auf die mittlere Sprosse und drückte seiner Tochter einen dicken Kuss auf die Wange. »Das bedeutet mir sehr viel. Finde ich wirklich toll von dir. Hast du richtig gemacht.«

Ja, das stimmte.

Und es hatte nur ganz, ganz wenig mit Nells Angst davor zu tun, dass Vian ihr auf den Kopf pieseln könnte.

Nells Vater, Geoffrey Forrester, lebte schon so lange in dem kleinen Cottage am Helford River, wie er denken konnte. Er hatte es nach dem frühzeitigen Tod seiner Mutter geerbt und ging davon aus, dass auch er das Haus nur mit den Füßen zuerst verlassen würde.

Das Cottage stand an einem steilen Hang, der zum Fluss hin abfiel. Nichts liebte Geoff mehr, als in Ruhe auf der Bank vor der riesigen dunkelroten Hortensie im Garten zu sitzen und zuzusehen, wie die Gezeiten des nahen Meeres den Fluss an- und abschwellen ließen.

Jetzt jedoch war er nicht allein, und »Ruhe« war nicht das passende Wort, um seine Situation zu beschreiben.

»Auf die Plätze, fertig, los!«, rief Ruth.

Nell bemühte sich, ihren Körper so steif wie möglich zu machen, bevor sie sich in Bewegung setzte. Kreischend rollte sie den Hang hinab und hoffte, Ruth würde sie wirklich wie versprochen auffangen, bevor sie vom Gras ins Flussbett rollte. Es war zwar Ebbe, aber der Schlamm war unglaublich tief. Nell erinnerte sich, dass sie im vergangenen Jahr einen Gummistiefel darin verloren hatte.

Ruth fing das taumelnde Mädchen auf und stellte es auf die Füße. Nells Lachen wurde bald von Vians Kriegsgeheul übertönt, der als Nächster an der Reihe war.

»Du alter Schlawiner!«, rief Ruth, als sie ihren Sohn unten auffing. »Ich war noch nicht so weit!«

Vian rappelte sich auf und rief: »Noch mal! Noch mal!«

Er suchte Nells Blick, und sie begriff, dass der Wettstreit eröffnet war, deshalb raste sie den Hang hinauf, so schnell sie konnte, um sich oben hechelnd auf den Boden zu werfen.

Ruth stand unten und schrie: »O Gott, *Geoff*! HILFE!«

Gerade noch rechtzeitig war sie bei Nell, und Geoff kam hinuntergestürzt und fing Vian auf. Er fluchte laut, weil er sich beim hastigen Aufspringen heißen Tee über die Hand gegossen hatte.

Nell und Vian bekamen ein schlechtes Gewissen, aber Ruth warf den Kopf in den Nacken und wieherte los, und alle fielen in ihr Lachen ein.

»Ihr habt Gras in den Haaren«, sagte Ruth später am Küchentisch und zupfte die frisch gemähten Halme aus den Haaren der Kinder. Sie aßen Käsesandwiches. Das Brot hatte eine harte Kruste; es stammte aus dem Laden im Dorf. Das Fenster bot eine wunderbare Aussicht auf den breiten Fluss unten. Zu beiden Seiten der steilen Ufer standen alte Eichen, deren grüne Wipfel weich wie Watte erschienen.

»Deine Mutter hat gesagt, ich muss deine Haare diesen Sommer besser pflegen, sonst macht sie kurzen Prozess damit und schneidet sie ab«, witzelte Geoff und klopfte Nell auf die Schulter.

Nell wunderte sich. Sie wusste, dass das eine leere Drohung war. Schon öfter hatte sie ihre Mutter gefragt, ob sie die Haare so kurz haben könne wie Isabel in ihrer Vorschulklasse, aber Mummy hatte geantwortet, Isabel sähe aus wie ein Junge, und aus ihrem Tonfall hatte Nell geschlossen, dass das nichts Gutes war.

»Ich bürste dir die Haare«, erbot sich Ruth. »Sie haben so

eine wunderbare Farbe. Wie der Weizen auf den Feldern jenseits des Flusses.«

»Willst du heute Abend wieder rüber und malen?«, fragte Geoff beiläufig, und Nell erinnerte sich, dass ihre Mutter erklärt hatte, Ruth sei Malerin. »Ich kann auf die Kinder aufpassen«, schlug er vor.

»Nein, ich will mit!«, rief Vian begeistert. »Darf ich?«

Ruth lächelte ihren Sohn an. »Natürlich.«

»Juhu!« Er warf Nell einen Blick zu. »Ich baue da eine Höhle«, verriet er.

»Darf ich auch mit?«, fragte Nell ihren Vater hoffnungsvoll.

»Na, wie wär's, wenn wir alle zusammen gehen und ein Picknick machen? Solange Ruth arbeitet, könnte ich euch bei eurer Höhle helfen.«

Alle fanden, das sei eine hervorragende Idee.

»Wo ist LouLou?«, fragte Nell am Abend, als sie am Bootsanleger unten am Wasser standen. Sie meinte das Ruderboot, das nach ihrer Mutter benannt worden war.

Eigentlich hieß ihre Mutter Louise. Nell hatte nie gehört, dass jemand »LouLou« zu ihr sagte, doch ihr Vater hatte das offenbar getan, vor langer Zeit.

»Das war ein bisschen klein für uns vier, deshalb habe ich ein neues gekauft«, erklärte ihr Vater.

Nell betrachtete das orangefarbene Ruderboot, das sanft im leicht muffigen, trüben grünen Wasser schaukelte.

»Was hältst du von dem Namen ›Wombat‹?«, fragte Nells Vater. »Hat Ruth vorgeschlagen.«

»Wombats leben in Australien«, meldete sich Vian ernst zu Wort. »Mein Vater ist Australier.«

Das Erste wusste Nell schon – ihre Vorschullehrerin war ebenfalls Australierin und brachte oft Bücher über dort heimische Tierarten mit, die sie den Kindern vorlas –, doch der zweite Satz war neu für sie.

Nell registrierte die erwartungsvollen Gesichter der anderen um sie herum und schaute schließlich Vian an. »Finde ich gut«, sagte sie.

Vians Lächeln brachte sein Gesicht zum Strahlen, und der Anblick erfüllte Nell mit Wärme.

Zweimal täglich war Hochwasser, die Zeiten verschoben sich jedoch immer leicht. Heute und in den nächsten Tagen war es möglich, den Fluss am späten Nachmittag zu überqueren und kurz nach Sonnenuntergang zurückzukehren, ohne dass man Angst haben musste, auf Grund zu laufen.

Ruth setzte sich vorne ins Boot, um zu zeichnen. Die Kinder hockten hinten, in ihren dicken gelben Schwimmwesten doppelt so breit wie sonst. Nells Vater saß an der Ruderpinne, doch in der Mitte des Flusses fragte Nell, ob sie auch mal lenken dürfe, worauf Vian das natürlich auch wollte. Das Boot wackelte bedenklich, als Geoff mit den Kindern die Plätze tauschte, und als sie zehn Minuten im Kreis gefahren waren, wechselten sie zurück, damit Ruth in Ruhe weiterzeichnen konnte.

Nachdem sie das Boot sicher an den niedrigen Ästen eines Baumes festgemacht hatten, gingen die vier unter den Eichen entlang zu einem Grashang, der an das Feld eines Bauern grenzte.

Nell schaute Ruth nach, die allein weiterzog, eine zusammengeklappte Holzstaffelei unter dem Arm und eine große Tasche über der Schulter. Ihre roten Locken leuchteten in der Nachmittagssonne.

Als Nell später das Interesse am Bau der Höhle verlor, lief sie nach oben, um nach Ruth zu sehen.

»Hallöchen!«, grüßte Ruth mit einem freundlichen Lächeln. Sie stand inmitten goldgelber Ähren und hielt einen Pinsel mit oranger Farbe in der linken Hand. »Weiß Daddy, dass du hier bist?«

»Ja, er hat gesagt, dass ich zu dir gehen darf«, erwiderte Nell, noch atemlos vom Anstieg. »Was malst du da?«

»Das«, erwiderte Ruth und wies mit dem Kopf auf die Aussicht.

Nell schaute sich über die Schulter um. Der klare blaue Himmel über ihr liebkoste die flaumig wirkenden Baumwipfel auf der anderen Seite. Der Fluss selbst war so ruhig, dass sich die Landschaft darin spiegelte, und rechts von ihnen stand ihr Cottage samt Nebengebäude auf der grünen Anhöhe und strahlte weiß in der Sonne.

»Willst du mal gucken?«, fragte Ruth und machte Nell ein Zeichen, um die Staffelei herumzukommen.

Und ob Nell wollte.

Was sie sah, verblüffte sie. Die Leinwand explodierte vor Farben: strahlende Blau- und Grüntöne, lebendiges Gelb und Orange, leuchtendes Rot und Violett. Das Bild war wunderschön, hatte nur nicht viel Ähnlichkeit mit der Realität.

»Gefällt es dir?«, fragte Ruth.

»Ja«, antwortete Nell ehrlich.

»Ich male nicht immer das, was ich sehe«, erklärte Ruth. »Sondern das, was ich fühle.«

Nell dachte darüber nach. Sie schielte zu Vians Mutter hinüber. »Bist du glücklich?«

Ruth lachte, und die Sommersprossen auf ihrer Nase zogen sich zusammen. Ihre blauen Augen tanzten. »Ja, Schätzchen, das bin ich.« Sie lächelte Nell an. »Magst du Kunst?«

Nell nickte ernsthaft. »In der Vorschule male ich auch viel.« Aber ihre Bilder waren nie so bunt und schön wie dieses.

»Wenn du willst, kannst du es mal mit meinen Aquarellfarben versuchen. Hast du Lust darauf?«

Nell wusste nicht, was Aquarellfarben waren, dennoch strahlte sie übers ganze Gesicht.

»Du bist so niedlich«, sagte Ruth mit geschürzten Lippen. »Vielleicht darf ich dich irgendwann mal malen?«

Es klang wie eine Frage, deshalb nickte Nell.

»Schau mal!« Ruth knickte eine goldene Weizenähre ab und hielt sie an Nells Haar. »Ich lag gar nicht so falsch. Siehst du?« Sie nahm eine Locke und zog sie vor Nells Gesicht, damit sie die beiden Farben vergleichen konnte. »Aber deine Augen«, fuhr Ruth mit konzentriert gerunzelter Stirn fort, »deren Farbe ist schwieriger zu beschreiben … Sie sind wie … Sie haben die Farbe von flüssigem Honig. In der Sonne«, fügte sie hinzu, während sie das kleine Mädchen betrachtete. »Wunderwunderschön.«

Nell gefiel die Beschreibung sehr.

Da rief ihr Vater unten am Ufer nach ihr. Die leichte Brise wehte ihm das braune Haar aus der Stirn. Er machte Nell ein Zeichen, dass sie zurückkommen solle. Sie sah, dass er eine rot-schwarz karierte Decke ausgebreitet hatte, auf der bereits Vian lag und alles Mögliche in sich hineinstopfte. Nell warf Ruth ein kurzes Lächeln zu, dann lief sie los, und ihr blondes Haar flatterte im Wind.

»Was ist deine Lieblingsfarbe?«, fragte Vian Nell später, als sie im Etagenbett lagen.

»Grün«, erwiderte sie, wie aus der Pistole geschossen. Das war immer so gewesen, solange sie denken konnte. »Und deine?«

»Rot«, antwortete er. »Aber früher war es blau.«

»Warum ist dein Vater in Australien?«, fragte Nell. Es war ein heftiger Themenwechsel.

Von unten kam lange keine Antwort. »Keine Ahnung«, sagte Vian schließlich.

Nell hörte ein Rascheln, kurz darauf tauchte Vians Gesicht oben an der Leiter auf. »Ich krieg immer Postkarten von ihm«, murmelte er und reichte ihr eine Karte.

Nell setzte sich im schwindenden Licht auf und betrachtete das Bild. Der gelbe Stoff ihrer Vorhänge war so dünn, dass er die Helligkeit draußen kaum ausschloss, selbst zu dieser Uhrzeit konnte man das Bild erkennen.

Es zeigte ein Boot auf weitem blauen Meer.

»Mein Vater ist Fischer«, erklärte Vian und hakte seinen dünnen Arm um das Holzgitter des Bettes.

»Fehlt er dir?«, fragte Nell, denn ihr Vater fehlte ihr immer sehr, wenn sie bei ihrer Mutter in London war. Cornwall war zu weit weg, um am Wochenende hinzufahren; im letzten Jahr hatte sie ihren Vater nur in den Schulferien sehen können.

Vian zuckte mit den Schultern. »Weiß nicht.«

Nell fand die Antwort seltsam. »Magst du ihn?«

»Weiß nicht«, wiederholte Vian, und Nell stutzte abermals. »Mummy sagt, irgendwann fliegt sie mit mir nach Australien, damit ich ihn kennenlerne.«

»Du kennst ihn gar nicht?« Nell wusste nicht, ob sie richtig verstanden hatte.

Vian schüttelte den Kopf, nahm die Postkarte wieder an sich und zog sich auf seine Matratze nach unten zurück.

»Bist du traurig?«, fragte sie.

»Nein«, antwortete Vian.

Aber da war sich Nell nicht so sicher.

Nach der ersten Woche von Nells einmonatigem Aufenthalt in Cornwall musste Geoff zurück zur Arbeit. Er war Landschaftsgärtner in Glendurgan, einer Parkanlage auf der anderen Flussseite von Helford, die im Besitz des National Trust war. Nell begleitete ihren Vater oft. Das war ihr lieber, als mit dem mürrischen Mädchen aus dem Dorf daheim zu bleiben, das sonst immer auf sie aufgepasst hatte, doch auch wenn Geoff seine Tochter mit kleinen Aufgaben wie Unkrautjäten und dem Ausbrechen toter Blüten beschäftigte, wurde der Tag für ein Mädchen in ihrem Alter schon recht lang.

Als Ruth vorschlug, Nell könne mit ihr und Vian zu Hause bleiben, dachte Nell lange über das Angebot nach. Schließlich entschied sie sich jedoch, es so zu belassen, wie sie es kannte. Als sie dann aber allein durch den Irrgarten lief, während ihr Vater die Hecken schnitt, stellte sie fest, dass ihr der neue Spielkamerad fehlte.

In der vergangenen Woche hatten die beiden Kinder Höhlen am Ufer und Sandburgen am Strand gebaut. Auf windigen Hügeln hatten sie Drachen steigen lassen und waren steile Dünen hinuntergerannt. Als Vians Eis in den Sand fiel, hatte Nell ihres mit ihm geteilt. Und als sie gebeichtet hatte, dass ihr die Sterne fehlten, die ihr Vater noch nicht nachgekauft hatte, knibbelte Vian die Hälfte der alten über seinem Kopf ab und klebte sie mit Pritt an der Decke über Nell fest.

Als Nell die kleine Strohhütte in der Mitte des Irrgartens erreichte, setzte sie sich auf die Holzbank und dachte an die vergangene Nacht zurück. Wieder einmal hatten Vian und sie sich flüsternd mit Geschichten wachgehalten, hatten sich gegenseitig ihre Sehnsucht nach einem kleinen Hund gestanden. Irgendwann war Nell eingefallen, dass sie ihr Kuscheltier, den Hund Barky, draußen im Garten vergessen hatte. Sie war aufgestanden, um ihn zu holen, und hatte dabei ein Gespräch zwischen ihrem Vater und Ruth im Wohnzimmer belauscht. Als Nell ihren Namen hörte, war sie stehen geblieben.

»Wie Nell heute geguckt hat, das war köstlich!«, hatte Ruth gesagt, und Nell hatte sich vorgestellt, dass Vians Mutter dabei lächelte. »Wie sie leise gelacht hat, als sie hinter Vian die Düne runtergelaufen ist … Sie ist hinreißend, Geoff. Ich hab sie jetzt schon unglaublich lieb.«

Nell war ganz warm ums Herz geworden, und ihr Vater hatte mit einem leisen »Aah« geantwortet.

Als sie ein Geräusch hörte, schnellte ihr Kopf herum, und sie sah Vian aus dem Schlafzimmer kommen. Nell legte den Finger auf die Lippen und zeigte auf die oberste Treppenstufe. Die beiden setzten sich hin und lauschten.

»Als ich erfuhr, dass ich mit Vian schwanger war, dachte ich, mein Leben sei vorbei«, sagte Ruth, und Vians Grinsen erstarrte in seinem Gesicht. Die unvorhergesehene Wendung des Gesprächs machte Nell frösteln. Sie hakte ihren kleinen Finger um den von Vian.

»Ich musste nach Hause zurück und bei meiner Mutter wohnen, und ich hatte solche Angst. Aber wenn ich damals gewusst hätte, wie es mir fünf Jahre später geht«, fuhr Ruth fort, »hätte ich mir keine Sorgen gemacht. Ich liebe dich, Geoff. Vian liebt dich auch, und wir sind hier so glücklich mit dir und Nell. Danke für alles, was du für uns tust.«

»Nein, ich danke dir, mein Schatz«, hatte Nell ihren Vater antworten hören. Seine Stimme klang rauer als sonst. »Du hat wieder Licht in mein Leben gebracht. Ich bin unglaublich glücklich darüber, dass ihr alle bei mir seid.«

Nell hatte erleichtert geseufzt und dann Vian angesehen. Er hatte ihr Lächeln erwidert, und Nell kam zu dem Schluss, dass Barky draußen auch eine Nacht alleine überstehen würde. Dann waren die beiden zurück ins Bett gekrochen.

Als Nell nun allein mitten im Irrgarten saß, kam ihr eine Idee. Sie sprang auf und suchte ihren Vater.

»Daddy?« Sie zupfte an seinem grünen Hemd und blickte hoffnungsvoll zu ihm auf.

»Ist gleich Zeit für Tee und Kekse«, versprach er, weil er annahm, seine Tochter sei deshalb zu ihm gekommen.

Nell schüttelte den Kopf. »Vian und ich haben uns unterhalten.«

»Aha?«

»Können wir einen Hund haben, Daddy?«, fragte sie. Die buschigen Augenbrauen ihres Vaters zogen sich zusammen. Bevor er nein sagen konnte, redete Nell schnell weiter. »Bitte, Daddy! Wir würden ihn so lieb haben! Wir würden mit ihm spazieren gehen und ihn füttern und die ganze Zeit mit ihm spielen. Vian und ich wünschen uns so sehr einen Hund. Wir versprechen auch, dass wir uns immer um ihn kümmern!«

Nell hatte ihren Vater schon öfter nach einem Hund gefragt, aber er hatte immer abgewiegelt – er arbeite zu viel, und Nell sei nur selten in Cornwall. Doch jetzt schien er zum ersten Mal ernsthaft darüber nachzudenken.

Am Wochenende dann knickte Geoff unter dem vereinten Druck der Kinder ein, und nachdem das Cottage hundesicher gemacht worden war, fuhr er mit Ruth und zwei unglaublich aufgeregten Kindern in ein mehrere Meilen entferntes Dorf, wo die örtlichen Pubbesitzer einen Wurf Mischlinge hatten, die gerade abgegeben werden konnten. Das kleine schwarzweiße Fellknäuel, das sie sich aussuchten, nannten sie Scampi als Erinnerung an den Pub, aus dem das Hündchen kam.

Es war der tollste Sommer in Nells Leben, und als der August sich dem Ende zuneigte, wollte sie um nichts in der Welt zurück nach London. Sie weinte, als Vian, der in die kleine Schule oben im Dorf gehen würde, seine neue Uniform anprobierte. Sie heulte und bettelte, damit sie in Cornwall bleiben und mit ihm in eine Klasse gehen durfte. Auf keinen Fall wollte sie an ihre strenge Privatschule in London zurück.

Aber ach, es sollte nicht sein. Zumindest nicht in jenem Sommer, sondern erst zwei Jahre später, als es Louise in den Sinn kam, einem Mann an die französische Riviera zu folgen. Da bekam Nell ihren Willen, und als sie dieses Mal die lange Fahrt nach Cornwall antrat, sollte es für immer sein.

Wenn Sie wissen möchten, wie es weitergeht, lesen Sie
Paige Toon
Im Herzen so nah
Taschenbuch: ISBN 978-3-596-00063-0
E-Book: 978-3-10-491177-9

Für die deutschsprachige Ausgabe:
© 2021 S. Fischer Verlag GmbH,
Hedderichstr. 114, D-60596 Frankfurt am Main